NATÜRLICH GESUND

KUREN DAHEIM

NATÜRLICH GESUND

Wolfgang Unterharnscheidt

KUREN DAHEIM

Der Weg zu mehr Gesundheit und Wohlergehen

Südwest Verlag

Zeichnungen und Illustrationen: Hannes Limmer
Schutzumschlag: Graupner & Partner, München

ISBN 3-517-01017-0

Satz, Druck und Bindearbeit: Auer, Donauwörth

Inhaltsverzeichnis

Vorwort

Dieses Buch hat sich zum Ziel gesetzt, den interessierten Leser und Betroffenen mit einigen Methoden der Naturheilkunde bekannt zu machen, die für eine Kur zu Hause in Frage kommen. Es werden vor allem Kurformen und natürliche Behandlungsmöglichkeiten vorgestellt, die ohne großen technischen oder finanziellen Aufwand selbst zu Hause durchgeführt werden können. Was Sie mitbringen müssen, ist erst einmal Zeit, um sich mit diesen Möglichkeiten auseinanderzusetzen, und dann – nachdem Sie sich für die eine und andere Kur entschieden haben – auch das entsprechende Durchhaltevermögen und den Willen, durch eigene Leistung zu einem besseren Gesundheitszustand zu gelangen. Für die im Buch beschriebenen Kuren benötigen sie keine speziellen Medikamente. Es wird bei den Naturarzneien ausschließlich auf Kräuterpflanzen oder Aromapflanzen verwiesen, die in jedem Land in den entsprechenden Fachgeschäften zu erwerben sind.
Aus Rücksicht auf die immer seltener werdenden Heilpflanzen und wegen der Gefahr ihrer Ausrottung ergeht der dringende Appell, seltene und unter Naturschutz stehende Kräuter und Heilpflanzen unbedingt zu schützen. Man bekommt in den Fachgeschäften Heilpflanzen von ausgezeichneter Qualität und Frische zu kaufen. Wenn Sie so handeln, leisten Sie aktiven Naturschutz. Helfen Sie also die Heilpflanzen und Kräuter zu schützen!
Dieses Buch verfolgt ein Ganzheitskonzept. Deswegen erfolgte die Auswahl der Kuren nicht zufällig, sondern entsprechend dem Gesichtspunkt, für den körperlichen, geistigen und seelischen Bereich des Menschen praktische Lebenshilfen anzubieten. Vor allem die praktische Anwendung zu Hause darzustellen, ist dem Autor Bedürfnis und Anliegen. Es solle kein Buch sein, das man liest und weiterreicht. Es soll vielmehr zum einen den Leser praktisch anleiten, ihn quasi an die helfende Hand nehmen und zum anderen ist es dafür gedacht, daß dem Benutzer ein Nachschlagewerk für Kräuter und Heilpflanzen zur Verfügung steht.

Naturheilkunde und Kuranwendungen

Naturheilkundliches Menschen- und Krankheitsverständnis

Die Naturheilkunde mit ihren Behandlungsmethoden hat immer den ganzen Menschen im Auge, wobei sie den Menschen als eine Einheit von Körper, Geist und Seele betrachtet. Krankheit bedeutet ein gestörtes Gleichgewicht in der Einheit des Menschen, und so hat der naturheilkundlich denkende Arzt die Aufgabe herauszufinden, wo die Ursache für diese Störung liegt. Alle drei menschlichen Bereiche können jeder für sich oder auch gemeinsam aus ihrem Gleichgewicht gebracht worden sein.
Jeder Mensch weiß – bewußt oder unbewußt – über die Ursachen von Krankheiten Bescheid, wobei er dieses Wissen jedoch oft verdrängt und nicht gelten lassen will. Hier helfen Methoden wie z. B. autogenes Training oder Hypnose, um zur Erkenntnis zu kommen und dann mit Hilfe eines verständigen Menschen oder auch alleine die Probleme bearbeiten zu können.
Für die Wiedererlangung von Gesundheit bieten sich meist mehrere Möglichkeiten an, wobei dies vom Grad der Erkenntnis über die Krankheitsursachen abhängt. Oftmals hält man Krankheiten anfangs für vorwiegend körperlich begründbare Entgleisungen, bis man nach meist langen vergeblichen Heilungsversuchen sich veranlaßt fühlt, auch andere Ursachen in Betracht zu ziehen. Auch anfangs rein körperlich in Erscheinung tretende Erkrankungen können nach längerer Erkrankungsdauer die geistige und seelische Verfassung des betreffenden Menschen stark in Mitleidenschaft ziehen und eine Heilung bei einer rein auf das Körperliche ausgerichteten Methode unmöglich machen.
Die Schulmedizin versagt meist deshalb, weil sie sich vorwiegend auf die körperlichen Beschwerden konzentriert, dabei aber den Menschen als Ganzes aus den Augen verliert. Ferner macht sie den Fehler, aus wissenschaftlichen Erkenntnissen die falschen Schlüsse zu ziehen. Zum Beispiel sind viele in der Krebstherapie eingesetzte krebsschädigende Chemotherapeutika pflanzlicher Herkunft. Doch wurden die entsprechenden Mittel jeweils aus dem gesamten Pflanzenextrakt herausgelöst, analysiert und inzwischen künstlich hergestellt. Sie schädigen zwar in erwünschter Weise Krebszellen, aber in gleicher Weise oft auch die gesunden Körperzellen. Hingegen besitzt die Mistel nachweislich krebsschädigende Eigenschaften, der Gesamtpflanzenextrakt schützt aber gleichzeitig die gesunden Körperzellen und stärkt sogar noch die Körperabwehr (Immunsystem) und das Allgemeinbefinden, was man bei der Chemotherapie wirklich nicht behaupten kann.
Schmerz wird bei naturheilkundlicher Betrachtungsweise immer als Alarmsignal für eine Störung in der Körper-Geist-Seele-Einheit des Menschen aufgefaßt. Schmerz kann auch allein Ausdruck für eine leidende Seele sein, wobei sich die Seele nicht zufällig bestimmte Körperbereiche für den Ausdruck ihres Schmerzes aussucht. Nicht sofort der Unterdrückung der Schmerzen dient das erste Handeln, sondern es gilt, der Ursache des Schmerzes auf die Spur zu

kommen. Schmerzen, die im Laufe einer Entschlackungskur auftreten, sind beispielsweise auch immer wichtige Signale für eine Gesundung. Diese Schmerzen sind hierbei der Ausdruck für eine bessere körperliche Beschaffenheit mit wiedererstarkten Abwehr- und Reparaturfähigkeiten. Alte Krankheitsherde werden nach der Entschlackungs- und Entgiftungsbehandlung aufgeräumt, wobei in Geweben abgelagerte Gifte ebenfalls wieder zur Ausscheidung gebracht werden, ein Prozeß, der in aller Regel Schmerzen verursacht. In diesem Fall signalisieren Schmerzen den Gesundungsprozeß, den man gezielt unterstützen kann, indem man die für den Schmerzort wirksamen Heilmittel zur Unterstützung einsetzt.

Fieber ist in den meisten Fällen ein Zeichen für eine gut funktionierende Körperabwehr, deswegen läßt es sich als eine ausgezeichnete Heilmethode anwenden. Man braucht nichts weiter zu tun, als das Fieber durch richtiges Verhalten zu unterstützen. Man sollte Bettruhe einhalten, auf Nahrungsaufnahme verzichten sowie dem Körper reichlich Flüssigkeit zuführen. Fieber bringt z. B. Krebszellen sowie Viren und Bakterien zum Absterben oder behindert ihre Vermehrung, Fieber veranlaßt im Körper die Bildung wichtiger Abwehrstoffe wie zum Beispiel des Interferons, das als körpereigener Stoff bei Erkrankungen wie Krebs, Virus- und Bakterieninfektionen sowie Rheuma und vielen anderen Entzündungsgeschehen die Heilung begünstigt. Fieber hilft, Krankheiten ohne Schaden für den Körper auszuheilen.

Naturheilkundlich ausgerichtete Heiler behandeln mit ihren entsprechenden Methoden den Menschen, sie behandeln nicht die Krankheitsbeschwerden, auch Symptome genannt, wie es in der Schulmedizin hauptsächlich üblich ist. Die in diesem Buch vorgestellten Heilverfahren stammen aus dem Schatz der Naturheilkunde, der auf vielerprobter und zum Teil jahrtausendealter Erfahrung beruht.

Einen breiten Raum nimmt die Vorstellung der Heilpflanzen ein, da die Natur selbst die reichhaltigsten Kräutergärten besitzt und auch die besten Wirkprinzipien in Form von Naturarzneien zur Heilung von Krankheiten bereithält, wobei unter genauer Beachtung der Anwendungsrichtlinien mit den Naturarzneien am ehesten eine vollständige Ausheilung von Krankheiten erreicht werden kann.

Jede lebende Zelle, auch die Pflanzenzelle, ist nach den gleichen Prinzipien aufgebaut. Vom Erbgut jeder einzelnen Art hängt es ab, welche Aufgaben die einzelne Zelle zu erfüllen hat. Pflanzliche Heilkräfte lassen sich gut auf den Menschen übertragen, da die Zellorganisation und der Zellaufbau annähernd übereinstimmen und da sich auch im menschlichen Körper noch Stoffwechselgeschehen erhalten haben, die auf einer niedrigeren Organisationsstufe stehen als manche andere. Man kennt eine weit größere Zahl von abwehrsteigernden Heilkräutern, sogenannte Immunstimulatoren, Immunmodulatoren und Immunregulatoren, als chemische Mittel, die für diesen Zweck zur Verfügung stehen. Was schon lange von der Naturheilmedizin berücksichtigt und als sicheres Erfahrungsgut festgehalten ist, ist das Wissen um die gesunderhaltenden Kräfte eines gesunden Geistes und einer gesunden Seele.

Mit aufwendigen Labormethoden versucht hier heute die Wissenschaft der Psychoimmunologie Licht ins Dunkel zu bringen, was letztlich gar nicht möglich ist, da sich die Seele nicht wissenschaftlich erforschen läßt. Allenfalls über Umwege lassen sich seelische Prozesse erfahrbar machen an ihrem äußerlichen Ausdruck, so wie es die Psychoanalyse mit einer Unzahl von Erklärungsmodellen über seelisches Geschehen und dessen Abläufe versucht. Dabei bedient sich die Psychoanalyse der natürlichsten Methode, die es in der Menschenerforschung gibt, nämlich des ausführlichen Gesprächs. Auch dem seelischen und geistigen Bereich sind in diesem Buch einige Kapitel gewidmet; es wird immer wieder auf die Zusammenhänge zwischen allgemeiner Gesundheit und geistiger und seelischer Gesundheit hingewiesen. Abschließend sei noch einmal an den weisen Spruch erinnert, der die Achtung der Natur gegenüber mit folgenden Worten ausdrückt und der die Rolle des Menschen ins richtige Licht rückt: Der Mensch denkt, die Natur lenkt.

Kuren und ihre naturheilkundliche Begründung

Krankheitszeichen (Symptome) sind meist nur die Spitze eines Eisberges. Darunter verbirgt sich meist eine grundlegende Störung in der Einheit von Körper, Geist und Seele. Der Ausgangspunkt von vielen Krankheiten ist häufig in der Konstitution des Menschen zu finden. Konstitution beschreibt eine bestimmte Verfassung oder Ausdrucksform der Einheit von Körper, Geist und Seele.

Aufgrund der heutigen Umweltverseuchung drohen schwerwiegende und krankmachende Veränderungen der Konstitution. Aus eben diesem Grunde muß an die Vernunft und Besonnenheit der Politiker und Staatsmänner appelliert werden, gegenüber neuen wissenschaftlichen Erkenntnissen einerseits aufgeschlossen zu sein, aber andererseits auch die Verwirklichung und die Anwendung von menschenbedrohenden Verfahren zum richtigen Zeitpunkt zurückzustellen.

Um es ganz deutlich zu sagen, auch die Naturheilkunde vermag keine Wunder zu vollbringen, sondern sie ist auf eine weitgehend intakte, unverseuchte innere und äußere Umwelt angewiesen, da ihr Arzneischatz zum einen aus der Natur selbst stammt und zum anderen nur der Mensch auf ihre Heilbemühungen auch positiv antworten und reagieren kann, der nicht aufgrund einer inneren Verseuchung durch chemische oder radioaktive Stoffe bereits weitgehend unheilbar erkrankt ist. Die Naturheilmedizin besitzt zwar eine Vielfalt von Möglichkeiten der Entgiftung, aber auch hier stößt man oft an die Grenzen des Machbaren. Man muß seine Ansprüche an eine vollständige Genesung herunterschrauben und sich oft mit einer bloßen Lebensverlängerung zufrieden geben.

Entsprechend der Konstitution jedes einzelnen ergeben sich unterschiedliche Kurverfahren. Vor allem läßt sich die Dauer einer Kur nur aufgrund der Erkenntnis über die krankmachenden Ursachen annähernd bestimmen. So spielt auch sicher das Alter und die allgemeine Lebensführung sowie der Lebensraum eine gewichtige Rolle, wobei man zwischen Kurzkuren mit wenigen Wochen Dauer, Monatskuren und Jahres- oder Lebenskuren unterscheiden sollte. Natürlich ist für die Gesundung und die Kurdauer auch ausschlaggebend, wie lange die Krankheitsursachen schon bestanden haben und wie weit der von der Konstitution ausgehende Krankheits- oder Kristallisationsprozeß – um beim Bild des Eisberges zu bleiben – schon fortgeschritten ist.

Wie weiter oben ausgeführt, weiß im Grunde genommen jeder Mensch am besten über sich Bescheid, sofern er der Selbsterkenntnis zugänglich und sich selbst gegenüber ehrlich ist. Eine Gesundungskur kann so beispielsweise damit beginnen, sich erst einmal selbst zu erkennen, dabei auch der Wahrheit ins Auge zu sehen, um daraufhin eine entscheidende Wende im Lebensrhythmus und Lebensstil einzuläuten.

Dieser Selbsterkennungsprozeß kann mehrere Jahre dauern, nicht selten sogar lebenslang. So ist unter einer Lebenskur nicht ausschließlich die Anwendung irgendwelcher Kurmethoden zu verstehen, sondern eine Lebenskur bedeutet oft eine Umstellung in der Lebensführung, die immer wieder neu vollzogen werden muß, um die Gesundheit jedesmal wieder zu erneuern. So ist es hierbei vor allem die fortschreitende geistige Entwicklung des betreffenden Menschen, die eine Lebenskur erfolgreich werden läßt.

Eine Kur zu Hause kann eher als eine Kur in einer Klinik die Einhaltung lebensrhythmischer, jahres-, monats- oder tagesrhythmischer Gesichtspunkte ermöglichen, auf die in den einzelnen Kapiteln hingewiesen wird. In einer Kurklinik dauert der Kontakt zu dem Kurarzt oft nur wenige Minuten, bis dieser ein Behandlungsprogramm entworfen hat. Vom Patienten wird sodann nahezu bedingungslose Unterwerfung unter dieses Programm erwartet. Das gegenseitige Kennenlernen und Aussprechen findet allzu selten statt. Der allgemeine Kurbetrieb ist oft vergleichbar mit einer Autowaschstraße, wo Fühler zwar die Automaße abtasten, um auch alle Flächen äußerlich zu reinigen, wo aber die verschiedenen vorgewählten Waschprogramme unabhängig vom Verschmutzungsgrad oder der Art der Verschmutzung automatisch ablaufen. Selbstverständlich gibt es aber auch hier Ausnahmen.

Wenn die Kuren, die auf den nachfolgenden Seiten beschrieben sind, erfolgreich sein sollen, muß sich der, der die Kur durchführt, verändern und mit ihm seine Umgebung, also Angehörige, Freundeskreis etc. Von der Einstellung der den einzelnen prägenden Umgebung hängt also der Erfolg oder Mißerfolg und die Dauer einer Kur ab. Aber ein unter diesen alltäglichen Umständen zustandegekommener Erfolg ist oft weit wertvoller, als ein vielleicht unter dem Schutzklima einer Kurklinik sich einstellender kurzfristiger Wandel zum Besseren. Denn hier sind ja häufig keine Widerstände zu überwinden. Oft kratzen die Kurmaßnahmen nur an der Oberfläche, weil der Mensch als Träger einer Krankheit nicht mitbehandelt wird. Seine geistigen und seelischen Selbstheilungskräfte werden nicht geweckt und auch der seelisch-geistige Lebensbereich erfährt keine neuen Anstöße zur Entwicklung.

Jeder einzelne Mensch besitzt die Fähigkeit, sein eigenes Schicksal mitzubestimmen, indem er durch Wahrnehmen, Auswählen und Erkennen sein Leben durchleutet, seine Lebensführung kritisch und mit Distanz betrachtet sowie aufgrund der kritischen Selbstwahrnehmung Möglichkeiten erkennt, wie er seinem Leben einen Sinn verleihen kann, wie er sein Leben erfüllt und unter angemessenen körperlichen, geistigen und seelischen Voraussetzungen zufrieden leben kann. Diese Fähigkeiten des einzelnen Menschen müssen gezielt entwickelt werden. Dazu müssen geeignete Methoden angesprochen werden, um diese Lebensziele zu erreichen. Ebenso wie die Konstitution durch Umwelteinflüsse verändert und gefährdet werden kann, so können auch diese Ziele durch den Einfluß der Umwelt und der wirklichen Bedingungen des Lebensraumes sowie durch die Besonderheiten der jeweiligen Epoche, in der der betreffende Mensch lebt, stark beeinflußt werden.

»Kuren zu Hause« soll helfen, in der Ihnen angemessenen Zeit, die sich aufgrund der Besonderheit einer häuslichen Kur – man denke nur an die Widerstände der Umgebung – nicht exakt vorherbestimmen läßt, zu einem besseren Gesundheitszustand zu gelangen, indem Sie selbst unter Berücksichtigung Ihrer körperlichen, geistigen und seelischen Anlagen und Voraussetzungen Ihre in Ihnen schlummernden Selbstheilungskräfte wecken und entwikkeln.

Konstitution und Kur

Die Konstitution jedes einzelnen ist ständigen Wandlungen unterworfen. Umwelteinflüsse verschiedenster Art bilden und verändern die konstitutionellen Pfeiler des Menschen, nämlich die körperliche, geistige und seelische Beschaffenheit, und stellen damit eine ständige Störung für diese Körper-Geist-Seele-Einheit des Menschen und damit seiner Konstitution dar. Zum Zeitpunkt der Geburt prägten die Konstitution vorwiegend die Erbanlagen, wobei natürlich während der Dauer der Schwangerschaft bereits Umwelteinflüsse eine gewisse Rolle gespielt haben.

In der Naturheilkunde spielt die Konstitution für die Auswahl der Behandlungsmethoden und der Heilmittel schon seit jeher eine große Rolle.

Das Gespräch als die natürlichste Diagnose- und Behandlungsmethode reicht meistens aus, um die Körper-Geist-Seele-Einheit des Menschen und damit seine Konstitution begreifen zu lernen.

Durch eine gezielte Selbstbeobachtung und geschulte Selbsterkennung, die ehrliche Absicht voraussetzt, ist es auch jedem Menschen weitgehend möglich, über sich selbst mehr zu erfahren, dadurch sich selbst aber besser helfen zu können. Ein Heiler kann ja auch nur aufgrund der Angaben des hilfesuchenden Patienten seine Schlüsse ziehen. Er weiß auch nur soviel, soviel man ihn wissen läßt. Jeder von Krankheit Betroffene weiß letztlich immer mehr als die Menschen, welche ihm ihre Hilfe anbieten.

Kuren für Heranwachsende

Kein Mensch ist mit den gleichen körperlichen, geistigen und seelischen Mitteln ausgestattet. Die Gesundheit des einzelnen kann durch unterschiedliche Gefahren erschüttert werden. Was für den einen gesundheitsschädigend ist, muß für den anderen noch lange keine Gefahr darstellen. Für Kleinkinder, Jugendliche und junge Erwachsene stellen meist akute Infektionserkrankungen wie sie Grippe und Kinderkrankheiten (z. B. Masern, Keuchhusten, Mumps und andere) darstellen, die ersten Lebensgefahren dar. Hier gilt es, die Entwicklung des körperlichen Abwehrsystems zu fördern oder zu erhalten sowie durch geeignete Maßnahmen die Krankheit restlos auszuheilen, wobei man diese Ziele am besten durch den Einsatz von Arzneipflanzen erreicht. Neben den Arzneipflanzen empfehlen sich für die Krankheiten der ersten zwei Lebensjahrzehnte auch besonders die Kneippschen Wasseranwendungen.

Die natürlichste Kur für Menschen im Kleinkindesalter bis zum jungen Erwachsenen stellt die tägliche Ernährung dar. Hier sind besonders die Eltern aufgerufen, mit ihrem Beispiel voranzugehen und die richtige und natürliche Ernährungsweise selbst für sich einzuhalten, um so ihre Kinder zur Nachahmung anzuregen, ihnen also schon von Anfang an den gesunden Geschmack zu vermitteln. Eine ausgewogene Ernährung ist für die gesunde körperliche, geistige und seelische Beschaffenheit und

somit für die Konstitution eine wichtige Grundvoraussetzung.
Um für den Jugendlichen und jungen Erwachsenen die ersten Gefahren für Geist und Seele, die durch die Leistungsgesellschaft mit ihren hochgespannten Erwartungen und Anforderungen hervorgerufen werden, abzuwenden, sind Entspannungsübungen, wie sie beispielsweise das autogene Training vermittelt, ferner ausreichende körperliche Bewegung in jeder Form gute vorbeugende und auch heilsam wirkende Methoden, die man je nach Gefährdungsgrad kürzer oder auch über einen ganzen Lebensabschnitt hinweg durchführen sollte. Ebenso die Alexandermethode und vor allem die Atemübungen sind als vorbeugende Maßnahmen und als Behandlungsmethoden für Kinder, Jugendliche und junge Erwachsene sehr zu empfehlen.

Kuren für Erwachsene

Die Körper-Geist-Seele-Einheit des Erwachsenen ist über Jahrzehnte hinweg spezifisch geprägt. Es kostet daher mehr Mühe, hier den richtigen Anstoß für Gesunderhaltung oder Heilung geben zu können. Der Erwachsene muß deshalb angehalten werden, regelmäßige Darmreinigungs- und Blutreinigungskuren zur Gesundheitsvorbeugung durchzuführen sowie sich durch Wasseranwendungen immer wieder neue Gesundungsreize zu verschaffen. Zur ausreichenden Sauerstoffversorgung der Zellen ist es wichtig, sich durch körperliche Bewegung fit zu halten und dadurch für einen regelmäßigen Blutaustausch zu sorgen.
Mehr als bei den jüngeren Altersgruppen spielt für den Erwachsenen auch die richtige Ernährung eine entscheidende Rolle für die Gesundheit. Der Erwachsene ist je nach Konstitution anfälliger gegenüber bestimmten Energieträgern (Fette, Eiweiße und Kohlenhydrate) und einem Mangel an wichtigen Mineralstoffen, Spurenelementen, Vitaminen und anderen Stoffen. Je höher die täglichen Leistungsanforderungen an den Erwachsenen sind, desto mehr ist er aufgerufen, je nach seiner Konstitution gesundheitsvorbeugende Maßnahmen zu treffen.
Neigt der Erwachsene mehr zu *körperlichen Krankheiten* infolge von Streß und Überanstrengung, so sollte er besonders durch Wasseranwendungen seinen Körper trainieren und abhärten. Auch sind hier körperliche Bewegungen wichtig, um so auf natürliche Weise die Streßanspannungen abzuleiten. Zur ausreichenden Versorgung des Körpers mit Mineralstoffen, Spurenelementen und Vitaminen sei zu einer möglichst naturbelassenen Ernährung mit viel Frischkost geraten, da nur sie die ausreichende Versorgung des gestreßten Menschen mit lebensschützenden Nahrungs- und Aufbaustoffen gewährleistet. Streßanfälligkeit ist ebenfalls ein konstitutionelles Merkmal; sie läßt sich durch Entspannungsübungen wie beispielsweise durch autogenes Training oder Atemübungen verringern.
Wer auf die heutigen Lebensbedingungen aufgrund seiner konstitutionellen Besonderheiten mehr mit *seelischen Erkrankungen* antwortet, muß besonders durch geistige wie auch körperliche Entspannungsübungen die Seele stärken und kräftigen. Hier sollte man sich mit den Methoden des autogenen Trainings, der Alexandermethode, der Atemübungen und der Wasseranwendungen, aber auch mit körperlicher Bewegung gesund erhalten. Besonders hilfreich sind auch in diesem Fall die Aromapflanzen, die im Kapitel *Aromatherapie* ausführlich beschrieben sind. Gerade für seelisch weniger starke Naturen ist eine wohldurchdachte Vollwert-Ernährung von großer Bedeutung für das allgemeine Wohlbefinden.
Häufig leiden auch schon jüngere Erwachsene heute an *chronisch entzündlichen Erkrankungen* wie Rheuma, Gicht oder – je nach Veranlagung – auch Darmerkrankungen. Hier helfen vor allem die verschiedenen Fastentage wie z. B. Safttag, Reistag sowie die Darmreinigung und die Milch-Semmelkur nach F. X. Mayr. Auch die Aromapflanzen und die verschiedenen Teekuren mit Heilkräutern müssen bei diesen Erkrankungen regelmäßig und unter Umständen jahrelang durchgeführt werden, um eine bessere Gesundheit zu erwirken. Um seelischen Schäden im Rahmen langdauernder Erkrankungen vorzubeugen und um die Sauerstoffversorgung der Körperzellen und damit

die Körperabwehr zu stärken, empfehlen sich gerade für die wegen ihrer Konstitution zu chronischen Erkrankungen neigenden Menschen die Atemübungen. In Verbindung mit den Atemübungen werden auch durch die einfache oder die konzentrative Fußreflexzonenbehandlung günstige Reize für eine bessere Gesundheit vermittelt.

Vielfach findet man heute bei Erwachsenen *Anpassungsstörungen* in der Berufswelt, aber auch im privaten Bereich der Familie. Dabei kann es zu vielfachen seelischen und körperlischen Störungen kommen. Die *Neurose* ist eine solche Zivilisationskrankheit, die mittlerweile weit verbreitet ist. Einerseits will man den Leistungsanforderungen der modernen Arbeitswelt genügen, um auch in den verführerischen Genuß der Luxusgüter zu gelangen, andererseits ist der einzelne in vielen Fällen maßlos überfordert, so daß als Ergebnis ein totales Versagen droht. Da der einzelne sich meistens seine Schwächen nicht eingestehen kann, weder vor sich, den Bekannten und Arbeitskollegen noch vor seinem Partner und seinen Kindern, überschreitet er häufig die Grenze seiner Leistungsfähigkeit. Der Zusammenbruch steht dann meist unvermittelt bevor. Frühzeichen einer solchen Neurose sind Depressionen oder erhöhter Alkohol- und Nikotinverbrauch, also Anzeichen von Suchtverhalten.

Einer Neurose begegnet man am besten mit körperlichen und geistigen Übungen, die vor allem der Entspannung dienen sollen. Sie können aber auch eine neurotische Fehlentwicklung bei regelmäßiger Anwendung aufhalten oder sogar beseitigen. Spielt im Rahmen einer Neurose auch *Freßsucht* eine Rolle, so muß man dieses Verhalten durch ein langfristiges Programm zum Abnehmen und Gewicht halten korrigieren.

Wer zu *Verdauungsstörungen* neigt – gerade mit zunehmendem Alter werden diese häufiger –, sollte durch aufmerksame Selbstbeobachtung die für ihn geeignete Ernährungsform herausfinden, sich immer ausreichend an der frischen Luft bewegen und auch eifrig Atemübungen sowie Kneipp-Anwendungen durchführen. Eine Umstellung der Zubereitungsart der täglichen Nahrung verschafft oft schon rasche Abhilfe, ferner der regelmäßige Gebrauch der Aromapflanzen als Gewürzkräuter, die im Kapitel *Aromatherapie* ausführlich beschrieben sind. Natürlich empfehlen sich auch regelmäßige Teekuren mit Heilkräutern sowie Maßnahmen zur Darmreinigung und Darmentlastung.

Die stark zunehmenden *Allergien* können durch einen bewußten Verzicht auf Genußmittel wie Alkohol, Nikotin sowie Zuckerprodukte und helles Gebäck zumindest eingedämmt und gebessert werden. Blutreinigungskuren mit Heilpflanzen sowie Darmkuren, Fasttage und Fußreflexzonenbehandlungen seien als weitere unterstützende Maßnahmen erwähnt.

Bei der Häufung von *Krebserkrankungen* in der Familie steigt für die Nachkommen das Risiko der Selbsterkrankung an Krebs deutlich an. Hier empfiehlt es sich, zeitlebens für eine ausgewogene lebendige und natürliche Ernährung zu sorgen, sich häufig an der frischen Luft zu bewegen, um das Blut immer reichlich mit Sauerstoff anzureichern, für einen ausgeglichenen Lebensrhythmus mit immer ausreichend Schlaf zu sorgen und auf Genußmittel weitgehend zu verzichten. Mit diesen Maßnahmen kann man die Köperabwehr ständig anregen und so für eine fortlaufende Abwehr von eventuell entstehenden Krebszellen sorgen. Der Körper selbst hat ja genügend eigene Möglichkeiten zur Krebsabwehr, wenn man diese unterstützt und gezielt fördert.

Nach neuesten Erkenntnissen ist der tägliche ausreichende Schlaf eine wichtige Voraussetzung und ein Ausdruck für ein gesundes körperliches Abwehrsystem. Millionen von Krebszellen vermag der Körper zu vernichten. Es dauert immerhin bis zu fünfzehn Jahre, bis eine erbsgroße, aus etwa 200 Millionen Krebszellen bestehende Krebsgeschwulst entsteht. Man hat also in der Entstehungszeit durch geeignete Maßnahmen immer wieder die Chance, daß ein sich bildender Krebstumor von der eigenen Körperabwehr zerstört wird. Aus diesem Grund sind z. B. intervallmäßig durchgeführte Frühjahrs- oder Herbstkuren durchaus geeignete Maßnahmen zur Frühbekämpfung von Krebs.

Erschreckende Ausmaße haben mittlerweile die *Herz-Kreislauf-Erkrankungen* angenommen. Vor allem Ernährungsfehler sowie der übermäßige Genußmittelgebrauch sind hier als Verursacher Nummer eins zu nennen. Entsprechend kommen hier kurz-, mittel- und langfristige Ernährungsumstellungen sowie Kuren zum Abnehmen und Gewicht halten in Frage, um ernsteren Erkrankungen wie z. B. Herzinfarkt vorzubeugen. Auch empfiehlt es sich, für eine regelmäßige körperliche Bewegung zu sorgen sowie geistige Entspannungsübungen wie das autogene Training zu erlernen. Zur Anregung der Entschlackung kommen Darm- und Teekuren in Frage.
Nach schweren Herz-Kreislauferkrankungen sollte man unbedingt während der Ausheilungsphase, also in der Rekonvaleszenz, langfristige häusliche Kuren, sogenannte Anschlußkuren, einleiten. Zu diesen gehören die erwähnten Ernährungsumstellungen, aber auch Wasseranwendungen, wobei Atemübungen zur Verbesserung der Sauerstoffversorgung des Blutes und dadurch der Gewebe sowie zur geistigen Entspannung eine wichtige Rolle bei der Gesundung spielen. Am besten durch regelmäßige Spaziergänge mit langsam zunehmender Belastung und Dauer lassen sich die körperliche Leistungsfähigkeit, damit aber die Sauerstoffversorgung und Ausnutzung der Zellen und der Muskeln verbessern.

Kuren für den alternden Menschen

Während beim Erwachsenen im mittleren Alter noch häufiger die *akuten Erkrankungen* eine Rolle spielen, die durch geeignete Kurmaßnahmen zu Hause oftmals ausgeheilt werden können, hat man es beim alternden Menschen meist mit *chronischen Erkrankungen* zu tun. Infolgedessen muß der alternde Mensch besonders darauf achten, diese Erkrankungen am weiteren Fortschreiten zu hindern, um so möglichst lange sich einer guten Lebensqualität zu erfreuen. Auch beim alternden Menschen spielt die Konstitution, also die körperliche, geistige und seelische Verfassung und ihr Zusammenspiel eine wesentliche Rolle für die Krankheitsanfälligkeit.

Bei der konstitutionellen Veranlagung zu *Stoffwechselerkrankungen* wie z. B. Alterszuckererkrankung können lebenslang ausgerichtete Kuren diesen Stoffwechselschaden möglichst gering halten. Zur Anregung der Stoffwechselgeschehen eignen sich auch für den alternden Menschen besonders die Kneipp-Wasseranwendungen und die verschiedenen Teekuren mit Heilkräutern, ferner die tägliche Anwendung von Aromapflanzen am besten in Form der Küchenkräuter. Besonders bei *Fettstoffwechselstörungen* müssen langfristig angelegte Ernährungsumstellungen unter Berücksichtigung der besonderen Situation des alternden Menschen durchgeführt werden. Auch die Fußreflexzonenbehandlung stellt einen wertvollen Gesundheitsbeitrag dar.
Die besondere *soziale* und *seelische Situation* des alternden Menschen in den modernen Industrienationen ist gekennzeichnet von Vereinsamung, Kontaktarmut, oft Minderbemittelung sowie dem Gefühl, nicht mehr gebraucht zu werden und nur zur Last zu fallen. Aufgrund der oftmals traurigen und deprimierten Stimmung kommt es zu *Appetitstörungen,* infolge davon zu Mangelerscheinungen und auch bald zu Mangelerkrankungen, schließlich zu Schlafstörungen.
Natürlich kann die soziale Situation oftmals nicht verändert werden, aber wenn der leidende alternde Mensch sich gegen das scheinbar harte Schicksal des Altwerdens aufzulehnen vermag, oder es lernt, dagegen anzugehen, kann auch er noch lange ein erfülltes Leben führen. Vor allem muß der alternde Mensch sich bewußter ernähren lernen, da gerade er sehr anfällig für Ernährungsfehler ist. Darüber hinaus sind ebenfalls nervenstärkende Teekuren mit Heilkräutern und die Kneipp-Wasseranwendungen, hierbei besonders die Bäder mit Kräuterzusätzen, sehr zu empfehlen. Auch das autogene Training stellt eine ausgezeichnete Hilfe bei seelischen Leiden und bei Schlafstörungen dar. Gerade alternde Menschen werden gegenüber chemischen Medikamenten (besonders Schlafmitteln) sehr anfällig. Sie sollten daher auf jeden Fall die natürlichen Methoden vorziehen.
Bei *Bluthochdruck* und bei *Blutunterdruck*

drohen häufig Herz-Kreislauf-Erkrankungen. Da hier eine Behandlung mit chemischen Mitteln oft mit erheblichen Nebenwirkungen verbunden ist, sollte nach Rücksprache mit dem Arzt wenigstens der Versuch gemacht werden, diese Beschwerden mit natürlichen Mitteln wie Heilkräuterkuren, Wasseranwendungen, Ernährungsumstellung, Entspannungskuren und regelmäßiger Bewegung zu bessern. In den meisten Fällen erlebt man nach Absetzen der chemischen Medikamente eine wesentliche Verbesserung der Lebensqualität und der allgemeinen körperlichen sowie seelischen Verfassung. Gerade die Teekuren mit Heilkräutern stellen eine wichtige Behandlungsgrundlage dar, sie werden oft von Erfolg begleitet sein.

Meist aufgrund eines Mangels an gewissen lebenswichtigen Mineralstoffen, Spurenelementen, Vitaminen und Eiweißstoffen kommt es häufig zu *Hauterkrankungen* mit lästigem Hautjucken. Hier helfen nur bewußtere Ernährung, Wasseranwendungen in Form von Bädern und entsprechenden Zusätzen zur Linderung und Anregung der Heilkräfte, Teekuren mit Heilkräutern und die Verwendung von aromatischen Ölen und Essenzen.

Eine ausreichende Ernährung unter Berücksichtigung des täglichen Eiweißbedarfs, die Anwendung von aromatischen Pflanzen in Form von Pflanzenextrakten oder Küchengewürzen, Kneipp-Anwendungen, Blutreinigungs- und Blutbildungskuren und Atemübungen vermögen die Abwehrkräfte zu stärken. Man hüte sich vor der Einnahme von zu vielen Medikamenten, vor Genußmittelmißbrauch, vor Übergewicht und vor Müßiggang. Eine ausreichende körperliche Bewegung in Form von Spazierengehen ist für den alternden Menschen unerläßlich. Auch ein gesunder Schlaf hängt direkt mit der Abwehrkraft des Körpes zusammen. Deswegen muß man darauf ganz besonders achten. Kräutertees und aromatische Bäder sind neben den bereits erwähnten Maßnahmen geeignete Schlafhilfen.

Goldene Regeln für die Kur zu Hause

- Beginnen Sie eine Kur zu Hause immer erst nach reichlicher Abwägung, wobei Sie das Für und Wider genau bedenken müssen.
- Überlegen Sie sich genau, wofür Sie eine bestimmte Kurform einsetzen und welche Ziele Sie sich setzen wollen.
- Bevor Sie mit der Kur beginnen, sollten Sie sich über die einzelnen Schritte und Etappen im klaren sein.
- Weihen Sie Ihre Angehörigen und eventuell auch Ihre Berufskollegen in Ihr Vorhaben ein, damit Sie von Anfang an mit Verständnis und Unterstützung rechnen können.
- Versuchen Sie bei bestimmten Kurformen wie z. B. bei der Ernährungsumstellung Ihre nähere Umgebung und die Angehörigen nicht vor vollendete Tatsachen zu stellen, sondern beziehen Sie sie schon bei den Vorüberlegungen mit ein.
- Seien Sie sich dessen bewußt, daß jede Kur möglichst in dem dafür günstigsten Zeitpunkt begonnen werden sollte.
- So wie die Natur rhythmischen Gesetzen gehorcht, ist auch der Mensch von rhythmusbedingten Prozessen abhängig. Folgen Sie möglichst diesen natürlichen Rhythmen. Auf diese wird im Text häufig hingewiesen.
- Denken Sie daran: Die Dosis bestimmt die Wirkung, kleine Dosen entfachen die Lebenskräfte, mittlere Dosen stärken sie und große Dosen hemmen sie.
- Vermeiden Sie Enttäuschungen und bringen Sie sich selbst gegenüber Geduld auf. Sie müssen sich für das Erreichen Ihrer Ziele genügend Zeit nehmen.
- Halten Sie Ihre Sinne wach und seien Sie offen für neue Erfahrungen.
- Glauben Sie fest an sich. Lernen Sie, sich durchzusetzen und behalten Sie Ihre Ziele immer fest im Auge.
- Hüten Sie sich davor, sich selbst etwas vorzumachen und wiegen Sie sich nie in Sicherheit.
- Überprüfen Sie während einer Kuranwendung – wenn nötig mehrmals in der Stunde – mit wachen Sinnen alle Erlebnisse und neuen Erfahrungen und ergründen Sie jedes unbekannte Gefühl und Erlebnis.
- Versuchen Sie alles zu verstehen, indem sie gründlich forschend mit aufklärerischem Geist alles hinterfragen. Sie haben die besten Mittel zur Selbsterforschung in Ihrer Hand. Vertrauen Sie darauf, seien Sie ehrlich und offen. Fühlen Sie sich mutig und frei.

Kurprogramme

Richtige Nahrung als Heilmittel

Praktisch stehen den Bewohnern der nördlichen Erdregionen – insbesondere denen der westlichen Industrieländer – alle Energieträger wie Eiweiße, Fette und Kohlenhydrate in ausreichender Menge zur Verfügung. Als jedoch das Ziel, jedem durch eine qualitativ hochwertige Nahrung ein langes Leben bescheren zu können, schon beinahe erreicht schien, trat ein Rückschlag ein. In den letzten Jahren tauchten immer mehr Berichte auf, in denen von einer zunehmenden Belastung der heutigen Nahrung durch Umweltgifte die Rede ist. Im wesentlichen handelt es sich dabei um chemische Stoffe und Schwermetalle, welche zu Tausenden heute von der Industrie, den Kraftfahrzeugen und den Einzelhaushalten an die Umwelt abgegeben werden und oft durch natürliche Prozesse gar nicht mehr abgebaut werden können. Auch der starke Verbrauch von Kunstdünger, die dadurch veränderten Anbaumethoden sowie der verschwenderische Umgang mit Unkraut- und Insektenvernichtungsmitteln sind ebenfalls als Ursachen für die zunehmende Belastung unserer Nahrungsstoffe zu nennen. Traurigerweise kommt zu diesen Übeln, mit denen wir es bisher schon zu tun hatten, neuerdings noch die verstärkte radioaktive Verseuchung der ganzen Umwelt. Durch die Katastrophe von Tschernobyl wurden radioaktive Teilchen freigesetzt, die in beträchtlicher Anzahl über weiten Teilen Europas niedergegangen sind. Von vielen offiziellen Stellen wird das Ausmaß und der Schaden dieser Katastrophe für die Natur und den Menschen als gering eingeschätzt. Man sollte diesem Urteil jedoch eher kritisch gegenüberstehen, da bisher eine solche Katastrophe noch nicht vorgekommen ist und auch die geeigneten Meßinstrumente zur Schadensbestimmung noch sehr mangelhaft arbeiten. Zudem stehen geeignete Meßgeräte nicht in ausreichend großer Anzahl zur Verfügung, um die unterschiedlichen örtlichen Belastungen messen zu können.
Vielleicht stehen Sie nach dem Lesen des letzten Abschnittes völlig ratlos da. Sie fragen sich: Was darf ich eigentlich noch unbeschwert und mit Genuß essen, welche Nahrungs- und Lebensmittel sind meiner Gesundheit zuträglich? Darauf kann man ohne zu zögern antworten: Nach wie vor sind Nahrungs- und Lebensmittel auch die besten Heilmittel, da es keine Alternative gibt.

Natürliche Ernährung im Kindesalter

Grundsätzlich gelten für das Kleinkind- und das Kindesalter dieselben Ernährungsempfehlungen wie für das Säuglingsalter: Verwenden Sie die Nahrung so frisch wie möglich, vermeiden Sie langes Lagern und verwenden Sie so wenig wie möglich industriell vorbereitete oder zerkleinerte Nahrung. Bereiten Sie die Nahrung schonend unter sparsamer Verwendung von Hitze zu. Geben Sie Ihrem Kind soviel rohes Gemüse und Obst wie möglich. Leiten Sie es an, richtig zu kauen. Dabei müssen Sie dem Kind klarmachen, daß die Verdauung bereits im Mund beginnt.

Bei den Kleinkindern und erst recht bei den größeren Kindern sollte man bei der Zubereitung der Nahrung den Geschmack durch Gewürzkräuter – hier besonders durch Verwendung von aromatischen, die im Kapitel Aromatherapie ausführlich beschrieben sind – verbessern. Sparen Sie mit Salz. Sie müssen sich dessen bewußt sein, daß Sie selbst wahrscheinlich durch einen zu hohen Salzkonsum in ihrem Geschmacksempfinden mehr oder weniger gestört sind. Lernen Sie zusammen mit Ihrem Kind, diesen grundlegenden Fehler abzulegen. Für die heranwachsenden Kinder sind vor allem wertvolle Eiweißstoffe, wie sie die Milch bietet, Vitamine, Mineralstoffe sowie Spurenelemente, wie sie die pflanzliche Kost durch Gemüse und Obst in Hülle und Fülle bietet, von besonderer Bedeutung. Nicht die Energiemenge ist entscheidend, denn daran herrscht in den industrialisierten Ländern kein Mangel, sondern die Dichte der wertvollen Aufbaustoffe ohne Energieballast, wie ihn die Kohlenhydrate in Form des weißen Zuckers sowie des Weißmehls darstellen. Diese Dichte bietet die pflanzliche Kost. Diese sollte daher bevorzugt und möglichst in roher Form auf den Tisch kommen, natürlich auch so frisch wie möglich. Eine ausgewogene Mischkost bietet die Gewähr für eine vollwertige Ernährung. Diese hilft auch, den natürlichen Geschmack der Kinder zu entwickeln. Die Empfehlungen der *Deutschen Gesellschaft für Ernährung* sehen folgende prozentuale Zusammensetzung der Kindernahrung vor: 15–20% Eiweiß, 30% Fett, 50–55% Kohlenhydrate.

Wenn man sich die Nahrungsmitteltabellen einmal in Ruhe betrachtet, kann man sich leicht die prozentualen Anteile der verschiedenen Energieträger einprägen. Praktisch läßt es sich kaum durchführen, beim Kochen auf die jeweiligen Anteile streng zu achten. Es ist auch gar nicht nötig. Man kann sich nämlich die Zusammensetzung der einzelnen Lebensmittel nach und nach einprägen, um dann nach Gefühl zu kochen. Der gesunde Appetit der Kinder sorgt schon für eine ausreichende Nährstoffzufuhr. Die Kohlenhydrate sollten nicht als *leere Kalorien* in Form von Weißmehl- oder Industriezuckerprodukten verzehrt werden, sondern in Form von Gemüse und Vollwertgetreideprodukten.

Die häufigsten Ernährungsfehler

- Die Ernährung ist zu energiereich; sie fördert Dickleibigkeit. Es werden zuviel leere Kohlenhydrate wie Weißmehlprodukte und Süßigkeiten mit einem hohen Zuckergehalt und sehr viel Kalorien verzehrt. Das Trinken von gesüßten Limonaden wird übertrieben.
- Der Fettanteil bei vielen Speisen ist zu hoch. Der Bedarf wird durch zuviel tierisches Fett gedeckt, welches sich in Fleisch- und Wurstwaren versteckt.
- Es wird zuviel tierisches Eiweiß verzehrt und zuwenig Eiweiß aus pflanzlicher Quelle. Milcheiweiß nimmt eine Sonderstellung ein, es wird nicht dem tierischen Eiweiß gleichgestellt. Milcheiweiß ist für das Kind besonders zu empfehlen.
- Der Anteil der Ballaststoffe an der Nahrungsmenge ist zu gering, insbesondere der der naturbelassenen rohen Ballaststoffe.
- Die Nahrung der Kinder wird mit zuviel Salz zubereitet, da die Erwachsenen von ihrem Geschmack ausgehen. In Fleisch- und Wurstwaren sowie im Brot ist reichlich Salz enthalten.

Die größte Sorge aller Eltern sollte die Gesundheit ihrer Kinder sein. Sie sollten insbesondere daran interessiert sein, den Kindern einen bestmöglichen Start ins Leben zu ermöglichen. Sie sind für die Entwicklung der gesamten Persönlichkeit des Kindes, seine körperlichen, geistigen und seelischen Kräfte verantwortlich. Am besten unterstützen Sie dies durch eine gesunde Ernährung, die möglichst naturbelassen sein soll, weil unsere tägliche Nahrung unser bestes Heilmittel ist. Dies gilt sowohl für den Krankheitsfall als auch für die Krankheitsvorbeugung. Es gibt kein höheres Gut auf Erden, als wertvolle Lebens- und Nahrungsmittel, zu denen auch das Wasser gehört. Kämpfen Sie daher für die Qualität der Lebensmittel und des Wassers. Setzen Sie sich für die Schonung der Umwelt ein, indem Sie sich weigern, schlechte Qualität zu bezahlen oder mit chemischen Zusätzen versetzte und mit Röntgenstrahlen behandelte Nahrungsmittel zu kaufen.

Angst vor Vitaminmangel

Bei der heutigen Ernährungssituation in den industrialisierten Ländern muß man bei vernünftiger Ernährung keinen Vitaminmangel befürchten. Auch in den Wintermonaten stehen frische Gemüse- und Obstprodukte in ausreichender Menge zur Verfügung. Es ist also unter der Voraussetzung einer vernünftigen Ernährungsweise nicht mit Vitaminmangelzuständen zu rechnen. Eine zusätzliche Gabe von Vitaminen bringt eher Gefahren mit sich, denn Vitamine sind nicht ungefährlich. Auch gestillte Säuglinge brauchen unter normalen Umständen keine Vitamingaben.

Ernährungsratschläge nach Tschernobyl

Die Situation nach Tschernobyl ist für uns alle neu, die örtliche Belastung mit radioaktiven Stoffen sehr unterschiedlich. Welche erlaubten Grenzwerte man festlegen soll, entscheidet nicht die Erfahrung, sondern hier werden mehr oder weniger willkürliche Höchstwerte festgelegt. Es gibt auch viel zu wenig gesicherte wissenschaftliche Erkenntnisse, die eine Entscheidungshilfe sein könnten. Eines ist jedoch sicher, daß besonders für Säuglinge, Kleinkinder und Jugendliche, die sich besonders stark und rasch entwickeln, ein erhöhtes Gesundheitsrisiko besteht.

Unter den niedergegangenen radioaktiven Teilchen ist das Jod 131 am unproblematischten, da z. B. 80 Tage nach der Katastrophe nur noch ein Tausendstel der ursprünglichen Strahlung vorhanden war. Viel langsamer zerfallen die anderen radioaktiven Teilchen Cäsium 137, Cäsium 134 und Strontium 90. Neben diesen gibt es noch viele andere Teilchen, über deren Auswirkungen man wenig weiß. Der Unterschied einer inneren zu einer äußeren Strahlenbelastung, die durch die Haut und das Gewebe in ihrer Wirkung abgeschwächt wird, besteht in der Schädigung der Zellen selbst. Die radioaktiven Teilchen, die beispielsweise durch Nahrungsaufnahme in den Körper gelangen, können durch ihre radioaktive Strahlung Zellkerne teilweise zerstören oder verändern. Damit können die ordnenden Impulse und Steuerungsbefehle, welche vom Kern ausgehen, gestört oder außer Kraft gesetzt werden. Dies kann zu einer Entartung der Zelle mit der Gefahr einer Krebsentstehung führen. Werden nur wenige Körperzellen in dieser Weise verändert, wird allerdings ein gesunder Körper diese wenigen Krebszellen rasch vernichten. Insgesamt besteht sicher zur Zeit für Erwachsene keine akute Gefahr, aber für Heranwachsende ist das Erkrankungsrisiko mit Sicherheit höher anzusetzen.

Der radioaktive Niedergang belastet die Umwelt unterschiedlich. Grüne Pflanzenteile können die radioaktiven Teilchen durch die Blattporen direkt aufnehmen und sie ziemlich lange auf ihrer Oberfläche speichern. Durch Regen werden sie heruntergespült und werden so die oberste Bodenschicht verseuchen. Von dort dringen sie sehr langsam in den Boden ein. Durch Staubaufwirbelungen werden die Teilchen dann wieder weitergetragen.

Die Pflanzenwurzeln nehmen die radioaktiven Teilchen sehr unterschiedlich auf, wobei sich auch eine Abhängigkeit von der Bodenbeschaffenheit und der Konzentration der sich im Boden befindlichen Mineralstoffe ergibt. Über den Regen gelangen die strahlenden Teilchen auch ins Wasser, und damit ist die Lücke geschlossen. Der Mensch als Allesfresser ist somit Zielscheibe dieser radioaktiven Teilchen. Es gibt keinen geschützten Winkel, wohin man sich verziehen könnte, da wir ja nicht ohne Wasser leben können. Leider sind die Zusammenhänge über die Aufnahme der radioaktiven Teilchen durch die Pflanzen noch sehr wenig erforscht, vor allem im Hinblick ihrer Aufnahme durch die Wurzeln in Abhängigkeit von der Bodenbeschaffenheit.

Folgende allgemeine Aussagen lassen sich im Moment treffen:

- Strontium 90, das in die Knochen eingebaut wird, von dort das Knochenmark bestrahlt und so die Bildung von roten und weißen Blutkörperchen behindern kann, reichert sich in den

Blattgemüsen in höherer Konzentration an als in den Wurzelgemüsen. Getreide wiederum speichert weniger Strontium als Wurzelgemüse. Die geringste Strontiumbelastung weisen die Kartoffeln auf.

- Bei niedrigem Kalziumgehalt des Bodens speichern die Pflanzenwurzeln vermehrt Strontium.

- Bei niedrigem Kaliumgehalt des Bodens nehmen die Pflanzen vermehrt Cäsium auf.

- Pflanzen mit einem hohen Kalziumgehalt nehmen vermehrt Strontium wegen der ähnlichen chemischen Zusammensetzungen auf, hingegen speichern kaliumreiche Pflanzen vermehrt Cäsium.

- Futtergräser und besonders auch Klee nehmen besonders viel Strontium und Cäsium mit der traurigen Konsequenz auf, daß diese radioaktiven Teilchen über die Milch und das Fleisch der damit gefütterten Tiere an den Menschen weitergegeben werden.

- Cäsium reichert sich besonders in der Muskulatur, im Muskelfleisch der Tiere und Fische, aber auch im Menschen an.

- Radioaktives Jod reichert sich in der Schilddrüse an, beim Kleinkind vermehrt.

- In der Leber und den Nieren reichern sich alle radioaktiven Stoffe an, wobei sie in der Niere nur kurz verweilen.

- Magen und Darm werden durch schnell zerfallende radioaktive Teilchen gefährdet, welche außerdem im Darm verweilen und nur schwer ins Blut aufgenommen werden.

- Alle strahlenden Teilchen lagern sich auch in den Geschlechtsorganen ab und rufen so die Gefahr von Erbschädigungen hervor.

Wenn Sie einen eigenen Gemüsegarten besitzen, ist es ratsam, die oberen 5 cm des Erdreichs abzutragen, und an einer stillen Ecke des Gartens zu lagern. Kalken sie den Boden, um dadurch die Strontiumaufnahme der Pflanzen zu verringern. Die Kalidüngung sollte nur nach einem Bodengutachten durchgeführt werden, da sie problematisch ist. Pflanzen Sie hauptsächlich Kräuter und Gemüse an, welche wenig Kalium und Kalzium speichern. Waschen Sie Obst und Gemüse gründlich, und schälen Sie das Obst, denn sowohl Erdteilchen wie auch die Schale enthalten radioaktive Teilchen.

Entfernen Sie die äußeren Blätter von Blattgemüse, von Salaten und Lauch. Schälen Sie Wurzelgemüse sowie Gurken und z. B. Zucchinis.

Kleinkinder und Heranwachsende reichern Strontium fast zu 80% an, während der Erwachsene nur etwa 20–50% verwertet. Achten Sie daher bei Kindern auf die strontiumbelasteten Lebensmittel und meiden Sie diese möglichst. Ausreichend Kalzium in der Nahrung verringert die Strontiumaufnahme. Cäsium reichert sich hauptsächlich im Muskelfleisch an, deshalb empfiehlt sich Zurückhaltung gegenüber Fleisch- und Fischkonsum.

Kuhmilch ist geringer strontiumbelastet als Ziegen- und Schafsmilch. Von den Milchprodukten am unbedenklichsten sind Rahm, Butter, Buttermilch und Sauermilchkäse wie Harzer Käse und Romadur. Fester Schnittkäse dagegen enthält viel Strontium, da dieses immer im Milcheiweiß verbleibt. Molke ist zu meiden, da sich in ihr fast alles Cäsium anreichert.

Eine faserreiche, also auch ballaststoffreiche Kost verringert die Aufnahme von radioaktiven Teilchen aus dem Darm, weil die Durchgangszeit des Nahrungsbreis im Darm verkürzt wird, diese Teilchen von den Pflanzenfasern gebunden und so der Ausscheidung zugeführt werden.

Hühnereier sind nahezu unbelastet; sie bilden mit der ebenfalls fast unbelasteten Kartoffel eine geglückte Nahrungszusammenstellung, welche aufgrund der wertvollen Eiweißbestandteile beider Lebensmittel das Fleisch nicht nur vortrefflich ersetzen, sondern auch diesem gegenüber viele Vorteile aufweisen.

Wild und Süßwasserfische aus belasteten Gegenden weisen eine besonders hohe Strahlenbelastung auf.

Fazit: Sie, vor allem aber Ihre Kinder, brauchen jetzt erst recht eine vollwertige Ernährung, um dadurch den Körper gesund zu erhal-

Beispiele für kaliumreiche und kalziumreiche Pflanzen:

kaliumreich, cäsiumspeichernd		*kalziumreich, strontiumeinlagernd*	
Petersilie	++++++++++	Sojabohne	+++
Kresse	++++++	Schnittlauch	++
Meerrettich	++++++	Petersilie	++
Schnittlauch	+++++	Löwenzahn	++
Löwenzahn	+++++	Kresse	++
Grünkohl	+++++	Grünkohl	++
Fenchel	+++++	Brunnenkresse	++
Brokkoli	+++++	Schwarzwurzel	+
Rote Rüben	++++	Sellerie	+
Rosenkohl	++++	Kohlrabi	+
Kohlrabi	++++	Fenchel	+
Feldsalat	++++	Endivien	+
Artischocke	++++	Brokkoli	+
Mangold	++++	Artischocke	+

Beispiele für kaliumarme und weniger cäsiumbelastete Pflanzen:

Blumenkohl	+++	Spinat	++
Kopfsalat	++	Weißkohl	++
Lauch	++	Zwiebel	++
Paprika	++	Chicoree	+
Spargel	++	Gurken	+
Chinakohl	++	Sojabohne	(+)

Beispiele für weniger kalziumreiche, damit strontiumärmere Pflanzen:

Blumenkohl, Bohnen, Chicoree, Chinakohl, Erbsen, Feldsalat, Gurken, Kopfsalat, Kürbis, Gelbe Rüben, Paprika, Radieschen, Rettich, Rosenkohl, Rotkohl, Rote Rüben, Spargel, Spinat, Tomaten, Weißkohl, Wirsing und Zwiebel.

ten und ihn so in die Lage zu versetzen, Schäden mit eigenen Mitteln zu reparieren. Eine mehr oder weniger vegetarische Kost garantiert zur Zeit, aber auch für die Zukunft, am ehesten bestmögliche Gesundheit.

Ernährungsratschläge für heranwachsende Jugendliche

Für Jugendliche empfiehlt sich besonders eine Ernährung, die in hoher Dichte die für den Körperaufbau wertvollen Mineralstoffe sowie die für alle Stoffwechselvorgänge notwendigen Vitamine, Enzyme, Fermente und Spurenelemente ohne übermäßige Energieüberfrachtung liefert. Die in den Industriestaaten stark leistungsbezogenen Gesellschaftsformen setzen bereits bei Jugendlichen eine hohe Leistungsbereitschaft in Schule, Lehre und Beruf voraus. Diese Leistungsbereitschaft setzt jedoch einen guten Zustand von körperlicher, geistiger und seelischer Gesundheit voraus. Für die Gesundheit beim jungen Menschen aber ist vor allem die richtige Ernährung verantwortlich. Für diese wiederum müssen Eltern sorgen, welche dem Kind bestimmte gesundbringende Ernährungsgewohnheiten beizubringen haben.
Es ist eine wichtige Erkenntnis, daß der Geschmack und die Ernährungsgewohnheiten sich in den ersten Lebensjahren herausbilden, die dann oft ein ganzes Leben lang beibehalten werden. Doch auch der Jugendliche ist noch bildungsfähig. Andererseits ist er aber auch verbildungsfähig, was mit einer Menge Gefahren verbunden ist. Als Jugendlicher entzieht man sich immer mehr der elterlichen Kontrolle. Dies führt unter anderem dazu, daß schlechte Ernährungsgewohnheiten des Freundeskreises angenommen werden, da man ja nicht aus der Rolle fallen oder als spinnerter Einzelgänger auffallen will. Hinzu kommt, daß die Jugendlichen durch Schule oder Berufsausbildung bedingt häufig den ganzen Tag außer Haus sind. Gerade hier beginnt die Gefahr, die vor allem die Eltern sich vor Augen führen müssen. Die Schnellimbißbuden mit den verführerisch aussehenden Schnellgerichten gibt es heute an jeder Ecke, wobei diese Gerichte weder geeignet sind, den Jugendlichen mit den nötigen Aufbaustoffen zu versehen noch ihn wirklich befriedigend satt werden zu lassen. Dies hat meist nachfolgend den Konsum von stark zuckerhaltigen Ersatzlebensmitteln zur Folge, welche zusammen mit den Schnellgerichten zwar reichlich Energie liefern, aber nicht die notwendigen Lebensaufbaustoffe wie beispielsweise Mineralstoffe, Vitamine und Spurenelemente. Außerdem verbilden sie noch den Geschmack. Eine weitere Gefahr stellen die vielen stark zucker- und säurehaltigen Limonaden dar, welche in den praktischen Wegwerfdosen schnell zur Hand sind und sich zudem bei den Jugendlichen großer Beliebtheit erfreuen.
Wie können nun aber die Eltern ihre Kinder zu einer vernünftigen Ernährung bewegen? Sie müssen vor allem ein Vorbild sein, an dem diese sich orientieren können. Wenn Sie von Ihren Kindern nur etwas verlangen, was Sie selbst nicht einlösen können, suchen sich Ihre Kinder andere Vorbilder und wenden sich von Ihnen ab.
Achten Sie daher darauf, daß zu Hause immer genügend frisches Obst, Gemüse, Vollkorn- und Milchprodukte, aber auch gutes Wasser vorrätig ist. Dringen Sie auf ein gehaltvolles Frühstück, das einen großen Teil des Ernährungsbedarfs des Jugendlichen decken soll. Für das Frühstück ist es wichtig, sich genügend Zeit zu nehmen. Dringen Sie als Eltern darauf, daß Ihre Kinder rechtzeitig aufstehen, um in Ruhe das Frühstück einnehmen zu können!
Zum Frühstück ist für einen Jugendlichen das Frischkornmüsli mit Obst, wenig Honig und Nüssen sehr zu empfehlen. Zubereitung des Frischkornmüslis: Man kann sich fertig geschrotete Müslimischungen kaufen. Oder besser: Sie stellen es selbst zusammen. Besonders wertvolle Getreidesorten sind Roggen, Hafer, Gerste, Hirse, Weizen und Buchweizen. Am besten mahlen Sie sich die Getreidemischung jedesmal frisch, entweder unter Verwendung einer Kaffeemühle oder mit einer einfachen Hand-Getreidemühle. Geben Sie das Getreide in eine Schüssel und übergießen Sie es mit kaltem Leitungswasser. Lassen Sie den Kornbrei über Nacht zugedeckt stehen. Am nächsten Morgen gibt man zu dem gequollenen Frisch-

kornbrei frisches saures Obst sowie einen Eßlöffel Zitronensaft, etwas Honig zum Abschmecken, Nüsse und auch Sauermilchprodukte wie beispielsweise Joghurt.
Achten Sie darauf und erziehen Sie Ihr Kind dazu, jeden Bissen ausreichend einzuspeicheln, bevor er hinuntergeschluckt wird. Dazu braucht man natürlich Zeit. Aber es lohnt sich, sich diese Zeit zu nehmen! Versorgen Sie Ihr Kind für die Zeit seiner Abwesenheit von zu Hause mit einem vollwertigen Pausebrot unter Beigabe von Obst, rohem Gemüse wie Paprika, Tomaten, Gurken sowie von Milchprodukten. Vor allem Gemüse und Obst sowie Vollkornprodukte sind wegen ihres Ballaststoffreichtums besonders wertvoll, denn beugen doch diese Darmerkrankungen vor.
Ein Jugendlicher kann gesund heranwachsen und auch seine volle Leistungsfähigkeit erreichen, wenn er fleischlos ernährt wird. Aufgrund der großen Belastung des Fleisches und der Wurst mit vielen chemischen Stoffen, mit Hormonen, mit Antibiotika und auch mit radioaktiven Teilchen wird auch von offizieller Seite immer mehr von starkem Fleischkonsum abgeraten. Fleisch- und Wurstwaren enthalten sehr viel Fett, darüberhinaus reichlich Purinkörper, welche für die Harnsäurebildung verantwortlich sind, schließlich noch viel Cholesterin. Alle diese Stoffe können auch schon bei Jugendlichen zu bedrohlichen Gefäßablagerungen führen. Man weiß heute, daß die weitverbreitete Gefäßverkalkung mit Blutdruckerhöhung, Nierenschädigung sowie der Gefahr von Herz- und Kreislauferkrankungen bereits in sehr jungen Jahren einsetzen kann, was auf Ernährungsfehler zurückzuführen ist. Die Ernährung ist zu fettreich und enthält zuviel tierisches Eiweiß; auch der Zuckeranteil, den die Jugendlichen verbrauchen, ist zu hoch; die Nahrung enthält zu wenig Faser- und Ballaststoffe; es wird zuviel Salz beim Kochen verwendet; die Nahrung ist zu energiereich und fördert die Fettleibigkeit.
Gerade viele der heutigen Erkrankungen, die unseren erreichten Lebensstandard bedrohen und auch die Lebensqualität stark beeinträchtigen, könnten durch eine vernünftige Lebensführung schon in jungen Jahren vermieden werden. Zu diesen Krankheiten gehören Krebs, Rheuma, hartnäckige Darmerkrankungen mit Mangelkrankheiten als Folge, Nierenerkrankungen und Herzinfarkt.
Warnen Sie die Jugendlichen auch vor Genußgiften und seien Sie darin Vorbild!

Ernährungsempfehlungen für den Erwachsenen unter besonderer Berücksichtigung von Risikofaktoren

Erst seit wenigen Jahren wird der Ernährung auch von seiten der Schulmedizin eine größere Bedeutung zugeschrieben. Es gibt immer mehr gesicherte Erkenntnisse, die die Rolle der Ernährung bei der Krankheitsentstehung erleuchten.

Herz-Kreislauferkrankungen: Die Herz- und Kreislauferkrankungen nehmen immer mehr zu. Zunehmend stärker ist auch die Gruppe derer betroffen, die in relativ jungen Jahren deswegen sterben.
Schon in der Jugend beginnt der oft tödlich endende Prozeß der Gefäßschädigung, welcher zu einer Verschlechterung der Sauerstoffversorgung der Zellen und zu Organschädigungen führt, besonders am Herz, an den Verdauungsorganen und den Nieren. Bluthochdruck, Herzversagen und Herzinfarkt sind die unmittelbaren Folgen, die die Lebensqualität beeinträchtigen oder das Leben kosten.
Durch zu reichlichen Fett-, Eiweiß- sowie Zuckerkonsum, ferner durch eine übermäßige Aufnahme von Cholesterin und Harnsäure bilden sich Ablagerungen an den Gefäßinnenseiten. Als Folge der weit verbreiteten Eiweißmast kommt es zu einer Verdickung der Gefäßwände mit der Behinderung des Sauerstofftransportes durch die Gefäßwände. Zellschädigung und -untergang mit einer Verkürzung der Lebenszeit sind die unweigerlichen Folgen.

Darmerkrankungen: Die heutigen Ernährungsgewohnheiten führen zu häufigen Darmerkrankungen mit der Folge einer gestörten Verdauung. Diese Verdauungsstörungen bewirken über kurz oder lang Folgekrankheiten,

die Ausdruck eines Mangels an wichtigen Lebens- und Schutzstoffen sind.
Es gibt praktisch keine Erkrankung, die nicht irgendwie mit unserem Verdauungssystem oder einer falschen Ernährung in Zusammenhang gebracht werden kann. Häufig entdeckt man diese Erkrankungen erst in einem Stadium, in welchem man durch eine Ernährungsumstellung bestenfalls den Krankheitsfortgang bremsen, aber bereits nicht mehr aufhalten kann. Aber selbst dieser kleine Erfolg ist oft für den Betroffenen noch von großem Wert, wenn dies im Verbund mit anderen Maßnahmen zu einer Lebensverlängerung führt.
Besonders krankmachende Faktoren für den Darm sind die Genußmittel mit ihrer hohen Energiedichte, wobei andere wertvolle Lebensstoffe fehlen, dann die Bewegungsarmut, die an Ballaststoffen arme Ernährung bei einem gleichzeitigen Überangebot an tierischem Eiweiß und schließlich der durchschnittliche hohe Alkoholkonsum.

Rheuma: Diese Erkrankung kann als Verschlackungskrankheit aufgefaßt werden, wobei ein kranker Darm, eine falsche Ernährung sowie eine Schädigung der Entgiftungsorgane Leber, Niere, Haut und Lungen als Ursachen angenommen werden können. Im Gefolge dieser Grundstörungen stellen sich dann zunehmend andere Defekte ein wie beispielsweise eine Entgleisung des Immunsystems mit der Gefahr von viralen und bakteriellen Begleiterkrankungen sowie andere Organstörungen. Ob die Ursachen für das Rheuma beim Betroffenen selbst gesucht werden müssen oder ob man hier ganz allgemein die zunehmende Belastung des menschlichen Organismus mit Schadstoffen und den Trend zur Bewegungsarmut als ursächlich annehmen muß, ist noch unklar. Auf jeden Fall kommt es beim Rheuma zu Ablagerungen von Stoffwechselschlacken in den Gelenken oder in der Muskulatur, die dort schmerzhafte Entzündungen hervorrufen. Diese Entzündungen sind ähnlich wie das Fieber als ein Versuch des Körpers zur Beseitigung und Ausscheidung dieser Ablagerungen zu betrachten. Durch die Entzündung erreicht der Organismus eine Verflüssigung und Auflösung der Schlack- und Giftstoffe, wodurch sie ins Blut zurückgeführt und dann ausgeschieden werden können. Auf jeden Fall begünstigt eine energiereiche, mineralien-, vitamin-, spurenelement- und ballaststoffarme Ernährung die Entstehung von Rheuma.

Gicht: Der hohe Konsum an tierischem Eiweiß in Form von Fleisch und Wurst sowie der durchschnittlich hohe Alkoholgenuß führen zu einer vermehrten Harnsäurebelastung des Körpers. Die Harnsäure reichert sich dann bevorzugt in den weniger gut durchbluteten Gelenken an, führt zu Gelenkentzündungen und Gelenkzerstörungen.
Der Alkohol spielt insoweit eine bedeutende Rolle bei der Gichtentstehung, als er die Harnsäureausscheidung über die Nieren behindert und so die Anreicherung im Körper begünstigt. Bier enthält selbst reichlich Harnsäure.
Die ernährungsbedingte Form der Gicht läßt sich durch eine entsprechende Ernährungsumstellung beseitigen.

Krebserkrankungen: Zur Krebsentstehung gibt es viele Theorien. So nimmt man z. B. an, daß bestimmte Viren in der Lage sind, Krebs zu erzeugen. Krebs kann man aber auch ähnlich wie Rheuma als eine Verschlackungskrankheit auffassen, wobei es im Laufe der zunehmenden Verschlackung zur Ausbildung einer Abwehrschwäche kommt, die dann bestimmten Viren gestattet, sich im Körper zu vermehren und die Zellen zunehmend zu zerstören oder ihre Entartung durch eine Veränderung des Zellkerns zu fördern.
Die Krebsgeschwülste könnte man aber auch als einen Versuch des Körpers deuten, die schädlichen Schlack- und Giftstoffe an einem bestimmten Platz im Körper auf möglichst kleinem Raum abzulagern, wo sie für eine gewisse Zeit aus dem Verkehr gezogen sind und die Stoffwechselvorgänge wenig behindern.
Wird jedoch der Schlacken- und Giftstrom, welcher den Körper über Jahre überschwemmt hat, nicht eingedämmt, überflutet er den Körper weiterhin und die Deponie muß größer und größer werden. Die Schlacken und Gifte ergießen sich letztendlich über den ganzen Körper. Dieser Ausbruch ist vergleichbar mit

der Ausbildung von Tochtergeschwülsten überall im Körper.
Selbstverständlich kann eine Ernährungsumstellung in einem weit fortgeschrittenen Erkrankungsstadium keine große Wirkung mehr zeigen. In einem frühen Krankheitsstadium – wobei man hier vor dem Problem steht, daß die Erkrankung zu diesem Zeitpunkt durch keine deutlichen Signale auf sich aufmerksam macht und so meist unerkannt bleibt – könnte eine geeignete Ernährung neben anderen Schritten, welche unternommen werden müßten, vielleicht den Krankheitsfortgang aufhalten und dadurch dem Körper die Chance geben, den Schaden wieder mit eigenen Mitteln zu reparieren.
Eine Krebserkrankung hat wahrscheinlich viele Ursachen. Vielleicht ist jede Grippe, welche man nicht durch Bettliegen und die heilende Wirkung des Fiebers ausheilt, ein kleiner Schritt hin zu Krebs. Denn Fieber ist ja eine Heilreaktion, aber dies wird meist mißverstanden. Heute ist es üblich, das Fieber rasch mit chemischen Präparaten zu unterdrücken. Paradoxerweise entdeckt auch die Schulmedizin den Wert des Fiebers wieder und setzt die Überwärmungsbehandlung wieder zur Krebstherapie ein.
Aus den oben beschriebenen Risikofaktoren und den daraus folgenden Krankheiten lassen sich zusammenfassend folgende grundlegende Ernährungs- und Verhaltensfehler bei vielen Erwachsenen beschreiben:

- Die aufgenommene Nahrungsmenge ist zu energiereich.
- Der Fettanteil liegt deutlich über der empfohlenen Aufnahme von 25–30 Prozent Fett in der Nahrung.
- Der Eiweißkonsum überschreitet deutlich den empfohlenen Anteil von 15–20%.
- Es werden zu viele »leere« Kohlenhydrate gegessen und zwar in Form von Weißmehl- und Zuckerprodukten, welche vitamin- und mineralienarm sind.
- Es fehlt an genügend Ballaststoffen in der Nahrung.
- Es wird zu viel Salz verwendet.
- Zu viele zuckergesüßte Getränke werden konsumiert.
- Der regelmäßige Alkoholkonsum übersteigt oft das vertretbare Maß.
- Ein allgemeiner Bewegungsmangel führt zur ungenügenden Sauerstoffaufnahme.

Wenn Sie sich diese Aufzählung der wichtigsten Fehler ansehen, können Sie fast alleine darauf kommen, wie man diese Fehler abstellen kann. Im Grunde genommen gelten für Erwachsene die gleichen Ernährungsempfehlungen wie für Kinder oder Jugendliche. Bei den Erwachsenen sind die Ernährungsgewohnheiten natürlich schon festgefahrener, der Körper weist außerdem schon gewisse Schwächen auf oder er leidet bereits mehr oder weniger offensichtlich an Verdauungsstörungen.

Geschmackstraining

Durch die völlig unnatürliche Ernährung vieler Menschen mit einem hohen Zucker- und Salzanteil sowie dem übertriebenen Genußmittelkonsum haben sich der Geschmack und die Eßgewohnheiten krankhaft verändert. Um diese Entwicklung wieder rückgängig zu machen und gleichzeitig den Köprer und Darm zu entschlacken, empfiehlt sich die Darmreinigung, wie sie in diesem Buch beschrieben ist.
Durch eine möglichst natürliche Ernährung mit einem hohen Anteil an Obst und Gemüse (möglichst im Rohzustand) und einem deutlich niedrigeren Salzanteil kann man sich nach der Darmreinigung seinen natürlichen Geschmack wieder antrainieren. Wenden Sie auch nährstoff- und aromastoffschonende Garverfahren in der Küche an und eignen Sie sich Kenntnisse über geschmackvolles Würzen mit Aromapflanzen an. Im Kapitel Aromatherapie finden Sie dazu viele wertvolle Informationen.
Wem die Darmreinigung zu aufwendig ist, der kann seinen Geschmack auch durch Kurzfastentage, durch Obstsafttage und Reis- oder Getreidefasttage innerhalb weniger Wochen verfeinern. Ein frisches Glas Wasser zwischen den verschiedenen Gerichten verfeinert und regt den Geschmack sehr an. Vermeiden Sie auf jeden Fall, vor oder zwischen dem Essen zu rauchen, denn dadurch werden die Geschmacksnerven unempfindlich und stumpf. Essen Sie mit den Augen mit und gewöhnen

Sie sich ab, die Qualität des Essens nach der Größe der Portionen zu beurteilen. Schärfen Sie Ihre Sinne, genießen Sie das natürliche Aroma der Lebensmittel, kauen Sie ausreichend und nehmen Sie sich Zeit.

Entlastungstage für das überstrapazierte Verdauungssystem

Obsttage: Verzehren Sie ca. 2 bis 3 Pfund Obst am Tag (auf mehrere Mahlzeiten verteilt) und kauen Sie jeden Bissen gut durch. So erleben Ihre Geschmacksnerven den natürlichen und frischen Geschmack des Obstes, die Verdauungsdrüsen werden angeregt, der Darm erhält reichlich Ballaststoffe und das Blut wird gereinigt.

Reistag: Am Reistag dürfen Sie sich an Reis sattessen, der allerdings ohne Salz zubereitet werden muß. Lediglich Obst ist zur Geschmacksverbesserung erlaubt. Der Reistag ist als reizarmer Essenstag aufzufassen; so findet eine Unterbrechung in dem eintönigen Allerlei der täglichen Ernährung statt. Die Unterbrechung bedeutet aber nicht Abwechslung durch noch mehr Reize, sondern im Gegenteil bewußter Verzicht auf Reizstoffe.

Getreide- und Kartoffeltage: Die Grundlage der Ernährung für diesen Tag sind Getreidefrischkornbreis sowie Kartoffeln in jeder Form. Als zusätzliche Beigaben sind Obst, beziehungsweise rohe Gemüse sowie Sauermilchprodukte und Gewürzkräuter erlaubt.

Rohkosttage: An Rohkosttagen kommen nur rohes Obst und Gemüse auf den Tisch. Das Gemüse darf mit Gewürzkräutern und Zitrone abgeschmeckt werden.

Safttage: Rohe Obst- und Gemüsesäfte müssen kleinschluckweise getrunken werden; man muß sie gut kauen und einspeicheln, bevor man sie hinunterschlucken darf. Empfohlen wird eine Trinkmenge von etwa einem halben Liter.

Eiweißfasten: Aufgrund der Eiweißüberladung des Körpers empfiehlt es sich, eiweißfreie Tage einzulegen oder auch mehrere Tage hintereinander bewußt eiweißarm zu essen.

Beim Eiweißfasten kommt es zu einer Abnahme der Verdickung der Gefäßinnenwand, die ja unter anderem durch die Einlagerung von überflüssigem Eiweiß zustandekommt. Diese Verdickung der Gefäßinnenwand stellt eine Barriere dar für den notwendigen Sauerstofftransport vom Blut ins Gewebe und in die Körperzellen. Diese Behinderung des ungehinderten Sauerstofftransportes kann Zell- und Organschäden verursachen. Man hat deshalb den Begriff Eiweißspeicherkrankheiten für diese Art von Organschäden geprägt. Die Eiweißspeicherung kann jedoch verringert werden durch das Eiweißfasten und durch eine sich daran anschließende Ernährung, bei welcher der Gesamtenergieanteil des Eiweißes etwa 15% des Tagesbedarfs ausmacht. In absoluten Zahlen ausgedrückt gilt die Empfehlung, pro Kilogramm Körpergewicht etwa 0,7–0,9 g Eiweiß pro Tag zu sich zu nehmen. Ein Drittel des Gesamteiweißbedarfs kann aus tierischer Quelle stammen, den Rest sollten Pflanzen- und Milcheiweiß, das eine Sonderstellung einnimmt, ausmachen.

Ernährungsempfehlungen für den alternden Menschen

Der Stoffumsatz nimmt mit zunehmendem Alter ab, was sich vor allem aus der geringeren Beweglichkeit des alternden Menschen erklären läßt. Zum geringeren Energiebedarf des alternden Menschen kommt noch seine besondere soziale Situation hinzu, die oft von Vereinsamung geprägt ist, was sich sehr auf das Appetitverhalten auswirkt. Im Extremfall schwindet das Interesse an der Umwelt und damit an den Mitmenschen, wodurch sich die Ernährungssituation zusehends verschlechtert. Dies führt natürlich zur Beschleunigung von Alterungs- und Zerfallprozessen und kann in ein langsames Siechtum übergehen.

Mit zunehmendem Alter stellen sich heute bei der hohen Lebenserwartung immer mehr Leiden ein, die meist einer Heilung nicht mehr zugänglich sind. Zu diesen Leiden gehören Herz- und Kreislauferkrankungen, Rheuma, chronische Nierenerkrankungen mit eingeschränkter Nierenfunktion, chronische Darm-

entzündungen und Verdauungsstörungen, Lebererkrankungen sowie seelische Erkrankungen und Krebs.
Besondere Beachtung verdient der Wasserhaushalt des alternden Menschen, da der Anteil des Körperwassers am Gesamtkörpergewicht mit zunehmendem Alter abnimmt. Die einzelnen Körperzellen schrumpfen, weil sie aufgrund des altersbedingten Kaliumverlustes weniger Wasser aufnehmen können. Dazu kommt der häufig fehlende Durst. Auch die Niere ist im Alter oft nicht mehr in der Lage, den Urin ausreichend zu konzentrieren und das Wasser so im Körper zurückzuhalten. So entwickelt sich beim älteren Menschen eine große Empfindlichkeit gegenüber Wasserverlusten.
Diese Alterskrankheiten werden oft mit Hilfe verschiedener Pillen behandelt, die nicht selten den Appetit schwer beeinträchtigen und auch insbesondere die Verdauungsorgane schädigen. Oft tödlich wirken aufgrund des empfindlichen Gleichgewichts des Wasserhaushaltes die heute gern und viel verordneten »Wassertabletten«. Der Wasser- und Mineralhaushalt müßte unter Einnahme dieser Wassertabletten in kurzen Abständen immer wieder überprüft werden.
Aufgrund des geringeren Wasseranteils und der damit verbundenen Zellschrumpfung muß ein alternder Mensch durch häufige menschliche Zuwendung immer wieder zum Trinken aufgefordert werden. Im Alter nimmt auch der Kalium- sowie der Magnesium- und Phosphatanteil im Körper ab, wohingegen der Gehalt an Natrium, Chlorid und Calcium steigt. Man achte daher besonders auf eine kalium-, magnesium- und phosphatreiche Kost und spare vor allem am Kochsalzverbrauch.
Durch den häufig mäßigen Appetit, auch meist mitbedingt durch Medikamentenmißbrauch wie zum Beispiel von Herztabletten, Wassertabletten, Rheumamitteln und auch Schlafmitteln, bauen sich vor allem die Eiweißbestände des Körpers ab. Damit verbunden ist eine Schwächung von Muskulatur, Verdauung (wegen der fehlenden Verdauungsenzyme der Bauchspeicheldrüse), Leber, der Darmschleimhaut und des Abwehrsystems.
Hochwertiges Eiweiß findet sich im Hühnerei (vor allem auch in der Milch mit dem Vorteil der leichten Verdaulichkeit) und in der Kartoffel. Eiweiß ist für den alternden Menschen unersetzlich, während Fett und Zuckerstoffe sich gegenseitig vertreten können. 15% der Nahrung sollten aus Eiweiß bestehen.

Bei der Ernährung ist nicht die Energiemenge entscheidend, sondern die Dichte der wertvollen Aufbaustoffe, wie sie z. B. die pflanzliche Kost bietet. Diese sollte daher bevorzugt und möglichst frisch auf den Tisch kommen.

Naturreis hat einen kräftigen Geschmack und enthält mehr Fett und Vitamine als geschälter Reis.

In der Vollwertkost wird zum Süßen ausschließlich Honig verwendet. Man sollte jedoch damit sparsam umgehen, da übermäßiger Genuß Karies verursachen kann.

Brot – oftmals als »Dickmacher« gemieden – hat nicht mehr Kalorien als beispielsweise Fleisch, Käse oder Wurst. Am besten verdaulich ist Vollkornbrot.

Abnehmen und Gewicht halten

Programme zum Abnehmen sind profitabel

Abmagerungsprogramme werden täglich von vielen Zeitungen und Zeitschriften angeboten. Die Höhe der jeweiligen Auflagen beweist, wie groß das Interesse an diesen Programmen ist. Auf der anderen Seite muß man sich fragen, warum trotz der vielen Veröffentlichungen zu diesem Thema die Nachfrage ungebrochen ist. Anscheinend bleibt das Problem, Gewicht abzunehmen und es auch über längere Zeit zu halten, für eine Vielzahl weiterhin bestehen. Mit eine Ursache dafür ist der Umstand, daß selbst Experten in Ernährungsfragen sich ohne Bezug zu den Betroffenen auf rein technische Art um diese Probleme kümmern. Sie bieten Ernährungsprogramme an, die reine Rechenexempel darstellen: Getreu dem heutigen Zeitgeist, werden x-beliebige Menschen aufgefordert, diesen Programmen in einer vorgegebenen Zeit und zu einem bestimmten Zeitpunkt brav zu folgen. Der einzige Zweck dieser billigen Rechenexempel in Form von Abmagerungsprogrammen ist der, die Auflagen der entsprechenden Zeitungen, Zeitschriften und Bücher in die Höhe schnellen zu lassen.

Das Körpergewicht

Das Körpergewicht ist ständigen Schwankungen unterworfen. Der in Kilogramm ausgedrückte Zahlenwert beschreibt ein labiles Gleichgewicht. Im Körper laufen ständig zwei Prozesse nebeneinander ab, zum einen der Verbrauch von Energiestoffen, der zur Gewichtsabnahme führt und zum anderen die Aufbereitung und Lagerung von Energieträgern aus der täglichen Nahrung, was zu einer Gewichtszunahme führt. Ist der momentane Verbrauch an Energiestoffen der Zufuhr an neuen Energiestoffen gleichzusetzen, wird man auf der Waage keine großen Gewichtsschwankungen registrieren. Auch eine kurzfristige Nahrungseinschränkung innerhalb weniger Tage wirkt sich kaum auf das Körpergewicht aus.

Bei Heranwachsenden wird ein großer Teil der aus der Nahrung gewonnenen Energiestoffe dazu benützt, den Körper wachsen und sich entwickeln zu lassen. Dieser Prozeß hält sich an die Richtlinien der inneren Steuerung durch das Erbmaterial und kann zum Beispiel durch Nahrungsentzug wesentlich beeinflußt werden. Vorausgesetzt, das Nahrungsangebot ist ausreichend und gut gemischt, wird man schon bei Kindern sehr unterschiedliche Körperformen feststellen können und dies bereits in den ersten Monaten nach der Geburt. Ist es also ausschließlich die Erbinformation, die schon früh das Körpermaß bestimmt, oder spielen auch andere Einflüsse, etwa der Ernährung und der Umwelt, eine gewichtige Rolle?

In den westlichen Ländern gehören Stillen und das Großwerden in der Familie noch zur festen Tradition. Was läge also näher, sich zu überlegen, ob nicht die natürliche Umgebung des Kindes wesentlich an der Entwicklung seines

Körperbildes beiträgt? Tatsächlich kann man bei vielen Kindern eine körperliche Entwicklung feststellen, die sich entsprechend den Wunschvorstellungen ihrer Eltern über das Aussehen vollzieht. Den Prozeß, sich an die äußere Umgebung anzupassen, sich an vorgegebene gesellschaftliche Spielregeln zu gewöhnen, diese anzuerkennen und sich entsprechend den Erwartungen zu verhalten, nennt man Sozialisation. Dieser Sozialisationsprozeß beginnt bereits beim Säugling. Deshalb ist es dann für den Erwachsenen nicht immer leicht zu erkennen, welche seiner Verhaltensweisen beispielsweise zu Übergewicht geführt haben. In den seltensten Fällen spielen Krankheiten eine Rolle; dies festzustellen, ist außerdem Aufgabe der Ärzte. Das Körpergewicht ist nur ein äußeres Zeichen der persönlichen Erscheinung. Da wir alle durch vielfältige Beziehungen mit der Gesellschaft verbunden sind, muß man bei übermäßigem Körpergewicht auch nach den Ursachen forschen, die sich möglicherweise aus dem individuellen Sozialisationsprozeß ergeben.

Seelisches Leiden und Übergewicht

Übergewicht kann demnach auch ein nach außen hin sichtbares Zeichen von seelischem Leid sein. Seelisches Leid kann krankhafte Verhaltensweisen hervorrufen, Ausdruck eines Versuchs, dadurch das innere Gleichgewicht wiederzufinden. Sind diese Verhaltensweisen jedoch wenig geeignet, die Ursache für das seelische Leid zu beseitigen, entwickeln sich meist körperliche Leiden infolge des seelischen Fehlverhaltens. In vielen Fällen mißlingt bereits die Selbstanalyse, falls diese überhaupt versucht wird. So können häufig die eigenen Behandlungsversuche das Leiden nicht lindern; sie erzielen oft das Gegenteil. Sie führen zur Erkrankung.

Aufgrund einer falsch verlaufenden Sozialisation glauben heute viele Menschen, durch Stillhalten und Wohlgefälligkeit ein ruhiges Leben innerhalb der Gesellschaft führen zu können, werden aber gerade durch diese Verhaltensweise häufig seelisch krank. Sich in eine Gesellschaft oder auch nur in die Familie einzuordnen, muß nicht mit fortwährendem Schweigen und passiver Teilnahmslosigkeit verbunden sein. Im Gegenteil, jede Gemeinschaft lebt von der Kritik und dem gesunden Verstand seiner Mitglieder und wird nur so nach außen hin stark. Konflikte dürfen nicht auf die lange Bank geschoben werden, sondern müssen offen und ehrlich ausgetragen werden. Dazu gehört dann aber auch die Fähigkeit, die Meinung anderer anzuerkennen. Diese Anerkennung darf aber nicht stillschweigend, also ohne vorhergegangene geistige Auseinandersetzung stattfinden. Andernfalls kommt es zu Unzufriedenheit, Fehlverhalten und letztlich zu inneren krankmachenden Konflikten. Man darf nicht vergessen, eine Gesellschaft schafft sich ihre Gesetze unter dem Druck, ein für alle Mitglieder erträgliches Leben in Sicherheit, Gesundheit und Frieden zu ermöglichen. Dabei muß jedes Mitglied der Gesellschaft auch ein Stück seiner persönlichen Freiheit aufgeben. Dieser Verzicht kann bei empfindlichen Menschen zu seelischem Leid oder – wie man dies auch nennen kann – zur Neurose führen. Wer heute die vielen Sicherheiten des staatlichen Sozialnetzes – Kranken- und Sozialversicherung, Sozialhilfe und Arbeitslosenversicherung, Unfallversicherung und Beihilfe – in Anspruch nehmen will, muß auch bereit sein, in Form von oft jahrzehntelangen Beiträgen erhebliche Opfer zu bringen.

Häufig herrscht bei vielen Menschen der Wunsch vor, genauso zu sein und zu leben wie die Mehrzahl der Mitglieder einer Gesellschaft. Diese Wünsche beziehen sich meist auf Äußerlichkeiten. Man wünscht sich ein ebenso großes und schönes Haus wie es Nachbarn oder Freunde besitzen. Oder man möchte sich ebensolche Urlaubsreisen leisten können wie so viele andere auch. Gerne schaut man auf Statussymbole (Auto, Kleider, Einrichtung), die einen gewissen Lebensstandard repräsentieren. Diese Form der Anpassung mit dem Trend zur Uniformität kann kurzfristig das Gefühl der Sicherheit vermitteln, man sei genauso wie der andere (Kollege, Freund) auch, was eine gewisse Befriedigung mit sich bringt, weil man nach außen hin den Anschein erwekken will, es sei alles in Ordnung. Doch die

Menschen waren noch nie so krank wie heute, und noch nie wurden so viele Mittel für die Gesundheit aufgewendet wie in den letzten Jahren. Es scheint also bei weitem nicht alles in Ordnung zu sein, auch wenn man es sich gerne vormachen möchte. Wen wundert es da, wenn sich die Seele dann auch Luft verschafft und durch Signale auf sich aufmerksam macht? Dabei spielt sie dem Bewußtsein des einzelnen häufig einen Streich, indem sie sich oft genug gegen den Willen durchsetzt und so körperliche Veränderungen bewirkt.
Die knappe Darstellung der durchschnittlichen Lebenssituation des heutigen Menschen in einem modernen Industriestaat sollte Sie zu eigenen Überlegungen anregen. Sie sollten sich fragen, inwieweit Sie wirklich Herr Ihrer Wünsche und Ihres momentanen Lebens sind, ob Sie sich nicht allzusehr an den allgemeinen Lebensstil anpassen, ohne ihre ureigenen Bedürfnisse dadurch befriedigen zu können.
Im Zusammenhang mit Ihrem Körpergewicht sollten Sie sich fragen, ob der Wunsch nach einer Veränderung Ihres Äußeren gesundheitliche Gründe hat oder nicht vielmehr ein Anpassungsverhalten an einen Trend ist, der durch die heutige Mode bestimmt wird.

Körperbild

Geprägt durch frühe Kindheitserfahrungen in der Familie und geformt durch sein soziales Umfeld hat sich bei jedem einzelnen Menschen eine feste Vorstellung von Schönheit, Geschmack, Wertmaßstäben, Lebenszielen u. a. herausgebildet. Auch der Umgang mit dem eigenen Körper und damit das körperliche Erscheinungsbild des Erwachsenen sind Ergebnisse eines Lern- und Anpassungsprozesses in der Gesellschaft. Für alles Erlernte gab es irgendwann einmal Vorbilder, auch wenn dies nur wenigen bewußt ist. So ist auch Ihr momentanes Körperbild, das Sie von sich haben, ein Bild, an dem viele Menschen prägend mitgewirkt haben. Bevor Sie also etwas verändern wollen, nehmen Sie sich Zeit, in sich hineinzuhorchen, um ihr eigenes Körperbild zu entdekken. Machen Sie sich zum Beispiel mit dem autogenen Training vertraut, um sich selbst besser kennenzulernen. Ohne diese Voraussetzungen werden Sie mit allen noch so ausgeklügelten Schlankheitsmethoden auf Dauer keinen Erfolg haben. Sie werden weder Ihre Gesundheit noch Ihr Glück finden, wenn Ihr selbst gestecktes Ziel nicht mit Ihrem Inneren übereinstimmt. Erkennen Sie sich selbst und nehmen Sie sich dafür Zeit. Veränderung verlangt Mut, und um diesen Mut zu haben, braucht man Vertrauen zu sich selbst.

Idealgewicht

Das Idealgewicht, wie es durch eine Rechenformel festgelegt wird, ist bestenfalls dazu geeignet, ein schlechtes Gewissen zu erzeugen, wenn man sich von diesem Idealgewicht allzuweit entfernt. Diese Rechenformel berücksichtigt in keiner Weise die unterschiedlichen Voraussetzungen der einzelnen Persönlichkeiten wie beispielsweise das Temperament, die körperliche Beschaffenheit, auch Konstitution genannt, Lebensweise, berufliche Belastung und seelische Befindlichkeit. Mit dem Idealgewicht wird auch die Unwahrheit verbreitet, es käme lediglich auf das zahlenmäßig richtige Gewicht an. Wenn dieses erreicht sei, so wird suggeriert, sei der wichtigste Schritt zu Gesundheit und Leistungsfähigkeit bereits getan. Es gibt jedoch kein Idealgewicht, das für jeden einzelnen anhand einer Formel zu errechnen ist. Jeder kann nämlich sein Idealgewicht selbst bestimmen. Jeder hat seine den eigenen Idealen entsprechenden Wertvorstellungen, was er für sich erreichen, was er darstellen will. Es liegt in der Verantwortung jedes einzelnen, die geeigneten Schritte zu unternehmen, sich die körperlichen, geistigen und seelischen Voraussetzungen zu schaffen, um seine privaten wie beruflichen Ziele zu erreichen.
Um die körperlichen Voraussetzungen zu schaffen, und damit sein persönliches Idealgewicht zu finden, bedarf es einer bestimmten geistigen Einstellung sowie einer guten seelischen Verfassung. Das häufige Fehlen dieser Bedingungen erklärt auch die Tatsache, warum so viele vergebliche Versuche gemacht werden, das Körpergewicht nachhaltig zu verändern.

Körperliche Beschaffenheit, Konstitution

Im Körper läuft gleichzeitig eine Vielzahl verschiedener Prozesse ab, die unser Bewußtsein nicht registriert. Jeder hat durch sein Erbgut bestimmte Eigenschaften von seinen Vorfahren mitbekommen. Nicht alle Menschen sind mit den gleichen körperlichen Merkmalen ausgestattet. Bei manchem liegt sogar von Geburt an ein schwerer körperlicher Mangel vor, der zwar das Leben nicht selbst bedrohen muß, aber Konsequenzen für die Lebensführung mit sich bringt. Bei vielen stellt sich ein körperlicher Mangel erst im Laufe des Lebens ein, wenn bestimmte Belastungen einen von Geburt an vorhandenen Fehler aufdecken oder wenn dieser Mangel als Folge der bisherigen Lebensführung entstanden ist.

Einen Einblick und eine gewisse Ahnung von den körperlichen Vorgängen kann man nur bekommen, wenn man seine Empfindsamkeit schult, wenn man eine Fähigkeit der Selbstbeobachtung und Selbsteinschätzung entwickelt. Zum Beispiel läßt sich durch eine entsprechende gesteigerte Aufmerksamkeit erfahren, wie man auf die unterschiedlichsten Nahrungsmittel und Kostformen körperlich, geistig und seelisch reagiert. Ebenso kann man durch aufmerksame Beobachtung erfahren, wieviel und welche körperliche Bewegung man braucht, um sich wohlzufühlen.

Unter den heutigen Lebensbedingungen in den modernen Industriestaaten ist es dem Großteil der Menschen vergönnt, sich tagtäglich satt zu essen. Ja es gibt in der Regel sogar ein großes Überangebot an Lebensmitteln, so daß im allgemeinen eine Überernährung breiter Kreise zu verzeichnen ist. Der steigende Wohlstand drückt sich auch im täglichen Konsum von Eiweißprodukten aus, der seit dem Zweiten Weltkrieg gewaltig angestiegen ist.

Unter diesen Voraussetzungen der Überernährung sind viele Instinkte verloren gegangen, so auch das Maß für eine vernünftige und durchaus ausreichende Ernährung. Nur wenige Menschen haben heute eine bewußte Einstellung und Beziehung zu ihrem Körper, da dieser durch die übermäßige, oftmals falsch zusammengestellte Kost ständig überfordert und überreizt ist.

Um diesen Teufelskreis durchbrechen zu können und sich entsprechend seinen körperlichen oder konstitutionellen Gegebenheiten zu verhalten und zu ernähren, sind oft viele kleine Schritte zu unternehmen. So ist es oftmals schon hilfreich, zunächst einmal zu fasten, selbst wenn ein Berufstätiger dies anfangs nur wenige Tage durchhalten wird; zumindest auf den Verzehr von Genußmitteln sollte verzichtet werden. Auch reine Trinktage (Kräutertees oder Säfte), Obst- oder Gemüsetage sowie Reis- und Kartoffeltage sind hilfreich, um den Stoffwechselvorgängen im Körper, den Verdauungsorganen und den Entgiftungsorganen Leber, Niere, Haut und Lunge eine Erholung zu verschaffen. Diese Schritte sind auch geeignet, die Instinkte wieder dafür zu schärfen, welche Lebensmittel für unser körperliches, geistiges und seelisches Wohl am vorteilhaftesten sind. Auch Entspannungsübungen wie das autogene Training und die Alexandertechnik, entspannende Bäder mit geeigneten Kräuterextrakten sowie Kneipp-Wasseranwendungen sind förderlich zur Erlangung eines wahren Körperbildes von sich selbst. Über die Atemübungen, denen in diesem Buch ein eigenes Kapitel gewidmet ist, kann man bei regelmäßiger Anwendung sowohl das körperliche als auch das geistige und seelische Bewußtsein bzw. Befinden rasch ohne sonstige Hilfsmittel verändern.

Geistige Einstellung

Wenn jemand etwas in seinem Leben verändern möchte, muß er dies aus voller Überzeugung, aber auch mit der richtigen geistigen Einstellung tun. Unter der richtigen geistigen Einstellung meint man, einen Vorsatz zur persönlichen Veränderung aus freiem Willen, ohne Beeinflussung oder Drängen von außen zu fassen. Nicht aus einer plötzlichen Laune heraus, sondern aufgrund von Überzeugung und innerer Besinnung sollte der Wunsch zur Veränderung in die Tat umgesetzt werden. Um die rechte geistige Einstellung zu finden, ist es hilfreich, sich für eine bestimmte Zeit von den üblichen Unterhaltungen, Ablenkungen oder auch gesellschaftlichen Verpflichtungen fernzuhalten. Entspannungsübungen wie das autogene Training, Körperübungen wie die Alexandertechnik und Atemübungen sind geeignet, den Geist freizumachen von festen Vorstellungen, sich auf das Wesentliche besinnen zu können und so auf neue Gedanken zu kommen. Viele leben heute in einem beruflichen und familiären Beziehungsgeflecht, durch das sie sich überfordert fühlen. Trotz des Bewußtseins, welche gesundheitlichen Folgen dies haben kann, werden Auswege aus Bequemlichkeit gar nicht in Erwägung gezogen. Dabei könnten viele durch geistige Entspannung neue Lösungsmöglichkeiten entdecken.

Seelische Ausgeglichenheit

Eine entscheidende und dauerhafte Veränderung im Leben eines einzelnen gelingt nur auf der Basis seelischer Ausgeglichenheit. Seelische Ausgeglichenheit bedeutet Stärke. Sie schützt davor, bei Enttäuschungen oder Rückschlägen allzu schnell aufgeben zu wollen. Die Fähigkeit, Enttäuschungen zu verkraften, hängt fast ausschließlich von der seelischen Stärke ab, wobei jedes Individuum durch seine unterschiedlichen Kindheitserfahrungen unterschiedliche Fähigkeiten erworben hat, mit Enttäuschungen fertigzuwerden.

Um zu seelischer Ausgeglichenheit zu gelangen, muß man lernen, seine persönlichen Ziele, Vorstellungen und Wünsche zu erkennen sowie deren Wichtigkeit und Bedeutung für sich selbst zu begreifen.

Oft ist man hierbei gefordert, seine Wertvorstellungen einer genauen Prüfung zu unterziehen und sich immer wieder zu fragen, was machbar ist und was einfach nicht mit der eigenen Wirklichkeit übereinstimmt. Je schneller man sich von unwirklichen, also niemals zu verwirklichenden Ideen verabschieden kann, desto eher wird man sein seelisches Gleichgewicht finden, man wird dann letztlich konfliktfreier und glücklicher leben können. Dies ist jedoch oft der schwierigste und schmerzlichste Schritt, unrealistische Ideen aufzugeben und sich mehr mit der Realität zu befassen. Dieser Schritt bedeutet auch einen Schritt hin zum Erwachsenwerden, wobei viele Menschen ganz unbewußt diese Entwicklung und Reifung zum Erwachsenen ablehnen. Dieser innere Konflikt mit der Rolle des Erwachsenseins spielt nicht nur für das Körpergewicht eine ausschlaggebende Rolle, sondern auch besonders für die geistige Reifung und Entwicklung. Letztendlich ist es im Einzelfall schwierig zu erkennen, wo die Hauptstörung liegt, wenn eine krankhafte Gewichtszunahme oder großes Übergewicht zu verzeichnen ist. War die seelische Störung vielleicht schon von Kindheit an maßgeblich beteiligt an der gestörten Beziehung zum eigenen Körper und an dem krankhaft veränderten Körperbild? Oder führte eine geistige Verirrung oder der Zustand einer mangelnden geistigen Orientierung ohne feste Wertvorstellungen zu einem krankhaften Körperbild und rief dadurch letztlich eine seelische Störung hervor? Diese Vorgänge sind in der Regel sehr komplex. Sie sollten sich daher die Zeit nehmen, langsam und in kleinen Schritten Ihr Bewußtsein, Ihre Beziehung zu Ihrem Körper und Ihre geistige Haltung und Einstellung zu verändern sowie Ihr seelisches Gleichgewicht zu finden. Erst nachdem Sie diese Aufgaben bewältigt haben, können Sie erwarten, ein Körpergewicht halten zu können, das Ihrer eigenen Natur am besten entspricht und somit Ihrem Idealgewicht gleichzusetzen ist. Um zu einem seelischen Gleichgewicht zu gelangen, sind insbesondere Atemübungen und autogenes Training zu empfehlen. Darüberhinaus ist es wichtig, sich viel an der frischen Luft zu bewegen und sich dem natürlichen Sonnenlicht so oft wie möglich auszusetzen.

Positives Denken: Das Unmögliche möglich machen durch den Glauben an sich selbst

In Abwandlung des alten Sprichworts »Glauben versetzt Berge« könnte man bezogen auf unser Thema formulieren: »Glauben läßt das Übergewicht schwinden.« Weitere Beispiele, wie durch positives Denken eine Motivation zur Gewichtsabnahme zu erreichen ist, wären Formeln wie »Ich schaffe es abzunehmen«,

»Normalgewicht macht mich froh« oder »Ich werde mein Gewicht halten, ich schaffe es!« Positives Denken bedeutet, an Veränderung zu glauben, auf sich selbst zu vertrauen, auch davon überzeugt zu sein, anderen die Richtigkeit des eigenen Tuns deutlich machen zu können, selbst den Mut zu haben, den ersten Schritt zu tun, um etwas in Bewegung zu bringen. Wenn man positiv denkt oder denken lernt, darf man nicht abwarten, bis die Entscheidung über lebenswichtige Fragen von anderen getroffen wird. Man muß kraft des Vertrauens in die eigenen Kräfte die Entscheidungsprozesse beeinflussen, um seine eigenen Lebensziele erreichen zu können. Lassen Sie vor sich selbst keine Ausreden wie »Alleine könnte ich ja das alles viel einfacher durchführen« – zum Beispiel auf Genußmittel eine Zeitlang zu verzichten oder einen Fast- und Obsttag einzulegen – gelten. Haben Sie schließlich den Mut, Ihren Mitmenschen gewisse Änderungen und auch neue Lebensvorstellungen zuzumuten.

Erwachsensein: Gedanken zum partnerschaftlichen Umgang

Jede Veränderung in einer Gemeinschaft, einer Gruppe, in einer Zweierbeziehung, in der Familie und auch im Arbeitsbereich des einzelnen bedeutet einen Neubeginn der Beziehungen und verlangt von allen Beteiligten, sich darauf einzustellen, dies vor allem zu bejahen, um damit den Neubeginn erfolgreich und für alle Beteiligten glückbringend werden zu lassen. Man muß sich darüber im klaren sein, daß man die unterschiedlichen Kräftebeziehungen in einer Gemeinschaft akzeptieren muß, um miteinander leben und auskommen zu können. Eine Partnerschaft lebt einerseits von bewahrenden Kräften, die am liebsten alles so belassen möchten, wie es schon von Anfang an war, andererseits von Kräften, die nach Veränderung und Erneuerung streben. Diese Kräfte arbeiten und ringen ständig miteinander, und diese Auseinandersetzung vollzieht sich oft ohne äußeren Kampf oder ohne große Wortgefechte. Häufig einigt man sich stillschweigend oder indem man sich kurz durch Blicke oder Gesten miteinander verständigt.

Um nun eine Entscheidung in Lebensfragen, die sich zu jeder Sekunde ergeben können – und dies mehrere tausendmal am Tag –, zum Wohle aller Beteiligten treffen zu können, muß sich das Spiel der Kräfte in einer angstfreien und offenen Atmosphäre entfalten. Dies bedeutet, jeder kann ohne Angst frei seine Meinung und seine Gedanken äußern, indem er sich durch Gesten, durch seine Mimik oder auch durch seine Worte und Handlungen mitteilt, dadurch seine Kräfte ins Spiel bringt und sich so an den Entscheidungsprozessen beteiligt.

Dieser partnerschaftliche Umgang miteinander verlangt Mut, sittliche Reife, geistige Überlegung, Achtung vor der Meinung der anderen und auch die Fähigkeit, eigene Ziele zu Gunsten eines gemeinschaftlichen Zieles zurückzustellen, ohne sich dadurch veranlaßt zu fühlen, sich mit seinen Kräfteanteilen zurückzuziehen und seine persönliche Eitelkeit zu pflegen. Um partnerschaftlich miteinander leben zu können, braucht man Kraft und muß die Fähigkeit entwickeln, ständig dazuzulernen. Auch muß man bereit sein, sich andauernd für die Partnerschaft und die gemeinsamen Ziele einzusetzen. Eine Partnerschaft entwickelt sich erst allmählich, sie wächst sozusagen erst nach und nach im gleichen Maß, wie sich die einzelnen Partner weiterentwickeln; dies ist gleichzusetzen mit dem Prozeß des Erwachsenwerdens. Erwachsensein und Partnerschaft gehören zusammen. Man muß beides erst lernen.

Gibt es eine bestimmte Diätform zum Abnehmen?

Wer sich jetzt Hoffnung macht und denkt, endlich kommen wir zum Wesentlichen, ich erfahre hier, wie ich vielleicht allein aufgrund einer Diät abnehmen oder das Gewicht auch halten kann, wird jetzt enttäuscht werden müssen. Es gibt keine allgemeingültige Diätform, welche auf jedermann zu übertragen ist und bei allen das Gleiche bewirkt. Wenn Sie sich an die vielschichtigen Einzeltatsachen erinnern, welche für das Körpergewicht verantwortlich sind und auch an die psychologischen Erörterungen

über das Übergewicht, dürfte Sie meine Antwort nicht überraschen.
Und doch gibt es für Sie ganz persönlich einen Weg und auch eine ganz bestimmte Form der Diät, welche Ihnen helfen wird, Ihr Gewicht unter Kontrolle zu halten. Diese Ihre ganz persönliche Diät kann Ihnen hier nicht im einzelnen aufgezeigt werden, da dann Tausende verschiedener Diätformen hier entwickelt und beschrieben werden müßten, um jeden Leser zu befriedigen. Um Ihnen dennoch bei der Entwicklung Ihrer ganz persönlichen Diät zu helfen, sollen Sie auf einige Tatsachen aufmerksam gemacht werden, die Sie bei Ihrer Suche nach dem eigenen Weg berücksichtigen sollten. Erst einmal soll davon ausgegangen werden, daß bei Ihnen eventuelle Stoffwechselkrankheiten wie zum Beispiel eine Unterfunktion der Schilddrüse durch eine ärztliche Untersuchung ausgeschlossen wurden, Sie also ganz »normal« Übergewicht haben. Sollte dies der Fall sein, müssen Sie sich als ersten Schritt vornehmen, Ihr Gewicht zu halten. Sie können nur Ihr Gewicht halten, wenn Sie die Energie, welche Sie mit der Nahrung aufnehmen, zumindest wieder verbrauchen. Übergewicht entsteht nämlich durch ein dauerndes Überangebot von Energie durch die tägliche Nahrungsaufnahme. Wenn Sie Probleme haben, Ihr Gewicht auf einem normalen Stand zu halten oder eine Zunahme zu verhindern, dürfen Sie den Weg auf die Waage nicht scheuen, sondern Sie müssen Ihr Körpergewicht mindestens morgens und abends messen und sich die Zahlen aufschreiben. Außerdem sollten Sie ein Protokoll darüber anlegen, was Sie von morgens bis abends zu sich genommen haben, ohne dabei die Flüssigkeiten zu vergessen.
Wenn Sie sich die beiden Werte des Gewichts und die Liste der Nahrungsmittel bzw. Getränke ansehen, welche Sie verzehrt und getrunken haben, müssen Sie bei Gewichtszunahme oder auch bei fehlender Gewichtsabnahme augenfällig mit einem bunten Stift die Ihnen verdächtigen Energielieferanten anstreichen und diese durch energiearme, aber faserreiche Lebensmittel ersetzen. Faserreiche Lebensmittel sind alle Gemüsearten sowie Salate und Obst. Einen relativ hohen Anteil an Faser- oder besser an Ballaststoffen haben auch Vollwertgetreide- und Vollwertreisgerichte. Nur ist bei diesen Produkten der Kohlenhydratanteil beträchtlich, daher dürfen sie auch nur begrenzt verwendet werden. Die Stoffwechselsituation jedes einzelnen unterscheidet sich mehr oder weniger augenfällig von der anderer Menschen, auch wenn es sich um Geschwister, Eltern oder andere Blutsverwandte handelt. Aufgrund dieser Tatsache kann man die Verantwortung, die persönliche Diätform herauszufinden, auch nicht anderen überlassen. Jeder von Ihnen muß sich veranlaßt fühlen, durch genaue Beobachtung anhand von Körpergewichtsdaten seine eigenen Beobachtungen anzustellen, mit welcher Kostform das persönliche Idealgewicht auf Dauer erreicht und gehalten werden kann. Die persönliche Diät ist nur eine von vielen Veränderungen, die Sie forschend herausfinden müssen. Studieren Sie zu diesem Zweck auch die Nahrungsmitteltabellen mit der Analyse der Inhaltsstoffe und mit den Angaben zum Brennwert der einzelnen Lebensmittel.

Zeitliche und rhythmische Gesichtspunkte

Es fällt schwer, allgemeingültige zeitliche Angaben zu machen, wie rasch Sie Ihr persönliches Idealgewicht erreichen werden. Ihr persönliches Idealgewicht leitet sich ja ausschließlich von Ihrer Einschätzung ab, wie Sie sich fühlen und ob Sie mit dem momentanen Gewicht Ihren Vorstellungen entsprechend leben können. Auch bestimmen Sie letztlich das Tempo der Umstellungen und Veränderungen, die alle schließlich mithelfen, Ihr Idealgewicht zu erreichen und zu halten. Veränderungen und Umstellungen benötigen Zeit, Sie sollten sich daher nicht selbst unter Druck setzen und sich selbst mehr abverlangen, als wirklich machbar ist. Wenn Sie auch noch berücksichtigen, wie schwer es oft ist, die Widerstände der Umgebung abzubauen und zur helfenden Mitarbeit aufzurufen, um so mit gesammelten Kräften das Ziel zu erreichen, sollten Sie nachsichtig zu sich sein und lieber langfristige Zeit-

räume für die Erreichung Ihres Idealgewichtes und die Änderung ihres Lebensstils festsetzen. Das Körpergewicht unterliegt auch ohne eigenes Dazutun jahreszeitlichen Schwankungen. Sie sollten diese Tatsache für sich nützen. Das Körpergewicht nimmt ab März langsam ab, bis es im Juli seinen Tiefstpunkt erreicht, um dann langsam und stetig wieder zuzunehmen. Im September hat es den Märzwert wieder erreicht. Dieser Jahresrhythmus weist uns darauf hin, daß ein Versuch zur Gewichtsabnahme dem Jahresrhythmus entsprechend von März bis September durchgeführt werden sollte. Ein rascherer Gewichtsabfall ist in der Zeit von März bis Juli zu erwarten, während in der Zeit von Juli bis September eventuell mit einer Verlangsamung oder auch mit einem Stillstand des Gewichtsabfalls zu rechnen ist.
Natürlich empfiehlt es sich, die Veränderungen, die Sie mit dem Vorsatz zur Gewichtsabnahme eingeleitet haben, dauerhaft auch während der kälteren Jahreszeit durchzuhalten, um dann mit dem Beginn des nächsten Frühjahrs sofort in den Genuß der jahreszeitlich bedingten Gewichtsabnahme zu kommen. Wenn Sie so im Laufe der Jahre ohne Verzögerung den Frühjahrsschwung für sich nutzen, werden Sie auch im Falle von hartnäckigem Übergewicht doch noch Ihr Ziel erreichen.
Die möglichen Veränderungen sollten langsam und mit Bedacht vollzogen werden, um auch dauerhaft nachgelebt werden zu können. Bei überstürztem Vorgehen stellt sich schnell eine Ermüdung ein, und man ist geneigt, diesen Versuch vorzeitig und erfolglos abzubrechen. Wenn Sie die richtige körperliche, geistige und seelische Einstellung erarbeiten wollen, sollten Sie Zeiträume ansetzen, die sich über Jahre erstrecken. Als Erfolg können Sie für sich verbuchen, wenn Sie dem Jahresrhythmus entsprechend jedes Jahr Ihr Gewicht verringern und es schaffen, im Herbst den Frühjahrsausgangswert zu unterschreiten, wenn also am Ende der kalten Jahreszeit das Körpergewicht unter dem Ausgangswert des letzten Frühjahrs liegt. So werden Sie langsam, aber dauerhaft, Ihrem Idealgewicht näherkommen, ohne sich dabei unter einen unnützen und auch häufig krankmachenden Druck zu setzen.

Praktisches Vorgehen zum sicheren Erreichen des Idealgewichtes in sechs Stufen

Nach den vielen Vorüberlegungen und Vorinformationen über die Zusammenhänge von Körpergewicht und körperlichen, geistigen und seelischen Bedingungen soll Sie ein Sechs-Stufen-Plan in Ihrem Vorhaben, Ihr persönliches Idealgewicht zu erreichen, unterstützen. Diesen Sechs-Stufen-Plan sollen Sie nur als Orientierungshilfe auffassen oder als Modell, wie man Aufgaben besser und erfolgreicher zu lösen vermag. In diesem Plan werden viele Vorsatzbildungen verwendet, die helfen sollen, das sich selbst gesteckte Ziel auch wirklich zu erreichen.

Technik der Vorsatzbildung

Um seinen Vorsatz in die Tat umsetzen zu können, muß man eines wissen: Im Inneren eines jeden von uns schlummern ungeahnte Kräfte. Viele wissen darüber gar nichts, weil diese Kräfte normalerweise nicht benötigt werden und weil auch die heutigen Lebensbedingungen und -gewohnheiten nicht geeignet sind, diese Kräfte anzusprechen. Um diese Kräfte für sich nutzbar zu machen, muß man sie rufen. Man muß es verstehen, sie auch mit den richtigen Worten anzusprechen.
Bilden Sie Ihre Vorsätze, indem Sie, ohne Umwege zu machen, Ihr Ziel, Ihre Wünsche und Ihre Absichten kurz und klar ausdrücken. Vermeiden Sie Wörter wie nicht, nein und niemals, weil Sie dadurch nicht die Kräfte ansprechen, die Ihnen helfen sollen, sondern weil Sie nur beschreiben, wie Sie nicht sein wollen, was Sie also vermeiden möchten.

Sechs-Stufen-Plan

1. Stufe: Vorsatzbildung und erste Schritte

Unabhängig davon, ob Sie zu den Lesern gehören, die sich erstmals mit Gewichtsfragen beschäftigen oder ob Sie vielleicht schon mehr oder weniger verzweifelt sind, weil Sie viele und bisher vergebliche Versuche zur Ge-

Folgende Beispiele sollen Ihnen die Technik der Vorsatzbildung vor Augen führen:

Richtig	*Falsch*
Ich setze mich durch.	Ich lasse mich nicht unterkriegen.
Ich erreiche mein Idealgewicht, ich faste.	Bevor ich nicht mein Idealgewicht erreicht habe, höre ich nicht auf zu fasten.
Ich überzeuge auch meinen Partner, und er wird mir helfen.	Ich lasse mich von meinem Partner nicht abhalten, er muß nachgeben.

wichtskontrolle unternommen haben, müssen Sie erneut die Entscheidung treffen, mit aller Konsequenz und dauerhaft etwas verändern zu wollen. Dieses Programm setzt voraus: Sie sind damit einverstanden und Sie bejahen die Zusammenhänge in körperlicher, geistiger und seelischer Hinsicht, wie sie einleitend in diesem Kapitel eingehend erörtert wurden.

Vorsatz:

Ich erreiche mein Idealgewicht, ich setze mich durch.

Erste Schritte:
- *Geistige Entspannung durch autogenes Training;*
- *Atemübungen;*
- *Analyse der eigenen Wünsche;*
- *Bilanz ziehen und das bisherige Leben kritisch beleuchten;*
- *bewußte körperliche Übungen wie die Alexandertechnik;*
- *verschiedene sportliche Betätigungen;*
- *Gewichtsprotokoll anlegen;*
- *Protokoll mit allen verzehrten Speisen und Getränken;*
- *Nahrungsmitteltabellen studieren.*

Beachten Sie auch während des ersten Schrittes, in welcher Jahreszeit Sie sich gerade befinden. Lesen Sie im Abschnitt über die zeitlichen und rhythmischen Gesichtspunkte nach, welche Gewichtsveränderungen Sie zur jetzigen Jahreszeit erwarten können.
In der ersten Stufe machen Sie sich langsam mit den neuen geistigen und körperlichen Techniken vertraut und beginnen auch, sich erst einmal genauer zu beobachten, um dadurch zu erfahren, wie sie in körperlicher, geistiger und seelischer Hinsicht auf die bisherige tägliche Ernährung reagieren. Sprechen Sie auch mit den Menschen Ihrer Umgebung und teilen Sie Ihr Vorhaben mit. Achten Sie auf die Antworten aus Ihrer Umgebung zu Ihrem Entschluß. Beginnen Sie, sich mit Ihren Wünschen und Zielen durchzusetzen und auch die Kräfte Ihrer Umgebung sich zunutze zu machen. Beschäftigen Sie sich geistig mit den verschiedenen Möglichkeiten der heutigen Ernährung, nehmen Sie eine kritische Haltung zu Ihren bisherigen Gewohnheiten ein. Seien Sie offen und auch neugierig auf alles, was Sie jetzt an Veränderung erleben werden.

2. Stufe: Zeitplan und eigener Rhythmus

Die erste Stufe dieses Programms sollten Sie eher als Planungs- und Vorbereitungsphase verstanden haben, bei der Sie Ihr Innerstes erforschen und sich gleichzeitig geistig mit diesem Thema auseinandersetzen. Auf der zweiten Stufe sollen Sie in groben Zügen Ihr Pro-

gramm entwerfen, nachdem Sie alle Möglichkeiten gesichtet haben, sich einen Zeitplan aufzustellen. Denn ohne verbindlichen Zeitplan für Ihre begleitenden körperlichen und geistigen Übungen besteht die Gefahr, die gefaßten Vorsätze durch die Vorkommnisse des Alltags ständig umzuwerfen und sie immer wieder außer Kraft zu setzen.
Da Sie einen langen Weg vor sich haben, besteht auch oft die Versuchung, vor sich selbst Ausflüchte zu gebrauchen, sich gerne durch die alltäglichen Ereignisse überrennen zu lassen und so die Arbeit an sich selbst hinauszuzögern. Wie oft gehen Menschen zum Arzt, um ihr Gewissen beruhigen zu lassen und die Verantwortung für ihr Leben gerne in die Hände des Arztes zu legen. Dabei akzeptieren sie scheinbar jede Form von Behandlung und sind froh, wenn sie mit einem Rezept nach Hause gehen können, ohne selbst aufgefordert zu sein, an sich zu arbeiten oder das Verhalten zu ändern.
Nehmen Sie sich selbst wichtig und Sie werden sehr viel froher sein!

Vorsatz:

Ich nehme mir Zeit, mein Ziel behalte ich fest im Auge.

Weitere Schritte:
- *Geistige Entspannung;*
- *regelmäßige körperliche Bewegung;*
- *alle verzehrten Speisen und Getränke protokollieren;*
- *Gewichtsprotokoll;*
- *Ernährungsumstellung;*
- *Streß und Hektik vermeiden;*
- *genaue Selbstbeobachtung und jede Veränderung bemerken.*

Den Vorsatz dieser zweiten Stufe sollten Sie sich während der ersten Tage so oft und so lange einprägen, bis er sich fest in Ihrem Bewußtsein verankert hat. Sie können sich auch den Vorsatz auf einen Zettel schreiben und diesen an einer Stelle sichtbar aufhängen, von wo er Ihnen gleichsam ins Gesicht springt. Gut ist es auch, den Vorsatz wie vor einem inneren Auge zu sehen, sich dabei vorzustellen, der Text des Vorsatzes würde als ständig vorbeilaufende Leuchtschrift sichtbar sein.
Wenn Sie in Versuchung sind, sich von der Hektik und dem Streß des Alltags aus der Bahn werfen zu lassen und Ihr Programm zu unterbrechen, sollten Sie Ihre Durchhaltekräfte durch diesen Vorsatz anrufen. Dies wird Ihnen dann bestimmt helfen. Erinnern Sie sich auch des Vorsatzes der ersten Stufe; setzen Sie auch diesen mit ein. Er wird Ihnen helfen, sich durchzusetzen und ihr Ziel fest im Auge behalten zu können.
Unterschätzen Sie nicht die Wirkung der Protokolle über das Gewicht und über die verzehrten Speisen und Getränke. Lockern Sie in dieser Phase auf keinen Fall die Richtlinien dieses Programms. Sollten Sie einen inneren Überdruß über all den Aufwand verspüren, sind Sie in der Gefahr, unbewußt diesen Versuch zur Erreichung des Idealgewichtes bereits abbrechen zu wollen. Üben Sie dann bewußt die geistige Entspannung und Selbstbeobachtung und ergründen Sie die Ursachen Ihres Überdrusses.

3. Stufe: Körperliche Entgiftung und Körperbild

Während die erste und zweite Stufe des Programms zum Abnehmen oder zur Gewichtskontrolle der Sichtung, Vorbereitung und Einübung von körperlichen und geistigen Übungen dienen sowie Erfahrungen bezüglich der körperlichen, geistigen und seelischen Reaktionen auf bestimmte Lebensmittel bringen sollten (unterstützt durch die Gewichts- und Ernährungsprotokolle), bezweckt die dritte Stufe hauptsächlich eine körperliche Umstimmung und Entgiftung sowie eine Anregung der Stoffwechselvorgänge und der Organfunktionen.
Ohne diese dritte Programmstufe ist langfristig kein Erfolg zu erwarten, weil alle gut gemeinten Vorsätze allein durch die Unzulänglichkeit sowie durch das Ausbleiben körperlicher Reaktionen zunichte gemacht werden.
Eine Voraussetzung für ein zukünftiges gesun-

des Gleichgewicht im Energiehaushalt des Körpers ist eine natürliche Ansprechbarkeit der Instinkte. Diese Instinkte steuern den Nahrungsbedarf entsprechend dem Verbrauch und berücksichtigen auch den momentanen Bedarf des Körpers an lebenswichtigen Stoffen wie Mineralstoffe, Spurenelemente, Vitamine, Enzyme, Fette, Eiweißstoffe, Kohlenhydrate und andere. Ein unverfälschtes Hunger- oder Sättigungsgefühl und natürliche Gelüste auf Lebensmittel, die die wertvollen und notwendigen Betriebsstoffe enthalten, findet man heute nur noch bei ganz wenigen Menschen. In der Zeit des Überflusses ist die Vielesserei als Sucht weit verbreitet. Essen im Übermaß führt jedoch zur Verkümmerung der natürlichen Instinkte wie Hunger- und Sättigungsgefühl sowie auch zu einer völligen Verschiebung des Geschmacks.

Diese Geschmacksverschiebung ist letztendlich entscheidend für die Verursachung körperlicher, geistiger und seelischer Schäden; für das Auftreten von Mangelerscheinungen und auch für Fehlsteuerungen. Das Endergebnis ist, daß der Mensch von heute schon beinahe krank auf die Welt kommt, an einer mehr oder minder deutlichen Abwehrschwäche sowie an Fehlsteuerungen und Fehlfunktionen von Stoffwechselvorgängen und Organfunktionen leidet und dadurch häufig von langsam wachsenden, aber bösartigen und chronischen Krankheiten heimgesucht wird.

Mit der dritten Programmstufe solle eine Umstimmung der körperlichen Vorgänge, das Wiederentdecken der natürlichen Instinkte sowie eine Anregung und Normalisierung von Stoffwechsel- und Organfunktionen angestrebt werden. Dies soll wiederum mit einer Vorsatzbildung unterstützt werden, wobei die entsprechenden Vorsatzformeln dieses Programms als eine von vielen Möglichkeiten anzusehen sind, also von ihnen auch durch andere Formeln ersetzt und abgewandelt werden können. Bei den vorgeschlagenen Schritten zum Erreichen der in dieser Programmstufe vorgegebenen Ziele handelt es sich ebenfalls um Methoden, welche in diesem Buch an anderer Stelle beschrieben sind. Es ist daher ratsam, wenn Sie aus ihrer eigenen bisherigen Erfahrung dieses Programms noch durch die eine oder andere Methode ergänzen und vervollständigen würden.

Die körperliche Entgiftung ist die Voraussetzung für den Versuch, die körperlichen Reaktionen umzustimmen, die Körperabwehr zu verstärken, die Stoffwechsel- und Organfunktionen anzuregen und ein neues Körperbild von sich zu entwickeln.

Vorsatz:

Ich esse soviel als nötig und so wenig wie möglich. Ich spüre meinen Körper.

Weitere Schritte:

- *Fasttage;*
- *Verzicht auf Genußmittel wie Alkohol, Tabak, Süßwaren und Gebäck aus Weißmehl unter Verwendung von Zucker;*
- *Salzverbrauch drastisch senken und die Speisen mit Gewürzkräutern würzen;*
- *Saft-, Obst- und Reistage;*
- *Darmreinigung nach Dr. med. F. X. Mayr;*
- *Darmreinigung mit Kräutertees;*
- *Blutreinigung und Blutauffrischung mit Kräutertees;*
- *Fußreflexzonen- sowie konzentrative Fußreflexzonenselbstbehandlung;*
- *Kneipp-Wasser-Anwendungen;*
- *Anwendung der Aromapflanzen;*
- *Normalisierung des Säure-Basengleichgewichtes;*
- *Eiweißfasten;*
- *Schwermetallentgiftung durch vitamin- und mineralstoffreiche Kost unter Berücksichtigung von Vitamin C und Zink;*
- *autogenes Training;*
- *Alexandertechnik;*
- *Atemübungen;*
- *viel körperliche Bewegung, vor allem an sonnigen Tagen, besonders Spaziergänge im Wald wegen der dort natürlich vorkommenden belebenden Aromastoffe;*
- *Medikamentenentwöhnung.*

Alle vorgeschlagenen Schritte, mit Ausnahme des letzten, können Sie in eigener Regie unternehmen, wenn Sie sich dafür die Grundkenntnisse in diesem Buch vorher erarbeitet haben, wie dies in der ersten und zweiten Programmstufe von Ihnen erwartet wird. Die Medikamentenentwöhnung ist ebenfalls eine unbedingte Voraussetzung zur Erlangung des Ziels dieser dritten Stufe. Medikamente – üblicherweise handelt es sich um chemische Präparate – bremsen und stören die natürlichen körperlichen, geistigen und seelischen Abläufe, verfälschen Körperregungen und verderben gleichermaßen den gesunden Geschmack wie sie die natürlichen Instinkte unterbinden.

Wenn Sie dieses Programm durchhalten, können Sie viele körperliche, geistige und seelische Probleme wesentlich zum Besseren hin verändern, so daß die Einnahme vieler Pillen oft überflüssig wird. Hier an diesem Punkt sollten Sie sich an die Ausführungen über den partnerschaftlichen Umgang und über das Erwachsensein erinnern. Wenn Sie auf sehr viele Medikamente eingestellt sind, müssen Sie Ihren Arzt als Partner betrachten und ihn in Ihr Vorhaben einweihen. Seien Sie angstfrei und fordern Sie Ihren Arzt auf, ihr Vorhaben tatkräftig mit Informationen zu unterstützen. Ohne Verbindlichkeit und ohne Absolutheitsanspruch sollen hier einige Medikamente genannt werden, die so bald als möglich abgesetzt werden sollten: Blutdruck- und Kreislaufmittel, Schlaf- und Beruhigungsmittel, Abführmittel, Schmerzmittel, Rheumamittel, Koronar- und Herzmittel sowie Betablocker.

4. Stufe: Bewältigung von Konflikten

Wenn Sie die ersten drei Stufen des Programms bis hierher durchgehalten haben, werden Sie bestimmt neue Erfahrungen mit sich selbst, mit den Menschen aus Ihrer näheren Umgebung und aus dem beruflichen Umfeld gemacht haben. Vielleicht kam es auch schon zu Konfliktsituationen, und Sie kamen innerlich ins Schwanken, ob Sie unter diesen Voraussetzungen an Ihrem Programm festhalten können. An diesem Punkt befindet sich früher oder später jeder einmal. Es kommt hier wirklich darauf an, auf diese Situation vorbereitet zu sein. Um mit den Widerständen umgehen zu können, muß man genau verstehen, was in den anderen Menschen vor sich geht. Jede Veränderung ruft Widerstände hervor. Erinnern Sie sich an die beiden Kräfte, die bei allen menschlichen Zwischenbeziehungen eine Rolle spielen, nämlich die bewahrende Kraft, die sich jeder Veränderung entgegenstellen wird und die progressive, die voranschreitende Kraft, die der Motor jedes Fortschritts ist. Diese Kräfte wirken sowohl in jeder einzelnen Person als auch im zwischenmenschlichen Umfeld jedes einzelnen.

Wenn Sie jetzt durch Ihr Vorhaben aus der Rolle fallen, die Sie bisher gespielt haben und in der Sie auch von den anderen akzeptiert wurden, bringen Sie Unruhe und Bewegung in eine bis dahin festgefügte Ordnung. Sie selbst wollten die Veränderung bei sich selbst und Sie wollten sich von der Stelle rühren, weil Sie unzufrieden waren und weil Sie so nicht weiterleben wollten.

Den Zeitpunkt für den ersten Schritt und den Beginn für Ihre grundlegende Veränderung haben Sie aus freier Entscheidung heraus gewählt, was Ihr Vorteil gegenüber Ihrer Umgebung ist. Ihre Mitmenschen, Ihre Familie, Ihr Partner oder Ihre Berufskollegen können sich den Zeitpunkt nicht aussuchen, wann Sie eine Bewegung, eine Veränderung oder eine neue geistige Einstellung bei sich zulassen. Doch weil Sie sich selbst von der Stelle bewegt haben, wurde Ihre Umgebung ebenfalls angestoßen und aufgefordert, sich von der Stelle zu rühren, ob sie wollte oder nicht. Und selbstverständlich treten jetzt Widerstände auf von seiten der Menschen, die lieber alles beim alten belassen würden. Diese Gegenkräfte sind erfahrungsgemäß stärker als die unterstützenden Kräfte.

Sie müssen auch folgendes berücksichtigen: Am Anfang jeder Veränderung besteht immer eine höhere Bereitschaft von seiten der Umgebung, diese erst einmal zuzulassen in der vagen Hoffnung, der Versuch werde bald scheitern und das betreffende Mitglied der Gemeinschaft werde nach dem vergeblichen Veränderungsversuch umso bereitwilliger sich wieder in die allgemeine und bewährte Ordnung eingliedern. Sollte der Versuch jedoch wider Erwarten sich als erfolgreich herausstellen, werden rasch die bewahrenden Kräfte aufmarschieren, um den Versuch zum Scheitern zu bringen. Aber es gibt für Ihr Vorhaben auch Sympathisanten, vor allem unter den fortschreitenden, den progressiven Kräften, doch dürfen Sie außer Wohlgefallensäußerungen keine wirkliche Unterstützung erwarten. Die konservativen Kräfte setzen den Widerstand meist in Taten um, während die progressiven Kräfte ihre Unterstützung meist nur sehr zurückhaltend ausdrücken. Zu diesem Zeitpunkt ist es für Sie einfach wichtig, mit zunehmenden Widerständen zu rechnen, je mehr Sie sich selbst verändern.

Vorsatz:

Ich bin stark. Ich überwinde die Widerstände, ich halte an meinem Vorhaben fest.

Weitere Schritte:
- *Geistige Übungen zur Stärkung des eigenen Willens, um für sich Klarheit und neue Wege zu finden;*
- *autogenes Training;*
- *Atemübungen;*
- *Alexandertechnik;*
- *Kneipp-Anwendungen;*
- *körperliche Bewegung zur geistigen und seelischen Erfrischung;*
- *Weiterführung der Protokolle;*
- *mit verschiedenen Kostformen experimentieren und Erfahrungen sammeln;*
- *regelmäßige Fasten-, Obst- und Kräuterteetage zur Blutreinigung.*

Was das Tempo Ihres Fortschreitens und die Zeit, die Sie sich für jede Programmstufe gönnen, angeht, so bestimmen Sie dies ganz allein. Sie sollten es aus freiem Willen tun. Hüten Sie sich, etwas gegen Ihre Überzeugung zu tun, weil Sie die Wahrheit bald einholen wird. Sie sind dann leicht zu verletzen und könnten so um den Erfolg gebracht werden. Nehmen Sie sich für alles die Zeit, die Sie brauchen. Lassen Sie sich zum Beispiel Zeit und experimentieren Sie unbeschwert alle möglichen Kost- und Ernährungsformen durch. Finden Sie die für Sie richtige Ernährung heraus.
Es gibt auf dem Gebiet der Ernährung viele Wahrheiten, viele unterschiedliche Meinungen und auch viele Ernährungsformen, die mit einer bestimmten Weltanschauung verbunden sind. Und es gibt auch viele selbsternannte Experten auf diesem Gebiet. Ihre ganz persönliche Ernährungsform können Sie nur durch Experimentieren herausfinden, da kein anderer Mensch Ihre körperlichen, geistigen und seelischen Reaktionen auf die verschiedensten Lebensmittel voraussehen kann. Ihre Konstitution, die körperliche, geistige und seelische Beschaffenheit ist für keinen noch so erfahrenen Ernährungsexperten so nachvollziehbar wie für Sie selbst. Erforschen Sie ihre Konstitution, indem Sie durch Experimentieren und durch körperliche und geistige Übungen sich selbst erkennen lernen. Nur so gelangen Sie dazu, mit sich besser umgehen zu können.

5. Stufe: Einen neuen Lebensstil finden und sich öffnen

Auf der vierten Programmstufe hatten Sie es mit vielen Widerständen zu tun, Widerständen, die Ihnen Ihre unmittelbare Umgebung entgegenbrachte, die Sie sich vielleicht aber auch selbst zufügten. Auch waren Sie angehalten, zu experimentieren und sich dabei neue Wege zu erschließen.
Mit dem Ihnen nun zur Verfügung stehendem Wissen über die bestmögliche Ernährungsform sowie mit der Erfahrung im Umgang mit Widerständen sollten Sie sich jetzt aufmachen, Ihren ganz persönlichen Lebensstil zu entwikkeln. Wie schon an anderer Stelle angedeutet, ist eine langfristige Gewichtskontrolle nur mit einem langfristigen Programm zu erreichen, das sich auch eine Veränderung der körperlichen, geistigen und seelischen Bedingungen des einzelnen zum Ziele setzt. Diese Veränderungen brauchen viel Zeit, weil sich die Konstitution, die körperliche, geistige und seelische Beschaffenheit ja auch über viele Jahre hinweg entwickelt hat. Die Konstitution entwickelte sich zu Anfang jedes Lebens aus den Erbanla-

gen heraus, jedoch unter dem bildenden Einfluß äußerlicher Kräfte, die im Laufe des Lebens auf einen einwirken. Die Erbanlagen sind unveränderlich, es sei denn unter dem Einfluß beispielsweise chemischer Stoffe oder bestimmter Strahlen mit hoher Kraft wie zum Beispiel den Röntgenstrahlen. Konstitutionelle Veränderungen lassen sich jedoch auch durch bestimmte geistige Einflüsse verändern. Unter dem Eindruck der neuen Einflüsse, die Sie in sich aufnehmen, erleben Sie einen ständigen Wandel Ihrer Gefühle und Ihrer Gedanken. Wenn Sie sich nach außen zu öffnen vermögen, werden Sie zwangsläufig zu einem neuen Lebensstil finden. Betrachten Sie jedoch diesen neuen Lebensstil in Bezug auf Ernährung, Körperbild, geistiger Haltung und seelischer Befindlichkeit nicht als endgültig, sondern seien Sie sich bewußt, je mehr Sie sich selbst weiter fortentwickeln – und dies kann ein Leben lang dauern, wenn sie es zulassen –, desto größeren Änderungen wird ihr Lebensstil unterworfen sein.
Sie sollten zu diesem Zeitpunkt sicher sein, diesem Programm folgen zu wollen mit all seinen möglichen Veränderungen, die dieser Weg mit sich bringt. Es gibt keinen Weg zurück, es kann nur vorwärtsgehen, wenn Sie Achtung vor sich selbst empfinden und auch ein glückliches und erfülltes Leben erfahren wollen. Diese Hilfen, die Ihnen hier angeboten werden, lassen sich auf viele Lebensbereiche anwenden und übertragen, nicht nur auf den Bereich der Gewichtskontrolle. Im Prinzip verläuft jede entscheidende Veränderung im Leben nach ähnlichen Gesetzmäßigkeiten ab. Am Anfang steht die Vorsatzbildung, dann kommt ein Zeitplan. Danach erfolgt die Befreiung von negativen Empfindungen, die im Innersten fest verankert und den konservativen Kräften zuzuschreiben sind. Diese Kräfte versuchen eine Veränderung zu verhindern. Der innere Kampf gegen diese Kräfte ist dem Vorgang der körperlichen Entgiftung gleichzusetzen. Die Bewältigung von Konflikten und die Kraft, zu sich zu stehen, sind Tugenden, die bei allen Lebensentscheidungen vorhanden sein müssen. Letztendlich muß man auch den Mut haben, sein Leben entsprechend den eigenen Gedanken, Wünschen, Gefühlen und Ideen zu gestalten, also seinen eigenen Stil zu finden.

Vorsatz:

Ich stehe zu meinen Entscheidungen, ich lebe danach und ich bin offen allen Veränderungen gegenüber.

Weitere Schritte:
- *Entspannungsübungen wie autogenes Training, Atemübungen, Alexandertechnik;*
- *konzentrative Fußreflexzonenbehandlung;*
- *geistige Beschäftigung (z. B. Bücher lesen);*
- *Gespräche mit anderen suchen, um den eigenen Weg immer wieder zu überprüfen;*
- *sich öffnen und auf Neues zugehen;*
- *Kräuterteekuren zur Blutreinigung im Frühjahr und Herbst;*
- *körperliche Betätigung das ganze Jahr über.*

Auf der fünften Stufe sollten Sie für Ihre Ernährung ihre natürlichen Instinkte weitgehend wiedergefunden haben, Sie können daher auf die Führung von Protokollen verzichten. Auf Empfehlungen über eine bestimmte tägliche Kalorienzahl wurde verzichtet, da ja Ihre Konstitution sich nicht mit der von anderen vergleichen läßt. Selbst wenn man noch ähnliche körperliche Merkmale wie Größe und Gewicht als Vergleichsdaten anführen könnte, so scheitert der Vergleich sofort, wenn man die geistigen und seelischen Bedingungen jeder Person berücksichtigen möchte. Zwar sollten Sie sich schon mit Nahrungsmitteltabellen und den verschiedenen Inhaltsstoffen beschäftigen, um Relationen zu erhalten, aber weit wichtiger ist es, die natürlichen Instinkte wie Hungergefühl, Sättigungsgefühl, aber auch Appetit und Heißhunger auf gewisse Lebensmittel wieder zu entwickeln, um sich so richtig und ausreichend mit allen lebenswichtigen Stoffen zu versorgen. Ein rein rechnerisch aufgestellter Ernährungsplan wird mit Sicherheit auf die Dauer erfolglos bleiben, da man den Gehalt der Lebensmittel an lebenswichtigen Stoffen nur unter Berücksichtigung der Anbaumethoden und der Bodenbeschaffenheit ermitteln kann. Außerdem ist so ein rechnerischer Ernährungsplan nur mit einem Küchencomputer durchzuführen. Wer sich auf solche Rechenexempel verläßt, gleichzeitig aber seine Instinkte mißachtet und sie so verkommen läßt, setzt sich einer großen Gefahr für seine Gesundheit aus.

6. Stufe: Erwachsensein, Vorbild für andere

Als Erwachsener sollte man bereit sein, die volle Verantwortung für sein Tun zu übernehmen. Einem Kind gesteht man noch zu, Fehler zu machen oder Irrwege zu gehen, da nur die eigenen Erfahrungen eine gewisse Kenntnis über den Lauf der Dinge vermitteln und zu einer inneren Reife führen. Nicht die anerzogenen, vielleicht noch unter Druck durchgesetzten Verhaltens- und Denkweisen lassen den Heranwachsenden zu einer Persönlichkeit heranreifen, sondern ausschließlich die eigenen Erlebnisse im Umgang mit Menschen, die aufgrund ihrer sittlichen Reife und ihrer bisherigen Lebensgeschichte als Vorbilder gelten. Nicht die allgemeine Bildung ist dafür ausschlaggebend, wer eine Vorbildfunktion ausüben kann, sondern ausschließlich die Handlungs- und Denkweisen.

Sie sollten für sich ganz persönlich anstreben, für all Ihr Tun die volle Verantwortung zu übernehmen und sich dessen auch bewußt sein, daß Sie für Ihre Umgebung die Rolle eines Vorbildes übernehmen können. Wer sich die Freiheit des Denkens erlaubt und danach strebt, Freidenken in Freihandeln umzusetzen, kann gar nicht anders, als für seine Umgebung Vorreiter zu sein; er übernimmt daher auch viel Verantwortung. Vielleicht haben Sie sich bisher gerne hinter dem Rücken anderer verschanzt und waren daher jeder Verantwortung entbunden, was sehr angenehm sein kann, wenn etwas schief gegangen ist. Auf der anderen Seite führt dieses Verhalten zu einem Gefühlstau und verhindert das eigene Fortschreiten zum Erwachsenwerden. Dies führt letztendlich zu totaler Unzufriedenheit, ruft bösartige Gedanken und Aggressionen hervor, läßt die geistigen und seelischen Fähigkeiten verkümmern und ist häufig die Ursache der heute weitverbreiteten Mißmutigkeiten, Niedergeschlagenheiten, Gewalttätigkeiten und seelischen Leiden wie Depressionen und Neurosen. Die Neurose ist eine typische seelische Krankheit in einer Zeit wie der Gegenwart, in der kein Mensch mehr bereit ist, etwas zu wagen vor lauter Angst, die gesellschaftliche Geborgenheit durch ein Verhalten zu verlieren, das sich gegen die allgemeinen Gepflogenheiten richtet. Das übersteigerte Bedürfnis nach Sicherheit vorwiegend in den Industriestaaten, die sich sehr straff organisieren müssen und daher Randgruppen nur so lange dulden, solange diese die Funktionalität des Systems nicht gefährden und die Leistungsbereitschaft der übrigen Gesellschaftsmitglieder nicht untergraben, führt zu einer Gesellschaftsordnung, in der soziale Sicherheit nur den Mitgliedern zugute kommt, die sich dieser Gesellschaftsordnung mit all ihren Spielregeln mehr oder weniger blind unterwerfen. Je straffer sich eine Gesellschaft organisiert und je mehr Sicherheit sie für die einzelnen Mitglieder bieten möchte, desto mehr verschwindet der einzelne Mensch in einer sich gegen den einzelnen ausgerichteten Gesellschaftsordnung. Die menschliche Seele verkraftet aber solche Vereinheitlichung nur sehr schwer, wobei dies bei den meisten Menschen oft nur sichtbar wird, wenn man Krankheit oder Gewalttätigkeit auch als Ausdrucksformen einer kranken Seele betrachtet. Krankheit entsteht dann, wenn beim Erkrankten mehr die konservativen Kräfte, also die bewahrenden Kräfte, vorherrschen und es an Mut zur Veränderung fehlt. Hingegen herrschen bei Gewalttätigen mehr die progressiven Kräfte vor, die nach einer Veränderung streben oder – wenn sie sich gesamtgesellschaftlich durchgesetzt haben – Veränderungen gewaltsam verhindern wollen, was einer Veränderung mit umgekehrten Vorzeichen entspricht.

Meist geht Gewalttätigkeiten eine lange Zeit des seelischen Leidens voran, die für die meisten Mitmenschen nur schwer zu erkennen ist. Der sich dabei entwickelnde Gefühlstau überspielt häufig die Gefühlskontrolle durch die bewahrenden, die konservativen Kräfte und führt zu leidvollen Tragödien. Wenn man um diese Zusammenhänge weiß, fällt es einem vielleicht leichter, aus seiner bisherigen Rolle zu schlüpfen und sich zu entschließen, selbst erwachsen werden zu wollen, also die Rolle eines Vorbildes für andere zu übernehmen. Dies ist die einzige Form des Lebens, die es Ihnen erlaubt, sich in dem möglichen Spielraum, der Ihnen einmal aufgrund Ihrer Konstitution und zum anderen aufgrund der jeweiligen gesellschaftlichen Verhältnisse zur Verfügung steht, zu entwickeln und damit ein zufriedenes Leben zu führen.

Vorsatz:

Ich suche mein persönliches Glück. Ich will erwachsen werden und ich habe den Mut, mich Kritik auszusetzen. Erwachsensein befriedigt

Weitere Schritte:
- *Geistige Arbeit durch Lesen von Büchern;*
- *geistige und körperliche Entspannung durch autogenes Training, Alexandertechnik, Atemübungen, körperliche Übungen, bewußte Ernährung.*

Das persönliche Idealgewicht ist Ausdruck Ihrer Gesamtpersönlichkeit, kann daher auch nur unter Berücksichtigung der gesamten Persönlichkeit erreicht werden. Um hier Veränderungen zu bewirken, ist jeder aufgerufen, sich selbst zu erforschen, sich selbst zu erkennen, um so in eigener Regie sein Leben erfolgreich zu gestalten.

Wer sein Gewicht reduzieren oder zumindest halten will, muß täglich auf die Waage.

Ein schmackhaftes Gericht bei einer Frühjahrskur besteht aus Löwenzahnblättern, die mit Ei und Speck verfeinert werden.

Das reichhaltige Angebot an Rohkostsalaten – die Zutaten sind mittlerweile fast überall das ganze Jahr hindurch in frischer Qualität erhältlich – ist eine Alternative zu Fisch- und Fleischspeisen.

Darmreinigung

Beschaffenheit des Darms

Der Darm, ein für das Leben unentbehrliches Organ, ist ein mehrere Meter langes muskulöses Gebilde. Man unterteilt den Darm in den oberen Abschnitt, Dünndarm genannt, mit einer Länge von etwa 6 Metern bei einer Weite von 4 cm und in den unteren Abschnitt, den Dickdarm, mit einer Länge von 150–180 cm und einer lichten Weite von 6–8 cm.

Wie die Verdauung und die Aufnahme der Energiestoffe durch den Darm geschieht

Die Aufnahme der lebenswichtigen Energieträger wie Kohlenhydrate, Fette, Eiweißstoffe, Mineralstoffe, Vitamine und Spurenelemente erfolgt auf verschiedene Art und Weise:

1. Die passive Stoffaufnahme geschieht aufgrund eines Konzentrationsgefälles, d. h. die Stoffkonzentration im Darm ist höher als im Blut, so strömen die benötigten Stoffe über verschiedene Kanäle in die Blut- und Gewebsflüssigkeit.

2. Die Darmzellen können den Stofftransport vom Darm in die Körperflüssigkeiten aber auch selbst durch aktive Mithilfe mittels verschiedener Prozesse zur Lösung und Bindung sowie zum Transport der benötigten Lebensstoffe besorgen.

3. Eine weitere Möglichkeit zur Stoffaufnahme ist die der Pinozytose, wodurch einzelne Teilchen aus dem Darm durch Ausstülpen der Wand der Darmzellen in das Zellinnere aufgenommen werden.

Die Darmzellen selbst sind hochleistungsfähige „Fabriken", in welchen die Energieträger aufbereitet werden, um dann anschließend direkt ins Blut oder die umgebende Gewebsflüssigkeit abgegeben zu werden. Vor allem die Stoffaufnahme vollzieht sich im Dünndarm, während der Dickdarm die Eindickung und Rückgewinnung von Wasser und Mineralstoffen zur Aufgabe hat. Für die Stoffaufnahme, die Vorverdauung (mittels der Verdauungssäfte aus den Speicheldrüsen, den Magendrüsen, der Bauchspeicheldrüse und der Galle) und die Durchmischung sowie Weiterleitung des Speisebreis sind die richtig aufeinander abgestimmten Darmbewegungen eine unbedingte Voraussetzung.

Welche Rolle spielen die Darmbakterien?

Der gesunde Darm beherbergt eine Unzahl von Kleinlebewesen, nämlich Bakterien, die an der Verdauung und Aufschlüsselung der verschiedenen Nahrungsbestandteile entscheidend beteiligt sind. Sie sind zum Beispiel in der Lage, den Organismus bei Vitaminmangel mit Vitaminen zu versorgen, indem sie diese aus unverdauten Kohlenhydratresten im Dickdarm zu bilden vermögen. So kann bei einem Säugling im Falle einer Vitaminmangelernährung durch das Vorhandensein gesunder

Darmkeime der Vitaminmangel ausgeglichen werden. Die Besiedelung mit gesunden Darmkeimen hängt sehr stark von der Ernährung ab. Vor allem durch Überernährung, durch den reichlichen Verzehr von Genußmitteln und durch den Gebrauch von Medikamenten sowie durch die mehr oder weniger freiwillige Aufnahme verschiedener chemischer Stoffe kann das gesunde Gleichgewicht der Darmflora rasch gestört werden. Kommt es zu einer krankhaften Veränderung der Darmflora durch das Auftreten von darmfeindlichen Bakterien, werden viele lebensnotwendige Stoffe von diesen Bakterien nicht mehr an die Darmzellen weitergegeben, sondern von diesen Bakterien zur eigenen Vermehrung und Ernährung verwendet. So entsteht zum Beispiel ein Vitamin-B-Mangel mit weitreichenden Folgen.

Innere Beschaffenheit des Darms, Schleimhautoberfläche, Darmbewegungen

Um seine Oberfläche zu vergrößern und um so möglichst viele Darmzellen für die Verdauung zur Verfügung zu haben, bildet der Darm größere und kleinere Falten und erreicht damit eine ungeheuere Vergrößerung seiner Oberfläche auf etwa das 600fache. Aufgrund dieser Tatsache kann man sich vorstellen, wie wichtig die genau aufeinander abgestimmten Darmbewegungen sind.

Leidet die Darmbeweglichkeit, so kommt es zum Verbleiben von Nahrungsresten in diesen Darmfalten, Gärungs- und Fäulnisprozesse sind die Folgen. Dabei kommt es zur Freisetzung giftiger Gase, zur Bildung von hochwirksamen Giften und zum Entstehen von Alkoholverbindungen, die den Blutalkoholgehalt anheben und dadurch vor allem der Leber stark zusetzen können. Die Folgen sind eine weitreichende Vergiftung des Körpers und des Blutes mit der Behinderung vieler normaler Körpervorgänge, vor allem aber eine Störung der normalen Bakterienbesiedelung des Darms. Dies führt letztendlich zu einer schweren Beeinträchtigung der Gesundheit mit Auswirkungen auf die körperliche, geistige und seelische Befindlichkeit.

Darmerkrankungen

Darmerkrankungen jeder Art nehmen in den Industriestaaten immer mehr zu. Bei primitiven Völkern – vorausgesetzt sie sind von der Zivilisation noch unberührt – sind Darmerkrankungen weit seltener. Je mehr jedoch solche Völker die Ernährungsgewohnheiten der zivilisierten Länder annehmen, desto häufiger stellen sich auch dort Erkrankungen wie zum Beispiel Blinddarmentzündungen, Darmentzündungen, Darmausstülpungen wie Polypen oder Divertikel mit der Gefahr der bösartigen Entartung oder Darmtumoren ein.

Diese oben genannten Erkrankungen sind die augenfälligsten; mit diesen Erkrankungen beschäftigt sich heute ein Großteil der Ärzte. Aber leider sind diese Mühen von geringem Erfolg begleitet. Darmerkrankungen zählen heute zu den Problemerkrankungen ohne eine sichere Aussicht auf Heilung.

Die Folgen der Darmerkrankungen sind Mangelerscheinungen, die jede Körperzelle betreffen, sich also für das allgemeine Wohlbefinden sehr nachteilig auswirken können. Sowohl die Blut-, Leber-, Muskel-, Gehirn- und Nervenzellen als auch die Zellen des körperlichen Abwehrsystems benötigen neben dem Sauerstoff Energieträger, Vitamine, Mineralstoffe und Spurenelemente, um zum Nutzen des Gesamtorganismus ihre Aufgaben erfüllen zu können. Bei einer gestörten Verdauung bedroht Siechtum den Menschen, da ein allgemeiner Mangel an Betriebsstoffen bedrohlich und schleichend den ganzen Menschen erfaßt und bei Fortbestehen des Mangels ihn langsam, aber sicher zerstört.

Viele Erkrankungen der Organe müßten zuerst über den Darm und auf dem Wege der Beseitigung von Mangelzuständen behandelt werden. Berücksichtigt man diese Tatsachen nicht, stellen sich eine Reihe von Krankheiten ein, wobei häufig neben dem Mangel an lebenswichtigen Betriebsstoffen noch Schädigungen durch vielfältige chemische Belastungen wie Schwermetallbelastung, Belastung durch Insektenvernichtungs- und Unkrautvernichtungsmittel sowie durch Medikamente hinzutreten. Gerade der Mangel an lebensnotwendigen Stoffen macht den betroffenen Menschen für viele zusätzliche Gefahren anfälliger. Die vorhandenen Reparaturmechanismen sind in diesem Fall teilweise außer Kraft gesetzt, da ihnen die notwendigen Vitamine oder Mineralstoffe fehlen. Folgende Krankheiten können als Mangelkrankheiten aufgefaßt werden und könnten durch eine Mitberücksichtigung des Darms erfolgreicher behandelt werden:

Abwehrschwäche:
Infektanfälligkeit, Viruserkrankungen wie z. B. Grippe, Leberentzündungen, Lungenentzündung, häufige Mandelentzündungen mit Fernwirkung wie Herz- und Nierenentzündungen und andere.

Stoffwechselkrankheiten:
Zuckerkrankheit, Fettstoffwechselstörungen mit erhöhtem Fett- und Cholesterinspiegel mit Folgen wie Herzinfarkt, Gehirnschlag, Gefäßverkalkung, Nervenschädigungen, allgemeiner Verschlackung, Bluthochdruck, Sehstörungen, Leber- und Nierenerkrankungen, Rheuma, Gicht.

Krebs:
Alle Organe.

Hauterkrankungen:
Ausschläge, Erschlaffung der Haut, Pilzerkrankungen, mangelnde Widerstandsfähigkeit gegenüber Kälte, Nässe und Schadstoffen der Luft, Tumore, Akne sowie Durchblutungsstörungen und Störung der Funktion der Hautnerven.

Erkrankungen des Bewegungsapparates:
Knochenveränderungen, Entkalkung der Knochen, Erschlaffung der Muskulatur, Muskelverhärtungen, Muskelentzündungen, Weichteilrheuma.

Blutkrankheiten:
Blutarmut infolge von beispielsweise Eisenmangel, Vitaminmangel und Mineralstoffmangel, krankhafte Veränderung der Blutgerinnung, Bluteindickung durch vermehrte Bildung von roten Blutkörperchen als Ausdruck für ihre ungenügende Funktion und Qualität.

Nervenerkrankungen:
Mangelnde Leistungsfähigkeit des Gehirns, Lähmungserscheinungen, Nervenentzündungen, mangelnde Gefühlsempfindlichkeit der Hautnerven, Untergang von Nervenzellen; unruhige Kinder wie „Zappelphilippe", auch bekannt als hyperkinetisches Syndrom.

Seelische Erkrankungen:
Depressionen, Schlafstörungen, Wahnerkrankungen wie Schizophrenie und allgemeine Unlustzustände, Gleichgültigkeit, Versagens-Gefühle.

Diese Aufzählung hat nicht den Anspruch der Vollständigkeit, vielmehr sollten nur die wichtigsten Krankheitsgruppen mit den häufigsten Krankheiten erwähnt werden.

Verlauf von Darmerkrankungen

Darmerkrankungen entwickeln sich schleichend und werden daher ebenso wie Mangelerscheinungen häufig erst erkannt, wenn es nahezu zu spät ist. Dies kommt daher, weil man oftmals den Frühsymptomen keine Beachtung schenkt. Folgende Beschwerden und Signale sollten Sie alarmieren und veranlassen, sich mehr um ihre Verdauung zu bemühen und eventuell einen Arzt aufzusuchen: Starke Vorwölbung der Bauchdecken, Glucksen, Rumoren, Gurgeln, Stechen, Appetitlosigkeit, Ekelgefühle, Müdigkeit, Leistungsabfall, Unlust, Niedergeschlagenheit, Schmerzen, Völlegefühl, Bauchdrücken, Gase, Ziehen, Krämpfe, übler Geschmack, Durchfall, Verstopfung, stinkender, unregelmäßiger und fettiger Stuhl, häufige Infekte, Fieberschübe.

Darmreinigung als Kur

Unter Darmreinigung versteht man eine besondere *Kurform*, deren Ziel es ist, Nahrungsrückstände aus dem Darm restlos zu entfernen, Entzündungen und Darmträgheit durch eine besondere Form der Schonkost zu beseitigen, die Tätigkeit der Verdauungsdrüsen anzuregen, eine gesunde Darmflora zu fördern, die Entgiftung des Blutes anzuregen und den Darm langsam an eine vollwertige Nahrung zu gewöhnen. Letztlich bedeutet Darmreinigung auch, den Darm dauerhaft nach einer entspre-

chenden Darmbehandlung rein und gesund zu halten.
Man unterscheidet drei Stufen der Darmbehandlung:

1. Stufe: Darmreinigung
2. Stufe: Darmschonung
3. Stufe: Darmschulung

Diese Einteilung der verschiedenen Kurschritte geht auf den Arzt Dr. med. F.X. Mayr zurück, der die Zusammenhänge zwischen Verdauungsstörungen und anderen Organerkrankungen einer eingehenden Untersuchung über mehrere Jahrzehnte unterzogen und darauf aufbauend die »Mayr-Kur« entwickelt hat. Sein Verdienst ist es, erkannt zu haben, wie sehr der Darm unter der modernen Ernährung, insbesondere unter der Überernährung leidet und wie falsch es wäre, ihn ohne Übergang beispielsweise einer Vollwerternährung mit hautpsächlich rohen und ballaststoffreichen Lebensmitteln auszusetzen.
Die Mayr-Kur wird in speziellen Kurkliniken durchgeführt. Sie besteht aus dem anfänglichen Teefasten, der Milch-Semmel-Diät und einer sich daran anschließenden Schonkost. Danach geht man langsam auf eine Vollwerternährung über. Die Mayr-Kur beinhaltet außerdem eine Anleitung zur allgemeinen Lebensführung, die Mayr-Bauchmassage sowie Bewegungs- und Entspannungstherapien.

Teefasten zur Darmreinigung und Darmschonung

Die Darmreinigung und -schonung durch Teefasten sollte über längere Zeit nur unter ärztlicher Kontrolle und Anleitung durchgeführt werden. Unter Teefasten versteht man eine strenge Fastendiät, bei der ausschließlich Kräutertees, Wasser oder kohlensäurearmes Mineralwasser sowie klare Gemüsebrühen verwendet werden. Leser, die sich körperlich gesund und leistungsfähig fühlen und dieses Programm mehr zur Gesundheitsvorbeugung benützen wollen, weder organische, noch seelische Erkrankungen aufweisen, weder an starkem Übergewicht noch an Untergewicht leiden, können das Teefasten über 3–5 Tage zu Hause durchführen. Voraussetzung dabei ist jedoch, sich selbst genauestens zu beobachten und bei unangenehmen Erscheinungen den Versuch sofort abzubrechen.
Folgende Prozesse spielen sich beim Teefasten im Körper ab und folgende nebenstehende Gefahren drohen beim Fasten:

Abbau der Zuckervorräte aus der Leber:
Die Zuckervorräte sind in kurzer Zeit erschöpft; es droht eine Unterversorgung des Gehirns mit Energie. Um den Energiebedarf des Gehirns zu decken, werden vermehrt Fettsäuren frei- und umgesetzt unter Bildung von Ketonkörpern, die ersatzweise den Energiebedarf des Gehirns decken.

Ketonkörperbildung durch erhöhten Fettabbau:
Die vermehrte Ketonkörperbildung kann zu einer Übersäuerung des Körpers, insbesondere des Blutes führen, was sich in Muskelerschlaffung, Darmträgheit und auch Herzrhythmusstörungen bemerkbar machen kann. Auch die Schlagkraft des Herzens und die Anpassungsfähigkeit der Blutgefäße an die verschiedenen Kreislaufsituationen aufgrund der Erschlaffung der Gefäßmuskeln können nachlassen. Im Extremfall kann es auch zu einem plötzlichen Herzstillstand kommen.

Harnsäureanstieg:
Aufgrund der starken Übersäuerung und durch den vermehrten Gewebsabbau beim Fasten ist die Harnsäureausscheidung einerseits behindert, andererseits fällt vermehrt Harnsäure an und kann zu Nierensteinen, unter Umständen sogar zu totalem Nierenversagen führen.

Eiweißabbau:
Eiweiß ist Hauptbestandteil der Muskulatur, vieler Enzyme, die beim Stoffwechsel eine wichtige Rolle spielen, von Abwehrkörpern, des Zellkerns und dessen Überträgerstoffen, also auch jeder Körperzelle. Langes Fasten führt zum Zelluntergang und – was besonders bedrohlich ist – zum unwiederbringlichen Untergang von Muskel- und Gehirnzellen. Fasten birgt ferner die Gefahr von Blutunterdruck mit einer verringerten Gehirndurchblutung und

von Herzversagen mit plötzlichem Herzstillstand in sich.

Gesteigerter Mineralstoff- und Spurenelementbedarf:
Mangel an Mineralstoffen und Spurenelementen führt zu Durchblutungs-, Herzrhythmus- und Kreislaufstörungen.

Darmreinigung durch Salzlösungen
Das Teefasten sollte begonnen werden mit der Darmsäuberung durch Karlsbader- oder Bittersalz, indem man täglich morgens nüchtern 1 Teelöffel aufgelösten Salzes in einem Glas lauwarmen Wasser zügig hinuntertrinkt. Bei Verwendung von F. X. Mayr-Passagesalz verwendet man 2 Teelöffel auf ein Glas Wasser. Diese Salzwasserlösungen greifen die Darmschleimhaut nicht an, sondern berieseln den Darm und lösen so alte Nahrungsreste aus den Darmfalten und Krypten heraus.
Durch neue Untersuchungsmethoden (z. B. Darmspiegelung) weiß man, wie sehr der Darm durch Kotreste belastet sein kann, wobei diese oft jahrelang in Ausbuchtungen oder Winkeln des Darms festsitzen können.
Diese Nahrungsreste sind häufig die Ursache für Fäulnis- und Gärungsprozesse mit der Bildung von giftigen Gasen und Stoffen, die ins Blut übergehen und zum Beispiel die Leber schwer schädigen können. Sie können auch die natürliche Darmflora verändern und so die normale Verdauung schwer beeinträchtigen.

Kräuterteekur
Durch geeignete Kräuterteemischungen kann man eine Beruhigung des Darms, die Ausleitung von Nahrungsmittelresten durch eine Anregung der Darmbewegungen, eine Darmentkrampfung, Schmerzlinderung und eine Entzündungshemmung erreichen. Die Zusammenstellung der entsprechenden Kräuter erfolgt nach den jeweils vorliegenden Beschwerden und muß von jedem selbst eingeschätzt werden. Eine Anleitung dazu finden Sie in dem Kapitel »Teekuren mit Heilkräutern«.
Da eine Darmreinigung auch gleichzeitig einen blutreinigenden Effekt besitzt, empfiehlt es sich, neben den speziellen darmwirksamen Tees blutreinigende Kräutertees zu verwenden. Bei der Darmreinigung und Auswaschung von alten Nahrungsmittelresten aus dem Darm kann es auch zu einer kurzfristigen Belastung des Blutes durch freiwerdende Giftstoffe kommen. Deswegen sollte man leberstärkende und wassertreibende Heilkräuter zur raschen Ausleitung dieser Gifte verwenden. Bei großem Hunger empfiehlt sich Matetee, da er das Hungergefühl sicher vertreibt. Die geeigneten Heilkräuter finden Sie im Kapitel »Teekuren mit Heilkräutern«.
Die Heilkräutertees sollten kleinschluckweise über den ganzen Tag verteilt getrunken werden, am besten, indem man sie von einem kleinen Teelöffel in den Mund saugt. Dies vermischt den Tee automatisch mit dem Speichel und löst so oft schon erste Wirkungen über den Mund aus. Das Süßen des Tees mit Honig sowie die Verwendung von Zitronensaft sind erlaubt.

Trinkmenge
Insgesamt sollte man während des Fastens mindestens zwei, oder noch besser drei Liter Flüssigkeit kleinschluckweise und einspeichelnd zu sich nehmen. Man sollte sich auch möglichst oft kleinere Trinkmengen zuführen. Die Flüssigkeit kann so den Darm ständig berieseln und damit alte Nahrungsmittelreste aus den Darmwinkeln herauslösen. Außerdem wird durch die erhebliche Flüssigkeitsmenge die Ausscheidung vermehrter Stoffwechselschlacken und Giftstoffe, die durch den Gewebeabbau freigesetzt werden, durch die Niere erleichtert. Als Flüssigkeiten neben den Kräutertees kommen Mineralwässer, klare Gemüsebrühen sowie klare naturreine Obstsäfte in Frage.

Kurkrise
Beim häuslichen Teefasten zum Zweck der Darmreinigung kommt es innerhalb von wenigen Teetagen im Gegensatz zum wochenlangen Fasten unter Aufsicht in den entsprechenden Kurkliniken wohl selten zur Kurkrise. In der Regel sollten Sie ohne Kontrolle das Teefasten zu Hause nicht länger als 5 Tage durchführen. Die Kurkrise bedeutet, daß vor der

Ausscheidung über den Darm ober über das Blut eine Überschwemmung des Körpers mit Gift- und Schlackstoffen stattfindet, die einerseits durch den erhöhten Gewebeabbau entstehen und andererseits durch die ständige Flüssigkeitsberieselung des Darms aufgrund der großen Trinkmengen aus den Darmfalten freigeschwemmt werden. Die im Darm gelösten Gifte durchwandern die Darmwand und belasten so das Blut, was zu Unwohlsein und damit zur Krise führt. Um diese zu bewältigen, müssen die Entgiftungsorgane Leber, Niere, Haut, Lunge und Darm zur Entgiftung in der Lage sein. Bei Schädigungen dieser Organe ist deshalb doppelte Vorsicht geboten. Dies gilt besonders beim Fasten zu Hause.
Folgende Beschwerden kündigen eine Kurkrise an: schlechter Mundgeschmack, starkes Schwitzen, Kopfdruck, Kopfschmerzen, Übelkeit, Schwindel, allgemeine Schwäche, Sehstörungen, Augenflimmern, inneres Zittern, Unruhe, Fahrigkeit, Nervosität, Reizbarkeit, Stimmungsschwankungen und Depressionen.

Man kann versuchen, eine Kurkrise zu vermeiden, indem man vor allem die vorgeschriebene Trinkmenge auf keinen Fall unterschreitet. Ein weiterer wichtiger Punkt ist die richtige Zusammenstellung der Kräutertees. Hier empfiehlt sich beim Teefasten eine Kräutermischung, die die Darmbewegungen anregt, Fäulnis- und Gärprozessen entgegenwirkt, die Darmmuskulatur entkrampft, die Nierenausscheidung anregt, die Leber kräftigt und das Blut reinigt.

Beispiel einer Kräutermischung:

Faulbaumrinde	15 g
Gewürznelke	10 g
Kamille	20 g
Birkenblätter	20 g
Löwenzahn	20 g
Hauhechelwurzel	15 g
Brennessel	15 g
Mariendistel	15 g

Lassen Sie diesen Tee nach dem Überbrühen 5–10 Minuten ziehen und trinken Sie davon über den Tag verteilt kleinschluckweise 3–5 Tassen. In dem Kapitel Teekuren mit Heilkräutern können Sie die für Sie wichtigen Kräutertees selbst nachlesen und sich Ihre eigene Mischung entsprechend Ihren Besonderheiten zusammenstellen.
Um während einer Teefastenkur die Kurkrise abzumildern, empfiehlt es sich, den Tee mit Honig und Zitrone anzureichern. Der Honig liefert die für das Gehirn wichtigen Zuckerstoffe sowie wertvolle Mineralstoffe, während die Zitrone die Leber unterstützt, die Entgiftung der Stoffwechselschlacken und der Verdauungsgifte besser zu bewerkstelligen. Um den Abbau des Körpereiweißes zu vermeiden oder auch zu mildern und dadurch Komplikationen beim Herzen vorzubeugen, kann man auch bis zu 2 Tassen Milch am Tag schluckweise und gut durchgekaut zu sich nehmen. Die Milch liefert außerdem wertvolle Vitamine und Mineralstoffe. Wenn bei sehr großem Hungergefühl der Matetee den Hunger nicht vertreibt und auch Milch nicht ausreichend sättigt, kann man auch noch ein paar Bissen eines trockenen Brötchens essen, natürlich muß dieses gut durchgekaut und eingespeichelt werden.

Folgen der Entgiftung und Entschlackung durch Tee- oder Heilfasten

Durch die nährstoffarme Diät, unter Umständen auch Null-Diät, kommen die zumeist ständig überforderten Verdauungsdrüsen und der Darm selbst zur Ruhe, können sich erholen und so ihren ursprünglichen Rhythmus und ihre Leistungsfähigkeit wiedererlangen. Durch den wegfallenden Druck, immer ein Überangebot an Energiestoffen verarbeiten zu müssen – dies trifft auf viele Menschen in den Industriestaaten zu –, kann sich der Körper darauf besinnen, sich selbst zu reinigen und Fehlfunktionen wieder rückgängig zu machen.
Vor allem die Darmreinigung kann schon nach wenigen Tagen Ruhe und Schonung eintreten lassen, was sich in der Entleerung von stinkenden, massigen und oft sehr dunkel gefärbten Stühlen bemerkbar machen kann. Auch schwarze und harte alte Kotreste können zur Ausscheidung kommen. Auch durchfallartige rasche Darmentleerungen sind nicht selten.

Während der Kurkrise bewirkt die Freisetzung der alten Giftstoffe aus dem Darm oft eine Darmlähmung, der man durch Trinken entsprechender Kräuterteemischungen begegnen muß.
Bei einer ständigen Überforderung aller körperlichen Organsysteme durch die weitverbreitete Vielesserei bewältigen die Stoffwechselprozesse die dadurch anfallenden Aufgaben nur recht und schlecht. Es bleiben viele Stoffe unverdaut im Darm liegen; dadurch wird das Blut immer mehr mit körperfeindlichen Stoffen überfrachtet. Auch die Entgiftungsorgane werden durch die anfallenden Schlackstoffe oft überfordert, schaffen es nicht, sie restlos wieder auszuscheiden und so werden viele Gifte im körperlichen Bindegewebe abgelagert. Dies führt zu Krankheiten wie Rheuma, Gicht, Allergien, Fettsucht, Migräne, Lebererkrankungen, Muskelentzündungen und Nierenerkrankungen.
Erholt sich der Körper, beginnt er alte und unerledigte Aufgaben wieder aufzugreifen. Er versucht zum Beispiel kranke Gelenke, verhärtete Muskeln und andere kranke Organe wieder zu reparieren oder alte Entzündungsherde wie z. B. an den Zähnen zu beseitigen. Dabei treten häufig erneute Schmerzen auf. Die Reparatur des Körpers oder bestimmter Körperteile wird oft eingeleitet durch eine erneute Entzündung, welche die Verflüssigung und Löslichbarmachung der Gifte und Schlacken zum Ziel hat und sie so wieder aus dem Gewebe zurück ins Blut leitet, um sie der Ausscheidung über den Darm, die Nieren, die Haut und die Lungen zuzuführen. Entzündungen und Fieber sind als Heilreaktionen aufzufassen.

Die Milch-Semmel-Kur nach F. X. Mayr zur Darmsäuberung, Schonung und Erziehung

Heilfasten dient zur Förderung der Entschlakkung sowie der Entgiftung und soll den verschiedenen Organsystemen durch die freiwillige Nahrungsbeschränkung eine Erholungsphase von der auszehrenden Verstoffwechselung überreichlich angebotener Energiestoffe verschaffen. Heilfasten bedeutet nicht hungern müssen, sondern lediglich eine Beschränkung der Nahrungsaufnahme auf das Nötigste, vor allem das Vermeiden von sogenannten Genußgiften wie Alkohol, Zucker, Kaffee und auch Nikotin. Beim Heilfasten nach F. X. Mayr werden leicht verdauliche Lebensmittel bei Vermeidung von Ballaststoffen gegessen, um den Darm weitgehend zu entlasten.
Die Milch ist ein ausgezeichnetes Nahrungsmittel, das sich für eine Darmreinigungskur aufgrund ihrer besonderen Zusammensetzung sehr empfiehlt. Auch Sauermilchprodukte mit lebenden Kulturen eignen sich als Kurmittel. Wie diese Sauermilchprodukte soll auch die Milch möglichst naturbelassen genossen werden. Das heißt, wenn möglich, benütze man rohe oder nur schwach erhitzte und (nach Tschernobyl) wenig belastete Milch. H-Milch ist für die Kur ungeeignet, da sie zu stark erhitzt worden ist und dadurch eine große Veränderung, besonders ihrer Eiweißstoffe, erfahren hat. Die Milch ist reich an wertvollem Eiweiß, besitzt wichtige Aufbaustoffe wie Fettsäuren, Mineralstoffe, Spurenelemente, Vitamine, Milchzucker, Enzyme und Fermente. Sie bietet dem Körper also alles, was er zum Leben braucht und dies in leicht verdaulicher Form. Für Personen mit Milchallergie eignet sich diese Kur natürlich nicht.
Die Kur-Semmel (Kur-Brötchen) ist ein reines Hilfsmittel. Sie soll das rasche Hinuntertrinken der Milch verhindern. Gleichzeitig dient die Kur-Semmel der Kauschulung sowie der Leistungssteigerung der Speicheldrüsen. An die Kur-Semmel werden bestimmte Anforderungen gestellt. Da sie vor allem der Kauschulung dienen soll, legt man besonderen Wert auf ihre Beschaffenheit. Man muß dafür sorgen, ständig einen reichlichen Vorrat an Kur-Semmeln griffbereit zu haben, da von ihnen wesentlich der Kurerfolg abhängt. Man besorge sich jeweils frische Semmeln und lagere sie in einem trockenen Zimmer über einen Zeitraum von zwei bis vier Tagen, bis sie sich gerade noch leicht eindrücken und in Scheiben schneiden lassen ohne zu zerbröseln. Sie sollen sich derbelastisch anfühlen und auch nicht so trocken sein wie die Reibesemmeln.
Während man Null- oder Teefasten zu Hause

und ohne ärztliche Kontrolle nur wenige Tage durchführen soll, sind einer Anwendung der Milch-Semmel-Kur keine Grenzen gesetzt. Sogar Berufstätige können die Milch-Semmel-Kur über mehrere Wochen durchführen. Während der Milch-Semmel-Kur darf man sich sattessen und man setzt sich nicht den großen Gefahren wie beim Fasten aus.

Durchführung der Milch-Semmel-Kur

Als erstes besorge man sich frische Semmeln in ausreichender Zahl und vergesse nicht, sich täglich um neuen Nachschub zu kümmern. Vollkornsemmeln sind ganz bewußt bei dieser Kur ausgeklammert, da die darin enthaltenen Faserstoffe den Darm belasten würden, was man gerade vermeiden möchte. Man schneide nun die Semmeln in fingerdicke Scheiben und beiße davon kleine Stücke ab. Kauen Sie dieses Stückchen so lange, bis sie sich ganz verflüssigt haben und leicht süßlich schmecken. Nehmen Sie dann mit einem Teelöffel ein wenig Milch auf und saugen Sie sie am besten vom Teelöffel in den Mund. Dadurch vermischt sich die Milch gleich mit dem Semmelbrei. Durchmischen Sie diesen Milch-Semmel-Speichelflüssigkeitsbrei noch gut durch kräftige Kaubewegungen, bevor Sie ihn runterschlucken.

Essen Sie auf diese Weise soviel, wie Sie zum Sattwerden brauchen. Essen Sie in Ruhe und mit Bedacht, nehmen Sie sich viel Zeit, vor allem für das richtige Kauen und Einspeicheln. Wenn sich das Sättigungsgefühl einstellt, lassen Sie alles liegen, was noch an Essensresten übrig ist und vermeiden Sie vor allem, noch übriggebliebene Milchreste rasch hinunterzutrinken. Gerade die Semmel als Hilfsmittel soll das rasche Hinuntertrinken der Milch verhindern, sie dient so wesentlich der Erziehung zum richtigen Essen. Die Milch soll nicht getrunken, sondern muß gegessen werden!

Die Verdauung beginnt bereits im Mund. Langsames und kräftiges Kauen regt den Speichelfluß an und bereitet die tieferliegenden Verdauungsabschnitte über Reflexe auf die Aufnahme des Nahrungsbreis vor. Langsames, regelmäßiges und ausreichendes Kauen fördert auch die Empfindsamkeit und Feinfühligkeit des Geschmacks und trainiert Reflexe wie den Sättigungs- und Schluckreflex. Gleichzeitig soll die Ruhe die Freude am Essen wieder aufkommen lassen, indem wir auch wieder lernen, mit den Augen und allen anderen Sinnen zu essen.

Die nächste Mahlzeit während der Milch-Semmel-Kur nehmen Sie zu sich, wenn Sie ein Hungergefühl verspüren. Man soll sich jedoch zum Ziele setzen, nicht mehr als drei Mahlzeiten zu sich zu nehmen. Je gesünder und erholter ihr Darm ist, um so weniger Mahlzeiten benötigen Sie. Die Milch-Semmel-Kur wird begleitet durch Trinken von Kräutertees und kohlensäurearmen Mineralwässern. Trinken Sie so oft wie möglich am Tage in kleinen Schlucken und versuchen Sie, mehr als zwei Liter zusätzliche Flüssigkeit zur Milch zu trinken. Der Grund ist der gleiche wie beim Teefasten, nämlich die beabsichtigte Dauerberieselung des Darms von oben nach unten, (im Gegensatz zum Einlauf) und die Anregung der Nierenausscheidung durch die reichliche Flüssigkeitsmenge.

Trinken von Salzlösungen zur Darmreinigung

Wie beim Teefasten beginnt auch die Milch-Semmel-Kur jeden Morgen mit dem Trinken von einem Glas Wasser mit gelöstem Karlsbader-, Bitter- oder F. X. Mayr-Passagesalz, jeweils 1–2 Teelöffel pro Glas, um alte Nahrungsmittelreste aus dem Darm herauszulösen. Dies führt nach einer gewissen Zeit zum Abgang von übelriechenden Kotmassen, manchmal sogar von Kotsteinen, die sich jahrelang in irgendwelchen Darmfalten halten können. Nach längerer Anwendung der Milch-Semmel-Kur wird der Stuhl gold-gelb und ist nahezu geruchlos. Dies ist auch ein Zeichen für eine erfolgreiche Kur.

Wasseranwendungen nach Kneipp

Aus einem eigenen Heilerlebnis heraus und angeregt durch das 1737 erschienene Buch von Dr. med. Johann Sigmund Hahn mit dem Titel »Die wunderbare Heilkraft des frischen Wassers bei dessen innerlichem und äußerlichem Gebrauch auf die Leiber der Menschen« entwickelte der in Wörishofen tätige Pfarrer *Sebastian Kneipp* seine Gesundheitslehre. Wer glaubt, die Kneipp-Therapie besteht nur aus Wasseranwendungen, muß sich eines Besseren belehren lassen. Kneipp macht sich Gedanken über die ganze Lebensführung einschließlich Ernährung, Bewegung, Heilpflanzenlehre und seelische Gesundheit. Die Körper-Geist-Seele-Einheit des Menschen wiederherzustellen war ihm ein großes Anliegen und so entwickelte er die Ordnungstherapie. Durch sein 1886 erschienenes Buch »Meine Wasserkur« wurde er weltberühmt. Seine Erkenntnisse sowie seine Wasserkuren sind nach wie vor zeitgerecht und für den Menschen von heute nötiger denn je.
Reiztherapie ist die klassische naturheilkundliche Behandlungsform, welche die körpereigenen Abwehrmechanismen und Reparaturmechanismen gezielt anspricht, um mittels der Regulationskräfte des Körpers und mit dessen eigenen Mitteln den kranken Zustand wieder in einen gesunden zu bringen. Die Reize, die angewendet werden, können eine große Wirkung zeigen, nicht nur am Ort der Reizsetzung selbst, sondern auch in weiter entfernt liegenden Körpergegenden. Schon ein kleiner Reiz kann zu einer Umstimmung des Körpers führen mit einer erhöhten Abwehrbereitschaft oder einer gesteigerten Fähigkeit, Schäden zu reparieren. Eine gekonnte Umstimmungs- oder Reiztherapie kann je nach Krankheitsstadium die Ausbreitung von Krankheitsherden verhindern, indem die Krankheit mit allen zur Verfügung stehenden Mitteln an Ort und Stelle ausgerottet wird. Sie ist so auch in der Lage, die Gesundheit vollkommen wiederherzustellen ohne Spuren zu hinterlassen.
Die physikalischen ebenso wie die chemischen Eigenschaften des Wassers bieten ideale Voraussetzungen für die Anwendung bei der Reiztherapie. Wasser ist fast überall reichlich vorhanden, so daß eine Kneipp-Wasserkur ortsungebunden ist. Hinzu kommt, daß es hierbei nicht wie bei den Mineral- oder Thermalwasserkuren auf eine besondere chemische Zusammensetzung des Wassers ankommt.
Wasser läßt sich in jedem Haushalt auf die verschiedensten Temperaturen erhitzen. Wasser ist ein guter Wärmeleiter. Es ist in der Lage, Wärme auf den Körper zu übertragen und von ihm aufzunehmen. Zum Beispiel kann ein kalter Wickel ein Übermaß an Hitze vom Körper aufnehmen, andererseits kann ein warmer Wickel bestimmte Körperstellen rasch erwärmen. Bei Kaltwasseranwendungen wird das fließende Leitungswasser benützt, dessen Temperatur in Abhängigkeit von der Jahreszeit schwankt, aber zwischen 10–18 Grad Celsius beträgt. Bei den selteneren Warmwasseranwendungen beträgt die Temperatur des Wassers etwa 40–60 Grad Celsius.
Wasser hat ein nicht unbeträchtliches Eigenge-

wicht. Aufgrund der unbegrenzten Verformbarkeit des Wassers und des nach allen Seiten sich gleichmäßig ausdehnenden Wasserdrucks wird ein im Wasser schwimmender Körper erheblichem Druck ausgesetzt. Alle weichen Teile des menschlichen Körpers werden z. B. bei einem Vollbad verformt oder zusammengedrückt. In erster Linie trifft dies auf die Blut- und Lymphgefäße sowie auf die Ausdehnungen der Brust und des Bauches zu. Bei Wassergüssen, Wasserberieselungen und Abspritzungen wirkt ebenfalls ein gewisser Druck auf die behandelten Körperstellen ein.
Im Wasser gehen, läßt sich gar nicht so leicht bewerkstelligen. Man spürt einen erheblichen Widerstand, und es kostet ganz schön viel Kraft, diesen Reibungswiderstand zu überwinden. Diese Eigenschaft des Wassers kann man hervorragend zur Übungsbehandlung nach Unfällen ausnützen.
Im Wasser hat jeder Körper nur noch einen Bruchteil seines ursprünglichen Gewichts. Diese Auftriebskraft des Wassers macht es zu einem idealen Übungsplatz für alle Störungen am Bewegungsapparat aufgrund von Haltungsfehlern, Muskelverhärtungen durch Verschlackung, Unfällen mit Gliedmaßenbrüchen und Krankheiten mit Lähmungsfolgen.
Nicht jeder wird aus seinem Leitungshahn Wasser in Mineralwasserqualität gewinnen können. Dies ist jedoch für die Kneipp-Wasseranwendungen auch nicht von Bedeutung. Der Vorteil des Wassers für die Reiztherapie ist es, dem Wasser Zusätze mit Heilmittellösungen beimischen zu können. Man kann also wasserlösliche Pflanzenextrakte mittels Wasser auf den menschlichen Körper übertragen, wobei diese über die Haut zur Aufnahme in den Körper gelangen können. Umgekehrt ist es möglich, über die Ausscheidung durch die Haut Schlackstoffe und Gifte an das Wasser abzugeben. Während einer Entschlackungskur kann man oft erhebliche Mengen an ausgeschiedenen Schlackstoffen im Badewasser nachweisen. Durch diese Wasserzusätze kann man auch die Reizwirkung des Wassers verstärken, aber auch abmildern.
Die vielfältigen Eigenschaften des Wassers ergeben zusammengerechnet eine erhebliche, nicht zu unterschätzende Reizstärke. Der einzelne reagiert sehr unterschiedlich auf die verschiedenen Reize, wobei sich auch gegenüber den Reizen eine Gewöhnung einstellen kann. Deshalb soll man ein und denselben Reiz nie über eine längere Zeit regelmäßig einsetzen. Allgemein läßt sich sagen, schwache Reize regen die Lebenskraft an, während mittelstarke Reize die Lebens- und Ordnungskraft sowie die Selbstheilungskräfte fördern und unterstützen. Starke und stärkste Reize wirken sich auf die Lebensvorgänge nachteilig, oft sogar lebensbedrohend aus.

Anwendungsmöglichkeiten für die Wasserkur zu Hause

Als erstes sei die besondere Bedeutung der Wasseranwendungen für die Abhärtung und die allgemeine Leistungssteigerung erwähnt. Da Vorbeugen immer noch besser als Heilen ist, sei auch gesunden Erwachsenen, Kindern und älteren Menschen die vorbeugende Anwendung der Wasserkuren sehr empfohlen. Zur Nachbehandlung der verschiedensten Erkrankungen wie Herzinfarkt, Unfallfolgen, Erkrankungen des Bewegungsapparates, Erkrankungen der Verdauungsorgane sowie als unterstützende Behandlung nach Nervenkrisen erzielt man mit den Wasserkuren gute Erfolge. Herz- und Kreislauferkrankungen mit Blutdruckveränderungen (sowohl nach oben wie nach unten), Durchblutungsstörungen, Herzängste mit Herzklopfen und Rasen bei allgemeiner Nervosität sowie Anpassungsstörungen und Wetterfühligkeit des Kreislaufs sind geeignete Anwendungsbeispiele für die Wasseranwendungen (vor allem Kaltwasseranwendungen).
Auch Stoffwechselstörungen und Störungen des hormonellen Systems bei Mann und Frau können durch Wasseranwendungen wieder zur Norm geführt werden. Erkrankungen des Bewegungsapparates mit Verhärtungen von Muskelgruppen, Gelenkveränderungen durch Überbeanspruchung und Rheuma sowie Schmerzzustände von Muskeln, Nerven, Sehnen und Gelenken gehören ebenfalls zum brei-

ten Kreis der Heilanwendungen der Wassertherapie. Nicht vergessen darf man auch die vielen Krankheiten, die aufgrund einer Störung des seelischen Gleichgewichts entstanden sind und durch die Reiztherapie mit Wasserkuren geheilt werden können, wenn man gleichzeitig etwas an der allgemeinen Lebensführung und Lebensorganisation zu ändern in der Lage ist.

Kaltwasseranwendungen

Grundsätzlich dürfen kalte Reize nur auf warme Körperteile angewendet werden. Wenn Sie nicht eine innere Wärme in sich fühlen, also sich nicht im Zustand der Naturwärme befinden, müssen Sie sich vor einer Kaltanwendung aufwärmen. Man kann sich im Bett aufwärmen, dabei auch zur Unterstützung sich einer Wärmflasche bedienen, aber man kann sich auch durch Gymnastik, Bewegung, Massage sowie durch Wärmebestrahlung Wärme zuführen. Als Vorbereitung für das Wassertreten bietet sich ein Spaziergang an, oder man erwärmt die Füße durch ein warmes Fußbad. Je kälter das Wasser für die Anwendung ist, und je besser der Körper durchblutet und erwärmt ist, desto kürzere Reize benötigt man für das Eintreten einer Reaktion.

Die Kaltwasseranwendung muß zügig durchgeführt werden; man muß unbedingt Zugluft und Kälte der Raumluft während der Anwendung vermeiden. Schließen Sie alle Fenster und heizen Sie den Raum vor, wenn Sie Ihre Kur in der kalten Jahreszeit durchführen. Trocknen Sie sich nach den Kaltwasseranwendungen nicht ab, sondern wärmen Sie sich am besten wieder im Bett auf oder bewegen Sie sich, indem Sie Gymnastik, einen Lauf oder auch einen Spaziergang machen. Wenn Sie Kaltwasseranwendungen nicht gewöhnt oder auch sehr kälteempfindlich sind, empfiehlt es sich, mit den Kaltwasseranwendungen am frühen Abend zu beginnen, da in dieser Zeit die Wiedererwärmung der Körperoberfläche am schnellsten vor sich geht. Diese tagesrhythmischen Bedingungen helfen auch die Wirkung der verschiedensten Anwendungsformen der Wasserkuren zu verstärken. Wenn eine verbesserte Durchblutung der Haut durch kalte Waschungen erwirkt werden soll, sollten Sie diese Waschungen in der Zeit von 3 Uhr nachmittags bis 3 Uhr frühmorgens durchführen.

Warmwasseranwendungen

Warmwasseranwendungen werden in der Hauptsache durchgeführt, wenn der Körper ausgefroren ist, ferner zur Lockerung verkrampfter Muskeln, Gefäße, bei Gallekolik, auch bei Blähungs- und Nierenkoliken. In Form von Bädern und meist unter Zusatz von Kräuterextrakten (siehe Aromatherapie) wird eine Beeinflussung von Stoffwechselvorgängen, von hormonellen Steuermechanismen sowie eine Entschlackung angestrebt. Man hüte sich vor zu vielen Warmanwendungen, weil dadurch der Körper eher verweichlicht wird. Nach einer Warmanwendung muß deshalb unbedingt ein kurzer Kaltreiz folgen in Form einer Kaltwaschung, eines kalten Gusses oder auch eines kühlen Luftbades.

Reaktionen des Körpers auf Temperaturreize

Kaltreize sollen so lange durchgeführt werden, bis aus dem anfänglichen Frieren, Blaßwerden, Zittern und eventuellen Schmerzgefühl eine angenehme, wohlige Körperwärme entstanden und eine Errötung der Haut eingetreten ist. Bei vorheriger guter Körperwärmung treten diese Reaktionen schon nach kurzer Zeit auf, während bei ungenügender vorheriger Aufwärmung oft stärkere Kaltreize notwendig sind, bis ein Wärmegefühl auftritt. Die Erwärmung kann z. B. durch Reiben oder Bürsten beschleunigt werden. Auf Warmreize erfolgt eine langsame Rötung der Haut mit einem wohligen Wärmegefühl. Der Reiz wird in der Regel so lange verabreicht, bis die erwünschte Wirkung eingetreten ist.

Der in der Wassertherapie Unerfahrene neigt eher dazu, zu geringe Reize einzusetzen; er wartet dadurch manchmal vergeblich auf die Reizantwort. Bei der Kaltanwendung gibt es auch gelegentlich in den Arterien, die das sauerstoffreiche Blut führen, Gefäßkrämpfe, die Haut zeigt deswegen eine ausgeprägte Blässe, erwärmt sich entweder gar nicht oder nur verzögert. Hier helfen warme Abreibungen, warmes Duschen oder warme Teilbäder. Auch die das Blut zum Herzen zurückführenden Venen können sich anhaltend verkrampfen, was sich durch eine Anschwellung der betroffenen Körpergegend mit einer blauroten Verfärbung sowie einer Kälte der Hautoberfläche bemerkbar macht. Letztendlich können sich sowohl die Arterien als auch die Venen gleichzeitig verkrampfen, so wie es auch auf die unterschiedlichen Reize gerade die gegenteiligen Reizantworten gibt, wenn zum Beispiel auf einen Kältereiz eine sofortige Wärmeempfindung folgt und auf einen Warmreiz hin ein paradoxes Kältegefühl eintritt. Diese unterschiedlichen Reaktionen am Ort der Reizsetzung können aber auch Fernwirkungen hervorrufen wie zum Beispiel Schwindelgefühl, Herzklopfen, Herzrhythmusstörungen, Ohrensauen sowie Blutdruckabfall oder -anstieg. Treten unerwartete Reizantworten auf, soll man die Anwendung sofort abbrechen und sich eventuell von einem Arzt untersuchen und beraten lassen.

Gegenanzeigen für Wasseranwendungen

Besonders Kranke mit Durchblutungsstörungen am Herzen und an den Beinen, aber auch solche mit stark erhöhtem oder erniedrigtem Blutdruck sowie schweren organischen Erkrankungen müssen sich vorher am besten von ihrem Arzt beraten lassen, ob Kaltanwendungen verantwortet werden können. Wenn keine Bedenken vorgebracht werden, ist es für diesen Personenkreis besonders wichtig, sich vor den Kaltanwendungen gut aufzuwärmen, um so mit kurzen Reizeinwirkungszeiten eine rasche Reizantwort zu erhalten.

Wickel

Um einen kunstgerechten Wickel anlegen zu können, benötigen Sie drei Tücher von unterschiedlicher Qualität. Über den Wickel werden Warm- oder Kaltwasserreize verabreicht. Um den entsprechenden Reiz verabreichen zu können, benötigen Sie als erstes ein grobes Leinentuch, das angefeuchtet und dann auf die entsprechende Körperstelle aufgelegt wird. Dieses Tuch muß nach dem Eintauchen ins Wasser gut ausgewrungen werden, und soll nicht tropfen. Als zweites Tuch verwendet man ein trockenes, dichteres Leinen- oder Baumwolltuch, das das feuchte Tuch nach allen Seiten gut überragen muß, um dadurch den Eintritt von eventuell kalter Raumluft an die zu behandelnde Stelle zu verhindern. Zum Abschluß nach außen, um die Wickelstelle gänzlich vor Kälte zu schützen und um die am Wickel entstehende Wärme speichern zu helfen, wird über die schon vorhandenen zwei Tücher noch ein Wolltuch oder eine Wolldecke gewickelt und mit Sicherheitsnadeln möglichst straff am Körper anliegend befestigt.

Wickelformen

Entsprechend der Körperstelle, an welcher der Wickel angelegt werden soll, variiert die Form des Wickels. Es gibt zum Beispiel Handwickel, Fußwickel, Wadenwickel, Armwickel, Kopfwickel, Lendenwickel, Brustwickel, Ganzkörperwickel und andere. Weiterhin unterscheidet man zwischen dem Kalt- und Warmwickel. Besonders bei starken krampfartigen Beschwerden wie Nieren-, Galle- und Darmkoliken sowie Hexenschuß kommen auch heiße Wickel zur Anwendung, da warme Reize die Schmerzimpulse zum Gehirn hin wirksam verdrängen und auslöschen können.

Halswickel

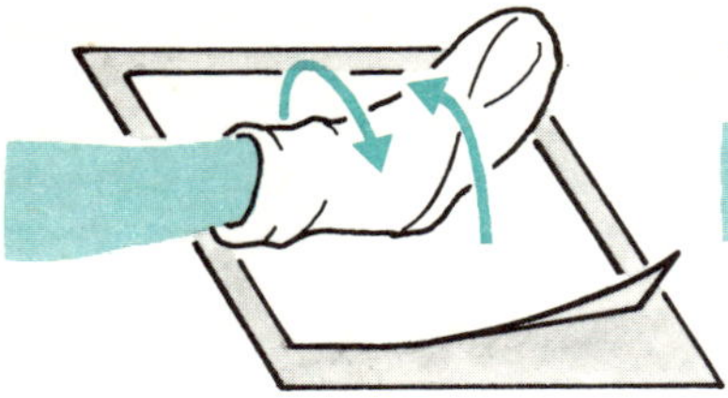

Fußwickel

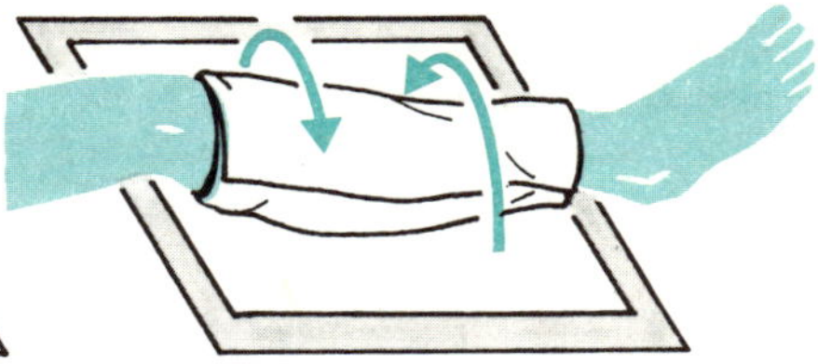

Wadenwickel

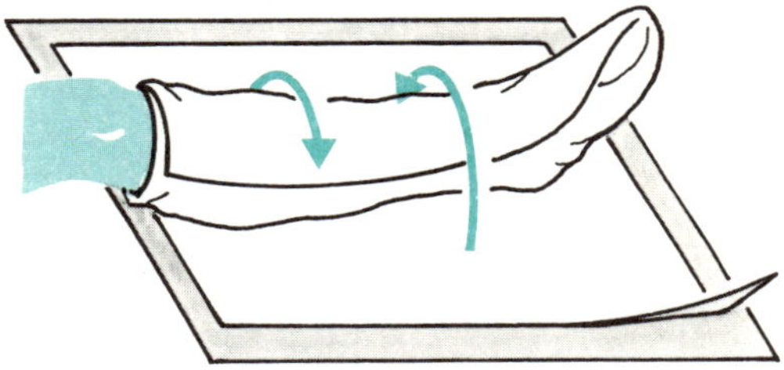

Fuß-Waden-Wickel

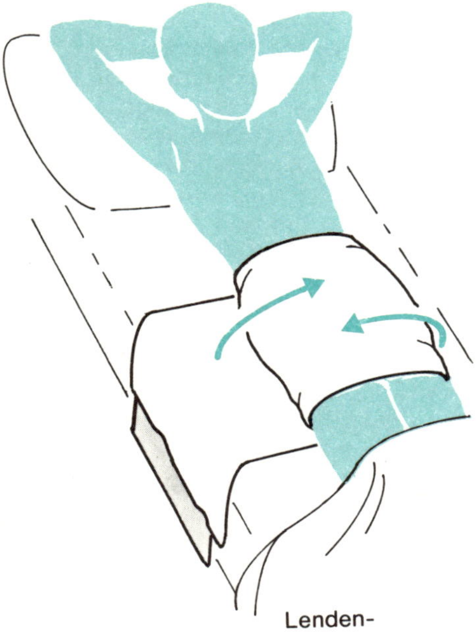

Lenden-
wickel

Brustwickel

Wickelzusätze

Als Wickelzusätze kommen vor allem Extrakte oder Essenzen von Aromapflanzen in Frage. Es kommt immer auf die Begleitumstände und auf die beabsichtigte Wirkung an, zu welchen Zusätzen man greift, wobei ja in erster Linie dem Temperaturreiz die Hauptwirkung zugeschrieben werden muß. Die verwendeten Heilpflanzen werden jedoch über die Haut ins Blut aufgenommen und sind dann für die Nachwirkung verantwortlich, die aber erst bei regelmäßiger Heilkräuteranwendung und dann auch erst nach Wochen zu bemerken ist. Um die geeignete Kräuterauswahl treffen zu können, lesen Sie bitte im Kapitel Aromatherapie nach, wo viele aromatische Pflanzen ausführlich beschrieben sind. Wickelzusätze, die nicht aus Kräutern bestehen, sind Essig, Salz, Lehm und Senfmehl.

Essigwickel bestehen aus einer Essig-Wassermischung im Verhältnis von etwa 1:3 und regen vor allem die Durchblutung der Haut an, beschleunigen aber auch die Ausleitung von Schlack- und Giftstoffen. Außerdem wirken sie angenehm kühl und können Hautjucken lindern helfen. Essigwickel sind meist kalte Wickel.

Salzwickel müssen behutsam angewendet werden, da sie nicht von jeder Haut vertragen werden. Man nimmt etwa 10 Gramm Salz auf einen Liter Wasser. Salz wirkt als Durchblutungsreiz, führt zu einer verstärkten vegetativen Umstimmung und hilft Schlacken in der Haut abzubauen und zur Ausscheidung zu bringen.

Bei der Herstellung des *Lehmwickels* rührt man soviel pulverisierten Lehm mit Wasser an, bis eine dünnflüssige Brühe entstanden ist. Anstelle von Wasser kann man auch Kräutertee als Lösungsmittel nehmen. So erreicht man eine doppelte Wirkung. Der Lehmbrei wird nun fingerdick auf das grobe Leinentuch oder auch direkt auf die zu behandelnde Stelle aufgetragen. Lehm trocknet die Haut aus, sie sollte daher vor dem Wickel mit einer guten, fettenden Creme oder einem Öl behandelt werden. Der Lehmwickel wirkt intensiver als der normale Wickel. Lehmwickel finden vor allem Anwendung bei Erkrankungen der Bauchorgane, des Bewegungsapparates, der Gelenke, der Haut, bei Venenleiden sowie als Halswickel bei Erkrankungen der Schilddrüse.

Senfwickel bereitet man sich aus zwei Handvoll Senfmehl zu, welches man mit lauwarmem Wasser zu einem dicken Brei vermischt. Diesen Brei rührt man so lange durch, bis augenreizende Dämpfe aufsteigen. Streichen Sie dann den Brei auf das große Leinen. Senf wirkt hautreizend und führt zu einer starken Rötung und Überwärmung der Haut. Senföl dringt auch in die tieferen Schichten der Haut ein. Wenn man den Senfwickel zulange auf der Haut beläßt, kann es zur Blasenbildung kommen. Ein Senfwickel darf nicht an empfindlichen oder kranken Hautbezirken angewendet werden. Andererseits führt der Senfwickel zu einer raschen Ausleitung von Gift- und Schlackstoffen aus der Haut, er regt die vegetative Umstimmung an und fördert die Abwehrbereitschaft des Körpers, weshalb er beispielsweise bei Erkältungskrankheiten mit Bronchitis und Drüsenschwellung angebracht ist.

Wickel und richtiges Verhalten

Mit Ausnahme des Senfwickels kann man jeden Wickel solange auf den Körper lassen, solange dies als angenehm empfunden wird. Man kann auch ruhig mit dem Wickel einschlafen, dies ist sogar eine sehr erwünschte Reaktion. Bei Kaltwickeln muß man auf eine ausreichende Vorerwärmung des Körpers achten. Kaltwickel können Sie zu jeder Tageszeit anwenden, während heiße Wickel besser am Vormittag vertragen werden.

Grundsätzlich werden die Wickel im Bett angelegt; man sollte dann während der gesamten Dauer des Wickels das Bett hüten. Man sollte also nicht mit einem Wickel spazierengehen. Bei der Anlegung des Wickels muß man sich beeilen, um den Körper nicht auszukühlen. Wird Ihnen trotz des Wickels kalt, wärmen Sie sich mit einer Wärmflasche auf oder lassen Sie sich heiße Getränke bringen. Bei Schwächezuständen müssen Sie den Wickel sofort unterbrechen und auch eventuell einen Arzt zu Rate ziehen. Beim Abnehmen des Wickels muß man sich ebenfalls sehr beeilen, um eine Abkühlung zu vermeiden. Nach dem Wickel ist noch eine Ruhepause einzuhalten, um nachzudünsten. Schwitzt man sehr, kann man sich nach dem Wickel und dem Nachdünsten abwaschen.

Waschungen

Die Waschungen bei der Kneipp-Wasserkur werden unter sparsamster Verwendung von Wasser durchgeführt. Die Haut wird nur benetzt und soll sich mit einem hauchdünnen Wasserfilm überziehen. Dies stellt einen recht kräftigen Reiz dar, besonders wenn man sie als Kaltwaschung durchführt.
Man faltet ein grobes Leintuch mehrmals zusammen, taucht es in das Wasser, wringt es gut aus und fährt mit gleichbleibendem Druck und gleichmäßigen Bewegungen über die zu behandelnden Hautpartien. Die Waschungen werden so lange fortgeführt, bis die erwünschte Reaktion eingetreten ist.
Auch bei den Waschungen gelten die allgemeinen Grundsätze, nämlich für eine ausreichende Vorerwärmung zu sorgen, die Waschungen rasch und zügig durchzuführen, Zugluft und Raumkälte zu vermeiden und sich nach der Anwendung noch eine Ruhepause zu gönnen. Je nach den vorliegenden Beschwerden spricht man von Ganzwaschung, Teilwaschung, Oberkörperwaschung, Leib- und Unterkörperwaschung. Bei den Waschungen ist es wichtig, mit gleichmäßigen Bewegungen unter mäßigem Druck die Hautoberfläche zu bestreichen, um einen durchgehenden Wasserfilm auf der Haut zu erzeugen. Waschungen können sowohl Wirkungen an der behandelten Stelle als auch Fernwirkungen zeigen, je nachdem, welches Hautsegment behandelt wird.
Waschungen stellen einen kräftigen Reiz dar, der aber gut dosiert werden kann, wenn man auf die richtigen Körperreaktionen achtet. Bei paradoxen Reaktionen auf einen Reiz muß man die Behandlung sofort abbrechen. Kommt es zu Kälteempfindungen, kann man durch Bewegung und durch Trinken von heißen Getränken rasch Abhilfe schaffen, bzw. man wärmt sich wieder im Bett auf. Besonders eignen sich die Waschungen auch für Schwerkranke, da man diese Form der Wasserkur auch im Bett gut durchführen kann. Als Wasserzusätze kommen ebenfalls Kräuterauszüge sowie Essig in Betracht.

Auflagen

Auflagen werden als Kalt- oder Warmauflagen angewendet. Als Beispiele für Auflagen lernten Sie schon den Senf- und den Lehmwickel kennen. In gleicher Form wendet man auch die *Kartoffelauflage* an: Die Kartoffeln werden mitsamt der Schale weichgekocht, zu einem Brei zerstampft und dann in ein Tuch eingeschlagen. Um dieses Tuch wickelt man ein Wolltuch und legt die Kompresse so heiß wie möglich auf die zu behandelnde Stelle. Wie beim Wickel kommt darüber noch das Zwischentuch und als Abschluß eine Wolldecke.
Die Kartoffelauflage ist mit der *Dampfauflage* vergleichbar, bei welcher man ein mehrmals gefaltetes Tuch für einige Minuten in heißes Wasser legt, es dann gut auswringt – je trockener das Tuch, um so länger speichert es die Wärme –, in ein Tuch einschlägt, auflegt und dann wie einen Wickel mit zwei Tüchern abdeckt.
Leinsamenauflage: Mehrere Handvoll Leinsamen werden mit Wasser unter Rühren zu einem dicken Brei eingekocht und dann entsprechend dem Dampf- oder Kartoffelwickel weiterverwendet. Die heißen Breiauflagen eignen sich besonders gut bei Krampfzuständen der Muskulatur, bei Galle-, Nieren- und Magen-Darm-Koliken.
Quarkauflagen gehören zu den kalten Auflagen, werden aber wie die heißen Auflagen aufgelegt: Man rührt den Quark mit etwas Milch und auch unter Zugabe von wenig Essig zu einem zähen Brei an, streicht diesen dann fingerdick auf ein Leintuch, legt dieses auf die kranke Stelle auf und vervollständigt den Wikkel durch das Zwischentuch und das abschließende Wolltuch.

Güsse

Ein besonderes Merkmal der Kneippkur sind die sogenannten Güsse mit dem Wasserstrahl. Für den Guß zu Hause wird man sich besser

nach jemanden umsehen, der einem etwas zur Hand gehen kann. Dies ist jedoch keine unbedingte Voraussetzung. Man kann auch alleine Teilgüsse wie den Knieguß, den Arm-, Brust-, Schenkel-, Nacken- und Gesichtsguß durchführen.
Auch bei den Güssen gelten die schon mehrmals erwähnten Grundsätze der Kneipptherapie. Wärmen Sie sich vor dem Guß gut auf, achten Sie auf eine Raumtemperatur von etwa 20 Grad Celsius. Je besser Sie sich aufgewärmt haben, desto kürzere Reize benötigen Sie zum Auslösen der erwünschten Reaktion. Wie bei den Waschungen soll auch hier die Hautoberfläche gleichmäßig mit fließendem Wasser benetzt werden.
Benützen Sie für die normalen Güsse nur einen geringen Wasserdruck und halten Sie den Schlauch etwa eine Handbreite von der Hautoberfläche entfernt. Bei den Güssen müssen Sie darauf achten, den Wasserstrahl immer von außen nach innen zu führen und von den Händen und Füßen weg in Richtung Herz, also von unten nach oben und umgekehrt.
Zum Beispiel führt man beim *Knieguß* den Wasserstrahl vom Fußrücken (unten) an die Fußaußenseite (außen) und hinauf bis übers Knie, hält dort mit leichten Hin- und Herbewegungen inne und versucht das Wasser gleichmäßig nach unten über die Rückseite und die Außenseite der Wade fließen zu lassen. Anschließend geht man mit dem Wasserstrahl wieder über die Innenseite der Wade nach unten zur Ferse. Daraufhin erfolgt die Begießung der Vorderseite des Unterschenkels, einschließlich des Knies, indem man in derselben Weise vorgeht. Abschließend begießt man die Fußsohlen.
Bleiben Sie mit dem Wasserstrahl nie völlig ruhig auf einer Stelle stehen, sondern bewegen Sie den Schlauch immer leicht hin und her, aber achten Sie dabei dennoch auf eine gleichmäßige Berieselung der Haut. Man kann die Güsse auch als *Wechselgüsse* durchführen, indem man abwechselnd warme und kalte Güsse verabreicht. Einem *Warmguß* folgt immer ein *Kaltguß*. Man beendet die Wechselgußserie mit einem Kaltguß, beginnt sie aber mit dem Warmguß.
Schenkelguß: Man verfährt wie beim Knieguß, geht jedoch jetzt bis auf die Gesäßbacke hoch. Ist man oben auf dem Gesäßmuskel angelangt, versucht man wieder die Rückseite des ganzen Beines bis zur Ferse gleichmäßig berieseln zu lassen, bevor man an der Beininnenseite wieder abwärts geht.
Der *Unterguß* ist ein verlängerter Schenkelguß. Er reicht am Rücken bis zur 12. Rippe

Knieguß
3–10 Sekunden

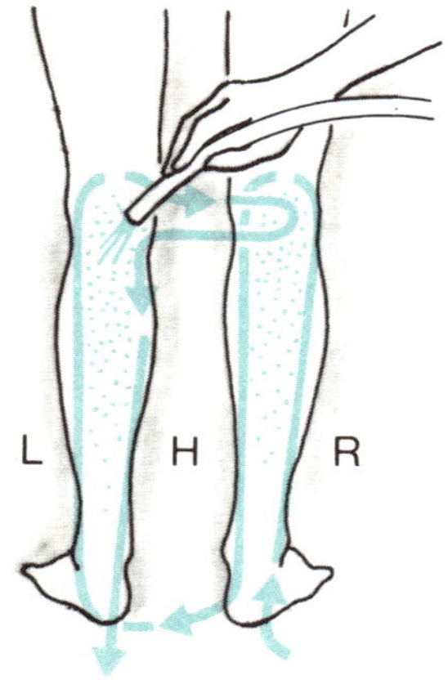

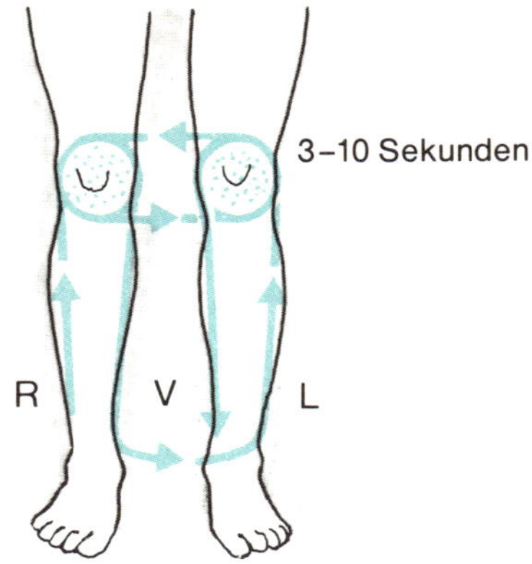

Je nach der gewünschten Wirkung wendet man Güsse an den verschiedenen Körperteilen an – die Möglichkeiten reichen »von Kopf bis Fuß«. Bei allgemeinen Ermüdungserscheinungen hilft ein kalter oder unterschiedlich temperierter Gesichts- bzw. Kopfguß am besten.

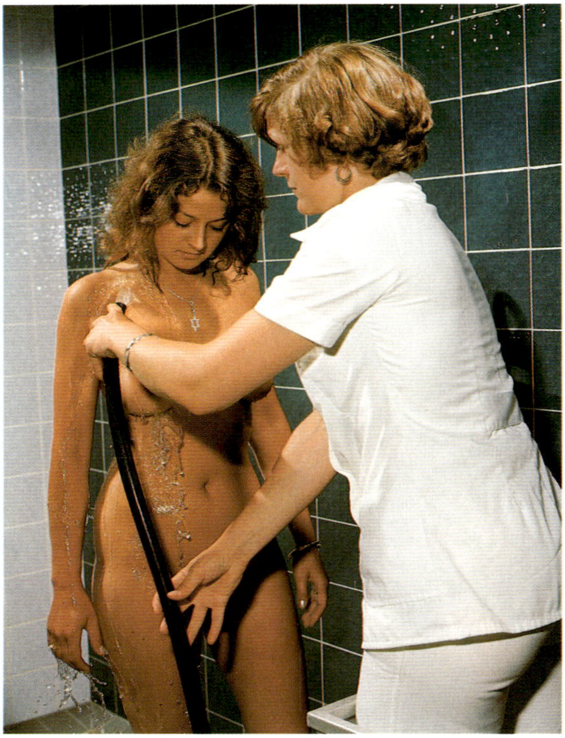

Schulter- (Bild oben links) *und Armguß* (Bild oben rechts) *sind vor allem bei Neigung zu kalten Händen und rheumatischen Veränderungen in den Armen angezeigt.*

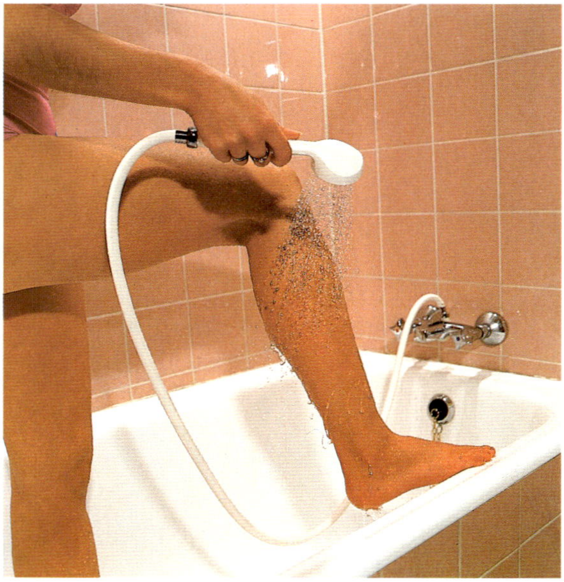

Kalte Duschen, wie hier die Wadendusche, wirken anregend auf den Kreislauf und stellen eine gute Abhärtungsmaßnahme dar.

Schenkelguß

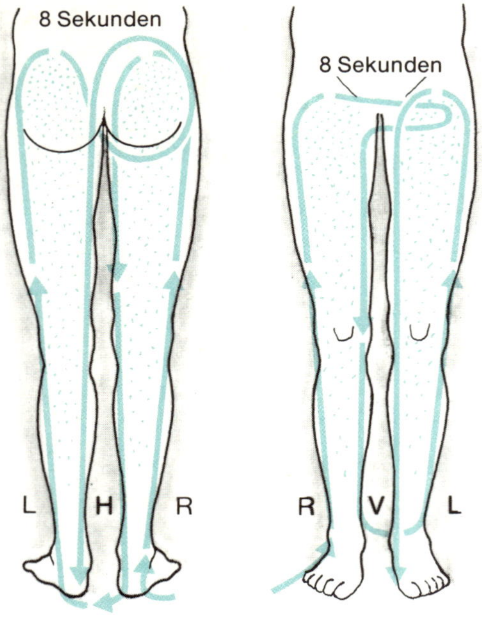

hinauf sowie vorne bis zum Ansatz des Rippenbogens. Die Kunst beim Unterguß besteht darin, vom Rücken oder der Bauchseite eine gleichmäßig flächenhafte Hautberieselung zustande zu bringen. Bevor man vom Bauch wieder nach unten geht, umkreist man den Bauch mit leichten Kreisbewegungen, um die Darmbewegungen anzuregen und geht dann in bekannter Weise abwärts zu den Fersen und zu den Fußsohlen.

Beim *Vollguß* wird der ganze Körper begossen. Dieser Guß stellt eine Kombination von Ober- und Unterguß dar. Da er einen großen Reiz darstellt, soll er nur unter Anleitung und ärztlicher Aufsicht durchgeführt werden.

Armguß: Man beginnt an der Hand des rechten Armes und geht bis zur Schulter hoch. Dort verweilt man mit leichten Hin- und Herbewegungen und bemüht sich, den ganzen Arm gleichmäßig flächig zu berieseln. Anschließend führt man den Schlauch wieder abwärts. Danach wechselt man auf den linken Arm über und geht wie oben beschrieben vor. Um den Reiz zu verstärken, wechselt man öfters zwischen dem rechten und linken Arm.

Beim *Oberguß* muß man sich leicht nach vorne neigen, die Schultern sollen tiefer als das Kreuzbein stehen. Am besten läßt man sich bei dieser Gußform begießen. Man beginnt wie beim Armguß, fährt aber anschließend von der Schulter mit kreisenden Bewegungen den Rükken hinunter bis zum Kreuzbein und läßt von dort den Strahl flächenhaft über den Rücken zum Kopf laufen. Daraufhin wechselt man auf die linke Rückenseite, läßt ebenfalls diese Rükkenhälfte berieseln, bevor man wiederum in kreisenden Bewegungen zur linken Schulter hinaufwandert, um daraufhin über den linken Arm abwärts zu gehen. Man wiederholt dies, bis die gewünschte Reaktion eintritt. Man kann auch beim Oberguß nach dem anfänglichen Armguß auf die Brust übergehen, sie mit kreisenden Bewegungen umspülen, um dann anschließend über die Schulter den Rücken hinunter zu gehen.

Beim *Brustguß* beginnt man wie beim Armguß, arbeitet sich dann von der Arminnenseite mit leichten Hin- und Herbewegungen auf die Brust zu. Beim Brustguß sollte man auch den Hals mitbegießen.

Gesichtsguß: Hier beginnt man an der rechten Stirn in der rechten Schläfenecke mit kleinen kreisförmigen Bewegungen und mit einem schwachen dünnen Wasserstrahl, geht dann auf die linke Stirnseite über, umspült die Schläfe ebenfalls mit kreisenden Bewegungen, umkreist dann das Gesicht mehrmals und streicht dann mit langsamen Längsstrichen von rechts nach links fortschreitend von der Stirn zum Kinn über das Gesicht.

Der *Nackenguß* wird als heißer Guß im Anschluß an den Wechselarm- und Wechseloberguß durchgeführt und zwar bis sich der Nakken deutlich rot färbt. Man bewegt dabei den Wasserschlauch entweder von oben nach unten oder von einer Seite zur anderen, indem man auch noch die Schulterpartie mit einschließt. An den heißen Nackenguß schließt sich kein kalter Guß an. Bei Schilddrüsenüberfunktion, bei erhöhtem Blutdruck sowie bei Augenveränderungen wie grüner Star darf der Nackenguß nicht angewendet werden.

Vollguß

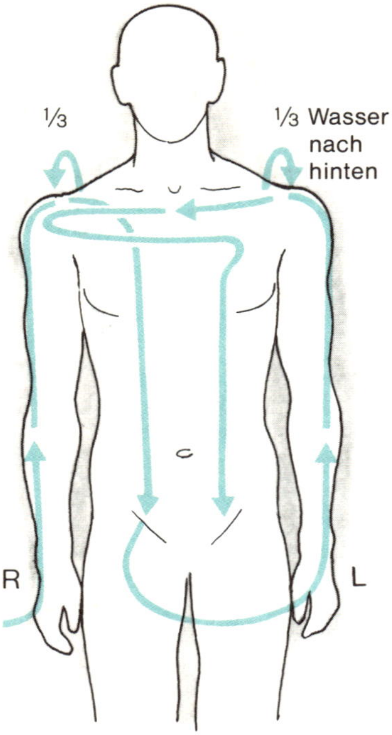

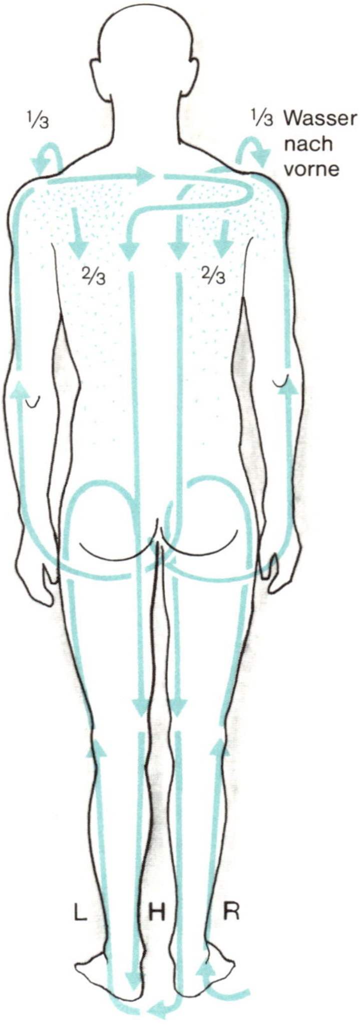

Segmentale Anwendung der Wasserkur

Unter der segmentalen Anwendung der Wasserkur versteht man die Berücksichtigung der Nervenverbindungen und Beziehungen zwischen der Hautoberfläche und bestimmten Organen. Über die Haut lassen sich die mit diesen Hautbezirken nervlich verbundenen Organe therapeutisch beeinflussen.

Das *Herz* läßt sich durch Wasseranwendungen beeinflussen, welche die Innenseite des linken Arms, die linke Schulter einschließlich linke Halsseite sowie die linke Brustkorbhälfte vorne, seitlich und hinten betreffen, z. B. durch Armgüsse.

Der ganze Bereich des *Brustkorbs* stellt eine gut beeinflußbare Fläche dar, welche sich nach oben noch bis zum Kopfansatz erstreckt; Obergüsse und Oberkörperwaschungen sind hier sinnvoll.

Den *Magen* kann man gut über die Haut der linken Schulter einschließlich Hals sowie über das mittlere Drittel des Rumpfes vorne und hinten beeinflussen, z. B. durch entsprechende Auflagen.

Der Bauch und der Rücken unterhalb der 12. Rippe stehen in Verbindung zum *Darm*.

Das rechte mittlere Drittel des Rumpfes vorne und hinten sowie die rechte Schulter und der rechte Hals vertreten die *Leber-Galle-Gegend*. Durch Auflagen lassen sich diese Organe gezielt beeinflussen.

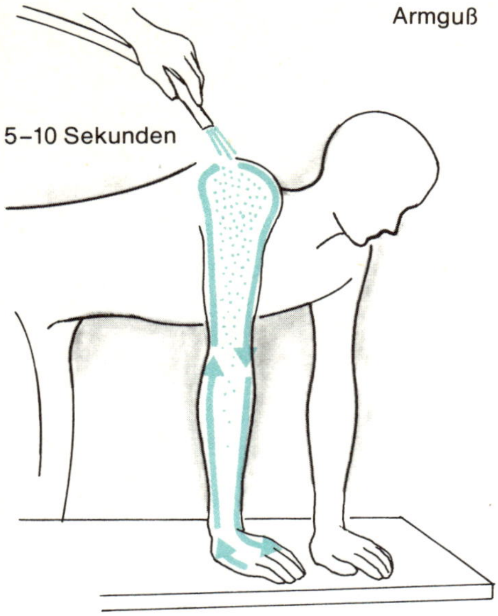

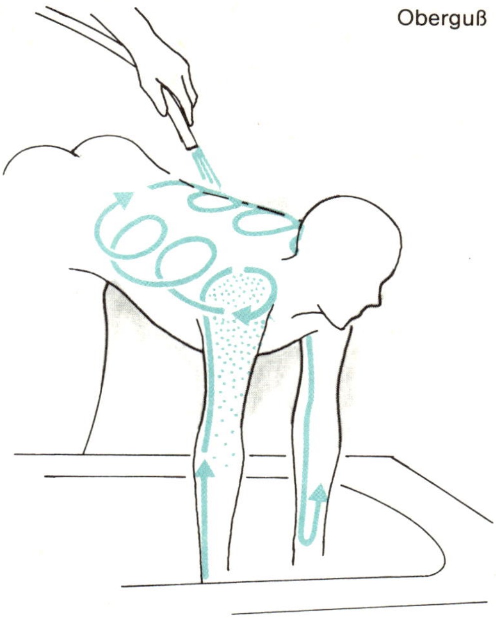

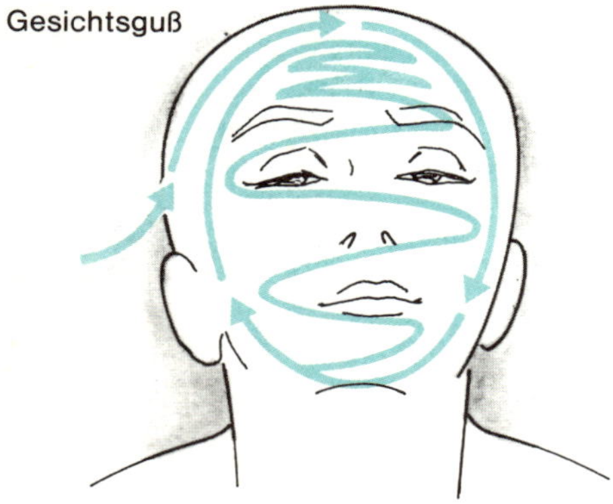

Rechter und linker Hals sowie Schulter, Bauch und Oberschenkel vorne und der Rücken unterhalb der 12. Rippe beidseits bis übers Gesäß auf den Oberschenkelansatz bilden das *Nieren-* und *Harnleitersegment.* Waschungen und Auflagen und andere Anwendungen sind hier angezeigt.

Die Haut des Rückens und Bauches ab etwa Nabelhöhe bis zu den Zehen steht stellvertretend für die männlichen und weiblichen *Geschlechtsorgane.* Der Unterguß ist hier die ideale Wasserkur zur Regelung gestörter Funktionen.

Unter *Wechselgüssen* versteht man die abwechselnde Anwendung von verschieden temperierten Güssen. Üblicherweise beginnt man mit einem Warmguß bei einer Wassertemperatur von etwa 37–39 Grad Celsius in der oben beschriebenen Weise, bis der Körper oder der entsprechende Körperteil gut aufgewärmt ist und läßt dann einen rasch und zügig durchgeführten Kaltguß mit Leitungswassertemperatur folgen. Daraufhin kann ein weiterer Warmguß erfolgen.

Diese Reihenfolge kann man mehrmals wiederholen. Man sollte die Wechselgüsse immer mit einem Kaltguß abschließen, um Verweichlichung vorzubeugen. Eine Ausnahme bilden jedoch Krankheitszustände, welche mit einer Neigung zu Verkrampfungen der Arterien einhergehen (Durchblutungsstörungen an den Armen und Beinen sowie am Herz). Hier soll ein Warmguß die Arterienverkrampfung verhindern.

Die Wechselgüsse stellen einen sehr kräftigen Reiz dar. Nach den Wechselgüssen sollte man wie bei allen Wasseranwendungen mit der Hand die Wassertropfen von der Haut wischen und sich nochmals – am besten im Bett – richtig aufwärmen. Auch eine anschließende Ruhephase von einer halben bis zu einer ganzen Stunde nach dieser kräftigen Reiztherapie ist sehr zu empfehlen.

Abschließend muß noch einmal daran erinnert werden: Reize verlieren bei eintöniger und immer gleichbleibender Anwendung ihre Wirkung. Wechseln Sie daher in regelmäßigen Abständen die Art der Anwendungen, wenn Sie wirklich die beste Wirkung erzielen wollen. Lassen Sie keine lieben Gewohnheiten einreißen, sondern überprüfen Sie immer wieder Ihr Schema. Je fremder der Reiz für den Körper ist, desto deutlicher sind auch die Reizantworten. Nehmen Sie sich für diese Art der Reiztherapie reichlich Zeit, beachten Sie, daß nur ein genügend warmer Körper Kaltreize entsprechend beantworten kann, ebenso wie die anschließende Wiedererwärmung und Ruhephase für das Zustandekommen einer ganzkörperlichen Wirkung wichtig sind. Brechen Sie die Behandlung sofort ab, wenn unangenehme Wirkungen auftreten.

Bäder

Bäder bewirken einen außerordentlich starken Reiz und deshalb ist es besonders wichtig, die allgemeinen Richtlinien für die Wasseranwendungen zu berücksichtigen. Bäder werden nach der Wassertemperatur in kalte, temperierte und heiße Bäder eingeteilt. Kalte Bäder haben Leitungswassertemperatur, temperierte Bäder sind leicht angewärmt mit Temperaturen bis 24 Grad Celsius, warme Bäder entsprechen etwa der Körpertemperatur und bewegen sich im Bereich von 36–38 Grad Celsius und heiße Bäder liegen mit den Temperaturen über dem Warmbad mit maximal 45 Grad Celsius.

Auch bei den Bädern kann man durch unterschiedliche Temperaturreize die beabsichtigte Wirkung beschleunigt herbeiführen, deswegen spricht man neben den einfachen Bädern mit gleichbleibender Temperatur von Wechselbädern, von ansteigenden und von absteigenden Bädern. Je nach Gesundheitszustand hat man bei den Bädern die Möglichkeit, entweder ein Vollbad, ein Halbbad, ein Sitzbad oder Teilbäder wie die Arm- und Fußbäder sowie auch Augenbäder zu machen.

Kalte Bäder

Aufgrund des biologischen Tagesrhythmus' sollten Kaltbäder erst ab 15 Uhr nachmittags durchgeführt werden. Die beste Zeit für kalte Bäder ist der Spätnachmittag und der frühe Abend. Hier kommt es aufgrund der zu dieser Zeit erhöhten Hauttemperatur zu einer raschen Wiedererwärmung. Die Wirkung auf die Hautdurchblutung ist auch zu diesen Zeiten am stärksten. Diese Empfehlung gilt vor allem für Leser, die noch keine Erfahrung und noch kein Training mit Kaltwasseranwendungen vorzuweisen haben. Nach längerer Kaltwasseranwendung kann man diese Regel lockern, aber man sollte dies nur tun, wenn es unmöglich ist, die angegebenen besten Zeiten für Kaltanwendungen einhalten zu können. Leider werden diese tagesrhythmischen Gesichtspunkte im Rahmen einer üblichen Kur nur selten beachtet und eingehalten. Im Rahmen einer Kneippkur spielen die kalten Bäder eine herausragende Rolle. Der von ihnen ausgehende Reiz ist sehr kräftig, deswegen müssen Sie unbedingt die nachstehenden Regeln beachten:

- Badezeit von 15–3 Uhr, beste Zeit von 18–21 Uhr.
- Baden Sie nie unmittelbar vor oder nach dem Essen, sondern frühestens 1 Stunde vorher oder nachher.
- Kalte Bäder dürfen nur in einem warmen Raum vorgenommen werden.
- Nur wenn Sie sich selbst genügend warm fühlen, dürfen Sie kalte Bäder anwenden.
- Kalte Bäder dürfen nur Sekunden dauern, bis die erwünschte Reaktion der Hautrötung mit Wärme- oder Schmerzgefühl eingetreten ist.
- Man trocknet nach dem Bad nur die behaarten Körperteile ab, während die übrigen Körperpartien nur mit der Hand abgewischt werden sollen.

- Nach dem Kaltbad ist die Wiedererwärmung wichtig, entweder durch Bettruhe oder durch Bewegung.
- Kaltbäder, vor allem Vollbäder, sind für Personen mit Durchblutungsstörungen am Herzen und an den Gliedmaßen untersagt.
- Kalte Bäder müssen rasch durchgeführt werden, um nur vom Zustand der Körpererwärmung den kräftigen Kaltreiz auf sich einwirken zu lassen. Legen Sie sich alle notwendigen Dinge vorher zurecht, um auch nach dem Bad rasch wieder warm zu werden.
- Außer den behaarten Körperteilen soll man die übrige Haut nur durch Abwischen mit der Hand von den Wassertropfen befreien. Entweder man schlüpft anschließend mit noch feuchter Haut in die Kleider und wärmt sich durch körperliche Bewegung oder durch ausgiebiges und zügiges Spazierengehen auf, bzw. man hüllt sich anschließend in große Badetücher und wärmt sich im Bett wieder auf.

Das *kalte Vollbad* stellt den stärksten Reiz und Eingriff bei den Wasseranwendungen dar. Es empfiehlt sich nur für gesunde und kräftige Personen im Rahmen der Krankheitsvorbeugung. Bevor man in das kalte Bad steigt, sollte man Unterarme, Brust, Nacken, vor allem aber die Herzgegend und die Stirn mit dem kalten Wasser benetzen. Daraufhin gehe man ruhig und langsam in das Wasser hinein, tauche bis zum Kinn ein und bleibe solange im Wasser, bis sich eine Hautrötung mit Schmerz- oder Wärmegefühl einstellt (längstens 10 Sekunden). Danach muß eine rasche Wiedererwärmung des Körpers durch Bewegung oder Bettruhe gewährleistet sein.

Beim *kalten Halbbad* sitzt oder kniet man im Wasser, hat also den Oberkörper von dem direkten Wasserkontakt ausgenommen. Empfindliche Personen können sogar den Oberkörper bekleidet lassen. Normalerweise benetzt man beim Halbbad das Gesicht, die Brust- und Herzgegend sowie den Rücken und die Unterarme auch mit dem kalten Wasser. Das kalte Halbbad stellt einen mittelstarken Reiz dar.

Das *kalte Sitzbad* stellt einen leichten Reiz dar; es wird von fast jedem gut vertragen. Deshalb ist dieses auch eine sehr häufige Anwendung. Nicht empfehlenswert ist das kalte Sitzbad bei Erkrankungen des Unterleibs und der Harnwege, der Niere, der Harnleiter und der Blase. Bei dieser Kaltanwendung sind das Gesäß, der Unterleib bis zum Nabel und Teile der Oberschenkel mit Wasser bedeckt. Der Oberkörper kann bekleidet sein, die Füße sollen auf einer warmen Unterlage ruhen. Wenn die erwünschte Reaktion eingetreten ist (längstens jedoch 10 Sekunden), muß man nach dem Abtrocknen der behaarten Teile und dem Abstreichen der großen Wassertropfen von der übrigen Hautoberfläche für eine rasche Wiedererwärmung durch Bewegung oder Bettruhe sorgen.

Beim *kalten Armbad* werden beide Arme bis zur Oberarmmitte so lange ins kalte Wasser getaucht, bis die erwünschte Reaktion auftritt. Das kalte Armbad stellt einen leichten Reiz dar und wird von fast allen Menschen gut vertragen. Eine Ausnahme bilden Herzkranke mit einer Neigung zur Herzkranzgefäßverengung und Durchblutungsstörungen am Herzen (Angina pektoris). Im übrigen gelten die oben angeführten Regeln für die Kaltwasseranwendungen.

Das *kalte Fußbad* stellt einen mittelstarken Reiz für den Körper dar. Vorsicht ist hierbei geboten für all die Personen, die unter Durchblutungsstörungen der Beine infolge von Gefäßverengung oder Neigung zu Gefäßkrämpfen leiden. Beim kalten Fußbad soll das Wasser bis über die Waden reichen. Entsprechend den Regeln für die Kaltanwendungen muß man anschließend für eine gute Nacherwärmung sorgen.

Für das *Augenbad* benötigt man eine wassergefüllte Schüssel, in welche man das Gesicht eintauchen kann. Man kennt außer dem kalten noch das warme Augenbad. Man taucht zuerst das Gesicht mit geschlossenen Augen in das Wasser ein und öffnet dann für wenige Sekunden die Augen. Anschließend hebt man das Gesicht wieder aus dem Wasser heraus. Diesen Vorgang kann man mehrmals hintereinander wiederholen.

Temperierte Bäder

Temperierte Bäder kommen sehr selten zur Anwendung. Da nur stark unterschiedliche

Reize auch eine entsprechend große körperliche Umstimmung und Reizantwort auslösen können, empfiehlt es sich, lieber die kalten Bäder vorzuziehen, hierbei jedoch im untrainierten Zustand die Kaltanwendung nur für wenige Sekunden durchzuführen.
Bei kälteempfindlichen und stark geschwächten Menschen sowie bei Herzkranken und bei Durchblutungsstörungen aufgrund von Gefäßverengung und Gefäßverschluß sind die temperierten Bäder jedoch angezeigt. Bei der Durchführung der temperierten Bäder beachte man die gleichen Regeln wie bei der Kaltanwendung.

Warmbäder
Warmbäder werden außer zu Reinigungszwecken in der Wassertherapie nur in Verbindung mit geeigneten Kräuterzusätzen durchgeführt. Hierbei geht es also um die Vermittlung von wirksamen Reizen, welche durch Heilpflanzenextrakte im Körper ausgelöst werden sollen. Bei sehr kälteempfindlichen Menschen kann ein Warmbad auch zur Vorbereitung auf eine Kaltanwendung in Form von Waschungen oder Güssen dienen.
Um der Verweichlichung durch Warmbäder vorzubeugen, sollte im Anschluß an das Warmbad eine Kaltanwendung in Form von kalten Ganz- oder Teilwaschungen oder in Form von kalten Güssen folgen. Je nachdem, ob es sich um ein Vollbad, ein Sitzbad, ein Halbbad oder um ein warmes Teilbad handelt, auf jeden Fall muß man nach einem Warmbad eine Ruhepause von wenigstens einer halben bis zu eineinhalb Stunden einhalten.
Beim *warmen Sitzbad* muß man sich während der ganzen Dauer des Bades rundherum in wärmende Decken einhüllen. Denn bei dieser Form des Bades sind der Oberkörper, die Arme und große Teile der Ober- und Unterschenkel sowie die Füße unbedeckt. Die Einhüllung mit Decken soll am Hals fest gegen Zug abschließen, auch die Füße sollen in Dekken eingewickelt werden. Auf jeden Fall muß der Körper vor Auskühlung geschützt werden. Auch nach dem warmen Sitzbad sollte eine kurze Kaltanwendung in Form einer kalten Waschung oder als Unterguß erfolgen.

Heiße Bäder
Heiße Bäder mit Temperaturen von 39–45 Grad Celsius kommen sehr selten zur Anwendung. Vor allem bei Muskelverkrampfungen oder der Neigung dazu wie bei schmerzhaften Rückenleiden, Nerveneinklemmungen, Darmkrämpfen, Blasenkrämpfen, Nieren-, Galle- und Harnwegskoliken, Gebärmutterkrämpfen sowie bei Asthmaanfällen und bei Zwischenfällen nach Kaltanwendungen haben die heißen Bäder ihre Berechtigung. Bei den heißen Bädern gilt die Regel, je heißer die Temperaturen, desto kürzer muß die Badezeit bemessen werden.

Wechselbäder
Alle aufgeführten Bäderformen können auch als Wechselbäder durchgeführt werden. Warme oder heiße Bäder gehen den kalten Bädern voran. Man kann mehrere Wechsel zwischen warmen oder heißen und kalten oder temperierten Bädern aufeinander folgen lassen. In der Regel beendet immer ein Kaltbad den Wechselbadzyklus. Ausnahmen sollen bei Krankheiten mit starken Muskelverkrampfungen wie Koliken, Rückenleiden mit Nerveneinklemmung, Bewegungsschmerzen, Blasenkrämpfe, Unterleibskrämpfe, Darmkrämpfe und Gefäßkrämpfe in den Gliedern und am Herzen gemacht werden. Bei all diesen Leiden muß durch ein abschließendes Warmbad der Gefahr der Verschlimmerung vorgebeugt werden.
Man beginnt also in der Regel mit einem Warm-, seltener auch mit einem Heißbad für die Dauer von etwa 5–10 Minuten und schließt daran ein Kaltbad mit einer Anwendungszeit von wenigen Sekunden bis längstens 1 Minute an. Darauf kann wiederum ein jetzt zeitlich etwas kürzer gehaltenes Warm- oder Heißbad folgen. Normalerweise wiederholt man diesen Zyklus zwei- bis dreimal. Wechselbäder können ebenfalls als Voll-, Halb-, Sitz- und Teilbäder durchgeführt werden. Für den Hausgebrauch am einfachsten durchführbar sind Teilbäder wie das Arm- oder das Fußbad. Man benötigt lediglich jeweils zwei kleinere Gefäße für das kalte und warme oder heiße Wasser. Zwei Badewannen oder auch zwei Sitzbade-

wannen sind wohl nur in wenigen Haushalten zu finden, und so bleiben diese Formen der Wechselbäder, nämlich das Wechselvoll-, Halb- und Sitzbad überwiegend den entsprechenden Kneippeinrichtungen vorbehalten.

Ansteigende Bäder

Ansteigende Bäder dauern wesentlich länger als die bisher aufgeführten, wobei die Dauer auch von der Belastungsfähigkeit jedes einzelnen Menschen bestimmt wird. Bei diesen Bädern wird die Wassertemperatur langsam von etwa 36 Grad Celsius auf ca. 45 Grad Celsius dadurch angehoben, indem man heißes Wasser behutsam nachfließen läßt. Alle vorher beschriebenen Bäderformen kommen auch für die ansteigenden Bäder in Frage, wobei den Teil-, Sitz- und Halbbädern der Vorzug gegeben wird. Ein ansteigendes Vollbad kommt wegen der starken Kreislaufbelastung nur für körperlich gesunde Personen in Betracht, welche dieses Bad zum Beispiel im Rahmen einer Entschlackungsbehandlung durchführen. Ansteigende Bäder führen zu einer starken Vermehrung des Blutflusses in allen Körperbereichen, belasten infolgedessen das Herz-Kreislaufsystem.

Eine Badedauer von 15–45 Minuten in Abhängigkeit von der körperlichen Belastbarkeit führt mit zunehmender Dauer zu einem vermehrten Rückstrom des mit Abbaustoffen und Schlacken beladenen venösen Blutes, damit aber zu einer starken Belastung des Herzens, welches dieses Venenblut in die Lungen zu pumpen hat, um es wieder mit Sauerstoff anzureichern.

Die Wirkung dieser Bäder ergibt sich aus der Anregung des gesamten Blutflusses. Aufgrund des gesteigerten Blutaustausches zwischen Blutbahn und Gewebe werden oft lange zurückgehaltene Schlack- und Abbaustoffe sowie Stoffwechselgifte, welche im Bindegewebe abgelagert wurden, wieder der Ausscheidung und Entgiftung zugeführt. Den einzelnen Zellen wird ihre Arbeit durch die Zuführung von mehr Sauerstoff erleichtert; sie können dadurch ihre eigene Erneuerung einleiten und eine damit verbundene bessere Leistungsfähigkeit erwirken.

Mit Ausnahme von schweren Erkrankungen des Herzens können alle Formen der ansteigenden Bäder bei frischen, aber auch bei schon lange anhaltenden Leiden empfohlen werden. Sie stellen oft einen entscheidenden Heilreiz dar. Herzpatienten müssen nicht ganz auf diese Bäderform verzichten, sondern können sich durch Teilbäder (wie Hand- oder Fußbad) dieses heilungsfördernden Reizes bedienen. Ansteigenden Bädern werden häufig Kräuterextrakte zugesetzt, um damit eine zusätzliche Heilkraft zur Wirkung kommen zu lassen.

Bei der Durchführung beginnt man bei allen Formen der ansteigenden Bäder mit einer Temperatur von etwa 36 Grad Celsius. Unter laufender Temperaturmessung und durch langsames Zulaufenlassen von heißem Wasser hebt man die Temperatur innerhalb von 20–40 Minuten auf etwa 40–50 Grad an. Die Dauer und die Endtemperatur hängen sehr stark von der körperlichen Verfassung ab. Nach Erreichen der Endtemperatur verbleibt man dann noch 5–10 Minuten im Wasser.

Nach dem Bad trocknet man die behaarten Teile des Körpers ab und wischt mit der flachen Hand die Wassertropfen von der Hautoberfläche. Anschließend muß man sich gut einpacken, um eine Abkühlung zu vermeiden. Nach diesen Bädern sollte man etwa 1 Stunde Bettruhe einhalten. Häufig kommt es auch zu einem Nachschwitzen, so daß man nach der Bettruhe eine Ganzwaschung mit lauwarmem Wasser vornehmen sollte.

Ansteigende Bäder können auch zur Vorbereitung einer Schwitzkur vorgenommen werden. In diesem Falle erfolgt nach dem Bad noch eine Wickelbehandlung, z. B. Brustwickel. Ansteigenden Bädern folgen keine Kaltanwendungen, sondern nur Bettruhe! Bei den ansteigenden Halb- und Sitzbädern muß man durch große Badelacken und Wolldecken für eine ausreichende Warmhaltung der vom Wasser nicht bedeckten Teile sorgen. Am besten hüllt man den ganzen Körper so mit Tüchern und Decken ein, bis nur noch der Kopf frei herausragt. Man lasse diese Warmhaltetücher auch seitlich der Wanne und rund um die Sitzbadewanne bis auf den Boden reichen, um Zugluft in jedem Falle abzuhalten.

Herzkranke Menschen können ansteigende Bäder beispielsweise in Form von Handbädern, bei welchen die Hände bis zu den Gelenken eintauchen sowie Fuß- und Armbädern unter Eintauchen jeweils nur eines Fußes oder Armes gefahrloser durchführen. Bei Auftreten von Kreislauf- und Herzbelastungen kann man durch Auflegen einer kalten Kompresse auf die Herzgegend sowie bei Kopfdruck auf die Stirn, die Beschwerden oft gut unter Kontrolle bekommen. Wichtig bei der Durchführung all dieser durchblutungs- und entschlackungsfördernden ansteigenden Bäder ist eine bequeme Stellung, um auch den ungestörten Blutfluß und Blutaustausch zu gewährleisten. Bei den Teilbädern muß man auch auf bequeme Kleidung achten, die vor allem nicht beengend sein darf.

Bei Berücksichtigung tagesrhythmischer Gesichtspunkte sollen die ansteigenden Bäder am besten vormittags durchgeführt werden. Auch sollte man mindestens 1 Stunde vor dem Bad nichts mehr gegessen haben. Bei den kleinen Teilbädern wie dem Handbad wirken sich geeignete Kräuterzusätze sehr heilbringend aus (siehe Kapitel Aromatherapie).

Absteigende Bäder

Absteigende Bäder regen im Gegensatz zu den ansteigenden Bädern vor allem die Versorgung der Gewebe und Zellen mit frischem Sauerstoff durch das arterielle Blut an. Sie bedeuten ebenfalls einen kräftigen Reiz und stellen eine hochwirksame Behandlungsform dar, welche bei frischen, aber auch bei älteren Leiden ebenso gut durchführbar ist. Absteigende Bäder stellen ebenso wie die ansteigenden Bäder ein ausgezeichnetes Gefäßtraining dar, weil sie einen stark anregenden Einfluß auf das vegetative Nervensystem ausüben, das vor allem für die Organisation, Steuerung und Leistungsfähigkeit der Organe zuständig ist. Außerdem wird die Körperabwehr und die Bindegewebsentschlackung angeregt. Herzkranke Menschen sollen sich auch hier der kleinen Teilbäder bedienen und eventuell nur einen Arm oder einen Fuß ins Wasser tauchen.

Bei der Durchführung beginnt man entweder mit einem Warmbad bei einer Temperatur von 36–38 Grad oder mit einem temperierten Bad bei Temperaturen von 22–25 Grad Celsius. Absteigende Bäder werden sehr zügig durchgeführt, um durch die Abkühlung einen starken Durchblutungsanreiz zu setzen. Beim Warmbad senkt man in etwa 10 Minuten die Temperatur auf maximal 15–18 Grad, während man beim temperierten Bad die Anfangstemperatur in etwa 2–3 Minuten auf 16–18 Grad senkt. Bei den absteigenden Sitz- und Halbbädern übergießt man entweder laufend (soweit wie möglich) die unbedeckten Körperteile mit Wasser oder man frottiert bzw. bürstet den Körper gleichzeitig ab. Nach dem absteigenden Bad muß man für eine ausreichende Wiedererwärmung durch Bettruhe oder Bewegung sorgen. Unter tagesrhythmischen Gesichtspunkten führt man die absteigenden Bäder am besten in der Zeit von 15–3 Uhr durch, wobei hier innerhalb dieser Zeiten der Spätnachmittag und der frühe Abend in der Zeit von 18–21 Uhr vorzuziehen sind.

Anwendungsmöglichkeiten der verschiedenen Bäder unter besonderer Berücksichtigung ihrer Wirkung auf die einzelnen Organsysteme

Vollbäder stellen einen starken Reiz für den ganzen Körper dar, müssen daher unter Berücksichtigung der körperlichen Leistungsfähigkeit nach Rücksprache mit dem Arzt durchgeführt werden. Bei den Halb- und Sitzbädern ist die Belastung für den Körper, vor allem für das Herz- und Kreislaufsystem geringer. Deswegen finden sie eine breite Anwendung besonders bei Erkrankungen des Unterleibs bei Frauen, aber auch bei Männern sowie bei Störungen des Verdauungssystems, bei Erkrankungen von Leber, Galle und Bauchspeicheldrüse, der Harnwege sowie bei mangelhafter Blutbildung, bei Erkrankungen der Milz und auch bei entzündlichen Erkrankungen im Kopfbereich.

Bei entzündlichen Erkrankungen vor allem der Nieren muß man mit kalten Bädern zurückhaltend sein und hier die allgemeinen Regeln für die Bäderanwendungen genau beachten. Krampfzustände verlangen grundsätzlich nach Wärmebehandlung, so bei Frauen die nervösen

Unterleibsverkrampfungen mit Störungen der Monatsregel und des Sexuallebens, entsprechend beim Mann vegetativ und nervös bedingte Prostataentzündungen und Impotenz, aber auch bei Nieren-, Galle- und Darmkoliken. Fußbäder haben nahezu die gleichen Anwendungsgebiete wie die Halb- und die Sitzbäder, wobei hier noch die örtliche Wirkung im Beinbereich zu berücksichtigen ist. Vor allem bei Durchblutungsstörungen und bei Venenleiden mit gestörtem Blutrückfluß zum Herzen hin vermögen einerseits kalte Fußbäder die Durchblutung anzuregen, andererseits warme Fußbäder den Rückfluß zum Herzen hin voranzutreiben. Bei bestehenden Krampfadern wendet man besser die Wechselbäder an und schließt mit dem Kaltbad ab. Bei Neigung zu Gefäßkrämpfen der Arterien macht man nach dem Kaltbad ein Warmbad, um der Krampfneigung vorbeugend zu begegnen. Hand- und Armbäder finden vorwiegend bei Erkrankungen der Atemwege, des Dünn- und Dickdarms, des Kreislaufs und des Herzens sowie bei Drüsen- und Lymphschwäche ihre Anwendung. Auch Erkrankungen im Kopf- und Zahnbereich sind über eine Beeinflussung der Hand- und Armzonen günstig zu behandeln.

Badezusätze

Badezusätze steigern erheblich die Wirkung der verschiedenen Bäder, die oben aufgeführt sind. Aber auch als Zusätze zu Wickeln und Auflagen kommen sie in Betracht. Pflanzenextrakte und pflanzliche aromatische Öle in großer Zahl haben neben der inneren Anwendung in Teeform oder als Essenz nachgewiesenermaßen auch eine äußerliche Wirkung. Viele der pflanzlichen Wirkstoffe werden von der Haut aufgenommen, regen den Hautstoffwechsel an und wirken so beruhigend und heilend auf die Hautkrankheiten, verbessern die Bindegewebsfunktion und dadurch auch die Abwehrbereitschaft des Körpers, gelangen schließlich auch ins Blut, von wo sie dann an den entsprechenden Organen ihre heilende und anregende Wirkung entfalten können.

Bei vielen frischen wie auch schon lange anhaltenden Erkrankungen, auch bei Schmerzzuständen, Verkrampfungen sowie Erkrankungen des Nervensystems, aber auch bei seelischen Erkrankungen wirken gerade die Aromapflanzen vor allen anderen Heilmitteln in hervorragender Weise. Ihre äußere Wirkung sowie ihre Aufnahme durch die Haut ins Blut ist wissenschaftlich nachgewiesen und unumstritten. Die innerlichen und äußerlichen Wirkungen von Aromapflanzen wie zum Beispiel Anis, Arnika, Baldrian, Bitterorange, Eukalyptus, Fenchel, Kamille, Kampfer, Lavendel, Pfefferminze, Rosmarin und vielen anderen sind im Kapitel Aromatherapie ausführlich beschrieben.

Als Zusätze für Bäder, Wickel und Auflagen empfehlen sich entweder die verdünnten Essenzen, welche einem Pflanzenvollextrakt entsprechen und in Fachgeschäften zu erwerben sind oder man stellt sich aus den entsprechenden Pflanzen selbst die Beadezusätze her. Im Kapitel Teekuren mit Heilpflanzen finden Sie ebenfalls eine große Anzahl von Heilkräutern, die ebenfalls als Badezusätze in Frage kommen.

Bewegung zur Gesunderhaltung und Leistungssteigerung

Der Mensch ist von seinen Anlagen und seiner ganzen Organisation der Lebensvorgänge her dafür geschaffen, sich immer ein gewisses Maß an Bewegung verschaffen zu müssen, um sich seine Bewegungsfreiheit im wahrsten Sinne des Wortes zu bewahren. Schon während seiner ausgesprochen langen Reifungszeit spielt die körperliche Bewegung eine große Rolle, nicht nur für die körperliche, sondern vor allem auch für die geistige und seelische Entwicklung. Bewegung fördert nicht nur die gesunde Entwicklung des Knochen- und Muskelsystems, sondern regt auch die Entwicklung des Gehirns an und hilft darüber hinaus mit, das Herz-Kreislaufsystem, die Verdauung, verschiedene Stoffwechselsysteme und auch die Ausscheidungs- und Entgiftungsvorgänge anzuregen, zu entwickeln und zu fördern.

Körperliche, aber auch die geistige und seelische Gesundheit ist abhängig von einer ausreichenden Bewegung. Allgemein gesprochen sorgt Bewegung für eine Verbesserung der Sauerstoffversorgung jeder Körperzelle und für einen raschen Abtransport der Schlack- und Giftstoffe aus der Zelle. Das sind Prozesse, die für die Gesundheit und Leistungsfähigkeit des ganzen Menschen von außerordentlicher Bedeutung sind. Durch Bewegung werden auch die für die gesunde Leistungsfähigkeit notwendige Spannung und die darauffolgende Entspannung in natürlich rhythmisch wechselnder Folge aufgebaut und abgebaut, Vorgänge, durch welche ständig wechselnde Reize und Zustände hervorgerufen und wodurch die körperlichen, geistigen und seelischen Kräfte angeregt werden. Durch Bewegung läßt sich die Lebenszeit des Menschen erheblich verlängern.

Bewegung soll die Leistungsfähigkeit des Menschen entwickeln und sie bis ins hohe Alter bewahren helfen. Unter den heutigen Lebensbedingungen ist es unumgänglich, sich regelmäßig durch Bewegung einen Ausgleich zu dem oft bewegungseinschränkenden Berufsleben zu verschaffen, wenn man sein Leben gesund und lange genießen will. Unter Bewegung wird hier nicht Leistungssport verstanden, sondern ein Training für die Gesunderhaltung, wobei jeder danach trachten soll, Verhaltensweisen wie ungesunden Ehrgeiz, Übereifer, Konkurrenzdenken und Austoben bis zum Umfallen möglichst schnell abzulegen, da sie mit tödlichen Gefahren verbunden sind.

Ein müder Muskel ist nicht in der Lage, einen Trainingsgewinn für sich zu verbuchen, im Gegenteil: erschöpfendes Training führt zu Zerstörungen innerhalb der Muskelzellen, die dann erst nach Tagen wiederhergestellt sind. Trainieren Sie so viel, wie Sie noch bei gleichmäßiger Atmung verkraften können. Denn eine ausgeglichene und rhythmische Atmung gewährleistet noch die ausreichende Versorgung der Körperzellen mit Sauerstoff und beugt so der zellzerstörenden Übersäuerung des Körpers vor. Es ist auch vorteilhaft, wenn Männer und Frauen zusammen Sport betreiben, da dadurch dem oft übertriebenen männlichen Ehrgeiz vorgebeugt wird. Besonders bei den Ko-

ronarsportgruppen zur Vorbeugung oder nach einem Herzinfarkt hat sich dieses Prinzip sehr bewährt. Legen Sie während des Bewegungstrainings immer wieder erholsame Pausen ein, um zum Verschnaufen zu kommen und um einer Muskelermüdung und damit verbundenen Verletzungen vorzubeugen. Ein Bewegungstraining soll allmählich ausklingen und durch Lockerungsübungen zum Abschluß gebracht werden.
Vermeiden Sie direkt nach dem Bewegungstraining das Trinken von Alkohol. Der Körper hat in diesem Zustand einen erhöhten Bedarf an Mineralstoffen und Vitaminen, der am besten durch Trinken von Fruchtsäften und Mineralwasser ausgeglichen wird. Auch sollte man eine Stunde vor oder nach dem Bewegungstraining nichts mehr essen, um dadurch nicht unnötig Herz und Kreislauf zu belasten.

Spazierengehen hält den Kreislauf fit

Spaziergänge, Fußmärsche oder Wanderungen sind für den modernen Menschen ausgezeichnete Bewegungsformen zur Erhaltung oder Wiedererlangung der Gesundheit. Frauen, auch wenn sie berufstätig sind, bewegen sich im allgemeinen mehr als Männer, da die Hausarbeit automatisch mit reichlich Bewegung verbunden ist. Vielleicht ist nicht zuletzt aus diesem Grunde die Lebenserwartung der Frauen beträchtlich höher. Bewegung verlängert die Lebenserwartung und verbessert die Lebensqualität.
Einfache Bewegungsformen, wie sie hier genannt sind, sind jedoch nicht weniger sinnvoll, im Gegenteil, sie bieten ungezählte Vorteile und helfen Zeit zu gewinnen. Der moderne Mensch ist immer auf der Suche nach Zeit, dabei verliert er in den meisten Fällen sehr viel Zeit oder läßt sie sich stehlen. Forschungsergebnisse beweisen, daß Spazierengehen, Fußmärsche und Wandern die allgemeine körperliche Leistungsfähigkeit verbessern und den Kreislauf fithalten. Der Vorteil dieser Bewegungsformen ist die einfache Durchführbarkeit: Unabhängig von einer Vereinsmitgliedschaft sind diese zu jeder Zeit und unabhängig von Wetter und Jahreszeit durchzuführen und können spontan und kostenlos ausgeführt werden. Man bedarf keiner besonderen Ausrüstung und es besteht so gut wie keine Verletzungsgefahr, wenn man nur das Schuhwerk den entsprechenden Geländebedingungen richtig anpaßt. Bei diesen Bewegungsformen läßt sich die Belastung gut steuern, sie sind familienfreundlich, der Zugang zur Natur oder dem Lebensraum, in welchem man lebt, wird wieder vertieft und damit vielleicht auch deren Wert wieder begriffen.
Alle modernen Fortbewegungsmittel wie Kraftfahrzeuge, Eisenbahnen und Flugzeuge kosten Geld, die der einzelne unter Zeitaufwand erst verdienen muß. Je schneller man sich fortbewegen will, desto mehr Geldmittel und Zeit zu deren Beschaffung müssen aufgewendet werden. Auf eine einfache Formel gebracht läßt sich feststellen: Je schneller wir uns fortbewegen, desto mehr Zeit stehlen wir uns. Deswegen der ernsthafte Rat: Beginnen Sie – sofern möglich – Ihre Spaziergänge von Ihrer Haustür aus und erkunden Sie Ihren natürlichen Lebensraum. Nicht nur der Sinn für die Reize der Natur wird dadurch geweckt, sondern auch das Gefühl und die Beobachtungsgabe für Störungen im Gefüge dieser Natur. Vielleicht werden dann natur-, menschen- und landschaftsfeindliche Projekte ehrgeiziger und gewinnsüchtiger Mitmenschen rechtzeitig gestoppt werden können. Diese einfachen Bewegungsformen können nahezu unbeschränkt für alle Menschen empfohlen werden, wenn Sie nur eines nicht vergessen, sich auch hierbei Zeit zu lassen.

Höhenwanderungen

Unterhalb der Höhengrenze von 1200 Metern treten bei Wanderungen keine wesentlichen Herz-Kreislaufbelastungen auf, weshalb auch der Aktivaufenthalt in diesen Höhen uneingeschränkt empfohlen werden kann. Hingegen können in „mittleren Höhenlagen“, also in einem Bereich von 1500–3000 Metern, bereits Höhenbeschwerden auftreten. Höhenbeschwerden sind nicht mit Höhenkrankheit zu verwechseln. Höhenbeschwerden sind Ausdruck für die Anpassung an die Höhe, die un-

terschiedlich verlaufen kann und die von den körperlichen Voraussetzungen abhängt.
Unter den Bedingungen der mittleren Höhenlagen muß der Körper lernen, mit weniger Sauerstoff auszukommen. Während dieses Prozesses kann es zu Höhenbeschwerden wie Schwindel, Übelkeit, Erbrechen, Kopfschmerzen, Müdigkeit, Schlaflosigkeit, Appetitlosigkeit und Atemnot kommen. Diese Beschwerden sind an sich harmloser Natur, wenn man sie rechtzeitig beachtet und daraufhin seine körperlichen Aktivitäten einschränkt, um dem Körper die Anpassung an die Höhe zu erleichtern. Nur selten ist es unter Berücksichtigung dieser Vorsichtsmaßnahmen notwendig, den Höhenaufenthalt abzubrechen. Sollte dies dennoch einmal notwendig werden, wenn also körperliche Ruhe nicht ausreicht, genügt oft schon ein Abstieg auf eine 500 Meter tiefer gelegene Höhe, um die Beschwerden zu lindern.
Höhenaufenthalte in mittlerer Höhe verlangen besondere Vorkehrungen wie zum Beispiel ausreichenden Sonnenschutz wegen der intensiveren Einstrahlung, gutes Schuhwerk, Kleidung für alle Witterungsbedingungen (besonders gegen Nässe und Kälte) und einen ausreichenden Vorrat an Flüssigkeit. Gerade unter Höhenbedingungen verliert der Körper sehr viel mehr Flüssigkeit, wobei dieser Verlust in dem Maße verstärkt wird, je kälter es wird. Gerade der Flüssigkeitsverlust neben dem geringeren Sauerstoffanteil in der Atemluft verursacht die Höhenbeschwerden durch eine Abnahme der Fließeigenschaften des Blutes.
Höhenaufenthalte in mittlerer Höhe sind für alle Altersstufen, auch wenn hier viele Irrtümer verbreitet werden, förderlich. Auch die über 60jährigen Menschen ziehen sehr viel Gewinn aus Höhenaufenthalten. Gerade ältere Menschen sind gegenüber jüngeren weniger anfällig bei einer raschen Überwindung von Höhenunterschieden durch Seilbahnen. Auch ein höherer Blutdruck stellt keinen Grund dar, auf Aufenthalte in mittlerer Höhe zu verzichten.
Höhenkuren sind sowohl bei mittlerem Bluthochdruck, bei Herz-Kreislauferkrankungen, bei vegetativen und seelischen Störungen und auch zur Vorbeugung von Herzinfarkt und Zweitinfarkt besonders geeignet. Wenn man sich beim Wandern Zeit läßt, sich nicht zuviel zumutet und Atemnot und unregelmäßige Atmung vermeidet, dürften Gesundheitsschädigungen die Ausnahme bleiben.
Für einen Höhenaufenthalt ungeeignet sind diejenigen, die an Entzündungen und Infekten leiden, Organschädigungen mit schwerster Einschränkung der Leistungsfähigkeit aufweisen wie zum Beispiel von Lunge, Herz, Niere, Leber und Knochenmark, ferner Patienten mit Herzklappenerkrankungen, schwersten Durchblutungsstörungen, eventuell verbunden mit schwerem Bluthochdruck und schließlich Kranke, die an fortgeschrittenen bösartigen Erkrankungen leiden. Wer schon auf Normalhöhe und in Ruhe gesundheitliche Schwierigkeiten hat und an seiner Leistungsfähigkeit angelangt ist, den muß natürlich vor einem Höhenaufenthalt entschieden abgeraten werden.

Sport in mittleren Höhenlagen

Sportarten in mittleren Höhenlagen fördern in unterschiedlicher Weise solche Fähigkeiten wie Ausdauer, Schnelligkeit, Kraft, Gleichgewichtssinn, Reaktions- und Konzentrationsfähigkeit. Die normalen Freizeitsportarten in mittleren Höhenlagen wie Bergsteigen, Skilanglauf, Radfahren, Pistenski- und Tourenskifahren stellen besondere Ansprüche an die körperliche Ausdauer sowie an Kraft, Schnelligkeit und Beweglichkeit. Diese Fähigkeiten sind stark an die ausreichende Sauerstoffversorgung der Muskelzelle gebunden. In Abhängigkeit von der Höhe erleiden diese Fähigkeiten starke Leistungseinbußen. Andererseits werden diese Fähigkeiten durch eine entsprechend lange Verweildauer in mittleren Höhen auch gefördert.
Die Anpassung an die Höhe beansprucht etwa fünf Tage. In diesen Tagen kann es zu Höhenbeschwerden kommen. Im Anschluß daran kommt der Körper meist recht gut mit der Höhe zurecht. Er hat sich akklimatisiert, vorausgesetzt man betreibt den Sport auf vernünftige Art und Weise und man vermeidet gesundheitsschädliches Verhalten. Zu den gesundheitsschädlichen Verhaltensweisen zählen das

Tragen ungenügender Kleidung gegen Kälte und Sonneneinwirkung, zu wenig Trinken, übermäßiger Alkohol- und Nikotingenuß, zu wenige erholsame Pausen und ungenügender Schlaf.
Einen Urlaub in mittleren Höhenlagen sollte man für mindestens 2 Wochen planen. Sport in mittleren Höhenlagen ist besonders gesundheitsfördernd und ist gerade für den zivilisationsgeschädigten Menschen zu empfehlen, da er vielen Zivilisationskrankheiten wie z. B. Herz-Kreislauferkrankungen und Herzinfarkt vorbeugen hilft. Man sollte seine Aktivitäten jedoch nicht unvorbereitet beginnen, sondern sich zuvor eine gute Ausdauer im Flachland antrainieren. Unter dieser Voraussetzung erst kann ein Höhentraining seine gesundheitsfördernde Wirkung entfalten.

Joggen, Trimming 130 und Aerobic

Es gibt Menschen, die Sport oder Bewegung mit der Begründung ablehnen, übermäßige Bewegung würde die Gelenke und Knochen zu stark strapazieren und Verschleißerscheinungen begünstigen. Aufgrund überzeugender Vergleichsstudien mit Sportlern und Nichtsportlern läßt sich der gesundheitliche Wert von Bewegungssportarten wie Joggen, Trimming 130 und Aerobic leicht belegen, damit können aber die Bedenken bezüglich eines höheren Verschleißes widerlegt werden.
Sporttreibende haben nicht nur eine längere Lebenserwartung, einen niedrigeren Blutdruck, ein geringeres Körpergewicht, ein geringeres Risiko bezüglich Herz- und Kreislauferkrankungen, eine bessere seelische Befindlichkeit, sondern sie haben auch eine geringere Knochenentkalkung (Osteoporose) und bessere Gelenke ohne ein erhöhtes Verschleißrisiko. Sport fördert außerdem die Leistungsfähigkeit des Gehirns, da dessen Funktion stark von einer ausreichenden Sauerstoffzufuhr abhängig ist, die durch den verbesserten Blutfluß und -austausch beim Sport gewährleistet ist. Man muß allerdings – vor allem beim Joggen – an die Vernunft der Sportler appellieren, da Übertreibung tödliche Gefahren in sich birgt.
Viele finden eine Befriedigung darin, sich körperlich zu schinden, da die normale Arbeitswelt den Menschen heutzutage körperlich zu wenig fordert. Sich körperlich zu schinden bedeutet aber, mit heraushängender Zunge und nach Luft japsend das gesteckte Ziel zu erreichen. Diesen äußeren Merkmalen entspricht jedoch der innere Zustand der totalen Übersäuerung. Übersäuerung bedeutet Sauerstoffmangel, führt zur Zellschädigung und fördert die Krampfbereitschaft von Gefäßen, zum Beispiel der Herzkranzgefäße. Die Zellzerstörung kann auch zum Zelluntergang und zu einem bedrohlichen Versagen beispielsweise des Herzens führen. Zusammen mit der erhöhten Krampfbereitschaft der Herzkranzgefäße und einer mangelnden Sauerstoffversorgung des Herzens kann es unter den ungünstigen Umständen einer Übersäuerung bei nicht ganz herzgesunden Personen zum Herzinfarkt kommen. Dieser verläuft meist tödlich, da Hilfe oft nicht rasch genug herbeigeholt werden kann. Schon eine schwere Grippe kann z. B. Schäden am Herzen hinterlassen haben, welche unter normalen Umständen überhaupt nicht zum Tragen kommen müssen. Eine weitere Gefahr besteht für Menschen, welche Betablocker nehmen. Betablocker sind inzwischen weit verbreitet und werden vor allem bei Beschwerden eingesetzt, die seelische und vegetative Ursachen haben. In der heutigen Leistungsgesellschaft sind diese Ursachen bei vielen Krankheiten wie Bluthochdruck, Herzbeschwerden, ängstlich gefärbten Gemütsleiden, Versagenszuständen und auch Migräne häufig vertreten. Entsprechend viele Menschen nehmen heute Betablocker. Der naturheilkundige Arzt hat natürliche Methoden an der Hand, die die Wirkung der Betablocker weit übertreffen und vor allem nebenwirkungsfrei sind. Betablocker haben die unangenehme Eigenschaft, die Herzschlagfrequenz und die Herzkraft zu beeinträchtigen, also die Anpassungsfähigkeit des Herzens an Belastungen körperlicher Art zu behindern.
Wenn man beim Joggen oder beim Trimming 130 seinen Puls nicht höher als 130 Schläge pro Minute steigen lassen soll, um Gefahren für das Herz und einer Übersäuerung vorzubeugen, so

Gymnastische Übungen für das tägliche Gesundheitsprogramm

Übung 1: Hockersitz mit geschlossenen, angestellten Beinen und herabhängenden Armen. Mit dem Einatmen Arme hochschwingen. Mit dem Ausatmen Oberkörper nach links neigen, linken Arm nach unten, rechten Arm über den Kopf hängen lassen. Dasselbe nach rechts.

Übung 2: Arme aus der Hochhalte über der Brust zusammenschlagen, dabei Schultern umfassen.

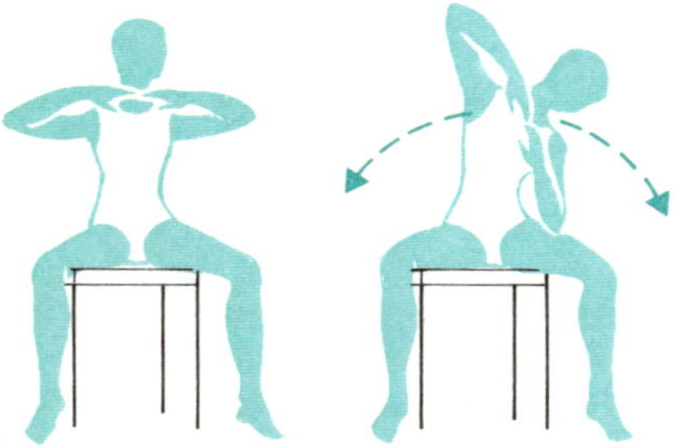

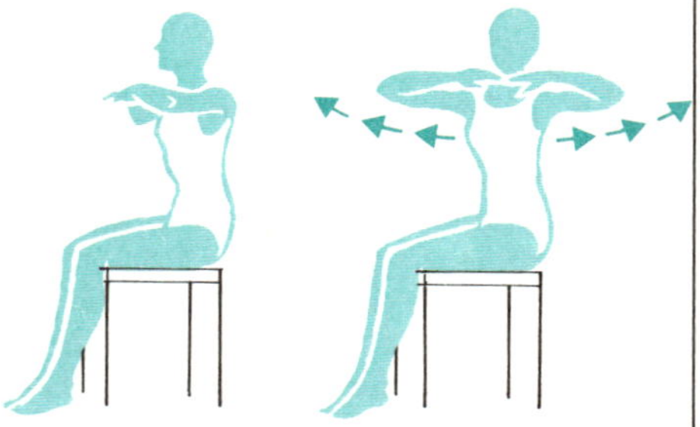

Übung 3: Hockersitz mit gespreizten Beinen, Arme angewinkelt in Schulterhöhe. Mit dem Ausatmen den Oberkörper abwechselnd nach links und rechts neigen.

Übung 4: Ausgangshaltung wie bei Übung 3. Oberkörper ruckhaft abwechselnd nach links oder rechts drehen.

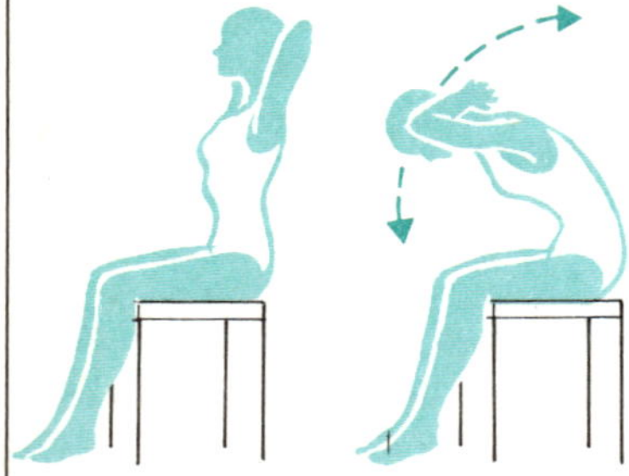

Übung 5: Hockersitz mit geschlossenen, angestellten Beinen und Händen hinter dem Kopf. Rumpf nach vorn neigen und wieder aufrichten.

Übung 6: Hockersitz mit weit gespreizten Beinen und hochgestreckten Armen. Oberkörper zur Rumpfbeuge herabschwingen, abwechselnd linken und rechten Fuß berühren.

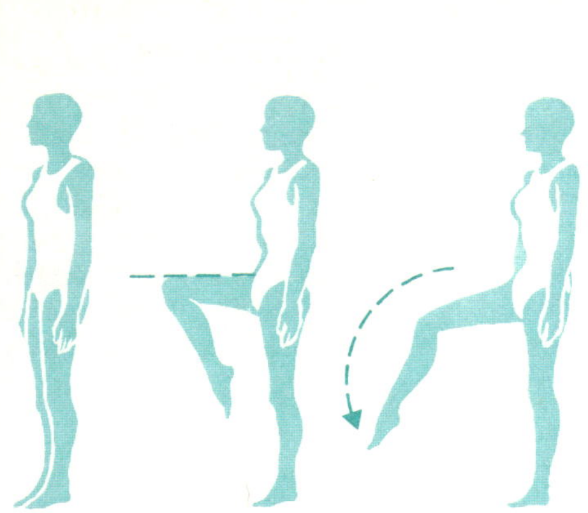

Übung 7: Aus freiem Stand mit geschlossenen Beinen Oberschenkel langsam zur Waagerechten heben, einige Sekunden verhalten, Bein langsam strecken und abwärts führen.

Übung 8: Freier Stand mit geschlossenen Beinen und erhobenen Armen. Abwechselnd linken und rechten Oberschenkel bis zur Waagerechten heben, gleichzeitig Arme vorn abwärts nach hinten schwingen.

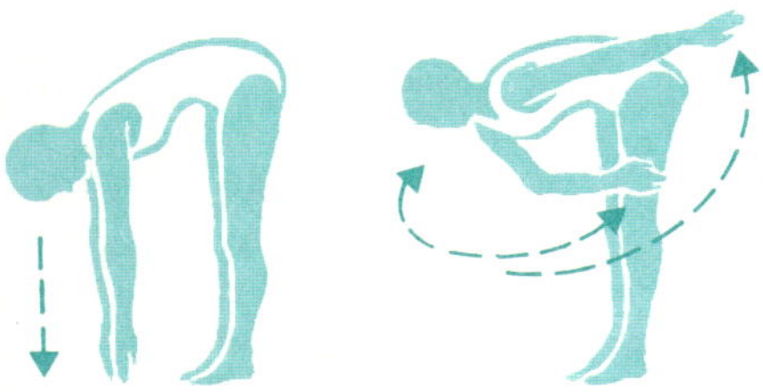

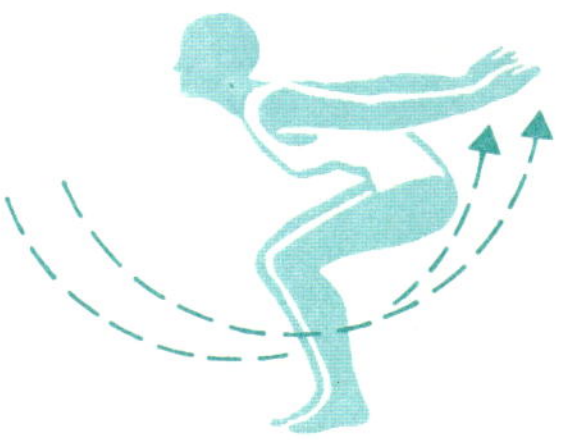

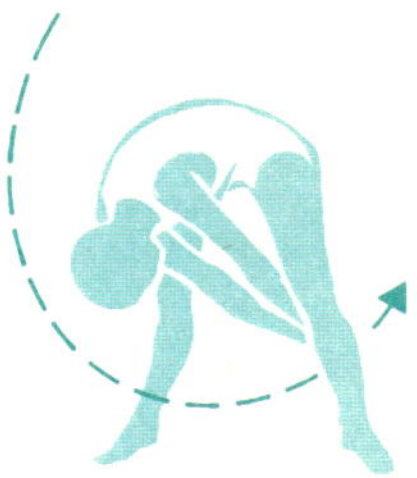

Übung 9: Bei geschlossenen Beinen und durchgedrückten Knien tiefe Rumpfbeuge. Beide Arme rechts und links neben dem Körper her schwingen.

Übung 10: In der Hocke Arme von vorn nach hinten schwingen.

Übung 11: Grätschstellung mit erhobenen Armen, Arme durch die gespreizten Beine schwingen.

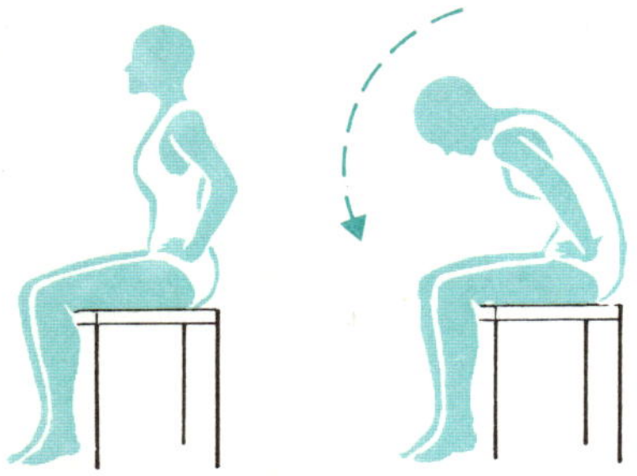

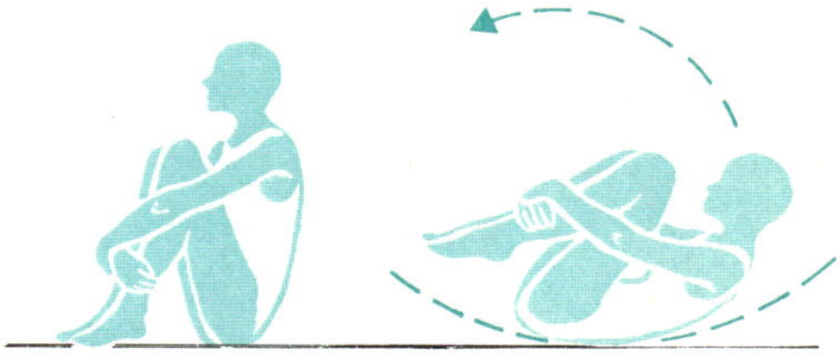

Übung 12: Hockersitz mit geschlossenen angestellten Beinen, Hände auf den Hüften. Beim Einatmen Oberkörper leicht nach vorn neigen. Die Atembewegung bis zu den Lenden nachspüren. Beim Ausatmen strecken.

Übung 13: Auf dem Boden sitzend die angezogenen Beine mit den Armen fest umschlingen. Auf den Rücken und wieder in den Sitz rollen.

kann unter Betablockereinnahme bei Puls 130 bereits akute Gefahr für das Herz bestehen. Hier muß man also die körperliche Belastung wesentlich herunterschrauben und eine Pulssteigerung über 110 Schläge pro Minute vermeiden. Für alle Sportarten sei hiermit ein einfaches Maß angegeben, welches die Sauerstoffverarmung der Körperzelle und die gefährliche Übersäuerung verhindern helfen soll:

- Sie können sich soweit belasten, wie Ihre Atmung noch ruhig und gleichmäßig bleibt. Hecheln zeigt Sauerstoffnot der Körperzellen an.
- Solange Sie noch ausreichend Luft haben, um mit einem Sportpartner zu sprechen, solange besteht keine Gefahr der Überforderung.
- Treiben Sie aus diesem Grunde auch Sport in gemischter Besetzung, da Frauen meist den übersteigerten Ehrgeiz der Männer bremsen. Koronarsportgruppen haben besonders gute Erfahrungen mit der gemischten Besetzung gemacht.
- Wenn man die körperliche Belastung einteilt in nichtanstrengende, anstrengende und erschöpfende Belastung, so sollte ein Freizeitsportler selbsteinschätzend von sich sagen können, die momentane Belastung strengt mich eher an, ist aber noch nicht anstrengend.
- Eher anstrengende, aber eben noch nicht anstrengende Belastungen sollten vom Freizeitsportler angestrebt werden, aber keinesfalls überschritten werden.
- Statt auf Rekorde sollte man für die Gesundheit trainieren.

Ballspiele, Tennis und Golf

Was bisher für alle anderen Sportarten in bezug auf Belastung und vernünftiges Verhalten gesagt wurde, gilt auch für diesen Sportbereich.
Trainieren Sie für die Gesundheit und haben Sie vor allem Spaß an Ihrer Sportart. Bei den Sportarten dieser Gruppe kann es kurzfristig zum Beispiel beim Schlagen des Balles – beim Golf, beim Tennis und den anderen Ballspielen – zu hohen Herz-Kreislaufbelastungen kommen, die unter Umständen zu einem tödlichen Herzinfarkt führen können. Beherzigen Sie deshalb die Empfehlung: Nur für die Gesundheit trainieren!

Schwimmen

Schwimmen eignet sich in hervorragender Weise dazu, Herz und Kreislauf zu trainieren und den Körper gelenkig und geschmeidig zu erhalten. Weit ausgreifende Schwimmbewegungen haben einen Effekt der Selbstmassage für die Muskulatur und führen dadurch auch zu einer Bindegewebsentschlackung und Anregung. Beim Schwimmen oder Eintauchen mit dem Körper bis zum Halse kommt es zu einer besonderen Kreislauf- und Herzbelastung, da der Druck des Wassers die Blutgefäße zusammendrückt und so scheinbar ein größeres Blutvolumen mit Mehrarbeit für das Herz erwirkt. Aus diesem Grunde ist das Schwimmen und das anfängliche Eintauchen ins Wasser unter Umständen besonders für Menschen nach einem überstandenen Herzinfarkt eine große und gefährliche Belastung. Herzinfarktpatienten und infarktgefährdete Menschen seien deshalb vor anstrengendem Schwimmen und insbesondere vor dem Risiko des Schnell-ins-Wasser-Gehens oder Springens gewarnt. Man bedenke auch die Gefahr, die droht, wenn man weit in den See hinausschwimmt. Der Rückweg hat leider keine Planken!

Höhenluft regt den Stoffwechsel an und erleichtert ein tieferes Atmen. Das Wandern in höher gelegenen Gebieten zählt zu den schönsten Methoden, diese Wirkung mit gesunder Bewegung und Naturerleben zu verbinden.

Viel Bewegung in frischer Luft (auch bei Regen) schafft vor allem bei Berufstätigen mit geringer körperlicher Beanspruchung den nötigen Ausgleich. Jogging (Bild oben) entwickelte sich in den letzten Jahren zu einer der beliebtesten Sport- und Trainingsarten.

Das autogene Training

Das autogene Training ist im Gegensatz zu anderen psychotherapeutischen Verfahren eine Methode ohne Therapeuten, man ist nämlich selbst Therapeut und Lehrer. Das autogene Training soll eine Hilfe sein zur Bewältigung der vielfältigen Aufgaben des Lebens, stellt aber auch eine Selbstheilungsmethode dar für viele Krankheiten, die ihre Ursache im körperlich-seelischen Bereich haben. Das autogene Training soll helfen, abschalten und sich entspannen zu können, um so neue körperliche, geistige und seelische Frische sammeln zu können.

Im Stadium der Entspannung ist der Mensch in der Lage, sich selbst besonders programmieren und steuern zu können, wenn er nur die im Verborgenen liegenden Kräfte anzusprechen versteht. Hierzu bedient man sich bestimmter Formeln, die man sich im entspannten Zustand immer wieder vor Augen führt, um sie so dem Unterbewußtsein einzuprägen und sie tief zu verinnerlichen.

Allein der Zustand der Ruhe, der den Ausgangspunkt für alle Übungen des autogenen Trainings darstellt, hat schon eine heilende Wirkung. Wir lernen so, den Alltag draußen vor der Tür zu lassen und uns selbst am nächsten zu sein. Wenn man alle sechs Grundübungen des autogenen Trainings beherrscht (diese werden nachfolgend vorgestellt), hat man ein gutes Rüstzeug, um körperliche Krankheiten zu überwinden. Außerdem öffnen sich einem die großen Möglichkeiten der Selbsterkenntnis und der Erlangung einer höheren Bewußtseinsstufe. Das autogene Training ist eine Methode zum Selbsterlernen und macht den Lernenden unabhängig von einem Therapeuten. Um jedoch wirklich einen Lernerfolg erzielen zu können, ist es anfangs sehr wichtig, regelmäßig zu üben, wenn möglich täglich zweimal 10 Minuten. Sie selbst bilden hierbei die höchste Instanz. Wenn Sie es jedoch ernst meinen, sollten Sie sich diese Zeit unbedingt nehmen, sie ist bestimmt gut angelegt.

Wer ist für das autogene Training geeignet?

Es gibt nur wenige Menschen, die für das autogene Training nicht geeignet sind. So sind Menschen mit ausgeprägten Angstzuständen und Verfolgungswahn dem autogenen Training weniger zugänglich, sie können sogar eine Verschlechterung ihres Zustandes erfahren. Häufig hört man auch die Meinung, depressive oder antriebsschwache Menschen könnten eventuell durch das autogene Training eine Verschlimmerung ihrer Zustände erfahren. Doch das autogene Training ist ja gerade eine Methode zur Selbsterkennung und Selbstfindung; so mag diese Befürchtung zwar nicht ganz unbegründet sein, aber die Möglichkeiten der Besserung bei Depression und Antriebsarmut durch das autogene Training sind ebenfalls gegeben.

Die Körperhaltung beim autogenen Training

Droschkenkutscherhaltung: Als Sitzgelegenheit eignen sich sowohl ein Hocker wie auch ein Stuhl. Man setze sich möglichst mit der

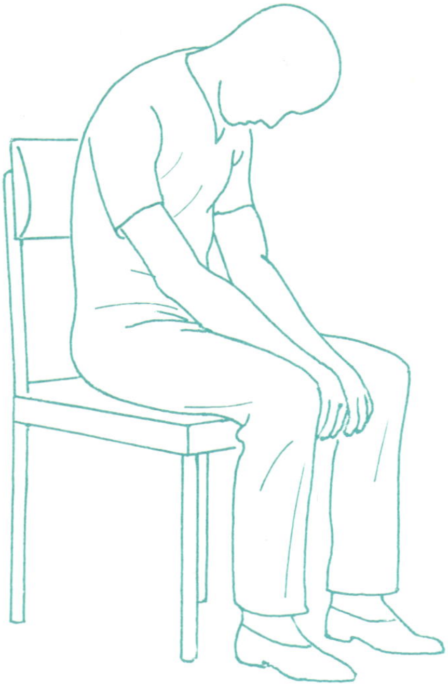

Lehnstuhlhaltung: Ein Großvaterstuhl mit breiten Armlehnen und mit einer langen Rükkenlehne, die auch noch den Kopf abstützt, eignet sich auch bestens als Sitzgerät. Hierbei sitzt man aufrecht, lehnt den Rücken an die Lehne und läßt die Arme entspannt auf den Armlehnen ruhen, wobei die Hände über die Armlehnen hinaus locker nach unten fallen.

Training im Liegen: Man kann sich auch direkt auf den Boden legen oder auf das Bett. Man unterstützt am besten den Nacken durch ein zusammengerolltes Handtuch, durch ein Kissen oder durch eine Nackenrolle. Die Beine werden leicht auseinandergespreizt, wobei sie locker nach außen rollen und die Zehen schräg nach oben zeigen. Die Arme sind in den Ellbogen leicht angewinkelt und ein wenig vom Körper abgespreizt, die Handflächen ruhen auf der Liegefläche.

ganzen Länge der Oberschenkel auf die Sitzfläche, also nicht nur mit dem Gesäß, um so eine Entlastung der Wirbelsäule beim Sitzen zu erreichen. Auf diese Weise verteilt sich das Gewicht des Oberkörpers auf eine größere Sitzfläche und wird so müheloser getragen. Die Oberschenkel und die Unterschenkel bilden einen rechten Winkel zueinander; man muß darauf achten, mit den Füßen bequem den Boden zu erreichen. Die Beine werden etwa eine Fußlänge weit auseinandergenommen, die Füße berühren mit der ganzen Sohle den Boden, während die Oberarme auf den Oberschenkeln ruhen und die Hände locker zwischen den Beinen hängen, ohne sich gegenseitig zu berühren. Bevor man in die Ruhehaltung geht, sitzt man erst einmal aufrecht da.
Atmen Sie jetzt tief ein, richten Sie sich dabei nochmals auf und lassen Sie dann ausatmend mit einem lauten Seufzer den Oberkörper in sich zusammensinken, ohne ihn allerdings nach vorne oder hinten kippen zu lassen. Schließen Sie die Augen.

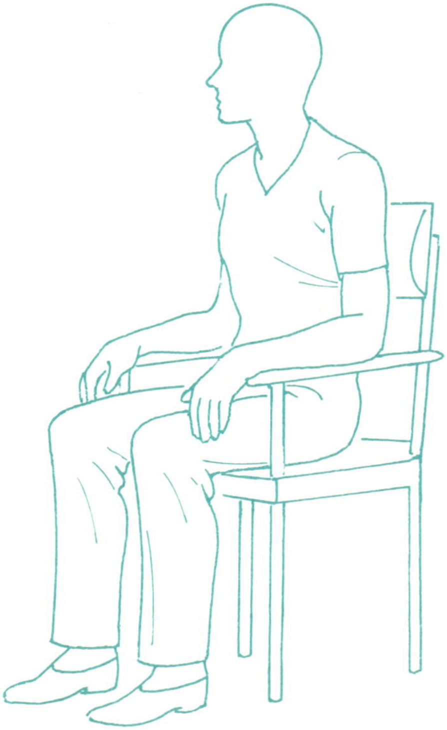

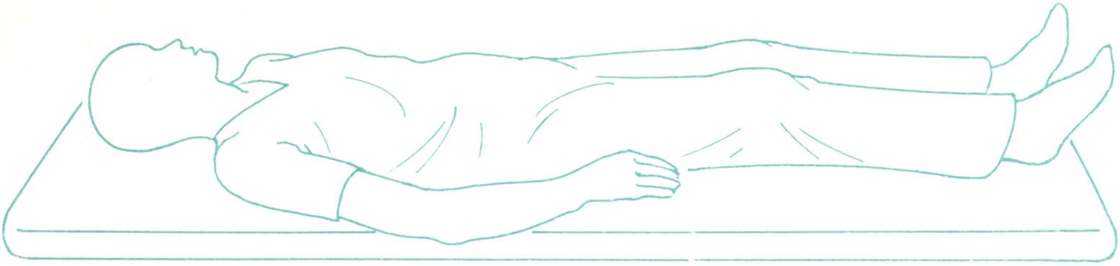

Übungszeit und Ort

Im Grunde genommen können Sie das autogene Training an jedem Ort durchführen, sei es zu Hause, an Ihrem Arbeitsplatz, im Zug und im Flugzeug oder auch als Mitfahrer im Auto. Am Anfang ist es allerdings ratsam, sich einen ruhigen Ort auszusuchen, wo Sie ein paar Minuten ungestört für sich sein können und auch einen Zeitpunkt zu wählen, damit Sie vor Lärmbelästigungen wie z. B. dem Klingeln des Telefons sicher sind. Wenn Sie das autogene Training beherrschen, wird Sie Lärm oder Unruhe überhaupt nicht mehr stören. Als vorteilhaft erweist es sich, schon frühmorgens gleich nach dem Aufstehen und noch vor dem Frühstück zu üben, aber auch der frühe Abend ist eine ideale Übungszeit. Vielleicht unterliegt man auch der Versuchung, grundsätzlich abends im Bett zu üben; doch muß man dem Anfänger davon abraten, da man doch dann leicht während der Übungen einschläft. Will man das autogene Training als Einschlafhilfe benützen, ist natürlich das Bett der richtige Übungsort.

Die Ruhigstellung

Jede Übungssitzung wird begonnen mit der Ruhigstellung. Erst wenn Sie vollkommen ruhig sind, können Sie mit den eigentlichen Übungen des autogenen Trainings beginnen. Das Erleben der vollkommenen Ruhe hat an sich schon einen großen heilsamen Wert. Viele Menschen gehen dieser inneren Ruhe aus unerfindlichen Gründen häufig aus dem Weg. Sie haben sogar Angst davor, zu sich selbst zu finden oder sie verhindern unbewußt, zur Selbsterkenntnis zu gelangen.

In der Ruhe kommt der Alltag zum Stillstand. Sie gibt die Möglichkeit zur Besinnung. Es gehört aber auch eine gewisse Stärke dazu, sein eigenes Tun kritisch zu beleuchten und sich auch Fehler einzugestehen. Man ist nicht zu jeder Zeit dazu in der Lage, vielleicht auch schmerzliche Erkenntnisse zuzulassen und daraus Konsequenzen zu ziehen. Auf der anderen Seite verliert man sehr viel Zeit und Energie, wenn man Fehlern und Irrtümern nicht rechtzeitig ins Auge sieht und mit einem Kurswechsel begegnet. Die Hektik und Rastlosigkeit bei vielen Menschen ist ein äußeres Zeichen dafür, wie sehr diese bedacht sind, ihr einziges und alleiniges Leben zu vergeuden mit unnützen Dingen und wie groß die Angst ist, ihr wirkliches Leben zu leben.
Sein eigenes Leben leben bedeutet oft, einsam zu sein, denn man findet dann nicht immer Schutz in der Masse, die in ewiger Betriebsamkeit die Zeit vergeudet und an den eigentlichen lebenswerten Dingen vorbeilebt. Diese äußere Rastlosigkeit findet sich auf körperlicher Ebene wieder in den vielen Störungen des Nervensystems und besonders anfälliger Organe.
Die eigentlichen Grundübungen des autogenen Trainings haben die Beruhigung des gestörten Nervensystems mit den dazugehörigen Organen zum Ziel. Die Ruhigstellung selbst jedoch hat schon einen heilanstoßenden Effekt auf den Körper, den Geist und die Seele. Sie vermag die Harmonie dieser drei menschlichen Bereiche wiederherzustellen.

Formelbildung: Um sich zur Ruhe anzuregen oder sich auf Ruhe zu programmieren, und für jede der sechs Grundübungen des autogenen Trainings gebraucht man eine bestimmte Formel. Diese Formel muß sehr knapp gehalten werden; sie darf nur das enthalten, was man sich zum Ziel gesetzt hat. Man darf dabei keine Verneinungen wie *keine, nicht* etc. verwenden, sondern muß die Formeln immer positiv färben und formulieren und mit ihnen seine Wünsche zum Ausdruck bringen. Die Formel selbst wird nicht gesprochen, sondern nur gedacht. Man kann sich auch vorstellen, daß auf einem Leuchtband die Formel sich ständig wiederholt.

Diese Formelbildung spielt eine große Rolle, wenn es darum geht, nach Erlernen der Grundübungen den entspannten Zustand dazu auszunützen, sich selbst auf bestimmte Ziele hin zu programmieren. So kann man bei Prüfungsangst sich selbst durch die Formel *»Ich bin ganz ruhig, ich bestehe die Prüfung«* zum Erfolg führen. Oder wenn man sich besser durchsetzen will, programmiert man sich z. B. durch die Formel *»Ich bin mutig, ich setze mich durch«* auf Erfolg.

Übungsformel »Ich bin vollkommen ruhig«:

- Nehmen Sie die Stellung Ihrer Wahl ein.
- Atmen Sie tief ein, schließen Sie die Augen und atmen Sie dann laut seufzend wieder aus.
- Bei der Droschkenkutscherhaltung sinkt der Oberkörper in sich zusammen, ohne jedoch nach hinten oder vorne zu kippen.
- Stellen Sie sich die Übungsformel vor und wiederholen Sie sie immer wieder, bis Sie die Ruhe wirklich fühlen und erleben.

Wahrscheinlich fühlen Sie sich als Anfänger des autogenen Trainings durch viele Kleinigkeiten schon gestört, die Ihnen vorher vielleicht gar nicht aufgefallen sind. Erst durch die Ruheübung wird Ihnen eventuell bewußt, wie laut Ihre Umgebung ist oder wie sehr Sie angespannt sind. Auch werden Sie vielleicht Schmerzen an vielen Körperstellen erleben, die Ihnen vorher gar nicht aufgefallen sind, da Sie in der Rastlosigkeit des Alltags gar nicht zur Besinnung gekommen sind. Am meisten wird Sie vielleicht die Flut der Gedanken stören, die Ihnen wahrscheinlich durch den Kopf schießen. Es hat keinen Sinn, diese Flut verdrängen zu wollen. Versuchen Sie statt dessen die Gedanken ohne Anteilnahme einfach vorbeilaufen zu lassen und halten Sie sie nicht auf. Stellen Sie sich vor, Sie säßen in einem Kino und betrachteten einen Film. Den Film können Sie auch nicht anhalten, wenn Sie einen Teil davon nicht verstanden haben. Der Film läuft bis zum Ende. Auch Ihr ganz persönlicher Film wird bis zum Ende durchlaufen. Sie finden dann Ihre Ruhe. Wenn Sie ihn aber stoppen wollen, um sich Einzelausschnitte näher zu besehen, werden Sie ihn wahrscheinlich nie zu Ende sehen können und so auch nicht Ihre Ruhe finden.

Jede Übung wird auf die gleiche Art und Weise beendet. Während der Übung sollten Sie nicht einschlafen, es sei denn, Sie wollen bewußt den Schlaf herbeiführen. Und so bringen Sie die Übung zu Ende:

- Ziehen Sie die Arme an und atmen Sie tief ein.
- Ausatmend unter lautem Stöhnen oder Gähnen strecken Sie die Arme, öffnen Sie jetzt Ihre Augen zuerst halb, dann langsam ganz.
- Beobachten Sie, was sich in Ihnen verändert hat.
- Richten Sie sich ganz langsam völlig auf oder strecken Sie den ganzen Körper.
- Stehen Sie ganz langsam auf, gehen Sie im Raum noch etwas auf und ab und strecken und recken Sie sich immer wieder.

Wenn Sie einmal nur wenig Zeit haben, ziehen Sie allein schon aus der Ruheübung einen großen Gewinn, auch wenn Sie vielleicht nur wenige Minuten gedauert hat. Sollten Sie anfangs Schwierigkeiten haben, zur Ruhe zu kommen oder auch die Ruhe nicht vertragen können, sollten Sie nur wenige Minuten, dafür aber öfters üben. Mit zunehmender Übung benötigen Sie immer weniger Zeit für Ihre Entspannung. Die Übungsformel läßt sich auch reduzieren, indem Sie nur noch *ruhig* denken. Die Ruhe stellt sich dann von selbst ein. Diesen programmierten Reflex muß man allerdings anfangs regelmäßig einüben, um ihn rasch abrufen zu können. Wenn Sie sich auf die Ruhe einstellen können – dies dauert vielleicht Tage oder sogar Wochen –, dann können Sie zur ersten der sechs Grundübungen übergehen.

Die Schwereübung

Die Schwereübung soll die Ruhigstellung vertiefen. Ruhigstellung und Schwereübung erleichtern das Abschalten vom Alltag und lassen den Strom der Gedanken leichter zum Stillstand kommen.
Die Muskelanspannung gibt nach. Sie weicht einer angenehmen Schwere der Glieder, die das Gefühl der Geborgenheit vermittelt. Man beginnt die Schwereübung, indem man zuerst die Schwere im rechten und im linken Arm verspürt, dann im rechten und abschließend im linken Bein. Beide Arme und Beine ganz schwer zu erleben, ist das Ziel dieser Übung.

Übungsformeln:

Ich bin ganz ruhig.
Rechter Arm angenehm schwer, ich bin ganz ruhig.
Linker Arm angenehm schwer, ich bin ganz ruhig.
Rechter und linker Arm angenehm schwer, ich bin ganz ruhig.
Rechtes Bein angenehm schwer, ich bin ganz ruhig.
Rechter und linker Arm, rechtes Bein angenehm schwer, ich bin ganz ruhig.
Linkes Bein angenehm schwer, ich bin ganz ruhig.
Beide Arme und Beine angenehm schwer, ich bin ganz ruhig.

Übungstechnik: Beginnen Sie zuerst mit der Ruhigstellung. Fahren Sie dann fort mit der Schwereübung und zwar genau in der Reihenfolge, wie sie durch die Übungsformeln festgelegt wurde. Wiederholen Sie jede Übungsformel so oft wie nötig und versuchen Sie nichts zu erzwingen. Geben Sie sich auch mit einem Teilerfolg zufrieden, mit Sicherheit stellt sich der ganze Erfolg bei gleichbleibendem Übungsfleiß bald ein.
Gehen Sie nur dann zur nächsten Übungsformel über, wenn Sie die Übung wirklich beherrschen. Sie haben Zeit. Jeder Teilerfolg hat auch schon seinen Wert.
Wenn Sie während der Übungen unruhig werden, wiederholen Sie die Ruhigstellung mit der Formel »Ich bin ganz ruhig«. Beenden Sie die Übungssitzung so, wie es oben beschrieben wurde.

Hilfsvorstellungen: Sie dienen dazu, bei Schwierigkeiten die Schwere zu erleben und mittels verschiedener Bilder die Schwere doch noch herbeizuführen. Jeder weiß, wie schwer zum Beispiel Granitsteine oder Eisenobjekte sind. Stellen Sie sich also vor, Ihre Arme und Beine wären aus Stein oder Eisen. Eine andere Hilfe ist es, sich vorzustellen, jemand würde mit sanfter Gewalt Arme und Beine auf den Boden drücken oder auch zum Boden hinziehen, wenn man im Sitzen übt. Oder Sie stellen sich vor, Ihre Arme und Beine seien durch aufgelegte Sandsäcke beschwert und drückten schwer auf die Unterlage.

Die Wärmeübung

Die Wärmeübung trainiert die Blutgefäße, führt zu einer besseren Verteilung des Blutes und zu einem rascheren Blutaustausch mit der erwünschten Wirkung der erhöhten Sauerstoffzufuhr zu den einzelnen Körperzellen. Der Sauerstoff ist lebensnotwendig für jede Körperzelle. Unter seiner Beteiligung verbessert sich die allgemeine Leistungsfähigkeit; er beschleunigt außerdem die Entschlackungs-, die Entgiftungs- und die Wiederherstellungs- oder Reparaturprozesse in der Zelle.

Formelbildung: Anstelle der Formeln »Ich bin ganz ruhig«, »Rechter Arm angenehm schwer« usw. kann man auch Kurzformeln verwenden. Diese bezeichnen dann nur noch den erwünschten Zustand. Als Kurzformel gelten z. B. »Ruhig!« und »Schwer!« Verwenden Sie die Kurzformeln aber erst, wenn Sie in diesen Übungen sicher sind. Sie können natürlich je nach Ihrem Sprachverständnis sich auch selbst Formeln zurechtlegen. Dabei ist es jedoch wichtig, die Formeln möglichst unverändert immer wieder zu verwenden, um die Einprägung ins Unterbewußte zu erreichen. Zur Vereinfachung werden im nachfolgenden Text schon besprochene Übungen mit ihren Kurzformeln angegeben:

Ruhig!
Schwer!
Rechter Arm angenehm warm.
Linker Arm angenehm warm.
Beide Arme angenehm warm, ruhig, schwer.
Rechtes Bein angenehm warm.
Rechter und linker Arm, rechtes Bein angenehm warm, ruhig, schwer.
Linkes Bein angenehm warm.
Beide Arme und Beine angenehm warm, ruhig, schwer.
Ich fühle mich angenehm ruhig, schwer und warm.

Übungstechnik: Erst wenn Sie die Schwereübung beherrschen, sollten Sie die Wärmeübung beginnen. Manchmal stellt sich aber auch schon bei den Schwereübungen ein gewisses Wärmegefühl ein. Lassen Sie sich dadurch aber nicht verleiten, schon frühzeitig mit der Wärmeübung zu beginnen. Halten Sie auch bei der Wärmeübung die angegebene Reihenfolge ein. Ein Übungsschritt folgt dem anderen, vorausgesetzt, Sie beherrschen den vorhergehenden Übungsteil. So sollte man z. B. erst die Erwärmung der Beine üben, wenn man das Gefühl der warmen Arme und Hände erlebt hat.
Zwischen diesen Übungen können Tage liegen, bis man soweit ist. Ausgesprochene Linkshänder können natürlich auch mit dem linken Arm anstelle des rechten Armes beginnen. Lassen Sie sich mit den Übungen Zeit, jeder Teilerfolg zählt. Wenn es Ihnen beispielsweise schon anfangs nicht gelingt, im Arm das Wärmegefühl zu erleben, gehen Sie nochmals an den Anfang zurück mit »Ich bin ganz ruhig, mein Körper ist ganz schwer« und versuchen Sie dann nochmals die Wärmeübung. Auch wenn Wochen vergehen, bis Sie vielleicht den Komplex Wärmeübung vollständig erlernt haben, ist dies keine verlorene Zeit, denn es bewegt sich ja etwas. Überlegen Sie, wie lange Sie den Körper, den Geist und die Seele vorher nicht entsprechend beachtet haben! Seien Sie also zu sich selbst nicht ungerecht.

Hilfsvorstellungen: Bei Schwierigkeiten, das Wärmegefühl zu erleben, kann man sich wiederum verschiedener Bilder bedienen. Stellen Sie sich vor, die wärmende Sommersonne scheint angenehm warm auf Ihre Arme und Beine. Oder denken Sie an die vielen Blutgefäße, die die Arme und Beine durchziehen und durch die das warme Körperblut fließt. Ebenso hilft es, sich vorzustellen, wie beispielsweise warmes Meerwasser oder auch der warme Wasserstrahl einer Brause Arme und Beine angenehm erwärmen.

Die Herzübung

Das Herz ist ein kräftiges muskulöses Organ. Es liegt vorwiegend im linken Brustbereich. Für das Leben ist das Herz genauso unentbehrlich wie die Lungen. Es verteilt das Blut über das weite Netz der Blutgefäße, indem es zum einen das verbrauchte Blut aus den Venen in den Lungenkreislauf pumpt, wo es wieder mit neuem Sauerstoff beladen wird und wo es Schlackstoffe zum Abatmen abgibt und indem es zum anderen das frische sauerstoffreiche Blut über die Arterien an jede Körperzelle heranführt.
Die Arbeit des Herzens wird immer genau den Anforderungen angepaßt, die momentan vorherrschen. Dazu ist das Herz durch viele Nervenfasern mit den Steuerzentren des vegetativen Nervensystems, das die Arbeit aller Organsysteme lenkt und überwacht, verbunden. Schwächen oder Störungen des vegetativen Nervensystems führen oft zu einer mangelnden Anpassung der Organleistungen an die tatsächlichen Anforderungen. Durch Krankheiten, die die Arbeit der Nervenzellen beeinträchtigen, durch Ernährungsfehler oder Mangelernährung, durch Vergiftungen von Schwermetallen wie Blei, Quecksilber, durch Arsen, Cadmium und Nervengifte, die als Umweltgifte das Leben der Menschen, der Tiere und Pflanzen bedrohen, und durch seelische Erkrankungen wird das vegetative Nervensystem empfindlich gestört. Es kann dann seiner Aufgabe, alle Lebensvorgänge bestens aufeinander abzustimmen und den Lebensanforderungen anzupassen, nicht mehr gerecht werden. Die gleichen Störfaktoren, die das vegetative Nervensystem beeinträchtigen und schädigen können, wirken sich natürlich auch an

den einzelnen Muskelzellen des Herzens aus und führen zu einer Einbuße seiner Leistungskraft.
Um die Arbeitskraft des Herzens zu erhalten, muß man ständig mögliche Störfaktoren ausschalten (wie dies z. B. die Leber durch ihre Entgiftungsarbeit vollbringt), aber auch bewußt herz- und nervenschädigende Stoffe und Verhaltensweisen vemeiden. Dabei ist das autogene Training sehr hilfreich, indem es sowohl eine körperliche und geistige Leistungssteigerung erwirkt, als auch für eine bessere seelische Ausgeglichenheit sorgt.

Übungsformeln:
Ruhig!
Schwer!
Warm!
Herz schlägt ruhig und gleichmäßig.

Übungstechnik: Die Formel *»Herz schlägt ruhig und gleichmäßig«* soll die in der Reserve liegenden Kräfte des Herzens ansprechen und diese unterstützen, um kraftvoll und ohne Energieverschwendung seine Arbeit besser verrichten zu können. Durch die Beruhigung des Körpers, des vegetativen Nervensystems und der seelischen Prozesse während der vorangehenden Übungen wird dem Herz die Möglichkeit zu einer eigenen Erholung und Regeneration verschafft.
Während der Herzübung kommt es zu einem angenehmen Gefühl der Erwärmung in der Herzgegend. Im fortgeschrittenen Übungsstadium kann man den Herzschlag hören, ihn aber auch als eine Art Vibration oder Schlag gegen die Brustwand erleben. Diese Herzempfindungen können bei bestimmten Personen Ängste auslösen. Hier soll der Übende dann nicht mit aller Gewalt diese Ängste wieder zu verdrängen versuchen, sondern soll dem Ursprung der Ängste nachforschen. Dabei ist es hilfreich, solange bei den ersten Übungen zu bleiben, bis er durch Selbstfindung und Selbsterkenntnis die Angst verstehen gelernt hat. Sofern möglich, sollte im Gespräch mit autogenen Trainern oder mit anderen vertrauten Personen das Problem der Herzangst besprochen werden.

Anwendungsbeispiele: Besonders Kranke mit einer Herzneurose erfahren durch die Herzübung oft eine wesentliche Besserung ihrer Beschwerden, in manchen Fällen sogar eine Heilung. Eine Herzneurose ist gekennzeichnet durch unangenehme Wahrnehmungen am Herzen wie Brennen und Schmerzen über der Herzgegend mit Ausstrahlung auf den linken und rechten Arm sowie auf Nacken und die Partie zwischen den Schulterblättern. Auch treten oft Gefühle auf, bei denen man meint, das Herz würde stehenbleiben oder als würde es davonrasen, stolpern, unregelmäßig schlagen und hart gegen die Brustwand klopfen. Diese Herzerlebnisse sind meist mit starken Ängsten verknüpft, die vom Betroffenen zumeist nicht selbst unter Kontrolle gebracht werden können. So kommt es dann oft zu dramatischen Einsätzen des Notarztes oder der Feuerwehr, da man häufig hinter den Beschwerden einen Herzinfarkt vermutet. Die Herzneurose hat ihren Ursprung in der Selbstüberschätzung der eigenen Kräfte und Fähigkeiten, was zu einer Überlastung führt, die sich früher oder später durch körperliche Erkrankungen bemerkbar macht. Auch bei anderen Herzerkrankungen sowie bei Bluthochdruck und Anpassungsstörungen des Kreislaufs hat sich das autogene Training als eine wertvolle Hilfe erwiesen.

Die Atemübung

Die Atmung ist der äußere Ausdruck für den Austausch von Schlackstoffen einerseits und für die Aufnahme von Sauerstoff andererseits. Sauerstoff ist für die Lebensvorgänge absolut notwendig; eine Unterbrechung der Atmung wird normalerweise nur für wenige Minuten geduldet. Die Atmung paßt sich den jeweiligen Stoffwechselgeschehnissen und den körperlichen Anforderungen an. Sie kann sowohl durch das vegetative Nervensystem als auch durch seelische Erlebnisse beeinflußt werden. Man hält z. B. vor Schreck die Luft an oder es stockt einem der Atem. Dies sind bekannte Antworten des Atemgeschehens auf seelische Erschütterungen.
Es gibt aber auch Menschen, die ständig atem-

los wirken. Hier ist die Kurzatmigkeit der äußere Ausdruck auf das innere Chaos mit Hektik und seelischer Zerrissenheit. Auch eine ständig andauernde Angst, die in vielen Fällen dem Betroffenen gar nicht bewußt wird, unterdrückt die natürliche Atmung weitgehend. So kann Angst vor Versagen, wie sie für den modernen Menschen in der heutigen Leistungsgesellschaft typisch ist, zu schweren Atemstörungen führen und das tatsächliche Leistungsvermögen stark beeinträchtigen.

Die Neurose, eine weitverbreitete Anpassungsstörung des Menschen an die Anforderungen im Beruf, in der Schule und in der Familie, häufig verbunden mit einer Fehleinschätzung der eigenen Fähigkeiten, führt häufig zu einer Beeinträchtigung des natürlichen Atemrhythmus. Hier spielt auch die Angst des Versagens eine große Rolle, da man in seinem Streben zu gefallen und durch Leistung materielle Güter sich zu erwerben, weit über die eigenen Möglichkeiten hinausgegangen ist. Dies will man sich jedoch nicht eingestehen und so führt die ständige Überforderung über kurz oder lang auch zu körperlichen, geistigen und seelischen Leiden.

Die Atmung gehorcht einem natürlichen Rhythmus. So werden wir beispielsweise im Schlaf ohne unser Zutun beatmet. Eine ruhige, gleichmäßige und ungestörte Beatmung ist für die Gesundheit, die Gesundwerdung und Gesunderhaltung unumgänglich. Das autogene Training ist in idealer Weise geeignet, durch eine allgemeine Entspannung, durch die Selbstfindung und Selbsterkenntnis die natürliche Atmung wiederherzustellen.

Übungsformeln:

Ruhig!
Schwer!
Warm!
Herz schlägt ruhig und gleichmäßig.
Atem ruhig und gleichmäßig, es atmet mich.

Übungstechnik: Indem Sie sich die Formel *»Atem ruhig und gleichmäßig, es atmet mich«* immer wieder vor Augen führen und aufmerksam beobachtend auf Ihre Atmung achten, erleben Sie, wie beim Einatmen die Atemluft tief über die Lungenwege bis in die Lungenspitzen fließt, sich die Brust mit der lebensspendenden Atemenergie anfüllt, sich die Bauchdecken sanft nach außen vorwölben und sich gleichzeitig dabei die Wirbelsäule leicht streckt. Erleben Sie aufmerksam beobachtend, wie Sie beatmet werden!

Beim Ausatmen hingegen entsteht das Gefühl der Leere in der Brust. Die Bauchdecken ziehen sich leicht ein und die Wirbelsäule sinkt unmerklich etwas zusammen. Die Atmung sollte insgesamt ein runder Vorgang sein und nicht durch Pausen unterbrochen werden. Nach der Einatmung erfolgt ohne Anhalten die Ausatmung. Versuchen Sie nicht, die Atmung durch bewußte Lenkung zu beeinflussen, sondern wiederholen Sie immer nur die Formel für die Atemübung. Jede bewußte Beeinflussung der Atmung verhindert das Wiederentstehen des natürlichen Atemrhythmus.

Man kann die Wirkung der Atemübung noch verstärken, wenn man sich vorstellt, wie die lebensspendende Atemenergie über die Blutgefäße jede einzelne Körperfaser durchströmt, bis in die Finger- und Zehenspitzen gelangt, so den Körper erfrischt und mit Wärme anfüllt.

Anwendungsgebiete: Die Atmung ist ein lebensnotwendiger Vorgang. Eine natürliche Atmung ist eine Grundvoraussetzung für Gesundheit, aber auch für eine rasche Wiederherstellung der Gesundheit nach einer Erkrankung. Deshalb ist die Atemübung gesundheitsfördernd und beugt Erkrankungen vor. Man kann ihr also einen bewahrenden, vorbeugenden und heilenden Wert beimessen.

Ihre besondere Bedeutung erhält die Atemübung und damit das autogene Training bei vielen Lungen-, Herz- und Kreislauferkrankungen sowie bei Neurosen. Gerade bei Erkrankungen, die mit Atemnot einhergehen wie beispielsweise das Asthma, ist es notwendig, Vertrauen in die Atmung zu gewinnen und sich folgendes vorzustellen: »Es atmet mich auch dann noch, wenn ich das Bewußtsein verlieren sollte.« Durch die Möglichkeit der Entspannung, der Selbstfindung und Selbsterkenntnis, die das autogene Training vermittelt, ist die Atemübung gerade bei Kranken mit Atemnot sehr wertvoll. Sie macht die Betroffenen unabhängiger, freier, beweglicher und verbessert so wesentlich ihre Lebensqualität. In zahlreichen Fällen wurde sogar eine Heilung von Krankheiten durch das autogene Training erzielt.

Die Sonnengeflechtsübung

Das Sonnengeflecht stellt eine Schaltzentrale des vegetativen Nervensystems dar. Es steht über viele Nervenfasern mit den Organen des Unterleibs, des Mittel- und Oberbauchs in Verbindung. So werden die Leber und die Galle, die Bauchspeicheldrüse, der Magen, der ganze Darm und die Geschlechtsorgane von diesem Sonnengeflecht, plexus solaris genannt, gesteuert und gelenkt. Das Sonnengeflecht liegt unterhalt der Bauchdecken in der Mitte der Verbindungslinie zwischen Brustbeinspitze und Nabel. Über das autogene Training läßt sich das Sonnengeflecht günstig beeinflussen, damit aber auch die mit diesem nervalen Steuerungszentrum in Verbindung stehenden Organe.

Übungsformeln:

Ruhig!
Schwer!
Warm!
Herz schlägt ruhig und gleichmäßig.
Atem ruhig und gleichmäßig, es atmet mich.
Sonnengeflecht angenehm warm.

Übungstechnik: Um das Sonnengeflecht rascher spüren und beeinflussen zu lernen, ist es anfangs hilfreich, seine Hand über die Gegend des Sonnengeflechts zu legen. Durch die Wärme der Hand entsteht rascher das Gefühl der Erwärmung des Sonnengeflechts. Mit der Vorstellung, die Sonne scheint wärmend auf die Stelle der Haut, unter der das Sonnengeflecht liegt, ist es auch möglich, rascher diese Übung zu erlernen. Wenn man die Sonnengeflechtsübung beherrscht, kann man die Wirkung dieser Übung verstärken und gezielt bestimmte Organe durch Formelbildung miteinbeziehen. Beispiel:

Sonnengeflecht angenehm warm, Magen ruhig und entspannt.
Sonnengeflecht angenehm warm, Leber arbeitet gut.
Sonnengeflecht angenehm warm, Darm arbeitet locker und verdaut gut, usw.

Anwendungsbeispiele: Wie oben schon angedeutet, werden viele wichtige Organfunktionen durch das Sonnengeflecht nervlich gesteuert. Durch die moderne Lebensweise werden gerade die Organe im Bauchraum, vor allem durch den Mißbrauch von Genußmitteln, stark in Anspruch genommen. Freßsucht und Fehlernährung setzten diesen Organen zu, machen sie anfällig und in vielen Fällen sogar chronisch krank. Der allgemeine Leistungsdruck in einer vorwiegend leistungsorientierten Gesellschaft führt zu vielen sogenannten psychosomatischen Erkrankungen, d. h. seelischen Störungen, die zu körperlichen Erkrankungen führen. In diesem Zusammenhang ist auch die Zunahme der sexuellen Störungen zu sehen, da die andauernde Leistungsbereitschaft, wie sie heute gefordert wird, häufig nur auf Kosten der Sexualität verarbeitet und aufrechterhalten werden kann. Für diese psychosomatischen Erkrankungen bietet das autogene Training eine echte Heilungschance, da mit zunehmender Selbsterkenntnis und körperlicher Entspannung die Seele gesunden kann, die körperlichen Beschwerden dann also häufig für immer verschwinden. Für viele nicht heilbaren Leber-, Galle- und Bauchspeicheldrüsenerkrankungen, für erhöhten Blutzucker (Diabetes mellitus), ferner bei chronischen Darmentzündungen und bei Unterleibsbeschwerden mit Krämpfen und Störungen des Sexuallebens erweist sich das autogene Training als eine Chance zur Heilung und Genesung.

Die Stirnübung

Mit den vorhergehenden Übungen des autogenen Trainings werden vor allem die verschiedensten Organsysteme beeinflußt. Die Stirnübung hingegen soll den Kopf frei machen von der Gedankenflut, ihn entlasten von der Bürde des Verantwortungsgefühls, ihn kühl beobachtend und selbstkristisch werden lassen und dem Menschen Beobachtungsschärfe, Angstfreiheit, Mut und Zuversicht geben.

Übungsformeln:

Ruhig!
Schwer!
Warm!
Herz schlägt ruhig und gleichmäßig.
Atem ruhig und gleichmäßig, es atmet mich.
Sonnengeflecht angenehm warm.
Stirn angenehm kühl.

Übungstechnik: »Stirn angenehm kühl« vermittelt das Gefühl, der Kopf sei leicht, frei und offen für neue Wahrnehmungen und Gedanken. Die Stirnübung verschafft dem Menschen die Möglichkeit, Selbsterkenntnis zu üben, ein neues Bewußtsein zu erlangen und sich auch auf bestimmte Ziele hin zu programmieren. Mit bestimmten Bildern läßt sich der Zustand *»Stirn angenehm kühl«* leichter erreichen. Stellen Sie sich vor, ein leiser Windhauch streiche sanft an Ihrer Stirn vorbei und kühle diese. Wenn dieses sanfte Bild nicht wirken sollte, stellen Sie sich vor, ein kühler Lappen läge auf Ihrer Stirn und mache diese angenehm kühl.

Beispiele für Formeln

Nicht erst, wenn man bereits alle Übungen des autogenen Trainings beherrscht, sollte man versuchen, sich mittels geeigneter Formeln auf bestimmte Ziele hin zu programmieren, sondern auch schon in den Anfangsstadien. Man kann praktischen Nutzen aus dem autogenen Training ziehen und es als Hilfe in den verschiedenen Situationen einsetzen. Jeder kann sich seine eigenen Formeln zurechtlegen, um sich auf bestimmte Ziele hin zu programmieren. Wenn Sie sich nicht mehr sicher sind, wie diese Formeln gebildet werden, lesen Sie dies in dem betreffenden Abschnitt über die Formelbildung noch einmal nach.

Zum Einschlafen: Körper, Geist und Seele angenehm entspannt, ruhig und schwer.
Ich bin ganz ruhig, entspannt, Atem gleichmäßig, ich fühle mich angenehm schwer.
Ruhig! Schwer! Warm! Herz und Atem ruhig, Geist entspannt.

Prüfungshilfe: Ich bin ganz ruhig, Kopf und Stirn kühl.
Ich bin ruhig, Atem und Herz ruhig und gleichmäßig, ich schaffe es.
Ich bin ruhig, Kopf und Stirn kühl, ich bin zuversichtlich.
Herz und Atem ruhig und gleichmäßig, ich bin gut vorbereitet, ich schaffe es.
Ruhig! Kopf und Stirn kühl, zuversichtlich, ich vertraue auf mich.

Bei Konflikten: Ich bin ganz ruhig, Stirn und Kopf kühl, ich behaupte mich.
Ruhig! Herz und Atem ruhig und gleichmäßig, ich sage meine Meinung.
Kopf und Stirn kühl, ich setze mich durch.
Ruhig! Kühl denkend, ich erreiche mein Ziel.
Ruhig! Kühl denkend, ich erkenne die Situation, ich finde die Lösung.

Bei Atemnot: Ich bin ruhig, Kopf und Stirn kühl, Atem strömt tief in die Lungen, es atmet mich.
Lunge und Bronchien weit geöffnet, es atmet mich ruhig und gleichmäßig.
Herz und Atem ruhig und gleichmäßig, Lungen offen, es atmet mich.

Bei Sehstörungen: Ich bin ruhig, angenehm schwer und warm, Augen völlig entspannt und weich.
Stirn und Kopf kühl, Gesichtsmuskeln locker, ich bin ruhig, fühle mich schwer, die Augen schweben leicht und schwerelos in der Augenhöhle.
Ruhig! Schwer! Warm! Augendruck normal.

Bei seelischem Kummer: Ich bin ruhig, angenehm schwer und warm, ich bin stark, ich vertraue auf mich.
Ruhig! Herz und Atem gleichmäßig, ich komme ins Ziel, ich habe Hoffnung.
Ruhig! Hoffnungsvoll, ich blicke nach vorne, es geht weiter.
Ruhig! Schwer! Warm! Ich bin stark, ich blicke in die Zukunft.

Natürlich atmen

Die Atmung ist ein lebensnotwendiger Vorgang. Sie führt uns einmal Energie zu und zum anderen hilft sie uns, lebensfeindliche Abfallprodukte in Form von Gasen abzustoßen. Unsere Atemluft enthält fast 21 Prozent Sauerstoff. Jede einzelne der viele Milliarden zählenden Zellen des menschlichen Körpers benötigt den Sauerstoff, um die ständig ablaufenden Stoffwechselprozesse in Gang zu halten. Diese stellen unter Verwendung der durch die Nahrung bereitgestellten Grundstoffe der Zelle Energie zur Verfügung und versorgen sie auch mit Bausteinen zur eigenen Erneuerung und Erhaltung. Der Körper besitzt keinen Sauerstoffspeicher, der ihm dieses wichtige Gas bei Fehlen des Sauerstoffs in der Atemluft zur Verfügung stellt. Eine mangelhafte Versorgung des Körpers mit Sauerstoff kann dieser nur eine bestimmte Zeit ausgleichen. Auf jeden Fall führt ein anhaltender Sauerstoffmangel zu einer Verkürzung der Lebenszeit.

Beim Ausatmen geben wir Kohlendioxyd ab, das bei den Verbrennungsprozessen im Körper entsteht. Da unsere Atemluft weniger als ein Prozent Kohlendioxyd enthält, im Blut aber die Konzentration um ein mehrfaches höher ist, kann dieses Gas in jedem Fall ungehindert vom Blut in die Lunge und damit in die Ausatmungsluft gelangen. Unser Leben wird also durch einen Mangel an Sauerstoff bedroht und es endet bei vollständigem Fehlen.

Die Atmung bedarf natürlich auch der Regelung und Steuerung. Benötigt der Körper viel Sauerstoff, fallen reichliche Mengen an Kohlendioxyd an. Die Atmung muß sich diesen veränderten Bedingungen anpassen. Diese Regelung findet durch Atemzentren innerhalb des Gehirnstamms statt, dann durch *Chemorezeptoren* für die Kontrolle des Säuregrades des Blutes und durch Meßzellen für den Gasdruck von Sauerstoff und Kohlendioxyd. Chemorezeptoren und Meßzellen stehen wiederum mit den Atemzentren in Verbindung. Diesen Atemzentren fließen Steuerimpulse aus dem Rückenmark und vom Großhirn her zu. So wird zum Beispiel allein durch passives Bewegen der Gelenke (und damit der Muskulatur) die Atmung beschleunigt. Die Impulse hierfür werden über Nervenbahnen, die Gelenke und Muskeln mit dem Großhirn verbinden, an die Atemzentren abgezweigt. Auch gefühlsmäßige Erregungen wie Trauer, Schmerz, Freude, Niedergeschlagenheit und Ängste beeinflussen die Atemzentren. Nervenfasern, die Impulse vom Großhirn heranführen, sind dafür verantwortlich.

Im Zustand der Bewußtlosigkeit findet dank der Atemzentren eine ausreichende Sauerstoffversorgung des Körpers statt. Die Atmung weist dann eine Eigenrhythmik auf. Unbewußte seelische Vorgänge können ebenfalls einen großen Einfluß auf das Atmen ausüben.

Auswirkungen der Atmung auf Körper, Geist und Seele

Ohne den energiespendenden Atemstrom hat keine Körperzelle eine Überlebenschance. Ver-

ringert sich der Sauerstoffgehalt der Atemluft drastisch, wie es bei Rauchvergiftungen der Fall ist, so treten sofort schwere Vergiftungserscheinungen auf, die vom Absterben einer bestimmten Anzahl von Körperzellen begleitet sind. Von der Dauer der Raucheinwirkung und den rasch einsetzenden Hilfsmaßnahmen mit Sauerstoffbeatmung hängt es ab, wie hoch die unwiederbringlichen Verluste sind.
Bei einem leichten, aber über Jahre bestehenden Sauerstoffmangel im Blut, wie er bei vielen Herz- und Lungenkrankheiten vorkommt, verlieren die Körperzellen ebenfalls unmerklich ihr Leistungsvermögen. Eine Verkürzung der Lebenszeit ist die Folge. Bei Rauchern ist die Sauerstoffanreicherung des Blutes etwa um 10 Prozent geringer als bei Nichtrauchern. Der Raucher hat also weniger Spielraum und weniger Sicherheit beispielsweise beim Herzinfarkt, da der geringe Blutsauerstoffgehalt die Körperzellen nicht so lange vor dem Sauerstoffmangel infolge eingeschränkter Durchblutung schützen kann. Gleichzeitig ist bei leichtem Sauerstoffmangel das allgemeine Leistungsvermögen herabgesetzt. Eine natürliche und entspannte Atmung fördert nicht nur über die direkte Sauerstoffversorgung die Lebensvorgänge, sondern diese werden auch durch die rein mechanisch-muskuläre Druckarbeit, die die Atmung darstellt, gefördert.
Das rhythmische Ausdehnen und Zusammenziehen der Lungen während der Atmung beeinflußt auch stark das Fließen aller Körperflüssigkeiten wie Blut, Lymphe und Gewebswasser und ist für deren richtige Durchmischung verantwortlich. So hängen die Entgiftungsfunktionen von Niere, Leber, Darm, Haut und Schweißdrüsen von der ausreichenden Durchströmung mit sauerstoffreichem Blut und dem schnellen Abtransport des verbrauchten Blutes ab. Die rhythmischen Bewegungen der gesamten Atemmuskulatur, besonders des Zwerchfells und der Bauchmuskeln, regen auch die Verdauungsarbeit an, indem sie den Darmblutkreislauf fördern und die Durchmischbewegungen des Darmes durch eine Art Massage unterstützen.
Ein ausreichend tiefes Ein- und Ausatmen ist auch für den Lungenkreislauf von großer Bedeutung, da die Lunge bei der Ausschaltung von Viren und Bakterien Abwehraufgaben besitzt. Diese werden in der Lunge durch besondere Freßzellen unschädlich gemacht. Diese Freßzellen sind nach Erfüllung ihrer Aufgabe selbst vollbeladen mit den Schädlingen und deren Giften und müssen deshalb rasch ausgeschieden werden.
Richtiges Atmen fördert die Beweglichkeit der Wirbelsäule und richtet sie auf. Beim Einatmen wird der Brustkorb angehoben, die Wirbelsäule wird gestreckt und das Becken kippt leicht nach unten und nach hinten. Bei der Ausatmung wird der Rücken ein wenig gekrümmt, das Becken kippt nach vorne oben und der Brustkorb senkt sich. Bei der Einatmung haben wir gleichzeitig einen Druckabfall im Brustraum – so kann frische Atemluft einströmen – und im Bauchraum, wenn wir richtig atmen. Dieser Druckabfall hat eine Sogwirkung auf das vom Herzen kommende sauerstoffreiche Blut und auf das von den Gliedmaßen und Organen kommende verbrauchte Blut. Dieser unterstützt so den Blutstrom und sorgt für die notwendige Durchmischung. Bei der Ausatmung erhöht sich entsprechend der Druck im Brust- und Bauchraum, so wird das Blut in Richtung Herz, Gliedmaßen und Organe gepreßt. Die bei körperlicher Arbeit anfallenden Säuren werden ebenfalls rasch abgeatmet. Auf diese Weise wird der Körper innerhalb weniger Minuten von Schlacken befreit, während die Ausscheidung von Schlackstoffen über die Nieren sich oft über Tage hinzieht.
Aufgrund der Sauerstoffempfindlichkeit des Nervensystems und besonders des Großhirns läßt sich sagen: Je besser die Atmung, desto besser die geistige Leistungsfähigkeit. Unsere Gedächtnisfunktionen, die Wahrnehmungsfähigkeit, die geistige Wachheit und Beweglichkeit, Interesse, Ausdauer und Konzentration sind direkt beeinflußbar durch eine natürliche und entspannte Atmung.
Seelische Krankheiten führen nach einer gewissen Zeit zu körperlichen Leiden. Umgekehrt beeinflussen ein schlechter Gesundheitszustand und körperliche Gebrechen die seelische Befindlichkeit. *»Mir bleibt die Luft weg«* oder *»Es verschlägt mir die Sprache«* sind Beispiele

für Reaktionen des Atemsystems. In beiden Fällen hält man unwillkürlich die Luft an als Antwort auf einen Schreck. *»Mir bleibt die Wut im Halse stecken«* ist ebenfalls ein gutes Beispiel für die Vielfältigkeit von gefühlsmäßigen Reaktionen, wobei es hier unbewußt zum Stocken des Atems kommt, weil man vielleicht selbst Angst vor der Heftigkeit der eigenen Gefühle hat.

Was bedeutet ein *unterdrückter Schrei?* Doch nichts anderes als den Atem anhalten und Gefühle unterdrücken. Der Anpassungsdruck an die modernen Lebensgewohnheiten und der Leistungsdruck im Alltagsleben einer modernen Industriegesellschaft unterstützen die Verdrängung von Gefühlen und gefühlsbetonten Körperhandlungen. Zunehmende Automatisation verhindert ein körperliches Abreagieren von seelischen Belastungen und ist verantwortlich für die heutige Bewegungsarmut. Alle Spannung bleibt im Körper gefangen und wird zurückgehalten. Unsere Seele kann sich nicht mehr Luft machen, die Gefühle verkümmern und unsere Atmung verändert sich krankhaft. Nach B. K. S. Iyengar, Yogalehrer, Philosoph und Schriftsteller, befreit eine natürliche Atmung den Geist aus dem Klammergriff des Körpers, schärft den Verstand, läutert das Selbst und führt zu vollkommenem Bewußtsein.

Atemvorgang

Die Atemübungspositionen können nach Belieben gewechselt werden. Daher ist man auch nicht so gebunden und kann im fortgeschrittenen Stadium praktisch auch im Stehen während des Spaziergehens üben. Bei der richtigen Körperhaltung gilt es einige Grundsätze zu beachten, die sich durch die Bauweise des Atemapparates ergeben und sich auch durch die Art und Weise, wie der Atemvorgang abläuft, erklären lassen.

Der Atemvorgang ist im wesentlichen die Ausdehnung der Lungen im Bereich des Brustkorbs von oben nach unten und seitlich, entsprechend also die Bewegung der Zwerchfellkuppen von oben nach unten. Das Zwerchfell besteht aus Muskeln, die hinten an den Wirbelkörpern, an den unteren Rippen und vorne am Brustbein und Schwertfortsatz (Brustbeinspitze) befestigt sind. Es flacht sich bei der Einatmung ab und erlaubt so den Lungen die Ausdehnung nach unten. Bei der Ausatmung wölbt es sich nach oben in den Brustkorb hinein und preßt auf diese Weise die Luft aus den Lungen. Das Zwerchfell trennt den Inhalt des Rumpfes in zwei Hälften, in den Brust- und in den Bauchraum. Bei der Einatmung wandert das Zwerchfell nach unten und drängt den Bauchinhalt – rechts Leber, links Milz und Magen sowie der gesamte Darm – nach unten in den Unterbauch. Bei der Einatmung sollte sich folgerichtig die Bauchdecke leicht vorwölben, um den Eingeweiden Platz zu machen. Bei der Ausatmung sollte sich die Bauchdecke senken und ein wenig einziehen. Auf diese Weise wird der Bauchinhalt Richtung Brustkorb verschoben, unterstützt so die Wölbung der Zwerchfellkuppen nach oben und somit das Herauspressen der verbrauchten Luft.

Die Hauptbewegungsrichtung bei der Atmung ist die Körper-Senkrechte. Die Ausweitung des Brustkorbs zur Seite und nach vorne ist an die gute Beweglichkeit der Rippen gebunden, die mit Gelenken an den Wirbelkörpern aufgehängt sind. Die Bewegungen des Brustkorbs werden durch die Atemhilfsmuskeln ermöglicht. Zu diesen zählen die Muskeln des Halses, des Nackens, der Brust- und Lendenwirbelsäule, die Zwischenrippenmuskeln und die Bauchmuskeln. Im Zusammenspiel mit dem Zwerchfell vollzieht sich der Atemvorgang, der dann empfindlich gestört werden kann, wenn sich der Zustand des Bindegewebes und der Haut im Bereich des Rumpfes krankhaft verändert hat. Fehlt der Haut die Elastizität und ist das Bindegewebe als Zwischenschicht zwischen Muskulatur und Haut durch Ablagerung von Schlackstoffen und Giften verhärtet, treten Schmerzen bei allen Bewegungen des Brustkorbs auf. Die ausreichende Öffnung des Brustkorbs wird insgesamt behindert.

Ist die Muskulatur der Atemhilfsmuskeln selbst mit Stoffwechselschlacken belastet, dadurch verhärtet und vielleicht sogar mit fast steinharten Knoten, sogenannten Myogelosen, durchsetzt, führt jeder Atemzug zu Schmerzen; unwillkürlich wird die Atmung flach. Der Körper wird nicht mehr ausreichend mit Sauerstoff versorgt, ein Mangel an Energie stellt sich ein und die Schlackstoffe und Gifte sammeln sich immer reichlicher im Bindegewebe und der Muskulatur an: ein tödlicher, das Leben erheblich verkürzender Kreislauf.

Atemübungen

Die ausführliche Darstellung der Atemvorgänge und der Auswirkungen des Atmens auf den ganzen Menschen in seiner Körper-Seele-Geist-Einheit sollte Ihnen die Wichtigkeit dieses Lebensvorganges eindringlich vor Augen führen. Lernprozesse vollziehen sich im Leben immer unter Einschaltung des Verstandes und Wissen bedeutet Stärke. Erinnern Sie sich an die Sätze von B. K. S. Iyengar und beginnen Sie mit Neugier mit den Atemübungen.

Vorbereitung

- Beginnen Sie mit den eigentlichen Atemübungen, wenn Sie sich dafür innerlich vorbereitet haben.
- Vergewissern Sie sich, indem Sie aufmerksam in sich hineinhorchen, ob Sie mit innerlicher Überzeugung an die Übungen herangehen und ohne Zweifel und Vorurteile sind.
- Sie sollten neugierig und offen gegenüber neuen Erfahrungen und Erkenntnissen sein.
- Haben Sie den Willen zur Veränderung und sind Sie bereit, sich zu bewegen und dazuzulernen?
- Haben Sie das Gefühl, neben Ihren anderen Verpflichtungen noch freie Zeit zur Verfügung zu haben?
- Vor Übungsbeginn müssen Sie sich ganz klar entschieden haben und Sie müssen sich immer wieder sagen: Ich habe jetzt mindestens 15 Minuten täglich Zeit für diese Atemübungen.
- Am besten wäre es, wenn Sie morgens etwas früher aufstehen würden, um gleich zu Tagesbeginn Ihre Übungen zu machen.
- Üben Sie nur immer dann, wenn Sie sich frei von Hektik und Streß fühlen, erfahrungsgemäß ist das in den frühen Morgenstunden der Fall.
- Üben Sie nur aus Freude.
- Üben Sie auch nur, wenn Sie sich körperlich wohl fühlen.
- Ist ihr Magen leer und fühlen Sie sich frei, sich zu bewegen?
- Wenn Sie üben, sollten Sie Herr Ihres Denkens sein und sich geistig frisch fühlen.
- *»Ich bin konzentriert, wach und ausdauerhaft bei den Atemübungen«* sollte sich als Vorsatz fest in Ihrem Inneren verankern, damit Sie letztlich zum gewünschten Ziel kommen.
- Den Vorsatz *»Ich habe Geduld«* sollten Sie immer dann wieder neu fassen, wenn Sie aufgeben möchten, weil das Ziel noch weit vor Ihnen liegt.

Wo übt man am besten?

Suchen Sie sich einen Platz zum Üben aus, wo Sie sich wohl fühlen. Atemübungen sind nicht mit einer Meditation zu verwechseln. Richtiges Atmen soll Sie befähigen, voll Energie die Anforderungen des Lebens und seine Prüfungen zu meistern. Sie brauchen Ruhe und Abgeschiedenheit, um zu Ihrem eigenen Atemrhythmus zu finden und die energiespendende Kraft des Atems zu erleben. Ihr Verstand muß klar sein, um die Vorgänge während des Übens aufmerksam zu verfolgen und den Lernvorgang steuern zu können. Natürlich können Sie auch im Freien üben.

Wann und wie oft soll man üben?

Wenn Sie sich gut und unbelastet fühlen, nützen Sie die Zeit für Atemübungen. Sie können sich so oft zum Üben zurückziehen, wie Sie dazu in der Lage sind. Der Erfolg wird sich um so rascher einstellen, je eifriger und regelmäßiger Sie üben. Jeder von Ihnen hat seinen eigenen Rhythmus; es empfiehlt sich, danach zu leben. Überlegen Sie, wann Sie am ungestörtesten sind und zu welchem Zeitpunkt Störungen von außen eher selten sind. Schaffen Sie sich ihre Freiräume und beginnen Sie den Tag früher, als Sie es bisher taten, um vielleicht auch die Frische der Morgenluft möglichst in sich aufzunehmen. Nehmen Sie sich wenigstens einmal am Tag 15 Minuten Zeit.

Übungsstellungen

Wenn Sie ihrem Ziel, natürlich und entspannt zu atmen, näher gekommen sind und die wohltuende Wirkung erfahren haben, werden Sie selbst sicherlich viele Gelegenheiten nützen, um sich durch eine kurze Atemübung zu erfrischen.

Liegen: Die liegende Übungsstellung ist vor allem für den Anfänger vorteilhaft. Auch für gebrechliche, ältere Menschen wird diese Stellung am ehesten durchzuhalten sein und eine größtmögliche Entspannung gewährleisten.
Legen Sie sich flach auf eine ausgebreitete Dekke. Heben Sie den Oberkörper durch Unterlegen von Kissen leicht an und stützen Sie den Kopf mit einem weiteren Kissen ab. Sind Ihre Knie steif, legen Sie Kissen unter die Kniekehlen. Wenn Sie Probleme mit Ihren Hüften haben, heben Sie die Oberschenkel an und beugen Sie sie in den Hüften ab, indem Sie beispielsweise Kissen unter die Unterschenkel packen oder die Unterschenkel auf einem Hocker hochlagern.
Fällt es Ihnen schwer, die Beine aufgrund von Verspannungen ruhig zu halten, beschweren Sie die Oberschenkel durch Auflegen von geeigneten Gewichten. Diese dürfen Sie natürlich nicht drücken oder unangenehm belasten. Wickeln Sie diese z. B. in Tücher ein.

Sitzen: Atemübungen sind ein wesentlicher Bestandteil bei Yoga. Hierbei gibt es auch eine ganze Reihe verschiedener Sitzpositionen, die jedoch für den Spätanfänger schwer zu erlernen sind. Jedermann soll in der Lage sein, sich schnell auf die Atemübungen einstimmen zu können. Dazu seien einige einfache sitzende Stellungen empfohlen, die auch ständig gewechselt werden können, je nach Tagesform.
Setzen Sie sich auf einen Stuhl oder Hocker nach Art der Pharaonen. Ihre Oberschenkel sollen in voller Länge auf der Sitzfläche ruhen, um so die Rumpf- und Beckenmuskeln zu entlasten und zu unterstützen. Die Unterschenkel stehen im rechten Winkel zu den Oberschenkeln und die Fußsohlen haben guten Bodenkontakt. Ihr Rumpf ist lang und gerade, die Arme liegen locker auf den Oberschenkeln mit den Handinnenflächen nach oben. Halten Sie Ihren Rücken frei und lassen Sie Luft zwischen ihm und der Stuhllehne.
Setzen Sie sich umgekehrt auf einen Stuhl, indem Sie die Beine parallel durch die Lücke zwischen Sitzfläche und Rückenlehne schieben und nehmen Sie dieselbe Haltung ein wie oben beschrieben. Nun umfassen Sie mit beiden Händen locker die Stuhllehne, stellen dabei die Daumen auf und stützen sie an der Lehne ab. Zwischen Ober- und Unterarm muß ein rechter Winkel entstanden sein.

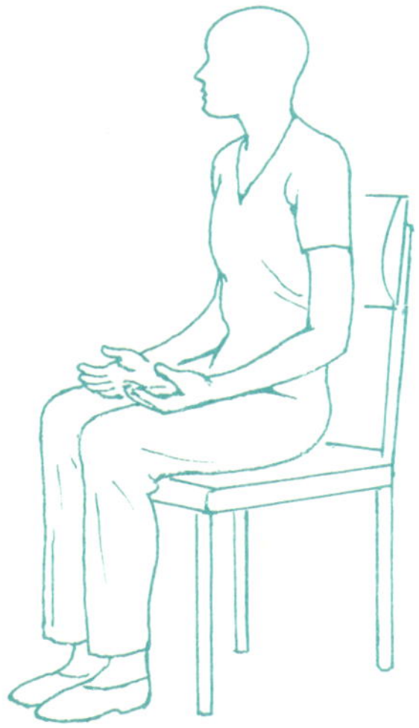

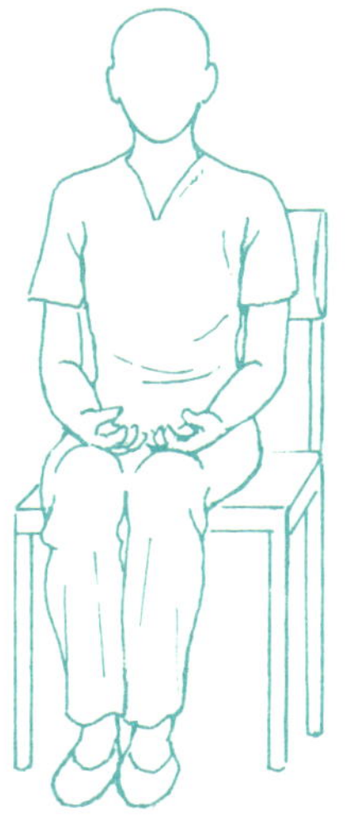

Knien Sie sich hin, strecken Sie die Füße, bis sie flach auf dem Boden liegen und lassen Sie ihr Gesäß auf den Fersen zum Ruhen kommen. Der Oberkörper wird aufrecht gehalten und die Arme ruhen locker auf den Oberschenkeln mit den Handinnenflächen nach oben. Wenn Sie noch gelenkiger sind, können Sie diese Stellung variieren, indem Sie die Fersen auseinandernehmen und das Gesäß so auf dem Boden sinken lassen.
Auch der Schneidersitz ist eine geeignete Sitzposition für Gelenkige. Die Arme ruhen auch hier locker auf den Oberschenkeln mit den Handinnenflächen nach oben. Anfangs kann man den Rücken leicht an einer Wand abstützen.

Stehen: Fällt Ihnen sowohl das Liegen als auch das Sitzen schwer, bleibt Ihnen noch die Möglichkeit, im Stehen zu üben. Achten Sie aber darauf, Ihre Knie ganz leicht gebeugt zu halten und sie dabei etwas nach vorne zu schieben, um so das Körpergewicht elastischer ausbalancieren zu können. Lassen Sie Ihre Arme locker seitlich herabhängen und berühren Sie mit den Handinnenflächen leicht die Außenseiten Ihrer Oberschenkel. Ihre Beine können Sie auch leicht nach außen drehen; Sie können sich auch ein wenig breitbeinig hinstellen, wenn Sie aufgrund von Hüftleiden so bequemer stehen.
Wenn Sie sich den Atemvorgang durch den Kopf gehen lassen, werden Sie sicher überlegen, wie Sie ohne fremde Hilfe richtig atmen lernen können. Eine wesentliche Voraussetzung dafür ist die Körperhaltung beim Üben. Doch müssen Sie auch Ihre Vorstellungskraft entwickeln, um das Atmen körperlich, geistig und seelisch erleben und erfahren zu können.

Körperhaltung

Im Liegen:

- Beginnen Sie die Übung, indem Sie sich mit angezogenen Knien auf den Boden setzen.
- Lassen Sie den Rücken Wirbel für Wirbel langsam zu Boden gleiten.
- Legen Sie Ihre Arme leicht vom Körper abgewinkelt auf den Boden mit den geöffneten Handinnenflächen nach oben.
- Strecken Sie zuerst ein Bein langsam aus, dann das andere.
- Wenn es Ihnen möglich ist, legen Sie Knie,

Die Atmung

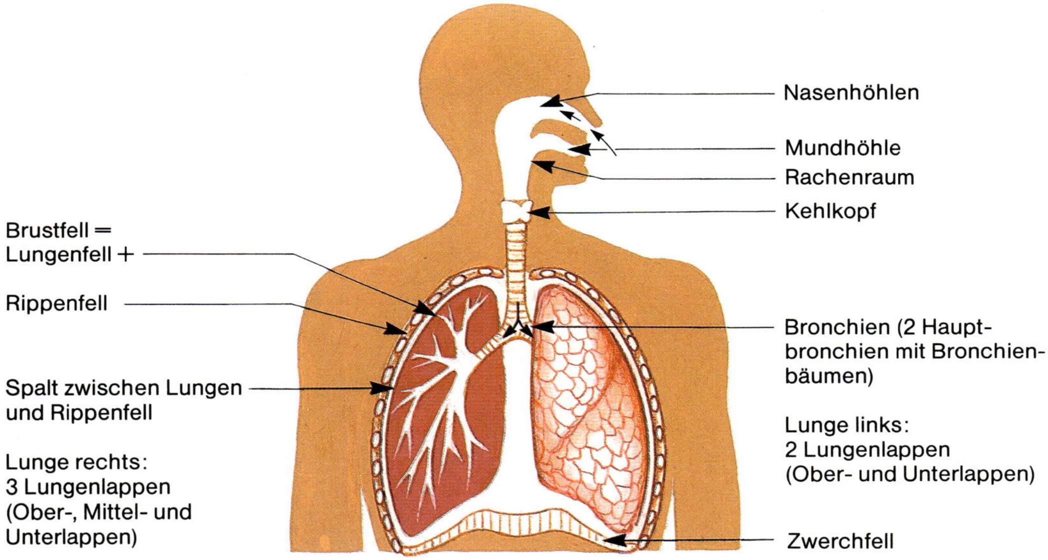

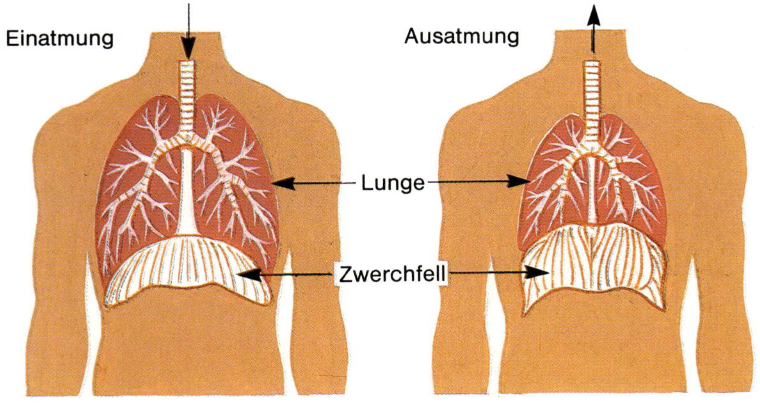

Bei der Einatmung wird das Brustfell erweitert: die Lunge dehnt, die Rippen heben und das Zwerchfell senkt sich; bei der Ausatmung erfolgt der Vorgang umgekehrt

Beim autogenen Training unterscheidet man drei gleichwertige Grundhaltungen: eine im Liegen und zwei im Sitzen. Bei der Lehnstuhlhaltung (Bild links) *wird der Rücken bequem an den Stuhl angelehnt, die Unterarme liegen locker auf der Armlehne, wobei die Ellenbogen stumpf angewinkelt sind. Die Füße stehen mit vollen Sohlen auf dem Fußboden; dabei sind die Fußspitzen leicht nach außen gewinkelt.*

Wenn kein Lehnstuhl zur Verfügung steht, das Üben des autogenen Trainings aber im Sitzen bevorzugt wird, bietet sich die Droschkenkutscherhaltung an (Bild rechts).

Fußknöchel und Fersen aneinander oder scheren Sie die Beine leicht auseinander.
- Schließen Sie die Augen und stellen Sie sich eine gerade Linie vor, die in der Mitte der Stirn beginnt, über den Nasenrücken, die Mitte der Lippen und die Kinnspitze zur Brustbeinspitze verläuft und von dort weiter über den Nabel, die Mitte des Schambeins und durch die aneinandergelegten Knie, Fußknöchel und die Fersen zieht.
- Richten Sie Ihren Körper entlang dieser gedachten Linie gerade aus. Nehmen Sie auch ruhig Ihre Hände zu Hilfe, um die Stellung des Kopfes, der Schultern und des Beckens nachempfinden zu können.
- Lassen Sie dann die Füße locker nach außen kippen. Dabei entfernen sich Knie und Fersen gering voneinander.

Im Sitzen auf dem Stuhl:
- Oberkörper, Oberschenkel und Unterschenkel stehen jeweils in einem Winkel von 90 Grad zueinander.
- Schließen Sie die Augen und stellen Sie sich eine gerade Linie vor, die in der Mitte der Stirn beginnt, über den Nasenrücken, die Mitte der Lippen und die Kinnspitze zur Brustbeinspitze verläuft und von dort weiter über den Nabel, die Mitte des Schambeins und durch die aneinandergelegten Knie, Fußknöchel und die Fersen zieht.
- Richten Sie Ihren Körper entlang dieser gedachten Linie gerade aus. Nehmen Sie auch ruhig Ihre Hände zu Hilfe, um die Stellung des Kopfes, der Schultern und des Beckens nachempfinden zu können.
- Lassen Sie nun den Kopf mit der Kinnspitze Richtung Brustbein herabsinken und bleiben Sie im Nacken locker.

Im Sitzen auf den Fersen:
- Knien Sie sich auf den Boden; eine Decke als Unterlage ist möglich.
- Unter- und Oberschenkel bilden einen Winkel von 90 Grad, Oberschenkel und Rumpf stehen senkrecht und die Füße sind gestreckt.
- Wenn möglich, pressen Sie zuerst die Beine aneinander und lassen Sie so Knie, Fußknöchel und Fersen sich berühren.
- Schließen Sie die Augen und stellen Sie sich eine gerade Linie vor, die in der Mitte der Stirn beginnt, über den Nasenrücken, die Mitte der Lippen und die Kinnspitze zur Brustbeinspitze verläuft und von dort weiter über den Nabel, die Mitte des Schambeins und durch die aneinandergelegten Knie, Fußknöchel und die Fersen zieht.
- Richten Sie ihren Körper entlang dieser gedachten Linie gerade aus. Nehmen Sie auch ruhig Ihre Hände zu Hilfe, um die Stellung des Kopfes, der Schultern und des Beckens nachempfinden zu können.
- Lassen Sie langsam ihr Gesäß in Richtung Fersen sinken, wobei gleichzeitig die aneinandergepreßten Fersen leicht auseinanderweichen und setzen Sie sich auf Ihre Fersen.
- Halten Sie den Oberkörper aufrecht.
- Lassen Sie nun den Kopf mit der Kinnspitze in Richtung Brustbein herabsinken und bleiben Sie im Nacken locker.
- Legen Sie Ihre Arme locker auf ihre Oberschenkel mit den geöffneten Handflächen nach oben.
- Bleiben Sie locker. Halten Sie Ihre Schultern genau seitlich der Wirbelsäule. Überprüfen Sie dies gegebenenfalls nochmal durch Kontrolle durch die tastenden Hände.

Im Sitzen zwischen den geöffneten Unterschenkeln:
- Im Unterschied zum Sitzen auf den Fersen lassen Sie während des Herabgleitens des Gesäßes die Unterschenkel sich öffnen und kommen so mit dem Gesäß auf dem Boden zum Sitzen. Die Füße zeigen nach außen.

Im Schneidersitz:
- Achten Sie hier besonders auf die Stellung des Beckens. Becken waagrecht. Überprüfen Sie dies mit den Händen.
- Beide Kniespitzen bilden zusammen eine gedachte waagrechte Linie.
- Arme ruhen locker auf den Innenseiten der Oberschenkel mit den geöffneten Handflächen nach oben.

Das Atmen mit allen Sinnen erfahren

Grundübung

Diese Grundübung soll Sie aufmerksam machen für den Vorgang des Atmens, Sie sollen sich auch an die richtige Körperhaltung beim Atmen gewöhnen. Die Dauer dieser Grundübung hängt ganz allein von Ihnen ab. Sie sind frei und nur sich selbst verpflichtet. Üben Sie jedoch mit Ausdauer.

- Nehmen Sie die Stellung Ihrer Wahl ein, richten Sie Ihren Körper entlang der gedachten Geraden aus und schließen Sie die Augen.
- Atmen Sie durch die Nase.
- Richten Sie den Blick Ihrer Augen sozusagen nach innen. Versuchen Sie sich Ihre Körperhaltung vorzustellen, um zu sehen, was während des Atmens vor sich geht.
- Stellen Sie sich den Atemstrom vor und sehen Sie, wie er über Nase, Schlund und dann über die verzweigten Äste der Bronchien zu den Lungenbläschen strömt, wie er alle Winkel ausfüllt und belebt.
- Stellen Sie sich vor, wie sich der Brustkorb hebt und öffnet, sich senkt und sich wieder verschmälert und wie die Bauchdecken sich einmal nach außen vorwölben, um anschließend wieder einzusinken.
- Beobachten Sie die Wirbelsäule, wie sie sich während des Einatmens streckt und ganz lang wird und sehen Sie mit Ihrem geistigen Auge gleichzeitig ihre Taille ganz schmal werden.
- Seien Sie ganz locker in den Hüften und beobachten Sie, wie diese der Atembewegung folgen. Halten Sie die Augen weiter geschlossen.
- Atmen Sie ruhig und gleichmäßig, lassen Sie sich beatmen.
- Lassen Sie Ihren Verstand über allem wachen, seien Sie hellwach und atmen Sie so im gleichmäßigen Rhythmus.
- Üben Sie aus Freude und aus Ihrer freien Entscheidung heraus.

Wie fühlen Sie sich jetzt nach dieser Übung? Erleben Sie, wie Freude aufkommt über diese neue Erfahrung? Wenn Sie mit Fleiß weitermachen, werden Sie allein schon durch diese erste Übung gestärkt, locker, energievoll und ermutigt sein. Wenn Sie sich in der Lage fühlen und neugierig sind, gehen Sie jetzt zur nächsten Übung. Erinnern Sie sich? Um richtig atmen zu lernen, benötigen Sie all Ihre Sinne und Ihren Verstand.

Übung: Hören und langsam ausatmen

- Nehmen Sie die Stellung Ihrer Wahl ein, schließen Sie die Augen, seien Sie locker und aufmerksam und atmen Sie durch die Nase.
- Wiederholen Sie erst kurze Zeit die Grundübung. Atmen Sie ruhig und gleichmäßig. Sehen Sie sich atmen!
- Beginnen Sie nun in sich hineinzuhören und lauschen Sie auf die Atemtöne.
- Hören Sie den leisen Zischlaut beim Einatmen und den gedämpfteren Ton beim Ausatmen, ähnlich dem Rauschen der Bäume, wenn der Wind durch den Wald streicht?
- Lassen Sie sich von der Atemmusik ergreifen und lockern Sie sich.
- Halten Sie Ihren Verstand wach und aufmerksam.
- Atmen Sie jetzt ruhig aus, bis die Lungen sich leer anfühlen und erleben Sie, wie die Bauchdecken dabei einsinken.
- Atmen Sie ruhig und gleichmäßig ein, bis sich der Atemstrom im ganzen Brustraum ausgebreitet hat und erleben Sie, wie sich dabei die Bauchdecken leicht und entspannt vorwölben.
- Beim nächsten Ausatmen verfolgen Sie aufmerksam und gespannt mit wachem Verstand und hellwachen Ohren, wie die Atemluft langsam und gleichmäßig aus den Lungen entweicht und eine innere Leere entsteht.
- Atmen Sie wieder ruhig durch die Nase ein als Vorbereitung für die nächste Ausatmung.
- Nehmen Sie sich jedesmal mehr Zeit beim Ausatmen und erleben Sie mit all Ihren Sinnen diesen Vorgang, der durch das Zusammenspiel so vieler einzelner Muskeln diesen leise rauschenden Atemstrom erzeugt. Halten Sie zur Kontrolle Ihren Verstand hellwach, lernen und erfahren Sie mit Freude, wie gleichmäßig, rhythmisch und langsam sie den Atemstrom zu steuern vermögen.

Wenn Sie die Übung beenden wollen, kehren Sie noch für einen kurzen Augenblick zur ersten Grundübung zurück und öffnen dann langsam die Augen. Erleben Sie diesen Moment bewußt und beobachten Sie jede Veränderung. Wie fühlen Sie sich? Was hat sich verändert? Achten Sie auch auf ihre Stimmung. Langsames und tiefes Ausatmen bringt Ruhe und Entspannung für Körper, Geist und Seele und entlastet besonders Herz und Kreislauf. Wenn Sie erfolgreich sein wollen, müssen Sie mit hellem Verstand, Geduld und Ausdauer stetig ihr Ziel verfolgen. Denken Sie daran, Sie tun es für sich. Jahrelange falsche Angewohnheiten verlangen Zeit, bis man sie erst einmal erkennt und sie dann auch wieder ablegen kann. Dabei verursacht jede Veränderung – und sei es zum Guten hin – Schmerzen und erfordert oft einen großen Aufwand an Energie. Mit jedem Atemzug führen wir dem Körper wichtige Energien zu. Ob der Sauerstoff allein die einzige in der Atemluft enthaltene Energieform ist, oder ob es noch so etwas wie eine kosmische Energie gibt, kann heute noch nicht beantwortet werden.

Übung: Einatmung als Energiequelle

- Nehmen Sie die Übungsstelle Ihrer Wahl ein.
- Schließen Sie die Augen und stellen sich eine gerade Linie vor, die in der Mitte der Stirn beginnt, über den Nasenrücken, die Mitte der Lippen und die Kinnspitze zur Brustbeinspitze verläuft und von dort weiter über den Nabel, die Mitte des Schambeins und durch die aneinandergelegten Knie, Fußknöchel und die Fersen zieht.
- Richten Sie Ihren Körper entlang dieser gedachten Linie gerade aus. Nehmen Sie auch ruhig Ihre Hände zu Hilfe, um die Stellung des Kopfes, der Schultern und des Beckens nachempfinden zu können.
- Atmen Sie wie bei der Grundübung gleichmäßig und ruhig, sehen Sie sich atmen und verfolgen den Atemstrom, indem Sie ihren Blick nach innen richten.
- Erleben Sie die Grundübung mit dem Gefühl: *Es atmet mich.*

Diese Vorstellung wird Ihnen helfen, sich zu entspannen und leicht und locker zu atmen.

- Atmen Sie jetzt ruhig aus, bis die Lungen leer sind.
- Lassen Sie dann die frische Luft einströmen und kontrollieren Sie mit wachem Verstand, wie ein kräftiger Atemstrom mit zischendem Laut durch die Nase eintritt, den Rachen und Schlund durchströmend dann die feinverästelten Bronchien hinabzieht und wie die Lungen sich aufblähen. Erleben Sie, wie sich Brustkorb und Bauchdecken heben und wie sich die Wirbelsäule streckt und lang wird.
- Atmen Sie ruhig aus und erleben Sie dann bewußt und mit allen Sinnen, wie Sie tief, gleichmäßig, ruhig und locker einatmen. Wiederholen Sie diesen Zyklus, solange Sie Freude daran finden.
- Beenden Sie die Übung, indem sie zur Grundübung zurückkehren, und öffnen Sie dann langsam die Augen.

Was hat sich verändert? Wie fühlen Sie sich körperlich? Ist Ihr Geist erfrischt und fühlen Sie sich seelisch ausgeglichen? Fühlen Sie sich sicher und gelingt es Ihnen, gleichmäßig, ruhig und rhythmisch zu atmen? Können Sie die beiden Übungen *Hören und langsam ausatmen* und *Einatmung als Energiequelle* miteinander verbinden?
Erinnern Sie sich immer wieder daran, Ihre Vorstellungskraft zu entwickeln, indem Sie sich atmen sehen und hören und indem Sie mit dem Blick nach innen dem Lauf des Atemstroms folgen!

Übung: Tiefes Einatmen und langsames Ausatmen

- Nehmen Sie die Übungsstelle Ihrer Wahl ein, wobei Sitzen oder Stehen tiefes Ein- und Ausatmen erleichtert.
- Schließen Sie die Augen und stellen Sie sich eine gerade Linie vor, die in der Mitte der Stirn beginnt, über den Nasenrücken, die Mitte der Lippen und die Kinnspitze zur Brustbeinspitze verläuft und von dort weiter über den Nabel, die Mitte des Schambeins und durch die aneinandergelegten Knie, Fußknöchel und die Fersen zieht.
- Richten Sie Ihren Körper entlang dieser gedachten Linie gerade aus. Nehmen Sie auch

ruhig Ihre Hände zu Hilfe, um die Stellung des Kopfes, der Schultern und des Beckens nachempfinden zu können.

- Atmen Sie langsam, gleichmäßig und tief aus. Lassen Sie sich vom Ton des Atemstroms leiten und seien sie ganz locker. Erleben Sie, wie die Luft entweicht und die Lungen sich leeren.
- Gehen Sie mit wachem Verstand und in Gedanken dem Verlauf der Atemwege nach und bemerken Sie jede Verspannung.
- Atmen Sie langsam, gleichmäßig und tief ein. Lenken Sie jetzt bewußt und kraft Ihrer Vorstellung Ihren Atemstrom in verspannte Körpergegenden.
- Halten Sie Stirn, Augen und die Muskeln um den Mund locker. Lassen Sie den Mund sich leicht öffnen. Ihre Zunge liegt schwebend, locker und frei in der Mundhöhle. Nacken, Hals, Schlund und Kehlkopf fühlen sich leicht an und sind locker. Mit der Kinnspitze Richtung Brustbein sinkt der Kopf frei herab und fühlt sich schwerelos an. Schultern sind breit und stehen genau seitlich der Wirbelsäule. Der Brustkorb hebt, senkt, verengt und weitet sich frei und unbeschwert. Rücken, Taille und Hüften sind entspannt und bewegen sich leicht im Rhythmus der Atmung. Die Bauchdecken heben und senken sich mühelos und sind locker. Die Arme sind unbeteiligt und ruhen mit den Handflächen nach oben auf den Schenkeln, auf dem Boden oder sind an den Stuhllehnen lokker abgestützt. Beine und Füße sind entspannt.
- Reihen Sie Aus- und Einatmen zyklisch aneinander und erleben Sie den Wechsel von einer Atemrichtung zur anderen als eine einheitliche und runde Bewegungsfolge.
- Stellen Sie sich einen Flußbagger vor: Immer im gleichen Rhythmus und rundumlaufend tauchen die kleinen Schaufeln ins Wasser ein, tauchen beladen wieder auf, entladen sich und tauchen wieder ein.

Bei der Übung *Tiefes Einatmen und langsames Ausatmen* sollen Sie sich zum Ziel setzen, die Ein- und Ausatmungsphasen immer mehr zu verlängern. Bleiben Sie dabei jedoch vollkommen locker und vor allem im Bauch- und Brustbereich entspannt. Lassen Sie sich von den Atemgeräuschen mittragen, Sie werden zu einer gleichmäßigen und natürlichen Atmung finden.
Folgen Sie immer mit wachen Sinnen den Atembewegungen und sehen und hören Sie, wie Sie beatmet werden. Diese Vorstellung *»Es atmet mich«* hilft Ihnen locker zu bleiben und rückt Sie in die wichtige Position des Beobachters. Nur so ist der Erfolg sicher und wird sich bei eifrigem Üben auch einstellen.

Übung: Inneres und äußeres Luftanhalten
Beherrschen Sie alle vorhergehenden Übungen, können Sie noch folgende Übung für Fortgeschrittene erlernen. Falsches Atmen kann zu Krankheiten führen. Üben Sie deshalb Schritt für Schritt und üben Sie mit Geduld.
Inneres Luftanhalten bedeutet, die Luft bewußt nach der Einatmung noch länger in der Lunge zurückzuhalten. Äußeres Luftanhalten bedeutet einen Atemstillstand nach einer tiefen Ausatmung.

Äußeres Luftanhalten: Nehmen Sie die Stellung Ihrer Wahl ein und achten Sie auf die Körperhaltung. Seien Sie locker und entspannt. Beginnen Sie mit der ersten Grundübung und gehen Sie dann zur Übung *Tiefes Einatmen und langsames Ausatmen* über.
Beginnen Sie jetzt mit dem äußeren Luftanhalten. Erleben Sie, wie beim Ausatmen der Atemstrom immer schwächer wird, der Atemton immer leiser und wie langsam eine vollkommene Stille eintritt. Richten Sie Ihren Blick nach innen, lauschen Sie und fühlen Sie sich frei und losgelöst. Lassen sie dann das Zwerchfell sich wieder entspannen und atmen Sie tief ein. Wiederholen Sie diesen Zyklus mehrmals.

Inneres Luftanhalten: Beginnen Sie das innere Luftanhalten, indem Sie langsam und tief ausatmen und anschließend gleichmäßig und tief wieder einatmen. Lassen Sie sich von dem zischenden Ton beim Einatmen leiten und tragen. Richten Sie Ihren Blick nach innen und erleben Sie, wie sich die Lungen mit Luft füllen und wie sie in alle Winkel der Lunge eindringt und so dem Blut den lebensnotwendigen Sauerstoff zuführt. Erleben Sie, wie es langsam ruhiger wird und der Strom der Atemluft zum Stillstand kommt. Genießen Sie die Ruhe und fühlen Sie sich völlig losgelöst. Stellen Sie sich vor, wie mit Sauerstoff angereichertes Blut in Ihren Kopf strömt, den Geist erfrischt und den Verstand schärft. Erleben Sie mit, wie das Blut die Lungenbläschen durchströmt, den Sauerstoff aufnimmt und den Körper belebt. Stellen Sie sich vor: *Mein Körper ist ganz warm und entspannt, mein Denken ist frei und der Geist ist losgelöst.* Atmen Sie langsam und tief aus und üben Sie diesen Zyklus mehrmals.

Wer kann an diesem Übungsprogramm teilnehmen?

Die Antwort ist einfach: Jeder. Wenn Sie die einzelnen Anweisungen zu den Übungen befolgen, kann es zu keinen Zwischenfällen kommen. Und wenn Sie sich an die Gedanken zur Vorbereitung der Übungen erinnern, sollten Sie nur aus freiem Entschluß und überzeugend die Übungen beginnen. Besser ist es, den Beginn zu verschieben, bis man sich ganz sicher ist.

Auch Menschen mit hohem Blutdruck und Herzschwäche können diese Übungen uneingeschränkt ausführen, wenn sie die Formeln *»Seien Sie ganz locker und entspannt und üben Sie mit Freude und mühelos«* immer im Kopf behalten.

Üben Sie mit wachem Verstand und steuern Sie alle Vorgänge, bleiben Sie entspannt und lokker. Diese Formeln sollen Sie davor bewahren, sich unkontrolliert zu belasten, sich zu verkrampfen und helfen so, Schaden zu vermeiden, der bei unkontrolliertem Atmen entstehen kann. Atmen Sie natürlich und entspannt.

Die Alexandermethode

Die Alexandermethode (entwickelt hat sie der 1955 verstorbene Engländer F.M. Alexander) ist eine ganzheitliche Methode, die den Menschen in seiner Einheit von Körper, Geist und Seele zu stärken vermag. Deswegen kann die Alexandermethode für sich allein und im Verbund mit anderen natürlichen Methoden bei allen Krankheiten entweder als Heilmethode oder als Unterstützung und Stärkung angewendet werden. Insbesondere bei den vielen Haltungsschäden der Wirbelsäule empfiehlt sich diese Methode. Wirbelsäulenveränderungen ziehen oft schwere gesundheitliche Schäden für viele Organsysteme nach sich, sie beeinträchtigen die Leistungen des Gehirns und sie stellen eine große seelische Belastung dar. Auch können Haltungsschäden selbst Ausdruck für Organstörungen und seelische Erkrankungen sein. Man kann diese Störungen oft über eine Haltungskorrektur mit der Alexandermethode günstig beeinflussen. So sprechen beispielsweise Krankheiten wie Asthma, Migräne, Magenleiden, Darmerkrankungen, Verdauungsstörungen, Unterleibserkrankungen, Ohr- und Sehstörungen, Leber- und Milzerkrankungen, Konzentrations- und Durchblutungsstörungen, Herz-Kreislauferkrankungen, Neurosen (Anpassungsstörungen an das Leben in der Gesellschaft und in der Familie) und Depressionen gut auf sie an.

Die wichtigsten Haltungsfehler

Kopf gesenkt: Wenn Sie einmal in einer Fußgängerzone oder auch von Ihrem Fenster aus Menschen beim Gehen beobachten, werden Sie leicht feststellen, wie gehetzt alle wirken, wie wenig Freude aus ihren Gesichtzügen abzulesen ist, wie eingeschränkt sie sich bewegen und vor allem wie sehr viele den Kopf nach unten gesenkt halten.

Durch das Kopfsenken kommt es zu einer andauernden Anspannung im Nacken mit einer Verhärtung der Nackenmuskulatur. Allmählich setzt sich dieser Verkrampfungszustand über den ganzen Rücken fort. Ein zunehmender Rundrücken ist die Folge.

Durch diese Wirbelsäulenkrümmung kommt es zu ständigen Reizungen der das Rückenmark am Rücken verlassenden Nerven, die die Haut des Rückens, seine Muskeln und die darunterliegenden Organe nervlich versorgen und so für deren normale Funktion verantwortlich sind. Umgekehrt können Störungen der von diesen Rückenmarksnerven versorgten Körperteile auch Schäden an den versorgenden Nerven selbst bewirken und so zu Haltungsveränderungen führen. Seelisch überwiegt bei dieser Kopfhaltung mehr die Ängstlichkeit, es kommt zu Depressionen und Versagenszuständen. Auch Neurosen führen oft zu dieser Fehlhaltung.

Kopf nach hinten überstreckt: Auch die gegenteilige Haltung des Kopfes, nämlich ihn zu sehr in den Nacken ziehen, kann man häufig beobachten. Verbunden ist diese Fehlhaltung des Kopfes meist mit einem ausgeprägten Hohlkreuz. Insgesamt führt diese Kopfstrekkung zu starken Verspannungen der Gesichtsmuskulatur, der Halsmuskeln, der Schulter- und Armbereiche, zu Atem- und Herzstörungen sowie – durch das Hohlkreuz bedingt – auch zu krampfartiger Beckenmuskelanspannung mit den vielfältigen Störungen des Unterleibs. Der seelische Zustand entspricht oft dem von krankhaftem Ehrgeiz mit Emporstrebenwollen, wobei man ständig wachsam sein muß, alles hören und sehen muß, um ja keinen Fehler zu machen. Es überwiegt Hektik und Rastlosigkeit.

Den Kopf nach vorne schieben: Immer eilige Menschen möchten schon lange vor Erreichen des Ziels dort angekommen sein, sie haben keine Geduld und haben auch nie Zeit. Sie können nicht geduldig ausharren und in sich ruhen, sie müssen immer vorne dran sein. So schieben sie den Kopf nach vorne und verursachen dadurch vorwiegend eine Beeinträchtigung der Atmung, eine Einschränkung der Kieferbewegungen und eine ständige Anspannung in ihrem Gesicht, die ihnen das Lachen vertreibt, da es Schmerzen verursachen würde.

Den Kopf nach hinten ziehen: Strammstehen mit herausgedrückter Brust, mit weit nach hinten geschobenem Kopf und dabei die Luft anhalten sind ein und dasselbe und führen zu Atemstörungen, zur Beeinträchtigung der Schilddrüsenfunktion, des Herzens, der Stimme und zu Verkrampfungen entlang der gesamten Wirbelsäule mit weit um sich greifenden organischen Störungen.

Stocksteif und überstreckt oder vornübergebeugt und klein: Diese Haltungsfehler sind meist das Endresultat aus einer Reihe von Fehlentwicklungen im körperlichen, geistigen und seelischen Bereich des betroffenen Menschen. Meist beginnt die Störung im Kopfbereich mit einer Kopffehlhaltung und erstreckt sich nach mehr oder weniger langer Zeit über die ganze Wirbelsäule. Schwere gesundheitliche Schäden am Körper, im geistigen und seelischen Bereich haben diese Fehlhaltung bewirkt oder können die Folge sein.

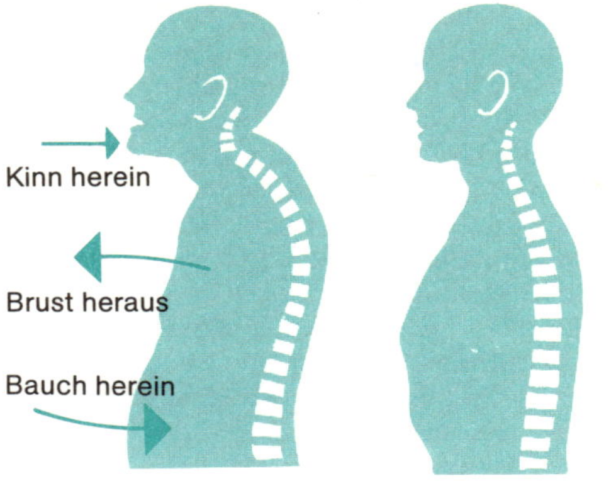

Richtig-korrigierte Haltung

Die vier Befehle

Die oben beschriebenen Haltungsfehler lassen sich mit einfachen Übungen dauerhaft korrigieren ohne Benützung von Hilfsmitteln. Allein vier Befehle genügen, um sich die Idealhaltung bei jedem Schritt und Tritt zu erhalten. Um möglichst rasch die vier Befehle zur Gewohnheit werden zu lassen und sie sich ins Unterbewußtsein einzuprägen, bedarf es anfangs etwa einer Übungszeit von mindestens 10 Minuten, besser von 2mal 10 Minuten.

1. Rücken lang

Dieser Befehl soll Ihnen helfen, Ihren Rücken zu strecken und sowohl ein verstärktes Hohlkreuz als auch eine übermäßige Krümmung der Brustwirbelsäule und der Halswirbelsäule auszugleichen. Sagen Sie sich immer wieder diese Formel oder diesen Befehl in dieser kurzen Form vor, wobei mit zunehmender Übung das Vorsagen durch das Darandenken ersetzt werden soll. Allein der gedankliche Vorsatz soll dann schon genügen, um bewußt diesen Befehl mit der entsprechenden Haltungskorrektur zu beantworten. Um Ihren Rücken zu strecken, brauchen Sie sich auch nicht vor den Spiegel zu stellen, sondern allein durch das Darandenken soll sich der Rücken automatisch strecken.

Wenn Sie anfangs regelmäßig üben, werden Sie rasch ein Erfolgserlebnis verzeichnen können. Üben Sie im Stehen, während des Spazierengehens, während des Sitzens, aber auch wenn Sie zum Einkaufen unterwegs sind und Gefahr laufen, aufgrund von schweren Einkauftaschen Ihren Rücken zu krümmen. Auch Haushalts- und Büroarbeiten verleiten oft dazu, den Rükken zu verkrümmen.
Besonders bei den Reinigungsarbeiten kann man seinen Rücken schonen, wenn man, statt sich zu bücken, beispielsweise nahe an einen aufzuhebenden Gegenstand herangeht und sich dann zum Aufheben mit einem Bein hinkniet, um mit ausgestreckten Armen den Gegenstand zu ergreifen. Oft hilft es auch, sich eventuell einen längeren Besenstiel anzuschaffen oder auch ausreichend lange Stiele für andere Haushalts- oder Gartengeräte. Wenn Sie am Tisch oder auch am Schreibtisch irgendwelche Arbeiten zu verrichten haben, ist es wichtig, sich die Arbeit oder das Arbeitsgerät möglichst nahe an den Körper heranzuholen, um den Rücken gerade und lang halten zu können und so die Belastung für die Wirbelsäule zu verringern.
Besonders für die Schulkinder ist das richtige Arbeitsgerät eine Voraussetzung für eine gesunde körperliche und geistige Entwicklung. Hier liegt leider sehr viel im argen. Die Schulbänke sind nicht den unterschiedlichen Körpergrößen der Kinder angepaßt. Daher verursachen sie sehr viele Haltungsschäden mit teilweise starker Beeinträchtigung der Konzentrations- und Merkfähigkeit, des Hör- und Sehvermögens sowie Beeinträchtigungen verschiedener Organfunktionen. Hier muß man sich mit allem Nachdruck für die Einführung höhenverstellbarer Schultische aussprechen. Außerdem sollte den Kindern mehr Auslauf durch längere Zwischenpausen und mehr Freizeit eingeräumt werden.
Wenn man Schwierigkeiten hat, kraft seiner Befehle seinen Rücken in die Länge zu ziehen, gibt es Hilfsvorstellungen, die die Fantasie anregen und mittels einleuchtender Beispiele den Befehl *Rücken lang* unterstützen.

Hilfsvorstellungen: Stellen Sie sich einen gekrümmten Draht vor, wie er von beiden Enden her in die Länge gezogen und begradigt wird. Wenn Sie sich nun den Befehl *Rücken lang* vorstellen und gleichzeitig mit dieser Hilfsvorstellung Ihre Fantasie anregen, indem Sie sich ausmalen, wie anstelle des Drahtes ihre Wirbelsäule langgezogen wird, werden Sie feststellen, wie leicht sich Ihr Rücken begradigt. Sie können sich aber auch mit einer anderen Vorstellung behelfen, indem Sie sich erinnern, wie ein Klaviersessel höhenverstellbar ist. Wenn man an einer Schraube dreht, geht die Sitzfläche langsam in die Höhe, vergleichbar der Wirbelsäule, wenn sie sich – ausgehend vom Bekken – langsam wieder in die Länge streckt. Denken Sie beim Üben intensiv an den Befehl *Rücken lang* und stellen Sie sich gleichzeitig anhand der Hilfsvorstellungen bildlich vor, wie sich die Wirbelsäule allmählich streckt.

Hilfsbewegungen: Stellen Sie sich gerade hin, schließen Sie die Augen und versuchen Sie sich Ihrer Haltung bewußt zu werden. Wandern Sie in Gedanken durch Ihren Körper hindurch und prägen Sie sich die Stellung des Beckens und des Rückens ein. Führen Sie dann langsam Ihre Arme über Ihren Kopf und strecken Sie sie weit nach oben. Bleiben Sie aber dabei mit beiden Fußsohlen fest auf dem Boden stehen. Beobachten und fühlen Sie jetzt genau, was sich in Ihrer Hüftgegend und an Ihrem Rücken verändert hat. Stellt sich das Gefühl ein, Ihre Hüften wären jetzt viel schmaler als vorher? Und fühlen Sie, wie Ihr Rücken langgezogen wurde?
Wenn Sie dies nicht gleich wahrnehmen können, gehen Sie nochmals zur Ausgangsstellung zurück und versuchen Sie es noch einmal.
Erleben Sie das *Hüftgefühl,* nämlich das Schmalsein der Hüften nach dem Strecken der Arme nach oben, und das Gefühl des langgezogenen Rückens. Sie sollten daraufhin unter Beibehaltung dieser Gefühle die Arme wieder herabnehmen und langsam gehen. Das Gehen vollzieht sich jetzt ganz leicht und der Gang wird wie ein Schweben erlebt.
Üben Sie regelmäßig und lassen Sie sich anfangs nicht allzu schnell entmutigen. Je nach Veranlagung dauert es beim einen länger, seine

Fantasie zu entwickeln, während es beim anderen auf Anhieb klappt und er sich vielleicht fragen wird, warum er selbst nicht daraufgekommen ist.

2. Kopf freischwebend waagrecht geradeaus
Wenn Sie diesen zweiten Befehl einüben wollen, beginnen Sie erst einmal, den Rücken lang zu machen durch Erinnerung an den ersten Befehl. Auf dieser langgezogenen Wirbelsäule sollte jetzt Ihr Kopf nahezu schwerelos wie auf der Spitze eines Spazierstockes waagrecht schweben und geradeaus blicken.

Kopf freischwebend waagrecht geradeaus lautet jetzt Ihr Befehl, den Sie sich anfangs vorsprechen, aber bei fortschreitend sich entwikkelter Vorstellungskraft nur noch vor Ihrem geistigen Auge geschrieben sehen sollten. Mit der richtigen Kopfhaltung beginnt dann die eigentliche Wirbelsäulenentspannung, außerdem werden sich auch die Gesichtsmuskeln jetzt zunehmend lockern. Versuchen Sie sich jetzt mit langem Rücken und waagrecht freischwebendem und geradeaus blickendem Kopf langsam fortschreitend zu bewegen. Achten Sie auf das Hüftgefühl und den schwebenden Gang. Bemerken Sie, wie leicht Ihr Kopf ist und wie befreiend sich das auch auf die Gesichts- und Schultermuskeln auswirkt?

Hilfestellungen: Auch hier bedarf es nicht eines Spiegels, um die richtige Kopfeinstellung zu finden. Hingegen gibt es Hilfsgriffe und Hilfestellungen, die dem Anfänger die richtige Kopfeinstellung erleichtern. Greifen Sie sich jeweils mit den drei mittleren Fingern jeder Hand an die Muskeln Ihres Nackens, die hinten längs der Halswirbelsäule vom Kopfansatz nach unten ziehen und die Sie als kräftige Wulste deutlich tasten können. Wenn Sie Ihren Kopf auf und ab bewegen, werden Sie bemerken, wie sich diese Muskeln einmal an- und dann wieder entspannen. In der Idealstellung des Kopfes, nämlich wenn er waagrecht wie auf einer Spazierstockspitze freischwebt und geradeaus blickt, sind diese Halsmuskeln am entspanntesten und fühlen sich weich an.
Haben Sie diese Kopfeinstellung erreicht, prägen Sie sich diese gut ein, indem Sie versuchen, das damit verbundene Schwerelosigkeitsgefühl im Gedächtnis zu speichern. Wiederholen Sie nun den ersten Befehl, um die Wirbelsäule aufzurichten. Nach Einstellen des Kopfes mit dem zweiten Befehl schreiten Sie nun langsam unter Beibehaltung aller neuen Gefühle im Raum umher. Um das Verrutschen des Kopfes in die alten Stellungen zu vermeiden, kann man sich noch eines weiteren Hilfsgriffs bedienen. Nach Einstellen des Kopfes preßt man eine Faust fest gegen das Brustbein, stellt den Daumen senkrecht hoch und setzt die Daumenspitze gerade unter das Kinn. So stützt der Daumen unmerklich den Kopf und verhindert das Verändern der idealen Kopfhaltung, da ja dabei auch das Kinn entweder sich von der Daumenspitze fortbewegen würde oder andererseits darauf drücken würde. Auch ein Vor- oder Zurückschieben des Kopfes würde mit dem Daumen als Fühler schnell bemerkt werden.
Achten Sie auch immer besonders sorgfältig auf das körperliche Gefühl, das sich mit der neuen Haltung verbindet. Versuchen Sie sich dies besonders einzuprägen, da nach längerer Übung sich dieses Körpergefühl allein nach Abrufen der entsprechenden Befehle automatisch einstellt. Unbewußt werden dann die durch die Befehle geforderten Haltungskorrekturen vollzogen.

3. Schultern breit
Ganz unbewußt verkrampfen sich viele Menschen im Schulterbereich. Sie ziehen die Schultern nach oben, nach vorne oder nach hinten, je nachdem, in welcher seelischen Verfassung sie sich befinden. *Schultern breit* meint einfach, die Schultern da zu lassen, wo sie hingehören. Für viele Bewegungen brauchen wir die Schultern gar nicht. So können wir den Arm heben, die Unterarme gebrauchen, den Kopf drehen, ohne dabei die Schultern mitbemühen zu müssen. Wenn Sie aber einmal die Menschen beobachten, werden Sie bemerken, wie selten die Schultern bei den verschiedensten Bewegungen an ihrem angestammten Platz bleiben und genau seitlich der Wirbelsäule ruhen.
Beginnen Sie die täglichen Übungen wieder mit den Befehlen *Rücken lang* und *Kopf waag-*

recht freischwebend und geradeaus und versuchen Sie dann, Ihre Schultern zu entspannen. Vergleichen Sie das körperliche Gefühl vor und nach der bewußten Entspannung des Schulterbereiches und prägen Sie sich dies gut ein.

Hilfestellungen: Setzen Sie sich auf einen Stuhl und korrigieren Sie Ihre Haltung mit den ersten zwei Befehlen. Lassen Sie dann Ihre Arme frei herunterhängen und geben Sie sich den dritten Befehl *Schultern breit.* Verfolgen Sie mit wachen Sinnen, wie sich die Schultern entspannen und achten Sie auf die dabei entstehenden körperlichen Gefühle.
Auch im Stehen können Sie durch eine Lockerung der Arme die Schultern breit einstellen. Beginnen Sie wiederum mit den ersten beiden Befehlen und lassen Sie dann im Stehen auf demselben Fleck Ihre beiden Arme locker vor- und zurückbaumeln. Lassen Sie dann die Arme sich auspendeln und geben Sie sich den Befehl *Schultern breit.* Beobachten Sie aufmerksam, wie sich die Schultern während des Auspendelns langsam entspannen und prägen Sie sich dieses angenehme Gefühl ein. Es soll gut in Ihrem Gedächtnis gespeichert werden, damit es sich später allein durch Aufrufen des entsprechenden Befehles ganz von selbst bei Ihnen einstellt, vorausgesetzt, Sie haben es vorher gründlich eingeübt.

Schultern breit und Arbeitshaltung: Wenn Sie mir bis hierher aufmerksam gefolgt sind, werden Sie meine Empfehlungen zur richtigen Arbeitshaltung jetzt vielleicht besser verstehen. Verziehen der Schultern in jede beliebige Stellung führt auch zu Fehlhaltungen der Wirbelsäule und des Kopfes und zu schweren gesundheitlichen Schäden. Je weiter beispielsweise die Schreibplatte, die Schreibmaschine, das Küchenbrett, die Registrierkasse oder jedes beliebige andere Arbeitsgerät vom Körper entfernt ist, um so mehr müssen die Arme vom Körper weggehalten werden, was sehr anstrengend ist und zu Abweichungen von der idealen Haltung *Schultern breit* und *Rücken lang* führt.

4. I-Gesicht
Das I-Gesicht ist identisch mit einem lächelnden Gesicht. Wenn man den Vokal I spricht oder singt, wird der Mund automatisch breit, weit und offen. Bei vielen Menschen ist gerade die Mundpartie stark verkrampft und zusammengekniffen. Es finden sich tiefe Furchen und Falten seitlich des Mundes als Ausdruck für eine innere Verkrampfung oder auch als Zeichen von Verzagtheit, Verschlossenheit, von Traurigkeit, Einsamkeit und Lebensüberdruß. Durch Auflösen dieser Gesichtsverkrampfung bringt man auch Bewegung und Lockerung im seelischen Bereich des Menschen zustande und öffnet so wieder den Sinn für die mehr vom Licht und der Wärme der Sonne erheiterten Seiten des Lebens. Lächelnd kann man sich vielen Schwierigkeiten eher entgegenstellen und sie auch überwinden. Mit lächelndem Gesicht bringt man auch die Menschen mehr auf seine Seite, als wenn man finster dreinblickend sowieso an nichts Gutes mehr glaubt und nur noch schwarz sieht.
Jetzt dürfen Sie sich vor den Spiegel stellen und sich anlachen, indem Sie den Vokal I in einer Ihnen angenehmen Tonlage singen oder vor sich hin summen. Dieses ist die schwerste Übung, da sich oft unerklärlicherweise die Seele sträubt, ihre trübe Stimmung aufzugeben, Heiterkeit und Licht hereinzulassen. Lächeln Sie so oft Sie können, es wird Ihnen sehr gut tun. Mit dem wiederkehrenden Lachen finden Sie auch wieder Ihr inneres Gleichgewicht, Ihre Gelöstheit und Gesundheit. Das Gefühl der Zufriedenheit wird sich dazugesellen.

Wie erreiche ich mein Ziel?

Jeder Mensch hat sich einmal in seinem Leben große Ziele gesteckt und hat vielleicht während seines Reifungsprozesses zum Erwachsenen diese Ziele aus den Augen verloren. Um ein glücklicher und zufriedener Mensch zu werden, sich auch weitgehend selbst zu verwirklichen, darf man seine Ziele jedoch nie vergessen. Eine schlechte Körperhaltung unterschiedlicher Ausprägung, wie einige davon hier beschrieben wurden, drückt oft deutlich aus, wie sich Menschen durch die Ereignisse des Lebens biegen und brechen lassen. Um hier wirklich Abhilfe zu schaffen, bedarf es erst einmal der Wiederherstellung des Willens und auch der geistigen Einstellung, die erst erarbeitet werden muß. Je bewußter der einzelne sein ganz persönliches Leben gestaltet, desto erfolgreicher wird er im Berufsleben und im Gemeinschaftsleben mit Familie und Freunden sich auch durchsetzen und selbst verwirklichen können. Hier bietet die Alexandermethode weitere Hilfen an, um zuerst die Etappen und dann das Endziel zu erreichen.

Signal »Halt«

In der allgemeinen Hektik der Zeit verrennen sich viele Menschen und jagen Zielen nach, die sie oft gar nicht selbst für sich definiert haben. Es gilt in vielen Fällen, dem Trend der Zeit zu folgen. Daraus leiten sich dann die momentanen Ziele ab. Unüberlegt will man vorne dabei sein und verliert sehr leicht seinen selbstkritischen Blick, ob es sich nun um Mode, um sportliche Trends, um Urlaubsziele, um die Freizeitgestaltung, um Kraftfahrzeuge, um berufliche oder auch um familiäre Belange handelt. Hier kann man vielen nur von Herzen das Signal »Halt« zurufen, um sie vor großen Irrtümern oder auch vor der Verschwendung von Geld und Zeit zu bewahren.

Haltmachen, zur Besinnung kommen und das eigene Innere erforschen und abklopfen bringt einen oft erst wieder auf den rechten Weg, es erleichtert die Orientierung in einer rasch voranschreitenden Zeit.

»Halt«, zuerst versuche ich mir über meine Absichten und Ziele klar zu werden, dann mache ich erst den ersten Schritt. So sollte der Vorsatz lauten, der vor jedem neuen Schritt in die Zukunft immer wieder aufs neue gefaßt werden muß. »Halt« soll auch helfen, verbissenem Kämpfen und Streben entgegenzuwirken, Eigenschaften, die selten Gutes nach sich ziehen. Vor allem wird bei starkem Hervortreten dieser Eigenschaften das unbeschwerte Lächeln rasch verlernt, damit schwindet aber auch die Fähigkeit, Menschen durch Freundlichkeit und Charme für sich zu gewinnen.

Frage »Wodurch?«

Wenn ich mich mit »Halt« selbst zurückgepfiffen habe, um Fehltritte zu vermeiden, so muß zwangsläufig nach der wohldurchdachten Abwägung eines jeden neuen Schrittes die Frage gestellt werden, wie und wodurch erreiche ich sicher mein gestecktes Ziel. Das »Wodurch« ist mindestens genauso wichtig wie »Halt«. Unüberlegte Vorgehensweisen können sehr viel Zeit und Kraft kosten und rücken das gesteckte Ziel meist in weite Ferne. Das Signal »Halt« und die Frage »Wodurch?« müssen auch bei allen kleinen und kleinsten Schritten beachtet werden, da bei diesen oft größere Übel ihren Anfang nehmen.

Nicht nur bei Lebensentscheidungen sollten uns »Halt« und »Wodurch?« vor Irrtümern bewahren, sondern auch bei ganz einfachen Verrichtungen des täglichen Lebens wie z. B. Schreiben, Haushalt erledigen, beim Überqueren einer Straße, beim Sitzen, beim Stehen, beim Spazierengehen und anderen Tätigkeiten. Hierbei verhindern das Signal »Halt« und die Frage »Wodurch?« falsche Körperhaltungen wie krummes Sitzen, vornübergebeugtes Gehen, verstärktes Hohlkreuz, Kopffehlhaltungen, Gesichts- und Nackenverspannungen und nicht zuletzt Verletzungen und Unfälle.

Formel: »Erst die Etappen, dann das Endziel«

Sei es nun auf der körperlichen oder auf der geistigen Ebene, immer gilt es vor dem Ziel Zwischenetappen zu bewältigen. Ich kann nicht über einen Graben springen, ohne auch den Schritt auf den Graben hin zu tun. Oder: Wenn ich Fahrradfahren möchte, muß ich erst auf das Fahrrad hinaufsteigen.

Wenn man zum Beispiel seine Berufskarriere plant, sollte man sich auch vorher gut überlegen, welche Schulausbildungen und Weiterbildungen für den erwünschten Beruf von Nutzen sein könnten. Oft ist es auch möglich, mit ungenügender Qualifikation an Stellen heranzukommen, die sich jedoch sehr bald als Überforderung herausstellen. Der berufliche Rückschlag ist dann meist um so größer, je höher man hinauf wollte. Hier wäre es dann ratsamer gewesen, erst das Soll der Zwischenetappen zu erfüllen, bevor man das Ziel zu erreichen versucht.

Gerade junge Leute streben in der heutigen

Zeit schon sehr früh hauptsächlich nach materiellen Gütern und opfern diesem Streben kostbare Zeit und auch einen Teil ihrer geistigen Ideale. Materielles ist sehr vergänglich, gerade in unserer modernen Gesellschaft. In übermäßiger Weise danach zu streben, verändert die Menschen nicht unbedingt zum Guten. Letztlich leidet der Körper als erster unter der übermäßigen Bürde, doch beginnen mit der körperlichen Erkrankung, die sich schon in einer Haltungsstörung ausdrücken kann, gleichzeitig die Seele und der Geist sich krankhaft zu verändern.

Ergänzende Kuren

Die Alexandermethode wird sehr gut durch die Atemübungen ergänzt. Auch das autogene Training verhilft zu einem besseren Selbstverständnis und unterstützt so die Absichten, die durch die Alexandertechnik verfolgt werden. Um auch eine Verbesserung der allgemeinen Organfunktionen zu erreichen sowie zur Unterstützung der Gesundung und Gesunderhaltung, sollte man sich mit der Methode der Fußreflexzonenbehandlung und mit den Kneippschen Wasseranwendungen vertraut machen. Nicht zuletzt hängt Gesundheit und eine aufrechte Haltung auch von einer lebendigen Ernährung ab. So wird sich für viele eine Ernährungsumstellung vorteilhaft auswirken, denn – Sie wissen es – unsere Nahrung kann unser bestes Heilmittel sein.

Teekuren mit Heilkräutern

Heilkräuter sind überwiegend wildwachsende Kräuter. Viele von ihnen werden zu Unrecht einfach als Unkraut abgetan. Der Bedarf an Heilkräutern steigt ständig, ein Ausdruck für die zunehmende Beliebtheit der Naturarzneien. Die große Nachfrage verlangt neue Methoden der Heilpflanzengewinnung. Die Natur der Heilpflanzen ist sehr unterschiedlich und deshalb sind dem Großanbau häufig Grenzen gesetzt. Manche Heilpflanzen eignen sich überhaupt nicht für den kulturellen Anbau. Wir sind deshalb darauf angewiesen, immer neue Heilpflanzenstandorte ausfindig zu machen. Der größte Teil der heute verwendeten Heilpflanzen stammt immer noch von wildwachsenden Kräutern.

Der Wirkstoffgehalt der Heilpflanzen hängt sehr stark vom Standort ab. Tages-, monats- und auch jahreszeitliche Unterschiede in ihrem Wirkstoffgehalt sind bekannt. Um die bestmögliche Wirkung durch Heilpflanzen zu erzielen, muß man sich daher mit den Eigenheiten jeder Pflanze auseinandersetzen. Dabei ist die Erntezeit und die anschließende Verarbeitung der Pflanzen von entscheidender Bedeutung. Auch die richtige Aufbewahrung der Kräuter will gelernt sein, da sie sonst durch eine unsachgemäße Lagerung viel von ihrer Wirkkraft einbüßen.

Über Heilkräuter gibt es ein großes Schrifttum. Wer daran interessiert ist, sich einen eigenen Kräutervorrat anzulegen, wird ausreichend sachkundige Hilfe in Form von Büchern finden. In unseren Breiten selbst Kräuter zu sammeln, wird mit Schwierigkeiten verbunden sein, da einmal der Bestand an wildwachsenden Kräutern stark zurückgegangen ist und zum anderen die Schadstoffbelastung laufend zunimmt. Heilfplanzen in den verschiedensten Zubereitungsformen kann man heute bequemer in den entsprechenden Reformhäusern, Kräuterversandhäusern, Bioläden, Drogerien, Apotheken und auch bei Kräutersammlern kaufen.

Man sollte bei seiner Bezugsquelle jedoch darauf achten, möglichst frische Kräuter zu erhalten. Durch die Lagerung gehen nämlich manche Wirkstoffe verloren. Einige sorgfältigst getrocknete und gut aufbewahrte Heilpflanzen enthalten hochwirksame biologische Wirkprinzipien, die sogar manchmal den Frischpflanzen überlegen sind. Grundsätzlich kann man jedoch die Heilpflanzen auch als frische Pflanzen gebrauchen und sich zum Beispiel durch Kauen von Blättern, Rinden, Wurzeln oder Stengeln direkt ihre Wirkstoffe zunutze machen.

Heilpflanzen vereinigen in sich meist eine große Zahl von Wirkstoffen und Wirkprinzipien zu einer gleichgerichteten, in der Pflanzeneinheit sich ergänzenden und verstärkenden Kraft. Durch die modernen analytischen Methoden der Wissenschaft sind heute viele der Inhaltsstoffe der Pflanzen erkannt worden. Im Laborexperiment versucht man die Wirkung jedes Inhaltsstoffes für sich allein zu erforschen. Man ist auch heute in der Lage, bestimmte pflanzliche Wirkstoffe künstlich her-

zustellen und kann damit auch bestimmte arzneiliche Wirkungen erreichen.
Die Arzneipflanze als ganzheitliches Wirkprinzip ist bisher unübertroffen. Seit Jahrtausenden werden Heilpflanzen daher erfolgreich angewendet. In den Heilkräutern sind alle lebenswichtigen und lebenserhaltenden Stoffe enthalten, die auch bei wiederholter Anwendung nichts von ihrer Wirkung einbüßen. Häufig entstehen erst durch die Verarbeitung der Heilpflanzen weitere hochwirksame Heilkräfte. Die Heilpflanzen sind reich an Nährstoffen, Mineralsalzen, Vitaminen, Spurenelementen, Säuren und Katalysatoren für den Stoffwechsel, enthalten darüber hinaus Stoffe mit hormonähnlichen Wirkprinzipien und Pflanzenhormone sowie Aromastoffe und ätherische Öle.
Jede lebendige Zelle, sei sie menschlichen, tierischen oder pflanzlichen Ursprungs, funktioniert nach ähnlichen Prinzipien. Auch der innere Aufbau der Zellen ist weitgehend der gleiche. So ist es naheliegend, sie zur Anregung, Krankheitsbekämpfung, Krankheitsvorbeugung oder allgemein zur Stärkung und Erneuerung der großen, aufbauenden, lebenserhaltenden und erneuernden Kräfte der Heilpflanzen zu bedienen. Da die Pflanzen einen schnelleren Generationswechsel vollziehen, auch sehr viel rascher wachsen, sich erneuern und fruchtbar werden, müssen der Pflanze entsprechende Kräfte innewohnen. Aufgrund der Ähnlichkeit der lebenden Zellen können wir uns ebenfalls dieser großen Kräfte bedienen, zu unserem körperlichen, geistigen und seelischen Heil.
Unser Körper unterliegt dauernden Veränderungen. Aufbauvorgänge und Abbauvorgänge finden ständig gleichzeitig nebeneinander statt. Einerseits werden so Betriebsstoffe benötigt, andererseits fallen aber auch Schlacken an, die für den Körper wertlos geworden sind, also ausgeschieden werden müssen. Die Ausscheidung der Schlacken findet durch die Nieren, den Darm, die Lunge und die Haut statt. Für alle diese Ausscheidungsvorgänge wird reichlich Flüssigkeit benötigt. Kräutertees liefern die nötigen Betriebsstoffe für den Organismus, regen aber auch die an der Schlackenausscheidung beteiligten Organe an und führen dem Körper noch Flüssigkeit zu. Heilkräutertees verbessern die Qualität des Trinkwassers, das durch die heutige Umweltbelastung auch zu den gefährdeten Lebensmitteln gehört. Heilkräutertees lassen sich einfach zubereiten und enthalten die Wirkstoffe in einer für den Körper leicht verwertbaren Form.

Die Zubereitung der Heilkräutertees

In vielen Heilpflanzen sind ätherische Öle enthalten, die sich rasch verflüchtigen und so bei unsachgemäßer Zubereitung verlorengehen. Wie wir jedoch oben gehört haben, gibt es eine Reihe weiterer sehr wirksamer Inhaltstoffe von weniger flüchtigem Charakter. Die Heilpflanzen entwickeln ihre ganzheitliche Kraft durch die Gesamtheit ihrer Wirkstoffe. Diese gilt es also zu erhalten, um in den vollen Genuß dieser gesundheitsfördenden und erneuernden Naturkräfte zu gelangen.
Machen Sie nicht den Fehler, die Wirkung eines Heilkräutertees nach seiner Farbe beurteilen zu wollen. Auch ganz helle, *blonde Tees* können von großer Wirksamkeit sein. Je frischer die Heilkräuter sind, desto stärker sind zumeist ihre heilsamen Kräfte. Dem muß die Zubereitungsform Rechnung tragen.

Kurzzeitüberbrühung

Diese Form der Teezubereitung wählt man besonders bei ganz frischen Pflanzen oder aber auch bei Teepulver aus getrockneten Pflanzenbestandteilen. Für die Kurzzeitüberbrühung eignen sich besonders die aromatischen Pflanzen. Hier kommt es vor allem auf die ätherischen Öle an, die sich rasch verflüchtigen und beim Kochen (z. B. als Wirkstoffe) verloren gehen würden.

- Man nehme soviel Tee, wie man zwischen den ersten drei Fingern halten kann, überbrühe den Tee mit ¼ Liter Wasser und lasse ihn zugedeckt nicht länger als eine Minute ziehen.
- Bei der Verwendung von Teepulver nehme man einen knapp gestrichenen Teelöffel und verfahre wie oben.
- Nach dem Ziehen rühre man noch einmal kurz um und seihe dann den Tee ab.

Minutenüberbrühung
Die Minutenüberbrühung kommt bei den meisten Heilpflanzen zur Anwendung. Hierbei gelangen nicht nur die rasch flüchtigen ätherischen Öle, die in Spuren bei fast allen Heilpflanzen vorkommen, in das Teewasser, sondern auch alle anderen Wirkstoffe. Diese Tees haben somit eine allgemein anregende und kräftigende Wirkung. Sie vereinigen die ganzheitlichen Kräfte der Heilpflanzen in sich und sind für den täglichen Gebrauch sehr zu empfehlen.

- Für eine Teetasse (¼ Liter) nimmt man wiederum eine Prise zwischen die ersten drei Finger, übergieße sie mit kochendem Wasser und lasse diesen Ansatz 3–5 Minuten zugedeckt ziehen. Man sollte jeden Heilpflanzentee immer nur bei bedeckter Teetasse ziehen lassen, um die rasch flüchtigen ätherischen Öle zurückzuhalten.
- Nach dem Ziehen rühre man um und seihe den Tee dann ab.

Rohkosttee, Kaltansatz
Für viele Erkrankungen der Schleimhäute sind die schleimspendenden Heilpflanzen sehr segensreich. Bei Entzündungen vor allem im Magen-Darmbereich schützen sie die empfindlichen Schleimhäute sowohl vor mechanischer Beanspruchung also auch vor Säuren. Sie wirken beruhigend, wundheilend und schmerzstillend. Schleimhaltige Pflanzen sind zum Beispiel Huflattich, Ringelblume, Eibisch, Isländisch Moos.
Die Schleimstoffe, auch Pektine genannt, bilden mit Wasser eine zähe, matt schimmernde Lösung. Neben den schon beschriebenen Wirkungen können diese Pektine auch Gifte an sich binden. Außerdem erfahren sie in den unteren Darmabschnitten eine Veränderung durch Bakterienenzyme, spalten dadurch Säuren ab und verhindern das Aufkeimen einer krankhaften Darmflora.

- Man nehme eine Prise der Schleimdroge, übergieße sie mit kaltem Wasser und lasse sie über Nacht ziehen. Morgens wird dieser Ansatz durchgeseiht und vorsichtig bis auf Trinktemperatur (nicht erhitzen) erwärmt. Den Kaltansatz kann man auch äußerlich zur Pflege von Wunden benützen oder auch als Badezusatz verwenden.

Die frischen Schleimdrogen wirken auch, wenn man sie roh gut durchkaut und so den Schleim gewinnt. Äpfel enthalten ebenfalls sehr viele Schleimstoffe; dies erklärt die hervorragende Wirkung einer Apfeldiät mit 1,5 kg Äpfel pro Tag.

Kalt-Warm-Ansatz
Wenn Sie sich einen Tee aus verschiedenen Kräutern und aus verschiedenen Kräuterbestandteilen zusammenstellen, können Sie mit dem Kalt-Warm-Ansatz alle Wirkstoffe ohne Verluste dem Tee entziehen.

- Geben Sie wiederum eine Prise Kräuter in eine Teetasse, gießen Sie mit kaltem Wasser auf und lassen Sie die Kräuter etwa 12 Stunden ziehen.
- Nach dem Ziehen nehmen Sie die Hälfte des Wassers ab, bewahren es aber auf, und kochen den übrigen Kaltansatz kurz auf. Geben Sie dann anschließend den abgegossenen Teil des Kaltansatzes wieder zum anderen Ansatz zurück und lassen Sie das Ganze etwa 3–5 Minuten zusammen ziehen.

Heißansatz
Besteht ein Teegemisch aus vielen verschiedenen Pflanzenteilen einschließlich Wurzeln, Rinden, Stengeln, Blättern, Blüten und auch Samen, wird ein Heißansatz helfen, alle Wirkstoffe möglichst schonend den Pflanzenteilen zu entziehen.

- Eine Prise des Pflanzengemisches wird mit kochendem Wasser überbrüht, zugedeckt und bis zum Erkalten stehengelassen. Zum Trinken wird der Tee nach dem Abseihen vorsichtig bis auf Trinktemperatur erwärmt.
- Schon nach 15 Minuten ist der Tee sehr gehaltreich und kann in dringenden Fälle dann bereits getrunken werden.

Heilkräuterkur

Eine Heilkräuterkur kann zu jeder Jahreszeit begonnen werden. Man sollte jedoch einige

Grundsätze beachten, um nicht – durch eigene Fehler bedingt – vergeblich auf den Erfolg warten zu müssen.

- Teekuren zur Stoffwechselanregung sind besonders wirksam in der Zeit von März bis September.
- Entschlackungskuren sollten Anfang März begonnen werden und bis Ende September beendet sein.
- Teekuren zur Gewichtsabnahme sind ebenfalls in der Zeit von Anfang März bis September erfolgreicher als zu anderen Zeiten.
- Durchblutungsfördernde Tees sollten in der Zeit von 15–3 Uhr getrunken werden.
- Große Mengen heißen Heilkräutertees sollten in der Zeit von 3–15 Uhr getrunken werden.
- In der Zeit von 3–15 Uhr verträgt man heiße Teezubereitungen am besten.
- Schweißtreibende Tees sollte man nur in der Zeit von 15–3 Uhr trinken.
- Eine Heilkräuterteekur muß mindestens 4 Wochen durchgeführt werden (mit 2–3 Tassen Tee pro Tag), kann aber auch bis zu 3 Monaten dauern.
- Eine Heilpflanze wendet man in der Regel nicht länger als 6 Wochen an, danach kann man die Kur mit einer anderen Pflanze fortsetzen.

Abführtees

Abführtees werden sehr gerne und sehr häufig verwendet. Aufgrund der heute weit verbreiteten Bewegungsarmut sowie durch Fehlernährung kommt es zu Verdauungsstörungen und Zuständen von Verstopfung. In diesem Zusammenhang muß man aber auch die weitverbreitete Medikamentensucht anführen, wobei es gerade im Darmbereich zu Störungen durch Arnzeimittel chemischer Art kommen kann.
Man unterscheidet zwei verschiedene Ursachen für eine Darmverstopfung. Entweder ist der Darm erschlafft und hat zu wenig Anregung oder die Darmmuskulatur ist krampfartig verspannt und ist so ebenfalls nicht in der Lage, die Verdauungsarbeit zu unterstützen. Daneben kommen als erschwerende Bedingungen noch Zustände von Darmschleimhautreizungen oder Entzündungen hinzu, die bei der Zusammenstellung oder Empfehlung eines Abführtees mitberücksichtigt werden müssen.

Bei Darmerschlaffung und Ausweitung

Sennesblätter: Sennesblätter wirken vor allem auf den Dickdarm, indem sie dessen Muskulatur stark zu Bewegungen anregen und gleichzeitig die Rückgewinnung von Flüssigkeit aus dem Darm hemmen. Die kontraktionsfördernde Wirkung der Sennesblätter auf die Muskulatur kann auch die Gebärmutter betreffen. Somit verbietet sich ihre Anwendung während der Schwangerschaft.

Rezept:

Sennesblätter (entharzte wirken milder, unwesentlich teurer)
Zitronen würfeln oder in Scheiben schneiden

Kaltansatz: Eine Handvoll Sennesblätter wird mit 2–3 gewürfelten oder in Scheiben geschnittenen Zitronen über Nacht in kaltem Wasser (etwa einem Liter) angesetzt und nach Abseihen und leichtem Erwärmen frühmorgens in der Zeit von 5–7 Uhr getrunken, jeweils 1 Tasse, mit Honig oder braunem Zucker gesüßt. Dieser Kaltansatz hat eine sehr kräftige Wirkung, und darf nicht lange angewendet werden. Bei gleichzeitiger Darmschleimhautentzündung verbietet sich dieses Rezept.

Rezept:

Sennesblätter
Kümmel (regt allgemein die Verdauungstätigkeit an, stärkt den Magen, regt die Darmmuskulatur an und wirkt gleichzeitig krampflösend)
Anis (wirkt krampflösend, verdauungsfördernd und verleiht einen angenehmen Geschmack)

Minutenüberbrühung: Mischen Sie die Kräuter im Verhältnis 2:1:1 und nehmen Sie eine Prise für eine Tasse, 3–5 Minuten ziehen lassen. Frühmorgens zwischen 5–7 Uhr 1 Tasse trinken.

Bei gering verkrampftem und trägem Darm

Pfefferminze: Wirkt stark krampflösend auf die Magen-Darm-Muskulatur, verdauungsfördernd und fäulniswidrig. Unterstützt die Besiedelung des Darms mit einer gesunden Darmflora. Bei Magen-Darmschleimhautentzündungen ist Vorsicht geboten, da die Schleimhäute gereizt werden.

Rezept:

Sennesblätter
Pfefferminze
Anis
Fenchel (wirkt mild abführend, leicht krampflösend, verdauungsfördernd, blähungstreibend und fäulniswidrig; verleiht einen angenehmen Geschmack)

Minutenüberbrühung: Mischen Sie die Kräuter im Verhältnis 1:1:1:1 und nehmen Sie eine Prise auf eine Teetasse (¼ Liter). Trinken Sie morgens und abends je 1 Tasse.

Bei schlaffem, leicht verkrampftem und entzündetem Darm

Gewürznelken: Wirken sowohl krampflösend als auch anregend auf die Darmmuskulatur. Sie regen die Verdauung an, wirken Gärungs- und Fäulnisprozessen entgegen – diese verändern die Darmflora und können so zu Verstopfung führen – und wirken auf die Schleimhäute beruhigend und schmerzlindernd.

Kamille: Wirkt krampflösend, verdauungsfördernd, schleimhautschützend und fäulniswidrig.

Rezept:

Sennesblätter
Fenchel
Gewürznelken
Kamille

Minutenüberbrühung: Mischen Sie 20 g Sennesblätter mit 35 g Fenchelfrüchten, 10 g Gewürznelken und 35 g Kamilleblüten zusammen. Nehmen Sie für eine Tasse eine Prise. Trinken Sie frühmorgens und nachmittags je 1 Tasse.

Faulbaum: Wird wegen seiner nur geringen Reizwirkung auf den Darm gerne verwendet. Zum Gebrauch kommt die Faulbaumrinde. Sie ist ein mildes Abführmittel.
Man nehme 20 g Faulbaumrinde, 10 g Gewürznelken, 30 g Anis und 40 g Kamille und mische diese Pflanzenteile. Für eine Tasse Tee nimmt man eine Prise, überbrüht sie mit heißem Wasser und läßt den Ansatz 10 Min. ziehen. Diesen Tee kann man kurmäßig 2mal täglich über längere Zeit trinken.

Rezept:

Faulbaumrinde
Gewürznelken
Anis
Kamille

Verstopfung mit Darmkrämpfen und Blähungen

Rezept:

Faulbaumrinde	20 g
Kümmel	30 g
Fenchel	40 g
Gewürznelken	10 g

Minutenüberbrühung: Mischen Sie die Pflanzenteile gut durch, geben Sie davon eine Prise in eine Teetasse und überbrühen Sie mit heißem Wasser, 5 Min. ziehen.

Rezept:

Faulbaumrinde	20 g
Kümmel	30 g
Anis	30 g
Pfefferminz	20 g

Minutenüberbrühung: 1 Prise auf eine Tasse, 5 Min. ziehen lassen. Davon 2–3mal täglich 1 Tasse.

Verstopfung mit Darmkrämpfen und Schleimhautentzündung

Rezept:

Faulbaumrinde	15 g
Gewürznelke	10 g
Kümmel	30 g
Kamille	45 g

Minutenüberbrühung: 1 Prise auf eine Tasse, heiß überbrühen und 5 Min. ziehen lassen. Täglich 2–3 Tassen täglich kurmäßig über Wochen bis Monate trinken.

Rezept:

Kümmel	20 g
Fenchel	20 g
Anis	20 g
Kamille	40 g

Minutenüberbrühung: 1–2 Teelöffel auf eine Tasse, heiß überbrühen und diesen Ansatz gut 5 Minuten ziehen lassen. 2–3 Tassen täglich über Wochen bis Monate.

Neben den Teekuren bei hartnäckiger Verstopfung sind natürlich auch Maßnahmen der *allgemeinen Lebensführung* mit zu beachten:

- Achten Sie auch auf ausreichende Bewegung und Entspannung.
- Eine natürliche und entspannte Atmung heilt alleine viele Darmprobleme.
- Führen Sie dem Körper ausreichende Flüssigkeitsmengen zu.
- Essen Sie reichlich faserreiche Lebensmittel wie Obst, Gemüse, Vollwertreis- und Getreideprodukte, Salate und nehmen Sie anstelle von Salz Küchengewürze.
- Bevorzugen Sie anstelle von Vollmilch- Sauermilchprodukte.

Blasen- und Nierentees

Bei Zuständen von langanhaltender Wassersucht unterschiedlicher Herkunft stellen pflanzliche harntreibende Mittel, auch Diuretika genannt, eine wirkliche Alternative zu den mit Nebenwirkungen belasteten chemischen Mitteln dar.
Auch bei Entzündungen im gesamten Bereich der Harnwege wie der Nieren, der Harnleiter, der Blase und der Harnröhre finden die harntreibenden Mittel große Beachtung. Die Wirkung der pflanzlichen Diuretika beruht auf dem Gehalt an verschiedenen, den Harnfluß anregenden Stoffen:

<u>Kaliumionen:</u> Werden rasch über die Nieren ausgeschieden, ohne dort zurück ins Blut geholt zu werden, wie dies z. B. mit Natrium geschieht.

<u>Vitamin C:</u> Wirkt ab 0,5 g/Tag harntreibend.

<u>Flavonoide:</u> Wirken allgemein entzündungshemmend und gefäßabdichtend sowie ödemausschwemmend.

<u>Ätherische Öle:</u> Wirken stark keimtötend, veranlassen durch eine Reizung der Nierenzellen eine vermehrte Harnausschüttung, werden selbst hauptsächlich über die Nieren ausgeschieden.

<u>Saponine:</u> Sind Stoffe, die mit Wasser stark schäumende, seifenähnliche Lösungen bilden; haben geringere harntreibende Wirkung.

Neben diesen speziellen Wirkungen veranlaßt auch die erhöhte Wasseraufnahme eine vermehrte Harnausscheidung. Geeignete Mineralwässer erhöhen ebenfalls alleine durch die Flüssigkeitsmenge den Harnfluß. Trinken allein von Leitungswasser empfiehlt sich nicht, die harntreibende Wirkung läßt rasch nach.
Tees haben heute die wichtige Funktion der Trinkwasserverbesserung, da sie durch ihren Reichtum an lebensnotwendigen Inhaltsstoffen zum einen das Trinkwasser mit Nährstoffen anreichern und zum anderen im Trinkwasser enthaltene Schadstoffe teilweise unschädlich machen können.

Wassertreibende Tees

Wacholderbeeren: Wacholderbeeren haben eine gute diuretische Wirkung. Sie sind reich an ätherischen Ölen.

Minutenüberbrühung: 10 Beeren zerstoßen, 5 Min. ziehen lassen, 2 Tassen pro Tag. Bei schweren Nierenfunktionsstörungen und Schwangerschaft nicht anwenden. Insgesamt nicht länger als 6 Wochen anwenden, dann mindestens 6 Wochen Pause.

Liebstöckel: Gedeiht gut in den Voralpen, wird aber schon seit Jahrhunderten in Kräutergärten gezogen. Verwendet werden alle Pflanzenteile, bevorzugt für die Harnanregung die getrocknete Wurzel, enthält ätherische Öle.

Minutenüberbrühung: 1 Teelöffel der zerkleinerten und zerstoßenen Wurzel auf 1 Tasse Tee, gut 5 Minuten ziehen lassen, 2–3 Tassen pro Tag.
Liebstöckel wirkt auch gut bei Wassersucht infolge von Herzleiden.

Petersiliefrüchte: Wirken kräftig diuretisch, führen eine verstärkte Durchblutung im kleinen Becken hervor und können Wehen auslösen. Enthalten ätherische Öle.

Minutenüberbrühung: 1 Teelöffel Früchte auf eine Tasse, 3–5 Min. ziehen lassen, 2–3 Tassen/Tag.
Vorsicht bei Schwangerschaften!

Hauhechelwurzel: Enthält Flavonoide, geringe Spuren von ätherischen Ölen sowie Saponine.

Minutenüberbrühung: 1 Teelöffel zerstoßene Wurzel auf eine Tasse, 5 Min. ziehen lassen, 2 Tassen pro Tag.
Die diurektische Wirkung ist beträchtlich. Es tritt jedoch eine rasche Gewöhnung auf. Verwenden Sie die Hauhechelwurzel nur höchstens eine Woche und legen Sie dann eine Pause von einer Woche oder länger ein.

Ackerschachtelhalm: Hat gute harntreibende Eigenschaften, enthält Flavonoide, reichlich Kieselsäure und gilt deshalb auch als gutes Gewebemittel und als Antirheumatikum.

Minutenüberbrühung: 1–2 Teelöffel pro Tasse des getrockneten Krauts überbrühen und 5 Minuten ziehen lassen, 3–5 Tassen täglich. Der Tee aus Ackerschachtelhalm ist gut verträglich und hat keine Nebenwirkungen. Deshalb kann man davon getrost mehr trinken als bei den übrigen Tees.
Der hohe Kieselsäuregehalt kräftigt das Bindegewebe und erhöht seine Widerstandsfähigkeit. Die Kieselsäure gewinnt man am besten durch mehrere Stunden langes Abkochen.

Birkenblätter: Enthalten Flavonoide, Saponine und ätherisches Öl. Schwache harntreibende Wirkung.

Minutenüberbrühung: Die getrockneten Blätter, 1 Teelöffel pro Tasse, kurz ziehen lassen, 2–4 Tassen pro Tag.
Birkenblätter finden auch Anwendung bei Rheuma, Gicht, Haut- und Haarkrankheiten und bei Alterserkrankungen mit Gefäßsklerose.

Löwenzahnblätter oder Wurzeln: Besitzen eine gute wassertreibende Kraft sowie hervorragende blutreinigende Eigenschaften, sie fördern die Austreibung von Nieren- und Gallensteinen.

Sekundenüberbrühung: Frische kleingewiegte Blätter, 1 Eßlöffel auf eine Tasse, überbrühen und eine halbe bis eine Minute ziehen lassen.
Minutenüberbrühung: Kleingehackte Wurzeln, 1 Teelöffel pro Tasse, 5–10 Minuten nach dem Überbrühen ziehen lassen.
Kalt-Warm-Ansatz: 3 Eßlöffel der insgesamt verwendeten und kleingewiegten Pflanze, wie anfangs beschrieben, ansetzen und 2–4 Tassen pro Tag trinken.
Wasserstoß: Zur Ausleitung von Harn- und Nierensteinen sowie von Grieß morgens nüchtern ein bis eineinhalb Liter Löwenzahntee innerhalb von 15–30 Minuten trinken.
Löwenzahnteee sollte kurmäßig mindestens 6 Wochen hintereinander mehrmals im Jahr angewendet werden, oder regelmäßig 1mal pro Woche in Form eines Wasserstoßes.

Entzündungswidrige und wassertreibende Tees

Goldrutenkraut: Enthält Flavonoide, Saponine, Gerbstoffe und ätherische Öle, es wirkt leistungssteigernd auf die Nieren, besonders bei akuten Erkrankungen.

Minutenüberbrühung: 1 Eßlöffel auf eine Tasse, 3–5 Min. ziehen lassen, 2–3 Tassen pro Tag. Bei allen akuten Entzündungen der Nieren und Blase wirkt das Goldrutenkraut entzündungshemmend, schmerzlindernd, keimtötend und entkrampfend. Verwenden Sie möglichst frisches Kraut. Es hat die stärkste Wirkung. Die Goldrute wächst in feuchten Wäldern, auf Heiden, und an Waldrändern. Sie fällt durch ihre schönen goldgelben Blüten auf.
Da der Goldrutenkrauttee sehr bitter schmeckt, sollte man ihn z. B. mit Wacholder mischen.

Bärentraubenblätter: Enthalten als Hauptwirkstoff Arbutin, das als keimtötendes Mittel im Harnwegsbereich gilt. Diese Wirkung kommt jedoch nur bei alkalischem Harn von etwa pH 8 zur Geltung. Weitere Wirkstoffe sind Flavonoide und Gerbstoffe. Die harntreibende Wirkung ist zu vernachlässigen.

Zubereitung: 1 Eßlöffel auf 2 Tassen, etwa ½ Stunde kochen. Das Arbutin löst sich nämlich nur sehr schwer aus den derben Blättern. 3 Tassen pro Tag. Der hohe Gerbstoffgehalt kann zu Magenreizungen führen, deshalb kommen auch häufig die Blätter der Preiselbeere, eine nahe Verwandte der Bärentraube, zur Verwendung. Der Gehalt an Arbutin beträgt etwa die Hälfte bis zwei Drittel. Man muß also eine entsprechend höhere Dosis berechnen.
Vorwiegend Blasenentzündungen lassen sich gut mit Bärentrauben- oder Preiselbeerblättertee behandeln. Bei einer frischen Blasenentzündung kommt es auch nicht auf den Durchspüleffekt an, der ja hier fehlt, sondern auf die keimtötende Wirkung. Im Gegenteil, ein reichliches Durchspülen reizt eine stark entzündete Blase noch mehr. Sie verlangt nach Ruhigstellung. Entzündete Harnwege verlangen danach, durchspült zu werden.

Bruchkraut: Enthält Saponine, Flavonoide und wenig ätherisches Öl. Das Bruchkraut ist bei uns sehr verbreitet und wächst auf Wegen und Äckern.
Das ganze Kraut kommt zur Anwendung. Es muß frisch verwendet werden, da beim Trocknen die Wirkung stark nachläßt. Das Bruchkraut hat eine starke krampflösende Wirkung

auf die Harnwege und ist deshalb eine gute Ergänzung zu den bisher aufgeführten Mitteln.

Minutenüberbrühung oder *Kaltansatz:* 1 Teelöffel auf eine Tasse, kurz oder 8–12 Stunden zugedeckt in kaltem Wasser ziehen lassen. Das Bruchkraut ist bisher noch zu wenig beachtet worden. Sein Vorteil ist: Es wächst bei uns in großer Zahl, so daß es immer gesammelt werden kann. Die starke krampflösende Wirkung ist bei allen Formen von frischen oder alten chronischen Nieren- oder Harnwegserkrankungen sehr segensreich.

Keimtötender Tee

Kapuzinerkresse: Sie ist in Südamerika heimisch, wurde zur Wundbehandlung verwendet. Sie enthält pflanzliche Antibiotika mit einem breiten Wirkspektrum. Bei uns ist sie bisher nur als Salat bekannt.
Der scharf schmeckende Stoff der Kapuzinerkresse ist für die antibiotische Wirkung verantwortlich.
Außer der antibiotischen Wirkung steigert sie die Abwehrkräfte des Körpers.

Sekundenüberbrühung: 1 Eßlöffel frische Blätter wird heiß überbrüht. Man läßt eine halbe bis eine Minute ziehen, 2–3 Tassen pro Tag.
Auch durch gutes Kauen der Blätter gewinnt man die antibiotischen Wirkstoffe. Die Kapuzinerkresse wirkt gut bei Erkrankungen der Bronchien und der Lungen. Meerrettich wirkt aufgrund von Planzenantibiotika ähnlich wie die Kresse. Bei empfindlichen Personen kann es zu Reizungen der Schleimhäute kommen. Bei Magen- und Darmgeschwüren ist deshalb Vorsicht geboten.

Nierenstein- und harnsteintreibende Tees

Die Nieren- und Harnsteinauflösung ist ein noch ungelöstes medizinisches Problem. Besser ist es in jedem Fall, es erst gar nicht soweit kommen zu lassen.
Die sehr seltenen Harnsäure- oder Uratsteine sind einer Steinauflösung zugänglich. Man muß wissen, daß die Harnsäure über den Urin ausgeschieden wird, wenn sich dessen Säuregrad ständig in einem schwach alkalischen Bereich zwischen pH 6–7 bewegt. Die optimale Harnsäureausscheidung findet bei pH 6–9 statt.

Die schwache Alkalisierung des Urins erreicht man durch Fruchtsäuren und deren Salze wie Natrium- und Kaliumcitrat. Bei pH über 7.0 besteht die Gefahr der Bildung von Calciumphosphatsteinen. Diese sind ebenso wie die häufigen Calciumoxalatsteine einer Steinauflösung nicht zugänglich. Hier bleibt nur der austreibende Wasserstoß oder die regelmäßige kräftige Spülung der Nieren- und Harnwege als einzige Möglichkeit.

Krapp (Färberröte): Enthält einen roten Farbstoff, Alizarin, der früher zum Einfärben von Kleiderstoffen benutzt wurde, deshalb der Name Färberröte.
Der rote Farbstoff geht in den Harn über und färbt diesen. Krapp macht den Harn ein wenig sauer und kann so die Bildung von Calciumphosphat- und Oxalatsteinen zumindest verzögern. Bei Steingemischen, die Magnesium enthalten, wird der Zerfall dieser Steine eingeleitet durch das Herauslösen der Magnesiumsalze.
Eine krampflösende Wirkung wird ebenfalls angenommen.

Minutenüberbrühung: 1 Teelöffel pro Tasse

des Pulvers der getrockneten Wurzel wird heiß überbrüht. 3–5 Minuten ziehen lassen.
Man trinke soviel Tee, bis sich der Harn deutlich rot färbt. Der Tee schmeckt nicht besonders gut. Es gibt aber auch Tabletten, die aus Krapptinktur und Extrakt hergestellt sind. Über Monate hinweg trinken! Neben dem Krapptee empfiehlt sich ein wöchentlicher Wasserstoß mit Löwenzahntee.
Zur Auflösung der Harnsäuresteine kann man über längere Zeit hinweg eine Kur mit täglich 6–10 ausgepreßten Zitronen versuchen. Dies bewirkt eine leichte Alkalisierung des Urins. Es gibt auch Fertigarzneimittel mt Fruchtsäuresalzen, die den gleichen Zweck wie die Zitronen erfüllen.
Bei Steinleiden kommen noch die Zwergpalme, das Heidekraut und die Khella, die schon von den Ägyptern dazu verwendet wurde, in Betracht. Zur kurmäßigen Behandlung bei allen Nieren-, Blasen- und Harnwegsleiden können Sie je nach Krankheitsbild die oben beschriebenen Heilpflanzen beliebig zusammenmischen.

Blutbildende Tees

Blutarmut, auch Anämie genannt, ist eine heute weit verbreitete Krankheit, die schleichend beginnt und daher oft verkannt wird. Die damit verbundenen Beschwerden werden fälschlicherweise häufig als witterungsbedingte oder als durch Streß hervorgerufene Wehwehchen abgetan.
Die Blutarmut kann viele Ursachen haben. Abgesehen von einer im Rahmen bösartiger Erkrankungen der blutbildenden Organe auftretenden Anämie oder einer als Folge anderer bösartiger Erkrankungen sich einstellenden Blutarmut können die übrigen Formen der Blutarmut durch blutbildende Heilpflanzen behandelt werden. Natürlich gilt es als erstes die Ursache der Blutarmut zu beseitigen, um so einen dauerhaften Erfolg verbuchen zu können.
Die Hauptursachen der Blutarmut liegen heute in den meisten Fällen an der weitverbreiteten Fehlernährung, die ja nicht die Folge eines Mangels an Lebensmitteln darstellt, rein mengenmäßig betrachtet, sondern auf einer fehlerhaften Zusammenstellung des Speisezettels beruht, oftmals verbunden mit einer schlechten Qualität.
Eine Fehlernährung zieht oft Erkrankungen der Verdauungsorgane nach sich, wobei es auch häufig zu einer Dysbiose kommt. Unter Dysbiose versteht man die Besiedelung des Darms mit krankmachenden Darmkeimen. Um die Nahrung richtig verwerten zu können, bedarf es einer Unzahl von richtigen, gesundheitsfördernden Darmbakterien. Das Zusammenleben mit den gesundheitserhaltenden Bakterien, sogenannte Symbiose, muß gezielt gepflegt werden.
Lebensmittel stellt man heute in Lebensmittelfabriken her. Die verwendeten Pflanzen-, Obst- und Gemüsesorten und auch die Tiergattungen zur Fleischherstellung werden nur nach dem Gesichtspunkt der damit zu erzielenden Gewinne herangezüchtet. Gesichtspunkte wie einfacher Anbau, Schnitt- und Transportfestigkeit, Aussehen, Verträglichkeit von Düngemitteln, Insekten- und Unkrautvernichtungsmitteln sowie schnelles Wachstum spielen die Hauptrolle bei der Züchtung. Auf Geschmack und biologische Vollwertigkeit wird bei den Lebensmittelfabrikanten weniger geachtet. Dazu kommt noch die hohe Belastung der Lebensmittel durch Tausende chemischer Stoffe, die sich allmählich in die Nahrungskette eingeschlichen haben. Alle diese Gründe sowie die Gedankenlosigkeit vieler Menschen können für die Blutarmut verantwortlich gemacht werden.
Die Gedankenlosigkeit macht auch bei den Ärzten nicht halt. Viele Medikamente, die oft ohne zwingende Notwendigkeit verschrieben werden, beeinträchtigen das Blut und die blutbildenden Organe. Als Beispiele sind viele Schmerzmittel und Antibiotika zu nennen, mit denen leider großer Mißbrauch getrieben wird.
Die blutbildenden Arzneipflanzen besitzen meist eine große, ganzkörperlich wirkende Kraft. Sie sind reich an Mineralstoffen, Eisen, Enzymen, Eiweißstoffen, Fettsäuren und Vitaminen. Vielfach sind sie gleichzeitig Stoffwechselmittel, Blutreinigungs- oder Entschlackungsmittel, steuern und regen Organfunktionen an, wirken verdauungsfördernd

und steigern allgemein die Entgiftungsfunktionen der Organe wie Leber, Lunge, Haut, Darm und Nieren.

Brennessel: Sie ist sehr anspruchslos und wächst bei uns an jeder Ecke. Bekannte Inhaltsstoffe sind die Ameisensäure, der Juckstoff Histamin, das sauerstoffbildende Chlorophyll, sehr viel Eisen, pflanzliche Enzyme, Mineralstoffe und ein Nesselgift, darüber hinaus Kieselsäure, Gerbstoffe und Vitamine, vor allem das für die Blutbildung wichtige Vitamin C. Verwendung findet das ganze Kraut.

Sekundenüberbrühung: Das ganze, frische Kraut klein schneiden oder klein wiegen, 1 Teelöffel pro Tasse heiß überbrühen und ½–1 Minute ziehen lassen. 2–4 Tassen pro Tag.
Minutenüberbrühung: 1 Teelöffel getrockneten Krauts pro Tasse, überbrühen und wenige Minuten ziehen lassen.
Kaltansatz: Zwei Handvoll frisches, kleingehacktes Kraut auf einen Liter Wasser.
Andere Anwendungen: Frische Blätter als Salat zubereiten, gut kauen.
Brennesseltee ist gut verträglich. Man kann davon unbedenklich bis zu 2 Liter am Tag trinken. Dies empfiehlt sich beim Wasserstoß bei Nieren- und Harnsteinen. Morgens nüchtern rasch 1–1½ Liter trinken.
Eine Frühjahrskur mit Brennesseln ist besonders wirksam!

Isländisches Moos: Eine Flechte mit reichlich Nährwert und großer Heilkraft, wächst massenhaft auf den Bergen, enthält Schleim- und Bitterstoffe. Die Bitterstoffe sind für die stoffwechselanregende, nervenstärkende und letztlich blutbildende Wirkung verantwortlich (neben weiteren Inhaltsstoffen).
Die Schleimhaltigkeit der Pflanze macht sie zu einer Heilpflanze mit großer Wirkung auch auf die Lungen und Bronchien.

Minutenüberbrühung und *Kaltansatz:* 1 Teelöffel pro Tasse, 2–3 Tassen täglich über Monate.
Isländisches Moos wirkt aufgrund der Bitterstoffe vor allem auf den Magen-Darm-Bereich

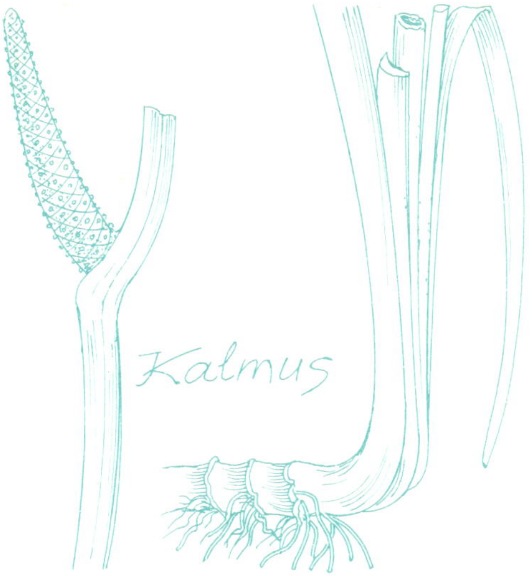

anregend und hilft Verdauungsschwächen und Dysbiose zu beseitigen, wichtige Voraussetzungen für die Anregung der Blutbildung.

Kalmus: Wächst überall wild in Gräben, an Flußufern und an Seeufern. Verwendet werden die Wurzeln, die neben Bitterstoffen Gerbstoffe und ätherische Öle enthalten.

Kaltansatz und *Minutenüberbrühung:* 1 Teelöffel zerkleinerte Wurzeln pro Tasse. 1 Tasse pro Tag, schluckweise auf die Mahlzeiten verteilt gut im Mund einspeicheln und dann erst runterschlucken.
Kalmuswurzeln können auch gekaut werden und sind so eine gute Unterstützung auch bei der Raucherentwöhnung. Kalmuswurzeln sind ein Heilmittel bei Magen-Darmschwäche, wirken Gärungs- und Fäulnisprozessen entgegen und regen stark den Appetit an. Dies macht man sich bei Appetitlosigkeit (z. B. Magen-Darmkrebs) und bei der schwer zu behandelnden Magersucht, auch Anorexia nervosa genannt, zunutze. Auch schwächlichen Kindern mit Appetitlosigkeit hilft Kalmus gut.
Bei Zahnungsbeschwerden der Säuglinge kann man einige Kalmuswurzeln in ein Leinensäckchen einnähen und die Kinder darauf kauen lassen.

Kalmus wirkt auch blutbildend durch seine allgemein anregenden Eigenschaften auf alle Stoffwechselprozesse sowie durch seine leberstärkende Kraft.

Wermut: Enthält Bitterstoffe sowie ätherische Öle. In großen Mengen genossen kann Wermut aufgrund seiner ätherischen Öle Vergiftungserscheinungen hervorrufen.
Die ätherischen Öle vertreiben Darmparasiten wie Würmer, wirken Fäulnis- und Gärungsprozessen entgegen, verbessern die Nierenausscheidung und wirken allgemein belebend.
Die Bitterstoffe regen die Bildung der Verdauungssäfte an und helfen auf diese Weise, die Nahrung besser aufzunehmen und auszunutzen.
Ausgezeichnete Wirkung bei Gallenerkrankungen.
Wermut unterstützt die Entgiftung durch Anregung aller Ausscheidungsprozesse und wirkt abwehrsteigernd. Verwendung findet das getrocknete Wermutkraut.

Minutenüberbrühung: 1 Teelöffel auf eine Tasse, 5 Minuten ziehen lassen, 1–2 Tassen in kleinen Portionen über den Tag verteilt trinken.
Wem der Wermuttee zu bitter ist, kann auf die Tinktur, den Wermutwein oder das Wermutpulver ausweichen.

Schafgarbe: Enthält reichlich Bitterstoffe und ätherische Öle sowie Gerbstoffe. Die Schafgarbe wächst auf Wiesen bzw. auf Almwiesen in den Bergen. Die alpine Schafgarbe ist weit wirksamer als die größere Pflanze der Ebenen. Das frische und das getrocknete Kraut mit Blüten und Blättern ist gleich gut wirksam.

Minutenüberbrühung: 1 Teelöffel auf eine Tasse, 3–5 Minuten ziehen lassen, 2 Tassen pro Tag.
Wegen der anregenden Wirkung auf den Magen-Darmbereich sowie auf Verdauungsdrüsen, Leber und Galle und wegen der dadurch verbesserten Blutbildung wirkt Schafgarbe besonders gut auf den Unterleib. Krämpfe, verstärkter Blut- und Weißfluß bei der Frau sowie eine fehlende oder unregelmäßige Monatsblutung werden günstig beeinflußt. Die Harnausscheidungsorgane, aber auch die Lungen werden gestärkt.
Schafgarbentee muß man kurmäßig über Monate hindurch anwenden.

Ausblick
Es gibt noch viele Heilpflanzen, die günstig auf die Blutbildung einwirken. Besonders zu erwähnen sind hier noch die aromatischen Pflanzen wie Kamille, Knoblauch, Thymian und der Zitronenbaum.
Im Grunde genommen wirkt jede Maßnahme, die die Aufnahmefähigkeit der Lebensmittel sowie deren Verwertung und Verdauung verbessern, blutbildungsfördernd. Gerade die Verwendung der Heilpflanzen in Teeform bringt noch den Vorteil mit sich, gleichzeitig dem Körper genügend Flüssigkeit anzubieten. Eine ausreichende Flüssigkeitszufuhr wiederum ist die Grundvoraussetzung für eine ausreichende Entschlackung und Entgiftung. Diese findet ja bekanntermaßen durch die Lunge, die Haut, den Darm und die Harnorgane statt. All diese Organe benötigen reichlich Flüssigkeit, um die Schlacken aus dem Körper zu entfernen. Andernfalls müßten die Schlack- und Giftstoffe im Körper selbst abgelagert werden, was zu schweren körperlichen Schäden und zu

Krankheiten führen kann. Durch die im Körper verbleibenden Giftstoffe werden viele Stoffwechselprozesse empfindlich gestört oder kommen sogar zum Erliegen. Sie führen somit allmählich zu schweren gesundheitlichen Schäden.
Viele Heilkräutertees helfen die schädigende Wirkung der Umweltgifte, insbesondere der Schwermetalle, zu verringern, indem diese teilweise neutralisiert werden oder aber beschleunigt wieder ausgeschieden werden.
Gerade dem Knoblauch kommt in dieser Beziehung eine besondere Bedeutung zu.
Die Anwendung der Heilpflanzen in Teeform muß immer kurmäßig mehrere Wochen bis Monate erfolgen, um Erfolg zu haben und letztlich eine Verbesserung der körperlichen, geistigen und seelischen Verfassung herbeizuführen.

Blutreinigung

In der modernen Medizin findet die Blutreinigung wieder Anklang, sie wird jedoch mehr als ein Vorgang der Auffrischung und Anregung verstanden. Blutreinigung meint auch nicht im engeren Sinn eine Vitaminkur, da wir bei dem internationalen Lebensmittelangebot auch im Winter genügend Vitamine zu uns nehmen. Unter Blutreinigung soll hier der Vorgang der Anregung aller Entgiftungsvorgänge sowie die Anregung des Stoffwechselgeschehens verstanden werden.
Die blutreinigenden Kräuter enthalten sehr viele wertvolle Stoffe wie ätherische Öle, Mineralstoffe, Spurenelemente, pflanzliche Hormone, pflanzliche Antibiotika, Fettsäuren, Vitamine, Enzyme, Saponine, Flavonoide (harntreibend) und andere. Die blutreinigenden Heilpflanzen sind Universalmittel; sie eignen sich besonders zur Krankheitsvorbeugung, wenn man sich noch gesund fühlt, aber auch zur Behandlung von chronischen Krankheiten. Unter diesen sind insbesondere die rheumatischen Erkrankungen, Gicht, Herz- und Kreislauferkrankungen, Leber-, Galle- und Bauchspeicheldrüsenerkrankungen sowie die Erkrankungen der Blutgefäße zu nennen.

Blutreinigende Teekuren sollten nur zu bestimmten Jahreszeiten durchgeführt werden, wobei davon ausgegangen wird, daß Sie neben der Teekur noch andere Maßnahmen durchführen, um dem Körper die Blutreinigung zu erleichtern. Wichtig ist es auch, für die Zeit der Teekur auf Genußmittel zu verzichten. Vor allem der Verzicht auf Alkohol, Rauchen, Süßigkeiten und Medikamente sollte unbedingt durchgehalten werden. Was die Medikamente angeht, müssen Sie Ihren Arzt fragen, auf welche Sie im Zusammenhang mit einer Blutreinigungskur verzichten können. An erster Stelle stehen sicher Entwässerungspillen sowie Medikamente gegen hohen oder zu niedrigen Blutdruck, Schmerztabletten, Rheumamittel, Pillen zur Durchblutungsförderung, Schlaftabletten, aber auch manche Herztabletten, wenn kein echtes Herzversagen oder eine schwere Rhythmusstörung vorliegen.
Beginnen Sie jede umfassende, mit allen Konsequenzen verbundene Blutreinigungskur im Frühjahr (ab April) und beenden Sie sie spätestens Ende September. Diese Empfehlung berücksichtigt die jahreszeitliche Rhythmik, der wir alle mehr oder weniger unterliegen. Selbstverständlich können Sie die Heilkräutertees als tägliches Getränk beibehalten, am besten in ständigem Wechsel, auch unabhängig von der Jahreszeit.

Blutreinigende Heilkräutertees

<u>Bärlauch:</u> Wirkt ähnlich wie Knoblauch, wächst wild in großen Mengen. Durch seinen starken, knoblauchähnlichen Geruch ist er von weitem auszumachen. Man hielt ihn oft für sehr giftig, aber nur weil er leicht mit der giftigen Herbstzeitlose verwechselt wird.
Verwendung findet das Kraut.

Sekundenüberbrühung: Das frische Kraut mit Blüten und Blättern heiß überbrühen und eine halbe bis eine Minute ziehen lassen. 2–3 Tassen täglich.
Minutenüberbrühung: Getrocknetes Bärlauchkraut verliert viel von seiner Heilkraft. Man verwende daher das Pulver des vorsichtig getrockneten Krauts, indem man die trockenen Blätter z. B. mit einem Mörser oder in einer Kaffeemühle zu Pulver zerstößt oder zermahlt.

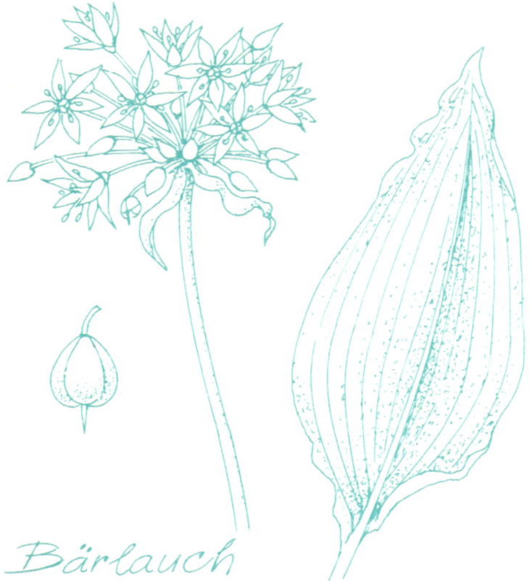

Das Pulver, 1 Teelöffel pro Tasse, 2–4 Minuten ziehen lassen. Es enthält leicht flüchtige Stoffe, deshalb wirkt auch ein heller Tee kräftig.
Gern wird der Bärlauch auch als Salatmischung mit Brennessel- und Löwenzahnblättern zubereitet.
Seine ganzheitlich wirksame Kraft kommt auch beim Kauen der frischen Blätter voll zur Geltung.

Brennessel: Sie unterstützt am wirksamsten die Blutreinigung, die Blutbildung, heilt Magen- und Darmgeschwüre und hilft Gallen-, Nieren- und Harnsteine zu brechen und auszutreiben. Sie regt den Harnfluß an und stärkt die Entgiftung durch die Leber. Auf die Durchblutung wirkt sie fördernd. Aufgrund ihres hohen Eisengehalts sowie ihres Reichtums an sauerstoffbildendem Chlorophyll unterstützt sie neben der Entgiftung auch die aufbauenden Prozesse im Körper, aber auch die Zellatmung.

Sekundenüberbrühung: Verwendet wird das frische Kraut.
Minutenüberbrühung: Vor allem im Winter unter Verwendung getrockneten Krauts.
Kaltansatz: Frisches oder getrocknetes Kraut, 2 Handvoll pro 1 Liter Wasser. Die Brennessel eignet sich besonders für eine Frühjahrs- und Herbstkur. Nehmen Sie bevorzugt das frische Kraut, trinken Sie 1–2 Liter täglich.

Holunder: Gilt allgemein als schweißtreibendes Mittel bei Erkältungen. Darüber hinaus besitzt er noch abwehrsteigernde Kräfte. Seine entgiftende und stoffwechselanregende Wirkung läßt ihn auch bei chronischen Krankheiten wie Rheuma, Muskel- und Nervenentzündungen zum Zug kommen.
Zur Teezubereitung finden die frischen und die getrockneten Blüten Anwendung.

Sekunden- und *Minutenüberbrühung:* Frische Blüten bis zu 1 Minute, getrocknete Blüten 3–5 Minuten ziehen lassen, 1 Teelöffel pro Tasse, 3 bis 5 Tassen täglich trinken.
Aufgrund der Tagesrhythmik der Körpertemperatur sollte man schweißtreibende Tees wie den Holunderblütentee nur nachmittags ab 15 Uhr trinken. Auch spät abends sind sie noch gut wirksam. Man trinke am besten am frühen Nachmittag innerhalb von 2 Stunden 2 Tassen – wenn möglich nach einem heißen Bad – und trinke dann noch 2 bis 3 Tassen bis gegen 23 Uhr.
Die Holunderbeeren werden gerne zu Saft, zu Holundermus und Marmelade, zu Holunderwein und Likör verarbeitet und können auch aufgrund ihrer leicht abführenden Wirkung in diesen Zubereitungen zur Behandlung von rheumatischen Erkrankungen eingesetzt werden.

Löwenzahn: Ist eine sehr bedeutende Heilpflanze für die Blutreinigung. Löwenzahn ist sehr reich an Vitaminen, besonders an Vitamin C, enthält Bitterstoffe sowie hochwirksame Enzyme. Wegen der Wirkung auf den Stoffwechsel, die entgiftenden Organe wie Leber und Niere sowie auf den Gallefluß schreibt man ihm noch besondere Wirkungen auf den Zellstoffwechsel und das Bindegewebe zu.
Verwendung findet die Wurzel und das Kraut.

Sekundenüberbrühung: 1 Teelöffel frische, fein gewiegte Blätter pro Tasse.
Minutenüberbrühung: Kleingehackte Wurzel und getrocknetes Kraut, 1–2 Teelöffel auf eine Tasse, 5–10 Minuten ziehen lassen.
Kalt-Warm-Ansatz: 3 Eßlöffel pro 1 Liter Wasser.

Man trinke mindestens 6 Wochen morgens und abends je 1 Tasse.
Frische, junge Löwenzahnblätter bereichern im Frühjahr einen Frühlingssalat mit Brennesseln, Kresse, Bärlauchblättern, Huflattich, Spitzwegerich und anderen durch ihre große Heilwirkung und aufgrund des angenehmen, bitter-aromatischen Geschmacks.

Petersilie: Verwendung finden die Früchte. Sie enthalten reichlich ätherische Öle, die hauptsächlich für die harntreibende Wirkung verantwortlich sind.
Darüber hinaus leisten die Früchte auch noch gute Dienste bei Steinleiden sowie bei Leber- und Galleleiden.
Vorsicht: Bei Schwangerschaften können Wehen ausgelöst werden!

Minutenüberbrühung: Wegen der rasch flüchtigen ätherischen Öle 3–5 Minuten ziehen lassen, 1 Teelöffel pro Tasse, 2–3 Tassen täglich trinken.

Neben diesen wichtigen und kräftigen blutreinigenden Mitteln seien hier zum Schluß noch weitere Heilpflanzen aufgeführt, denen man ebenfalls eine gute blutreinigende Kraft zusprechen kann: Bärlapp, Brunnenkresse, Ginster, Rhabarber, Wacholder, Wegerich, Weißdorn.
Einen Mischtee zur Blutreinigung kann man sich selbst zusammenstellen, indem man die verschiedenen blutreinigenden Heilkräuter zusammen mit leicht abführenden und verdauungsfördernden Kräutern in einer Teemischung verwendet.

Bronchial- und Lungentees

Für Bronchial- und Lungentees werden besonders viele Heilpflanzen mit den hochwirksamen ätherischen Ölen als Inhaltsstoffen verwendet. Diese ätherischen Öle haben eine große keimtötende Kraft. Sie sind in der Lage, den Schleim zu verflüssigen und führen über eine leichte schleimhautreizende Wirkung zu einer Durchblutungsverbesserung aller Schleimhäute. Auf diese Weise wird die Abwehrkraft der

Schleimhäute im Bereich der Bronchien und der Lunge verbessert und die anfallenden Bakterien- und Virusgifte sowie Schlackstoffe werden rasch aus dem Krankheitsgebiet entfernt. Durch die Anregung der Nierenleistung wird außerdem die Entschlackung gefördert und daher die Heilaussicht verstärkt. Viele ätherische Öle regen zudem die Stoffwechselprozesse, die Zellatmung sowie die Entgiftungsleistung der Leber an und wirken so insgesamt abwehrsteigernd. Zu all diesen Wirkungen kommt noch ein entzündungshemmender, auf die Schleimhäute schmerzlindernder und entkrampfender Effekt.
Eine Wirkung zeichnet die *aromatischen Heilpflanzen* vor allen anderen Mitteln bei Infekten der Bronchien und der Lunge aus: Gegen ihre Heilkraft gibt es keine Resistenzentwicklung. Das bedeutet, die keimtötende Wirkung verliert nicht an Kraft, auch nicht bei längerer Anwendung. Die Resistenzentwicklung findet ja sehr rasch gegenüber allen Antibiotika statt. Zur kurmäßigen Anwendung empfehlen sich daher gerade die Aromapflanzen, da sie neben ihrer guten Wirkung auf die Schleimhäute der Atemwege noch außerordentlich große Kräfte auf den ganzen Menschen ausüben und bei einer ausreichend langen kurmäßigen Anwendung auch nichts von ihrer großen Kraft verlieren.
Folgende Aromapflanzen empfehlen sich be-

sonders bei allen Erkrankungen der Atemwege, unabhängig davon, ob es sich um frische oder schon lange bestehende Krankheiten handelt: Anis, Arnika, Basilikum, Eukalyptus, Fenchel, Gewürznelke, Kamille, Kampfer, Knoblauch, Kümmel, Lavendel, Pfefferminze, Rosmarin, Salbei, Terpentin, Thymian, Wacholder, Zitronenbaum und Zwiebel

Alle diese Pflanzen sind als Tee sowie in vielen anderen Zubereitungen wie Salben, Balsam, Sirup, aromatischen Essenzen, Tinkturen und alkoholischen Lösungen hochwirksam. Sie sind also eine echte Alternative zur Chemotherapie mit Antibiotika. Gerade die Lungen- und Bronchialerkrankungen nehmen immer mehr zu; die ausschließliche Behandlung mit Antibiotika kann rasch zur Resistenzentwicklung führen. Außerdem hemmen die Antibiotika die Körperabwehr, führen leicht zu Allergien, verändern die Darmflora und können die Erbsubstanz, die Gene, schädigen.

Gegen Asthma wirkender Tee

Schwarztee: enthält Theophyllin, Tein, Coffein, Stoffe, welche sehr eng miteinander verwandt sind. Außerdem Tannin, Aromastoffe, ätherische Öle, Vitamin B 1 und Mineralstoffe. Neben dem Fluorreichtum fiel ein sehr hoher Aluminiumanteil auf, welcher den übermäßigen Teegenuß durch eine gewisse Giftwirkung verbietet.

Minutenüberbrühung: 2 Teelöffel pro Tasse oder ein Doppelteebeutel pro Tasse, heiß überbrühen, 3 Minuten ziehen lassen.

Vor allem das Theophyllin, ein naher Verwandter des Coffeins, öffnet bei Bronchialkrämpfen mit Atemnot (Asthma) die Atemwege. Bei schweren Formen des Asthmas wird man auf die Theophyllinpräparate der Industrie zurückgreifen müssen, da sie mehr Wirkstoff enthalten.

Schwarztee wirkt allgemein belebend auf Herz und Kreislauf, regt den Gehirnstoffwechsel an, ist ein nervenstärkendes Mittel und hat durch den Gehalt von Tannin einen beruhigenden Effekt bei Magen-Darmerkrankungen sowie bei nervösen Störungen. Über die Anregung der Nierenausscheidung wirkt Schwarztee auch entschlackend und blutreinigend, andererseits aber auch leicht stopfend.

Ist mehr die anregende und antiasthmatische Wirkung erwünscht, nehme man lieber mehr Teeblätter und lasse den Tee nur 3 Minuten ziehen. Ist hingegen die beruhigende Wirkung erwünscht, so lasse man den Schwarztee gut 5 Minuten ziehen.

Wegen des hohen Aluminiumgehaltes des Schwarztees sind besonders Menschen mit Störungen des Gehirnstoffwechsels oder solche mit Gehirnschwund gefährdet. Allerdings ergaben sich die hohen Werte erst dann, wenn der Tee 30 Minuten gezogen hat. Dabei wies der russische Tee die höchsten Werte auf, dann folgte der chinesische. Am günstigsten schnitt der indische Tee ab. Für den normalen Teetrinker mit vielleicht 4–6 Tassen pro Tag besteht sicherlich keine Gefahr.

Die wertvollen Inhaltsstoffe des Tees lassen diese Pflanze mehr sein als ein reines Genußmittel. Sie ist ein ausgezeichnetes Heilmittel. Man sollte sich öfters daran erinnern.

Hustenreizlindernde, schleimhaltige Tees

Vor allem bei der Lungenblähung, Lungenemphysem genannt, kommt es morgens zu heftigen Hustenreizen, aber auch bei der Berufskrankheit Staublunge, genannt Silikose. Auch

für das erste Stadium von Erkrankungen der Lunge und der Bronchien sind Zustände von Reizhusten typisch. Hierbei handelt es sich um eine trockene Entzündung der Schleimhäute, denen der schützende Schleimfilm fehlt. Um den Reiz zu lindern, bedient man sich schleimhaltiger Pflanzen.

Eibisch: Enthält bis zu 35% Schleim, gehört zu den Malvengewächsen. Verwendung finden die Wurzeln, auch die Blätter sind geeignet.

Kaltansatz: Eine Handvoll zerkleinerte Wurzeln pro 1 Liter Wasser. 2–4 Tassen täglich.

Huflattich: Enthält Schleim-, Bitter- und Gerbstoffe, wirkt vor allem reizlindernd, entzündungswidrig, abschwellend auf die Schleimhäute, blutreinigend, verdauungsfördernd (Bitterstoffe) und abwehrsteigernd.
Verwendung finden die Blüten und die Blätter.

Sekundenüberbrühung: 1 Teelöffel frische Blüten und Blätter.
Minutenüberbrühung: 1 Teelöffel getrocknete Blüten und Blätter.
Kaltansatz: 1 Handvoll auf einen Liter Wasser.
3–5 Tassen täglich, auch unter Zusatz von Honig.
Vor allem für chronische Erkrankungen der Lunge und der Bronchien empfiehlt sich die regelmäßige Anwendung des Huflattich.
Neben der allgemein beruhigenden Wirkung auf die Schleimhäute regt Huflattich über die Wirkung auf die Mundschleimhaut auch den Appetit an, was bei chronischen Atemwegserkrankungen mit einem verschlechterten Allgemeinzustand häufig sehr erwünscht ist.

Königskerze: Enthält viel Schleim, dazu noch Saponin und wenig ätherische Öle. Die letzteren sind für die leichte auswurffördernde Wirkung verantwortlich.

Sekundenüberbrühung: 1 Teelöffel der frischen, gelben Blütenblätter.
Minutenüberbrühung: 1 Teelöffel der getrockneten Blütenblätter.
Täglich 3–5 Tassen heiß trinken, am besten frühmorgens, vormittags, nachmittags und am frühen Abend.

Aufgrund ihrer Zusammensetzung wirkt die Königskerze gut bei chronischen Erkrankungen mit entzündlichen Schüben, wenn dicker zäher Schleim das Abhusten erschwert.
Dem Anteil an ätherischen Ölen sind die keimtötenden, leicht krampflösenden und auch harntreibenden Eigenschaften der Königskerze zuzuschreiben.
Blütezeit: Juli, August. Ernten Sie an einem sonnigen Tag mittags die Blüten.

Spitzwegerich: Enthält neben Schleimstoffen Gerbsäure und reichlich Kieselsäure.
Verwendung finden alle Pflanzenteile und zwar Wurzeln, Blätter, Blüten und Samen.
Spitzwegerich reinigt die Lungen, Magen und Darm sowie das Blut.
Aufbauende Stoffwechselprozesse werden angeregt, die Bindegewebsfunktion und die Körperabwehr werden gestärkt.

Sekundenüberbrühung bzw. *Minutenüberbrühung:* 1 Teelöffel frisches, bzw. getrocknetes Kraut pro Tasse heiß überbrühen, 1 bzw. 5 Minuten ziehen lassen und davon 3–5 Tassen pro Tag trinken.
Kaltansatz: Alle Pflanzenteile zerkleinern, 1 Handvoll pro 1 Liter.

Neben den oben beschriebenen Inhaltsstoffen enthält der Wegerich auch kleine Mengen pflanzlicher Antibiotika. Ihre Wirkung ist nicht sehr kräftig, aber bei vielen Erkrankungen oft ausreichend. Pflanzliche Antibiotika haben keine Nebenwirkungen, es gibt auch keinen Wirkungsverlust durch Resistenzentwicklung.

Isländisches Moos: Enthält neben reichlich Schleim Bitterstoffe. Diese machen die Pflanze zu einem Tonikum mit einer guten Wirkung auf alle Schleimhäute, Magen, Darm, das vegetative Nervensystem und auf die Durchblutung.

Minutenüberbrühung und *Kaltansatz:* 1 Teelöffel pro Tasse, 2–3 Tassen pro Tag.
Auch hier spricht man noch zusätzlich von der keimtötenden Wirkung, die bei dieser, zu den Flechten zählenden Pflanze, durch die bitteren Flechtensäuren zustande kommt.
Isländisches Moos empfiehlt sich besonders als monatelange Kur bei allen chronischen Lungenerkrankungen und vor allem bei älteren, schwächlichen und ausgezehrten Kranken.
Neben der günstigen Wirkung bei chronischen Lungenerkrankungen kommt ihm noch eine bedeutende Rolle bei der Blutbildung zu.
Isländisches Moos kräftigt auch mit seinen reichlichen Nähr- und Bitterstoffen das Nervengerüst und die Körperabwehr.

Auswurffördernde, krampflösende Hustentees

Primel (Schlüsselblume): Enthält vorwiegend Saponine, welche die Verflüssigung zähen Schleims bewirken sowie über einen vom Magen ausgehenden Reflex eine vermehrte Schleimbildung anregen. Außerdem kommen noch ätherische Öle vor. Verwendung findet hauptsächlich die Wurzel. Die Pflanze steht unter Naturschutz; so verbietet sich das Sammeln der Wurzeln.

Minutenüberbrühung: 1 Teelöffel zerkleinerte Wurzeln 5–10 Minuten ziehen lassen.
Kaltansatz: 2 Eßlöffel pro 1 Liter Wasser.
Bei chronischen Lungenleiden wie Lungenemphysem oder trockener Bronchitis über Monate kurmäßig 2–3 Tassen pro Tag.

Seifenkraut: Die Wurzel enthält Saponine, wirkt daher sowohl schleimlösend als auch harntreibend und blutreinigend. Insgesamt wird die Körperabwehr gestärkt durch intensive Entgiftung. Man zählt daher das Seifenkraut, ähnlich wie die anderen saponinhaltigen Drogen, zu den Umstimmungsmitteln.

Minutenüberbrühung: 1 Teelöffel zerkleinerte Wurzel nach dem Überbrühen 5–10 Minuten ziehen lassen.
Kaltansatz: 2 Eßlöffel pro 1 Liter Wasser. 2–4 Tassen pro Tag trinken.
Das Seifenkraut findet bei chronischen Erkrankungen bevorzugt Anwendung. Bei akuten Entzündungen mit Schleimhautreizung verwende man die schleimhaltigen Pflanzen, da die Saponine die Schleimhäute noch mehr reizen würden.

Veilchenwurzel: Ähnelt insgesamt stark der Primel, wirkt aber schwächer.
Anwendung wie Primel.

Alant: Die Wurzel enthält ätherische Öle, Bitter- und Zuckerstoffe. Dadurch wirkt er auswurffördernd, krampflösend und tonisierend wie Seifenkraut.

Minutenüberbrühung: 1–2 Teelöffel verriebene, zerkleinerte Wurzel heiß überbrühen und zugedeckt 3–5 Minuten ziehen lassen. Davon 2–4 Tassen pro Tag.
Der Alant kommt vor allem bei chronischen Leiden in Betracht, bei schwächlichen, appetitlosen und heruntergekommenen Kranken, bei Lungenemphysem, Emphysembronchitis und bei Bronchialasthma.

Sonnentau: Besitzt überwiegend krampflösende Eigenschaften. Sonnentau wirkt nur in geringen Dosen krampflösend. Er wird meist anderen Hustenmitteln unterstützend beigemischt und verstärkt insbesondere die gute krampflösende Eigenschaft des Thymians.

Minutenüberbrühung: 1 Teelöffel pro Tasse getrocknetes Kraut 3–5 Minuten ziehen lassen. Als Beimischung zum Thymiantee gewinnt man einen guten, krampflösenden Tee, den man gut bei Kindern mit Keuchhusten anwenden kann.

Efeublätter: Enthalten Saponine und in geringen Mengen einen brecherregenden Wirkstoff, wirken entkrampfend, schleimlösend, verflüssigend und auf die übererregbare Schleimhaut der Atemwege beruhigend.

Minutenüberbrühung: 1 Teelöffel getrocknete Efeublätter 5 Minuten ziehen lassen, bis zu 6 Tassen täglich trinken.
Efeublättertee ergänzt gut die Wirkung von Sonnentau oder Thymian und ist bei chronischen Erkrankungen älterer und schwächlicher Kranker angebracht sowie bei Keuchhusten und Emphysembronchitis.

Merke: Im 1. Stadium entzündlicher Atemwegserkrankungen verwende man Schleimpflanzen. Im 2. Stadium mit Verschleimung benötigt man krampf- und schleimlösende Drogen.

Tees bei Leber-, Galle- und Bauchspeicheldrüsenerkrankungen

Die Bauchspeicheldrüse übernimmt sehr wichtige Aufgaben im Rahmen der Verwertung der wichtigsten Nahrungsbestandteile. Sie gibt an den Darm wichtige Verdauungsenzyme ab, die Zuckerstoffe, Fette und Eiweißstoffe aufspalten und so ihre Aufnahme ins Blut ermöglichen. Die Produktion dieser Enzyme wird über Hormone, die in der Magen- und Darmschleimhaut gebildet werden und vom Darm her über die Salzsäure des Magens, aber auch über Nahrungsbestandteile, die in den Dünndarm gelangen, angeregt. Auch die Galle übt einen starken Reiz auf die Bauchspeicheldrüse aus. Eine andere Funktion der Bauchspeicheldrüse ist die Regulierung des Zuckerstoffwechsels durch das Hormon Insulin, das spezielle Zellen produziert und direkt an das Blut abgibt. Die Abgabe von Verdauungssäften in den Darm wird also indirekt über den Magen, den Darm und die Galle angeregt und läßt sich über eine Beeinflussung dieser Organe steuern. Die Gallenblase dient als Speicherorgan der Galle, die in der Leber gebildet wird. Eine fettreiche Nahrung regt die Ausscheidung und Produktion der Gallenflüssigkeit an. Der Gal-

lengang mündet gemeinsam mit dem Bauchspeicheldrüsengang in den Zwölffingerdarm.
Die Leber bildet je nach Bedarf 800–1000 ml Galle an einem Tag. Es gibt Heilkräuter, die die Galleproduktion über eine Verbesserung der Leberleistung anregen sowie auch die Galleausscheidung über eine Wirkung auf die Gallenwege fördern. Beide Eigenschaften lassen sich jedoch nicht voneinander trennen, sie sind meist miteinander vergesellschaftet.
Von den bisher besprochenen Heilkräutern mit einer Wirkung auf den Verdauungsapparat mit Magen, Leber, Galle und Bauchspeicheldrüse seien folgende nochmals erwähnt: Alant, Eukalyptus, Gewürznelke, Huflattich, Isländisches Moos, Kamille, Knoblauch, Koriander, Kümmel, Löwenzahn, Pfefferminze, Rosmarin, Schafgarbe, Thymian, Wacholder, Wermut, Zitronenbaum, Zwiebel.
Die entsprechenden Anwendungen sind an anderer Stelle dieses Buches nachzulesen.
Das Problem der Zuckerkrankheit scheint durch die massenweise künstliche Herstellung des Insulins gelöst, vor allem für die jugendlichen Zuckerkranken. Dafür gibt es keine Alternativen aus dem Reich der Pflanzen. Doch für den milden Altersdiabetes, der sich erst im Laufe der Zeit einstellt, kommen sehr wohl pflanzliche Drogen in Betracht, die die Produktion des Insulins in der Bauchspeicheldrüse anregen und so die nicht ganz nebenwirkungsfreie Behandlung mit entsprechenden Medikamenten ersetzen oder zumindest unterstützen können. Auf diätetische Maßnahmen kann jedoch in keinem Fall verzichtet werden.

Blutzuckersenkende Tees

Heidelbeer-, Brombeer- und Fingerkrautblätter:

Minutenüberbrühung: Entweder verwendet man einen Mischtee zu gleichen Teilen aus den getrockneten Blättern oder man trinkt abwechselnd den Tee einer Sorte regelmäßig 2mal täglich.
Eine Prise Teeblätter etwa 5 Minuten ziehen lassen.
Zum Süßen verwende man nur Süßholz.
Dieser Tee eignet sich gut bei den milden Formen der Zuckerkrankheit. Diätmaßnahmen müssen unbedingt befolgt werden.

Bohnenhülsen: Enthalten blutzuckersenkende Stoffe, sind zur Blutreinigung und Harnflußanregung gut geeignet. Auch bei Wassersucht infolge von Herz- und Nierenerkrankungen finden sie ihre Berechtigung.

Anwendung: Die Bohnenhülsen, 1 Eßlöffel pro Tasse, 5–15 Minuten kochen, wobei frische Schalen weniger Kochzeit benötigen als getrocknete.
Über den Tag verteilt 2 Tassen trinken, jedoch langsam und kleinschluckweise. Aufgrund ihrer umfassenden Wirkungen sind die Bohnenhülsen besonders wirksam bei Alterszucker in Verbindung mit Herz- und Nierenleiden. Ihre wassertreibende Wirkung ist mild, aber doch bedeutsam.

Weitere bauchspeicheldrüsenanregende und zuckersenkende Drogen

Eine gute Wirkung auf die Bauchspeicheldrüse erzielen auch Brennessel, Eukalyptus, Löwenzahn, Wacholder und Zwiebel, weil sie ihre Funktion anregen, allgemein die Stoffwechselsituation verbessern, verdauungsfördernd wirken und gleichzeitig blutreinigende und entschlackende Eigenschaften besitzen.

Merke: Vermeiden Sie weißen Zucker, Weißmehlprodukte und geschälten Reis. Diese Zukkerformen gehen rasch ins Blut und erschöpfen dadurch sehr schnell die Bauchspeicheldrüse. Anfangs findet ein rascher Insulinanstieg statt, anschließend kommt es zum Insulinmangel. Ein Blutzuckeranstieg ist die Folge.

Entzündungshemmende und -schützende Lebertees

Mariendistel: Enthält den Wirkstoff Silymarin, der eine große leberschützende Wirkung besitzt. Silymarin vermehrt auch die Anzahl der Energieträger in der Zelle und verstärkt den Sauerstoffumsatz, erhöht also die Arbeitsleistung der einzelnen Leberzelle.

Heißansatz: 1 Teelöffel zerkleinerte Früchte (Samen) auf eine Tasse, zugedeckt 10–15 Minuten ziehen lassen.
Trinken Sie davon täglich 2–3 Tassen pro Tag schluckweise.

Die Wirkung des Silymarins besteht in der Abdichtung der Leberzellmembran. Dadurch wird das Eindringen von leberzellschädigenden Giften verhindert. Die Leber hat eine große Fähigkeit zur Erneuerung und kann sich so unter dem Schutz des Silymarins sehr rasch erholen, sogar im Falle einer ausgeprägten Leberentzündung.
Die Mariendistel kommt deshalb bei allen Formen von Lebererkrankungen zum Einsatz wie beispielsweise bei Leberentzündungen, bei Fettleber oder besonders auch bei Pilzvergiftungen. Bei den sehr gefährlichen Knollenblätterpilzvergiftungen ist das Silymarin nachweisbar das einzige, wirklich Hilfe versprechende Mittel. Auch bei Vergiftungen der Leber und durch andere Gifte bestätigt sich das Wirkungsprinzip des Silymarins.

Zuckerrübe: Enthält einen Naturstoff, das Betain, das eine leberschützende Wirkung entfaltet. Es unterstützt die Leberzellenentgiftung und fördert ähnlich wie das Silymarin die Wiederherstellung der Leberzelle. Das Betain soll auch den Fettstoffwechsel verbessern. Deshalb wirkt es besonders gut auf die Fettleber.

Kalt-Warm-Ansatz: 2 Handvoll zerkleinerte Rübenteile auf 1 Liter Wasser. Morgens und abends je 1 Tasse schluckweise trinken, kurmäßig über einige Monate.

Tees für die Galle und Bauchspeicheldrüse

Schöllkraut: Enthält Chelidonin, das krampflösende Eigenschaften im Bereich der Bronchien und der Gallenwege aufweist. Es regt den Gallefluß an sowie die Absonderung von Verdauungssäften aus dem Pankreas. Schöllkraut unterstützt die Entgiftungsleistung der Leber und wirkt so auch blutreinigend.

Minutenüberbrühung: Schöllkraut allein kann den Magen reizen. Man mische es mit Wacholderbeeren, Pfefferminze, Huflattich, Löwen-

zahn und anderen. 1–2 Teelöffel frisches Kraut heiß überbrühen, 3–5 Minuten ziehen lassen, davon 2–3 Tassen täglich trinken.
Wegen der guten allgemeinen blutreinigenden Wirkung empfiehlt sich das Schöllkraut auch bei chronischen Erkrankungen wie Rheuma, Gicht, Asthma, Bronchitis und bei Hautleiden. Das Schöllkraut entwickelt nur als Frischzubereitung eine zuverlässige Wirkung, während die des getrockneten Krauts unsicher ist.

Eberraute, Beifuß, Estragon, Wermut: Riechen würzig duftend und gehören zur Gattung Artemisia. Die Eberraute, der Wermut und auch die anderen Artemisiagewächse enthalten ätherische Öle und reichlich Bitterstoffe. Die besondere Wirkung besteht in der Anregung des Galleflusses.

Minutenüberbrühung: Die frischen Blätter der Pflanze fein wiegen, 1 Teelöffel pro Tasse, 3 Minuten ziehen lassen, jeweils ½ bis 1 Stunde nach dem Essen 1 Tasse schluckweise trinken.
Diese Kräuter lassen sich gut als Küchengewürz im häuslichen Kräutergarten anbauen. Für alle Gallekranken empfiehlt sich ihr häufiger Gebrauch in Form eines Tees aus frischen Blättern oder auch als regelmäßige Gewürzbeimischung zu Fleischspeisen sowie Gemüsegerichten.

Die Eberraute war bisher weniger bekannt. Sie sollte aber mehr beachtet werden. Wermut ist als galleflußförderndes Mittel unübertroffen. Da der Wermuttee sehr bitter ist und auch durch starkes Süßen wenig von seinem eigentümlichen Geschmack verliert, empfiehlt sich auch die Verwendung der Wermuttropfen.

Erdrauch: Gehört wie das Schöllkraut zur Familie der Mohngewächse, breitet sich am Boden als Unkraut aus, hat schöne rote Blüten und ist seit langem als Heilpflanze in Gebrauch.
Erdrauch besitzt eine starke krampflösende Wirkung auf die Gallenwege. Darüber hinaus regelt er den Gallefluß bei zu geringer Galleproduktion in Form einer Steigerung des Galleflusses und drosselt den Gallefluß bei übermäßiger Galleproduktion.

Sekundenüberbrühung: Frisches, blühendes Kraut.
Minutenüberbrühung: Getrocknetes Kraut. Sammelzeit ist von Mai bis Oktober.

Erdrauch ist bei allen Erkrankungen der Gallenblase, der Gallenwege sowie bei Leber- und Hauterkrankungen, aber auch besonders bei der durch Galleerkrankungen hervorgerufenen Migräne angebracht und heilsam.

Löwenzahn: Kennen wir als blutreinigende Pflanze, insbesonders durch die Anregung der Entgiftungsvorgänge und durch die Fähigkeit, den Zellstoffwechsel zu aktivieren. Neben der Steigerung der Nierenleistung wird die Galleproduktion durch die Leber angeregt. Auch bei der Veranlagung zur Gallensteinbildung vermag der Löwenzahn bei kurmäßiger Anwendung über Monate die Bildung von Gallesteinen zu bremsen oder gar zu verhindern.
Verwendet werden die Wurzel und das Kraut.

Sekundenüberbrühung: 1 Teelöffel fein gewiegte Blätter auf eine Tasse.
Minutenüberbrühung: 1–2 Teelöffel kleingehackte Wurzel mit Kraut pro Tasse, 5–10 Minuten ziehen lassen.
Kalt-Warm-Ansatz: 3 Eßlöffel zerkleinerte Pflanzenteile aus Wurzel und Kraut. Man trinke kurmäßig mindestens 6 Wochen lang 2–3 Tassen täglich.

Herz- und kreislaufwirksame Heilkräutertees

Herz- und Kreislauferkrankungen nehmen ständig zu, insbesondere jüngere Leute werden immer mehr davon betroffen. Es gibt viele Möglichkeiten, die Zunahme dieser Krankheit zu erklären, aber dies würde den Rahmen dieses Kapitels sprengen. In der nachfolgenden Auflistung seien nur die wichtigsten und häufigsten Ursachen zusammengefaßt:
Durch Fehlernährung kommt es zu Magen- und Darmstörungen und dadurch bedingt zu Vitamin-, Mineralstoff- und Spurenelementmangelkrankheiten. Dies hat ungünstige Auswirkungen auf alle Organsysteme. Besonders ist auch das körperliche Abwehrsystem betroffen, infektiöse Organerkrankungen durch Viren und Bakterien sind zunehmend die Folge.
Der hohe Fett- und Eiweißverzehr in den meisten Industrieländern führt zu Schädigungen der Gefäße mit einer Verdickung der Gefäßwände, auch Arteriosklerose genannt. Dies führt zu einer schlechteren Sauerstoffversorgung jeder Körperzelle, so auch im Herzen. Eine Übersäuerung und zunehmende Verschlackung verbunden mit einer Leistungseinbuße sind die Folge. Das Risiko eines Herzinfarktes ist dadurch sehr hoch.
Bewegungsmangel führt zur schlechteren Sauerstoffversorgung der Körperzellen mit Übersäuerung und zunehmender Verschlackung als Folgen.
Der Wandel des Lebensstils führte zu einer anhaltenden Überernährung in den Industriestaaten, insbesondere zu einem Mißbrauch von Genußmitteln wie Alkohol und Nikotin, von Rauschdrogen und von Medikamenten.
Die Gesellschaften der Industrienationen steigern ihren Leistungsanspruch ständig und überfordern ihre Mitbürger häufig körperlich und seelisch. Der Anpassungsdruck an die Lebensformen ist sehr hoch. Die Freiräume für den einzelnen sind zunehmend im Schwinden. Dies bedeutet einen andauernden seelischen Streß und führt so zu Fehlverhalten wie Bewegungsmangel, Überernährung und Genußmittelmißbrauch. Die Folge sind Krankheiten seelischer und körperlicher Art (besonders Herz- und Kreislauferkrankungen).

Maiglöckchen: Enthält ein Gemisch aus Glykosiden sowie Flavonoiden.
Die Glykoside wirken herzkräftigend, bei Pulsverlangsamung pulsbeschleunigend, wodurch die Leistungsfähigkeit des Herzens erhöht wird. Die Flavonoide wirken günstig auf die Gefäße, indem sie diese abdichten und so Wasseransammlungen in Geweben verhindern. Verwendung finden die Blüten und die Blätter.

Kalt-Warmansatz und Heißansatz: Die frischen Blätter sind am wirkungsvollsten. Man nehme 1–2 Teelöffel pro Tasse frische oder getrocknete Blätter und Blüten und trinke davon täglich 2–3mal 1 Tasse.

Das Maiglöckchen findet durch die moderne Forschung immer mehr Beachtung. Sein Wirkstoffgehalt ist beträchtlich, kann bei allen Formen der Herzschwäche eingesetzt werden, mit Ausnahme der sogenannten entgleisten Herzschwäche mit Wassersucht. Besonders für das alternde Herz ist das Maiglöckchen gut geeignet, das ja auch oft an einer zu langsamen Herzschlagfolge mit Pulsverlangsamung krankt.
Durch die gefäßabdichtende Wirkung beugt man Wasseransammlungen im Gewebe vor und hat auch gleichzeitig einen wasserausschwemmenden Effekt, was zu einem Verschwinden bereits bestehender Wasseransammlungen führt. Bei Bluthochdruck wird das Herz spürbar entlastet; man kann so, oft in Verbindung mit blutdrucksenkenden Drogen wie der Mistel, einem Herzversagen vorbeugen.

Weißdorn: Steigert die Herzkraft und die Auswurfleistung, bewirkt eine Zunahme der Herzschlagfolge.
Eine verstärkte Herzerregbarkeit wird auch gedämpft, führt so zu einer Beruhigung des Herzens und macht dadurch die Herzarbeit wirkungsvoller. Weißdorn verbessert die Durchblutung der Herzkranzgefäße und des Herzmuskels.
Nach Herzinfarkt tritt eine raschere Wiederherstellung des geschädigten Herzmuskels ein, da Weißdorn die Ausbildung von neuen Gefäßen in dem Infarktgebiet beschleunigt. Verwendet werden Blätter und Blüten.

Heiß- und Kaltansatz: 1–2 Teelöffel frische oder getrocknete Blüten und Blätter auf eine Tasse. Man trinke davon täglich 2–4 Tassen.

Das Altersherz mit beginnender oder leichter Herzschwäche spricht gut auf die Behandlung mit Weißdorn an. Auch bei Rhythmusstörungen mit einer Herzfrequenzverlangsamung ist Weißdorn gut geeignet. Aufgrund der durchblutungsfördernden Wirkung auf das Herz und die Herzkranzgefäße beseitigt Weißdornextrakt Herzschmerzen und Beklemmungsgefühle in der Brust, die oft mit Angstgefühlen verbunden sind. Zur rascheren Wiederherstellung und Ausheilung des Herzmuskels nach Herzinfarkt trägt Weißdorn nach neuesten Erkenntnissen durch die Fähigkeit, das Gefäßwachstum im Infarktgebiet anzuregen, nachhaltig bei. Weißdorn hat auch aufgrund seiner Herzwirkung einen sehr günstigen Einfluß auf die Gehirndurchblutung und auf die Gehirnleistungen. Weißdorn wird gern als Mischtee mit anderen herzwirksamen Kräutern verwendet. Weißdorntee muß regelmäßig über lange Zeit getrunken werden, um seine Heilwirkung in vollem Umfang zu erfahren.

Arnika: Enthält Flavonoide, ätherische Öle und Pflanzenfarbstoffe. Anwendung finden die Blüten.

Minuten- und Sekundenüberbrühung: Sorgfältig getrocknete oder frische Blüten, 1–2 Teelöffel pro Tasse; nach Anweisung ansetzen.
Davon trinkt man schluckweise über den Tag verteilt 2 Tassen.
Arnika wurde früher sehr gerne als herzstärkender Tee gebraucht. Man muß sich jedoch auf seine Anwendung verstehen.
Arnika kann zu Magenreizungen führen, außerdem in größeren Mengen zu Vergiftungserscheinungen mit Rhythmusstörungen und Kreislaufkollaps.

Rezept für einen herzstärkenden Mischtee:

Arnika	20 g	Rasche Wirkung auf ein nachlassendes Herz. Regt das Herz an, kräftigt es bei Herzkrisen und verbessert die Durchblutung am Herzen.
Weißdorn	20 g	Siehe oben.
Maiglöckchen	20 g	Siehe oben.
Fenchel oder Anis Kümmel Lavendel Rosmarin Kamille Gewürznelke Pfefferminze Melisse	40 g	Wirken verdauungsfördernd und entlasten durch Beseitigung von Darmgasen das Herz. Außerdem regen sie Stoffwechselprozesse an und wirken einer inneren Vergiftung durch in einem kranken Darm entstehende Gifte entgegen. Dazu kommt eine gute nervenstärkende Wirkung.

Mistel: Ist eine parasitisch auf verschiedenen Bäumen lebende immergrüne Pflanze.
Sie wirkt auf das Herz und auf das Gefäßsystem und führt zu einer Normalisierung des Blutdrucks.

Kaltansatz: 2–3 Teelöffel des Krauts auf eine Tasse wie beschrieben ansetzen und davon 2–3 Tassen täglich trinken.

Die Mistel entfaltet ihre Wirkung erst nach 4–6 Wochen. Man muß sie kurmäßig über lange Zeit einnehmen.

Die Mistel beseitigt vor allem auch die unangenehmen Nebenerscheinungen des erhöhten Blutdrucks. Zu diesen zählen starke innere Unruhezustände, Zittern, Kopfschmerzen, erhöhter Augeninnendruck, Übelkeit, Reizbarkeit und verminderte körperliche Leistungsfähigkeit.
Der Mistel schreibt man darüberhinaus noch abwehrsteigernde und krebshemmende Eigenschaften zu.

Kleines Immergrün: Wächst vor allem in schattigen Buchenwäldern.
Der Hauptwirkstoff ist das Vincamin.
Es ist kreislauf- und gefäßwirksam und fördert die Hirndurchblutung.

Kaltansatz: 2 Teelöffel des frischen oder getrockneten Krauts auf eine Tasse, davon 3 Tassen täglich trinken. Immergrün wird auch über längere Zeit gut vertragen und hat keine Nebenwirkungen.

Die Wirkung des Immergrüns zeigt sich in einer Normalisierung des Blutdrucks. Nachweislich wird die Gehirndurchblutung deutlich verbessert. Diese Eigenschaft führt besonders bei der nachlassenden Gehirnleistung infolge von Gefäßverkalkung zu guten Erfolgen und damit zu einer Verbesserung der Lebensqualität vieler von Vergeßlichkeit oder mangelnder Konzentrationsfähigkeit geplagter Menschen.

Heilkräutertees für Magen- und Darmkrankheiten

Bei den Magen- und Darmkrankheiten unterscheiden wir zwischen frischen und schon länger anhaltenden, also chronischen Formen.
Die frischen Formen stellen uns vor die Aufgabe, rasch eine Besserung herbeiführen zu müssen, da meist Schmerzen oder Krämpfe sehr unangenehmer Natur vorherrschen und nach rascher Linderung verlangen. Meist handelt es sich bei den akuten Erkrankungen um Magen- oder Darmgeschwüre, die unterschiedliche Ursachen haben können. Unter den häufigsten Ursachen ist einmal eine Überladung des Magen und Darms aufgrund einer unvernünftigen Lebensweise mit übermäßigem Gebrauch von Genußmitteln zu nennen, wobei es zu einer Reizung der Schleimhäute kommt. Dabei treten dann sehr häufig heftige Schmerzen und Krämpfe auf. Zum anderen können Magen- und Darminfektionen rasch zu Entzündungen der Schleimhäute führen und mit starken Schmerzen und Krämpfen verbunden sein. Hier benötigt man Magen- und Darmmittel, die schmerzlindernd, krampflösend und keimtötend wirken. Dies stellt sehr hohe Anforderungen an ein Heilmittel. Hier bewahrheitet sich wieder die schon einmal in diesem Buch getroffene Aussage, die besten Heilmittel finden sich im unerschöpflichen Heilmittelgarten der Natur.
Die chronischen Erkrankungen stellen sich oft als Folge von akuten Erkrankungen ein. Sie können aber auch das Endergebnis jahrzehntelanger Fehlernährung und damit verbundener Störung der natürlichen Darmflora sein. Auch eine ungesunde Lebensführung mit Hektik und Streß sowie eine gestörte Eßkultur können zu dauerhaften Magen-Darmbeschwerden führen. Vielfach stellen sich nach langer Zeit vergeblicher Behandlungsversuche auch seelische Ursachen für die chronischen Erkrankungen heraus.

Echte Kamille: Sie ist das Hauptmittel bei akuten Magen- und Darmschleimhauterkrankungen.
Kamille enthält reichlich ätherische Öle wie das Chamazulen und das Bisabolol.
Verwendung finden die Blüten.

Sekundenüberbrühung und Minutenüberbrühung: Je 1–2 Teelöffel frische oder getrocknete Blüten 1 Minute bzw. 3–5 Minuten nach dem Überbrühen ziehen lassen.
Bei akuten Erkrankungen nehme man bis zum Abklingen der Beschwerden im Abstand von wenigen Minuten jeweils 2–3 Schlucke, während man bei chronischen Beschwerden 2–3 Tassen Kamillentee (auf den Tag verteilt) trinken sollte, und zwar kurmäßig über mindestens 4 Wochen. Manchmal ist eine mehrmonatige regelmäßige Kur mit Kamillentee notwendig, um hartnäckige Leiden zu beseitigen. Der Kamilleblütentee wirkt entzündungshemmend, schmerzlindernd, krampflösend, verdauungsfördernd, keimtötend und nervenberuhigend. Sein Wirkbereich erstreckt sich noch weit darüber hinaus. Kamillentee, ohne Beschwerden länger angewendet, kann Darmerschlaffung zur Folge haben. Schwere Verdauungsstörungen würden sich daraufhin einstellen.

Pfefferminze: Sie enthält ätherische Öle, wovon das Menthol mit einen Anteil von 60% das bekannteste ist. Zur Gesamtwirkung tragen noch Gerb- und Bitterstoffe bei. Verwendung finden die Blätter.

Sekundenüberbrühung oder Minutenüberbrühung: 1–2 Teelöffel frische oder trockene Blätter 1 bzw. 3–5 Minuten ziehen lassen.
Bei akuten Beschwerden heiß oder eiskalt (bei Brechneigung) solange kleinschluckweise trinken, bis Besserung eintritt.

Pfefferminztee ist das Hauptmittel bei schmerzhaften, mit Koliken verbundenen Erkrankungen im Oberbauch. Es wirkt kühlend und schmerzlindernd auf die Magen- und Darmschleimhaut, beseitigt Blähungskoliken, wirkt beruhigend bei Übelkeit und Erbrechen, löst Krämpfe und ist bei Magen-, Darm-, und Gallekoliken das Mittel der ersten Wahl. Ebenfalls werden Fäulnis- und Gärungsbeschwerden beseitigt.
Der Pfefferminztee ist ein Tee für akute Erkrankungen, empfielt sich aber auch bei chronischen Leber-, Galle- und Stoffwechselkrankheiten.
Bei empfindlichen Personen kann es bei längerer Anwendung zu Schleimhautreizungen kommen. Für Säugling und Kleinkinder ist er deshalb nicht geeignet. Wenden Sie aus demselben Grund Pfefferminztee nur 2–3 Wochen hintereinander an.

Melisse: Ist das Hauptmittel bei nervösen Magen- und Darmleiden. Sie enthält ätherische Öle sowie Gerb- und Bitterstoffe. Verwendung finden die Blätter.

Sekunden- und Minutenüberbrühung: 2–3 Teelöffel pro Tasse heiß überbrühen, jeweils 1 bzw. 3–5 Minuten ziehen lassen, wenn es sich um frische bzw. getrocknete Blätter handelt.

Melisse wirkt allgemein nervenstärkend, nervenberuhigend und findet breite Anwendung bei allen Arten von nervösen Störungen mit Beteiligung von Magen und Darm, bei Herzbeschwerden und auch bei Schlaflosigkeit.
Außerdem wirkt die Melisse verdauungsanregend, beseitigt Blähungskoliken und stärkt den Magen.

Als krampflösende Heilpflanze wird auch häufig das Gänsefingerkraut erwähnt. Seine Wirkung ist jedoch nur schwach im Vergleich zur Pfefferminze.

Chronische Magen- und Darmleiden beeinflussende Heilkräutertees

Chronische Magen- und Darmleiden werden oft weniger wichtig genommen, bzw. man gewöhnt sich an diese Krankheitszustände. Erstaunlicherweise bleibt eine chronische Magen- und Darmschleimhautentzündung oft auch unbemerkt, da nicht immer Schmerzen auftreten.
Die chronischen Schleimhauterkrankungen haben eine geringere Salzsäureproduktion des Magens und oft auch das Fehlen des schützenden Schleimfilms auf der Magen- und Darmoberfläche zur Folge. Die Schleimhäute verändern sich mit zunehmender Krankheitsdauer und werden ihrer Aufgabe, nämlich die Nahrung aufzuschlüsseln und sie gebrauchsfertig ins Blut abzugeben, nicht mehr gerecht.
Für diese Krankheitszustände mit Appetitlosigkeit, Blähungen, Völlegefühl, Sodbrennen, Oberbauchdruckgefühl, schmerzhaften Krämpfen, ziehenden Schmerzen und bei seelischen Beschwerden wie Depression kommen

Drogen in Frage, die Bitter- und Schleimstoffe enthalten, verdauungsfördernd, fäulnis- und gärungswidrig sowie blähungstreibend wirken. Folgende Aromapflanzen kommen bei chronischen Magen- und Darmleiden in Frage: Anis, Basilikum, Bitterorange, Fenchel, Gewürznelke, Kamille, Knoblauch, Koriander, Kümmel, Pfefferminze, Rosmarin, Salbei, Thymian, Wacholder, Zitronenbaum, Zwiebel.

Bitterstoffe enthaltende Heilkräutertees

Tausendgüldenkraut: Enthält überwiegend Bitterstoffe sowie Säuren und Harze. Verwendet wird das ganze Kraut.

Heiß- und Kaltansatz: Je 1 Teelöffel des frischen oder getrockneten Krauts auf eine Tasse. Vor jeder Mahlzeit 1 Tasse kalt oder leicht angewärmt trinken.

Tausendgüldenkrauttee schmeckt sehr bitter, löst schon im Mund reflektorisch eine verstärkte Magensäureproduktion aus. Außerdem werden die Magenmuskeln zu vermehrten Durchmischungsbewegungen angeregt.
Darüberhinaus hebt es wie alle Bitterdrogen die Stimmung, verbessert die allgemeine Durchblutung, regt die Entgiftung an und steigert die Körperabwehr.

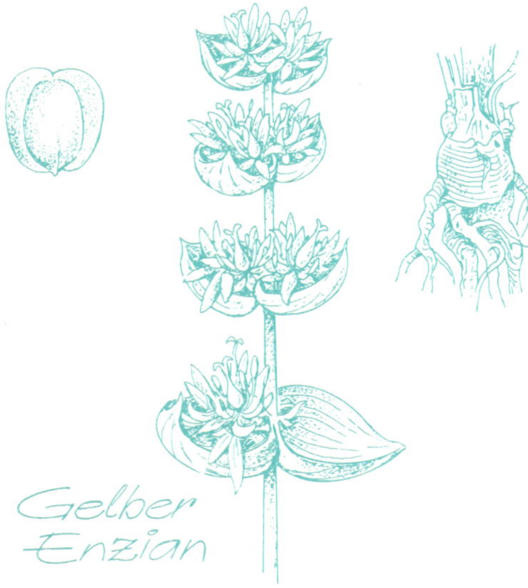

Wermut: Enthält Bitterstoffe und ätherische Öle. Verwendung findet das Kraut.

Minutenüberbrühung: 1 Teelöffel des Krauts pro Tasse, 5 Minuten ziehen lassen. Trinken Sie davon 1–2 Tassen kleinschluckweise über den Tag verteilt.

Wermut ist ein hervorragendes Magen- und Gallenmittel. Wermut regt in gleicher Weise die Gallenproduktion und den Gallenfluß an, indem er auf die Gallenwege entkrampfend wirkt und die Leberleistung fördert.
Bei Völlegefühl, Drücken und Ziehen im Oberbauch sowie bei Senkmagen und Magenerweiterung ist Wermut als tonisierende Heilpflanze unübertroffen.
Wermut bringt auch leicht kränkelnde Menschen oder solche mit eingebildeten Krankheiten durch eine Verbesserung der Stimmungslage wieder auf die Beine. Eine Wermutkur über länger Zeit wird auch die hartnäckigste Appetitlosigkeit vertreiben.
Letztlich muß noch die allgemeine Abwehrsteigerung Erwähnung finden, die man dem Wermut zuschreibt. Wermut empfiehlt sich daher auch zur Vorbeugung vor Erkältungskrankheiten.
Ähnlich wie Wermut wirken auch noch die nachstehend aufgeführten Heilkräuter: Eberraute, Beifuß, Estragon, Kalmus.

Enzian: Ist eine reine Bitterdroge. Verwendet wird die Wurzel.

Heißansatz: 1 Teelöffel pro Tasse zerkleinerte Wurzel, 1–2 Tassen pro Tag trinken.
Die Bitterstoffe enthaltenden Drogen sind unübertroffene Heilpflanzen bei allen chronischen Magen- und Darmbeschwerden. Aufgrund ihrer anderen Begleitstoffe wie ätherische Öle, Gerbstoffe und Harze können wir ihnen oft eine weit darüberhinausreichende Wirkung zuschreiben.
Was häufig noch zu wenig beachtet wurde, ist die Tatsache, daß die körperliche Abwehrkraft auf einen gesunden Magen-Darmbereich und eine gesunde Darmflora angewiesen ist, die ihr alle lebenswichtigen Betriebsstoffe wie Vitamine, Mineralstoffe, Enzyme, Eiweißstoffe, Fette, Fettsäuren und Zuckerstoffe liefern.

Chronische Magen-Darmbeschwerden führen trotz ausreichenden Nahrungsangebots zu einem Mangel an wichtigen Betriebsstoffen und schwächen so die Abwehrkraft der Körpers. Die Bitterstoffe finden in jeder Form Anwendung. In Teeform sind sie aufgrund des gleichzeitigen Flüssigkeitsangebots von besonderer Bedeutung.

Schleimhaltige und schleimhautschützende Magen- und Darmtees

Bei akuten, aber auch chronischen Entzündungen der Schleimhäute des Magen- und Darmbereiches haben die schleimhaltigen Kräuter ihre Berechtigung. Die Schleimstoffe überziehen die Schleimhaut und bilden so einen Schutz vor Säuren, Gitfstoffen jeglicher Art und anfallenden Stoffwechselprodukten. Sie sind auch in der Lage, diese Stoffe an sich zu binden und sie so unschädlich zu machen.
Die Anwendung der Bitterstoffe würde hier nur die Schleimhautreizung verstärken. Allerdings ist die Schmerzempfindung des einzelnen nicht immer gleichzusetzen mit der Schwere der Erkrankung. Zum Beispiel kann eine ganz erhebliche Magen-Darmschleimhautreizung vorhanden sein, selbst wenn die typischen Schmerzen fehlen. Vielleicht spürt der Betroffene nur einen unangenehmen Druck im Bauch oder er beklagt sich gelegentlich über Blähungen und Völlegefühl, eigentlich typische Kriterien für die Anwendung der Bitterpflanzen. Verschlimmern sich die Beschwerden unter der Behandlung mit Bitterdrogen, so spricht dies für eine Entzündung. Dies wäre dann ein Fall für Schleimdrogen oder auch für die Kamille.

Isländisches Moos: Enthält schleimige Stoffe sowie Bitterstoffe.

Anwendung: 1 Eßlöffel auf eine Tasse, 5 Minuten kochen lassen, danach das Kochwasser abgießen. Damit entfernt man die Bitterstoffe, die schnell in Lösung gehen. Anschließend füllt man wieder mit frischem Wasser auf und läßt diesen Ansatz mehrere Stunden oder über Nacht ziehen. Davon trinke man 2–3 Tassen schluckweise über den Tag verteilt.

Eibisch, Wegmalve: Enthalten viel Schleimstoffe, Pektin, Stärke und Rohrzucker.

Kaltansatz: 1 Eßlöffel auf eine Tasse, Wurzeln oder Blüten. Davon über den Tag verteilt schluckweise 2–3 Tassen trinken.

Schleimstoffe wirken auch schützend durch die Bindung von Säuren und Giften.

Leinsamen: Enthalten viele Schleimstoffe.

Kaltansatz: 1 Teelöffel pro Tasse über Nacht einweichen und 2–3 Tassen pro Tag kleinschluckweise davon trinken.

Man kann den Leinsamen auch zur Verdauungsförderung einnehmen. Hierbei verwendet man den ganzen Samen oder auch den geschroteten und nimmt ihn zusammen mit der Nahrung ein. Der Leinsamen beginnt dann erst im Darm zu quellen und vergrößert so das Volumen des Speisebreis, wodurch die Darmmuskulatur zu kräftigeren Durchmischbewegungen angeregt wird.

Diätempfehlungen bei akuten und chronischen Magen- und Darmerkrankungen

Häufigkeit der Mahlzeiten: Sowohl bei akuten als auch bei chronischen Magen-Darmerkrankungen sollte man die Nahrungsaufnahme auf drei Mahlzeiten am Tag verteilen. Dies begründet sich einmal in der Tagesrhythmik der an der Verdauung beteiligten Organe. Zum anderen führt die Nahrungsaufnahme zu Reaktionen des gesamten Verdauungsbereiches, könnte bei häufigen kleinen Mahlzeiten seine Rhythmik empfindlich stören und so als Belastung empfunden werden. Jedes an der Verdauung beteiligte System benötigt Ruhephasen. Eine andauernde Beschäftigung führt nun mal zu dauerhaften Funktionsstörungen.

Frühstück: Von der Tagesrhythmik der Verdauungsorgane her abgeleitet, sollte man morgens in der Zeit von 7–9 Uhr den Haupttagesbedarf an Nahrung decken, indem man zum Frühstück besonders auf den Bedarf an Eiweiß- und Fettanteilen achtet. Ein reichhaltiges Frühstück mit Milchprodukten wie Käse, Butter, Quark, Joghurt sowie Eiern, Fleisch- und Wurstwaren, die auch reichlich Fett enthalten, empfiehlt sich sehr, zumal dadurch genügend Energiestoffe für die Tagesarbeit zur Verfügung gestellt werden. In manchen Ländern werden morgens stark eiweißhaltige Gemüsesorten wie Bohnen, Sojabohnen, Erbsen und Linsen zusammen mit Fleischerzeugnissen verzehrt.

Mittagessen: Es empfiehlt sich besonders eine Kost aus Obst und Gemüse. Diese Lebensmittel beinhalten im wesentlichen Kohlenhydrate, viele Mineral- und Vitaminstoffe sowie Ballaststoffe.

Abendessen: Das Abendessen sollte vorwiegend aus kohlenhydratreichen Lebensmitteln wie Getreideprodukten, Reis und Nudeln sowie aus Obst und Gemüse bestehen. Da alkoholische Getränke zu Kohlenhydraten umgewandelt werden, sind sie daher abends besser zu vertragen. Die Kohlenhydratverdauung beginnt bereits im Mund. Die Kohlenhydrate durchwandern rasch die Darmwand und gelangen so direkt ins Blut.

Nerven und Gemüt stärkende und beruhigende Heilkräutertees

Das Verlangen des Menschen nach Ruhe und Entspannung ist ein grundsätzliches Bedürfnis. Diese Sehnsucht nach einem erholsamen Schlaf drückt sich in der Menge der eingenommenen Schlaf- und Beruhigungsmittel aus. Der Konsum chemischer und pflanzlicher Drogen steigt ständig, aber auch die Alkoholsucht verbreitet sich zunehmend. Unter Jugendlichen ist ein vermehrter Bedarf an beruhigenden Drogen zu verzeichnen. In der ärztlichen Praxis werden Sucht- und Drogenkrankheiten mehr und mehr zum Problem. Nerven- und Gemütsstörungen sind ebenfalls mitverantwortlich für viele Krankheiten. Man darf die Bedeutung dieser Erkrankungen für den einzelnen und die Gesellschaft nicht unterschätzen.
Die Natur bietet uns für viele Nervenleiden pflanzliche Drogen an. Auch wenn deren Wirkung nicht sofort zu bemerken ist, wie dies bei den chemischen Drogen der Fall ist, ist ihre Wirkung doch von weitgehender Natur. Sie tritt auch erst nach einer längeren Zeit ein; man muß solche Heilkräuter kurmäßig über Wochen bis Monate anwenden.

Hopfen: Enthält ätherische Öle, Harze und Bitterstoffe.

Kaltansatz: 1 Eßlöffel frische oder getrocknete Hopfenzapfen auf eine Tasse. Davon trinke man abends 1 Tasse vor dem Schlafengehen.

Aufgrund der Bitterstoffe eignet sich der Hopfen auch zur Behandlung von nervösen Magenleiden. Meist mischt man ihn dann mit verdauungsfördernden Kräutern wie Fenchel, Kamille, Anis und anderen.
Hopfen wirkt beruhigend, sein Wirkort liegt im Gehirn. Er eignet sich daher zur Behandlung von Einschlafstörungen und Durchschlafstörungen.
Einen weiteren Effekt zeigt der Hopfen durch seinen Östrogengehalt bei Frauen. Dieses weibliche Hormon findet sich in dieser Droge in erheblichen Mengen. Diese Tatsache kann man sich auch zunutze machen bei den vielfältigen Störungen nach Ausbleiben der Monatsregel im Klimakterium bei Frauen. Bei all diesen klimakterischen Beschwerden und vor allem bei den seelischen Krisen, vielleicht bedingt durch den Abfall der Östrogenkonzentration im Blut, lohnt sich eine längere kurmäßige Anwendung des Hopfens. Man trinke dann 2–3 Tassen pro Tag.
Noch ein anderer hormoneller Wirkmechanismus findet sich beim Hopfen: Man beobachtete eine Dämpfung der sexuellen Lust bei Männern unter der Einwirkung des Hopfens. Diese Wirkung macht man sich zunutze bei der Behandlung von krankhaft gesteigerter Sexualität, aber auch beim frühzeitigen Samenerguß, der Ejakulatio praecox.

Hafer: Enthält Gramin, ein Alkaloid. Verwendet werden die blühende Pflanze und die Früchte.

Heißansatz: 1 Teelöffel frische Blütenstände oder 1 Teelöffel zermahlenes Korn.

Hafer hat einen leicht beruhigenden und schlafförderndem Effekt. Man trinkt zu diesem Zweck 1 Tasse vor dem Schlafengehen.
Eine interessante Anwendungsmöglichkeit kommt dem Hafer bei der Raucherentwöhnung und bei der Suchtbehandlung von Alkoholikern und Medikamentenabhängigen zu. Hier lassen sich statistisch eindeutig gute Erfolge erzielen. Trinken Sie zu diesem Zweck 3–4 Tassen Hafertee am Tag und unterstützen Sie diese Maßnahme durch ein abendliches Hafergericht. Auch bei Schwäche- und Erschöpfungszuständen, bei Appetitlosigkeit, bei allgemeiner Nervosität und Reizbarkeit sowie bei geistiger Anstrengung leistet ein Hafertee gute Dienste.
Auch bei erhöhtem Blutzucker sowie bei erhöhtem Bluthamsäurespiegel wirkt die kurmäßige Anwendung eines Hafertees stoffwechselanregend und normalisierend.

Passionsblume: Enthält wie der Hafer ein Alkaloid sowie Flavonoide. Verwendet wird das Kraut dieser tropischen Schlingpflanze.

Heißansatz: 1 Teelöffel auf eine Tasse, davon vor dem Schlafengehen 1 Tasse trinken.

Verwendung findet die Passionsblume bei folgenden krankhaften Störungen: Einschlafstörung, kindliche Nervosität, Streßerscheinungen, Angst-, Unruhezustände, Nervenschwäche, Konzentrationsstörungen.
Die Passionsblume gilt als mildes pflanzliches Beruhigungsmittel und wird gerne zusammen mit anderen gleichartig wirkenden Kräutern verwendet.

Melisse: Enthält reichlich mineralische Bestandteile, Gerbstoffe, ätherische Öle, Bitterstoffe und Flavonoide.

Heißansatz: 2 Teelöffel frische oder getrocknete Blätter auf eine Tasse, davon je nach Anwendung 1–3 Tassen pro Tag trinken.

Die Melisse wirkt beruhigend, entkrampfend, verdauungs- und gallefördernd. Bei allen nervösen Störungen wie Unruhezuständen, Angstgefühlen, Nervosität, Gedächtnis- und Konzentrationsschwäche, Ein- und Durchschlafstörungen sowie nervösen Magen- und Darmbeschwerden bewährt sich die regelmäßige Anwendung der Melisse gut. Aufgrund der guten krampflösenden Eigenschaften findet die Melisse auch bei allen Arten von Unterleibsbeschwerden, bei den sogenannten funktionellen Störungen ohne krankhaften Organbefund, eine breite Anwendung.

Ihre vielfachen Eigenschaften lassen die Melisse auch ein sehr wirksames Herzmittel sein. Einmal beruhigt sie die Herznerven, zum anderen wirkt sie entkrampfend auf die Herzkranzgefäße. Der Anteil an Flavonoiden wirkt gefäßwandstabilisierend und beugt Wasseransammlungen im Gewebe vor. Die verdauungsfördernde Wirkung entlastet das Herz und führt zu einer besseren Versorgung des Körpers mit lebensnotwendigen Betriebsstoffen wie Mineralien, Vitaminen, Spurenelementen und anderen. Durch die fäulnis- und gärungswidrige Wirkung wird auch der inneren Vergiftung durch die dadurch im Darm entstehenden Gifte vorgebeugt.

Johanniskraut: Enthält Hypericin, einen lichtempfindlichen Wirkstoff, ferner Gerbstoffe, Flavonoide und Pektin.
Verwendung finden die frischen Knospen oder das ganze Kraut.

Minutenüberbrühung: Bis zur Rotfärbung lasse man den Ansatz mit 1–2 Teelöffel pro Tasse ziehen und trinke davon 3–4 Tassen pro Tag.

Johanniskraut ist ein pflanzliches, antidepressiv wirkendes Heilmittel. Es wirkt stimmungsaufhellend und stärkt das Nervensystem. Es kommt daher bevorzugt bei folgenden Erkrankungen zum Einsatz:
Depressionen, Unruhezustände, nervöse Herzbeschwerden, klimakterische Beschwerden, Angst- und Reizzustände, Streß und Überforderung, innere Verkrampfung, Zittern und Schlafstörungen.
Die Behandlung von Nerven- und Gemütsleiden sollte auch unterstützt werden durch eine gesunde Ernährung sowie durch viel Bewegung, insbesondere an sonnigen Tagen.

Aromatherapie

Aromatische Essenzen sind hochwirksame Heilmittel. Aufgrund ihrer Fähigkeit, sich innerhalb sehr kurzer Zeit im ganzen Körper zu verteilen, sind sie in jeder möglichen Anwendungsform wirksam. Sie können innerlich wie äußerlich verabreicht werden und wirken auch in Form von Bädern oder Inhalationen. Weil die Essenzen sich sehr gut im Hautfett lösen, gelangen sie auf diesem Wege sehr rasch ins Blut. Diese hohe Durchdringungsfähigkeit kann sogar dazu benützt werden, andere an die Aromastoffe gebundene Arzneistoffe dadurch rasch in den Körper einzuschleusen. In der Kosmetik bedient man sich gerne dieses Prinzips.

Bei manchen Aromastoffen wie z. B. Melisse, Anis, Oregano, Salbei, Fenchel und Rosmarin können – allerdings nur bei übermäßigem Gebrauch sowie bei anfälligen und empfindlichen Menschen – in bestimmten Fällen Krampfanfälle oder betäubende Wirkungen auftreten.

Aufgrund der hohen und raschen Wirksamkeit der Aromastoffe werden diese in den verschiedenen Darreichungsformen wie Tropfen, Tabletten, Massageöle oder Salben immer in hohen Verdünnungen verwendet und sind so allgemein gut verträglich.

Zur Behandlung von Krankheiten sollte man sich nur natürlicher Essenzen bedienen, die entweder durch Destillation mittels Dampf, durch Pressen, Ausschneiden oder durch Erhitzen und Abspalten mittels geeigneter Lösungsmittel wie Alkohol und fettigen Substanzen gewonnen werden. Essenzen sind natürliche Pflanzenauszüge und liegen in der Pflanze in fertiger Form vor. Während der Lagerung reagieren sie jedoch häufig weiter im Rhythmus der Jahreszeiten und sind sehr lichtempfindlich. Die Verwendung der reinen ätherischen Öle, die man durch einen aufwendigen Prozeß gewinnen kann, hat sich nicht als so wirkungsvoll herausgestellt. Die Essenzen enthalten neben diesen ätherischen Ölen noch eine Reihe wichtiger Stoffe wie Mineralstoffe, Spurenelemente, Vitamine und Säuren. Diese Nebenbestandteile haben oft einen wesentlichen Anteil an der Gesamtwirkung. Ihr Vorkommen in den einzelnen Pflanzen hängt vor allem von der Bodenbeschaffenheit ab. So erklärt sich auch die unterschiedliche Wirksamkeit der einzelnen Essenzen. Dies erschwert auch den unbegrenzten Anbau von Heilpflanzen.

Essenzen kann man über die Apotheken beziehen. Es gibt sie auch als fertige Mischungen, wobei in ihrer Wirkung sich ergänzende Essenzen in geeigneten Mengenverhältnissen vorliegen.

Rezept für die einfache Zubereitung: Sie benötigen ein gut verschließbares Gefäß, wie man es zum Einwecken verwendet, oder auch nur eine einfache Glasflasche mit Verschluß. Zerkleinern Sie nun ihre frisch geernteten Pflanzen gut oder stellen Sie durch Zerstoßen einen Frischpflanzenbrei her und geben Sie davon so viel in das Gefäß, bis der Boden des Gefäßes reichlich mit Pflanzenmasse bedeckt ist. Gießen Sie nun 40- bis 45prozentigen Branntwein oder einen anderen klaren Schnaps in das Gefäß, bis es zu gut zwei Drittel gefüllt ist. Verschließen Sie das Gefäß anschließend luftdicht. Lassen Sie diesen Ansatz zwei Wochen lang an einem warmen, dunklen Ort ruhen. Schenken Sie Ihrer Essenz jedoch einmal am Tage ihre Aufmerksamkeit und schütteln Sie sie kräftig durch. Nach dieser Ruhephase seihen Sie die Essenz ab, indem Sie mittels eines Tee- oder Kaffeefilters die festen und feinflockigen Anteile herausfiltern, und füllen dann die fertige und klare Essenz in Gefäße aus dunklem Glas ab. Verschließen Sie die Gefäße gut und stellen Sie diese an einen sonnengeschützten Ort. Am besten beschriften Sie die Flaschen mit den Essenzen. Versehen Sie die Flaschen mit dem Pflanzennamen, dem Datum der Herstellung und auch dem Fundort der Pflanzen. Dies soll Sie befähigen, Vergleiche über die Wirksamkeit der Pflanzenessenzen von verschiedenen Fundorten ziehen zu können.

Behandlung und Anwendung

Je nachdem welcher Krankheitszustand vorliegt, erfolgt die Behandlung nur wenige Tage lang mit drei bis vier Einzeldosen zu je 5–20 Tropfen in Abhängigkeit vom Alter, oder sie erfolgt kurmäßig über Wochen bis Monate oder sogar Jahre.

Aromastoffe werden zur Vorbeugung und zur Heilung von Krankheiten eingesetzt. Viele aromatische Essenzen besitzen hervorragende keimtötende Eigenschaften und wirken bakterizid. Viele von ihnen haben auch Wirkstoffe, um Viren an der Vermehrung und Ausbreitung zu hindern. Im Frühjahr und Herbst, wenn die Gefahr von Erkältungskrankheiten besonders groß ist, kann die vorbeugende Anwendung mit einer Mischung von aromatischen Essenzen die Krankheitserreger vertreiben und einen Ausbruch der Erkrankung verhindern. Selbst bei einer Anwendung frühzeitig nach Krankheitsausbruch können die Beschwerden häufig rasch gelindert und die Krankheitsdauer verkürzt werden. So empfiehlt sich ein Einsatz bei allen Viruserkrankungen wie beispielsweise Grippe, Gürtelrose, Magen-Darmerkrankungen, Lungenerkrankungen und verschiedenen Kinderkrankheiten mit hoher Ansteckungskraft. Das Verdampfen einer geeigneten Mischung von Essenzen macht die Raumluft nahezu keimfrei und ist so eine einfache Methode, um sich vor Krankheiten zu schützen.

Bei der Wundbehandlung haben aromatische Essenzen neben ihrer keimtötenden Wirkung einen guten Einfluß auf die Wundheilung selbst, indem sie für eine gesteigerte Durchblutung sorgen und so die Wundheilung beschleunigen. Sie werden in Form von Umschlägen verabreicht.

Eine kurmäßige Anwendung von Duftstoffen empfiehlt sich besonders bei der Behandlung von hartnäckigen Hautkrankheiten wie Ekzemen, der Schuppenflechte, Akne und Furunkulose. Auch zur Linderung der unangenehmen Schmerzen nach Insektenstichen und zur Giftneutralisation werden die aromatischen Essenzen eingesetzt. In Form von Kompressen auf Stich- oder Bißwunden aufgelegt durchdringen sie sehr rasch das Gewebe und können so beispielsweise das Insekten- oder auch Schlangengift neutralisieren.

Eine breite Anwendung finden die aromatischen Essenzen bei Rheuma, Gicht, schmerzhaften Muskelverspannungen und Nervenentzündungen. Ihre Wirkung ist hier sehr vielfältig: entzündungshemmend, krampflösend, durchblutungsfördernd und entschlackend. Außerdem regen sie Stoffwechselvorgänge an und wirken seelisch ausgleichend.

Bei der Therapie der heutzutage weit verbreiteten Störungen des gesamten Verdauungsbereiches (Magen-Darmtrakt, Leber, Galle, Bauchspeicheldrüse) haben die Essenzen einen festen Platz eingenommen. Wissenschaftliche Untersuchungen bestätigen deren verdauungsfördernde und drüsenanregende Wirkung. Eine Reihe bekannter Küchengewürze wie Knoblauch, Zwiebel, Zitrone, Salbei, Thymian und viele andere regen besonders den Gallefluß, aber auch die Ausscheidung von Schlackstoffen über die Nieren an und beugen so der Bildung von Steinen im Galle- und Nierenbereich vor. Die regelmäßige Anwendung von natürlichen Arzneien bei der Zubereitung der täglichen Mahlzeiten ist die billigste und am

wenigsten zeitraubende Kur, wodurch auch die heute häufig durch Anwendung von vielen chemischen Zusätzen bei der Herstellung der Lebensmittel schlechte Qualität aufgebessert werden kann.
Eine Reihe von aromatischen Essenzen regeln durch ihre hormonalen Eigenschaften die Tätigkeit der Drüsen. So lassen sich Störungen der Monatsregel beeinflussen, der Milchfluß anregen, Fettsucht behandeln und durch die Anregung der Nebenniere auch Cortisonwirkungen wie beispielsweise Entzündungshemmung hervorrufen. Krankheiten wie Blutarmut, Bluthochdruck und die weitverbreitete Zuckerkrankheit sind ebenfalls einer Therapie mit Essenzen zugänglich.

Aromatische Heilpflanzen

Anis

Ursprünglich aus dem Orient (Ägypten, Syrien) stammend wird Anis heute auch in Mitteleuropa angebaut. Anis hat einen sehr intensiven Geruch. Mit Kümmel, Fenchel und Koriander verwandt werden die Samen des Anis häufig mit den Samen dieser Pflanze zu gleichen Teilen vermischt und zur Anregung der Verdauung eingesetzt.

Wirkungen: krampflösend, schleimverflüssigend, auswurffördernd. Regt die Tätigkeit von Magen und Darm sowie der Verdauungsdrüsen an und fördert die Entschlackung und Ausscheidung über die Nieren. Regt ganz allgemein den Stoffwechsel an und beruhigt bei nervös bedingten Organstörungen.

Wirkstoffe: Ätherische Öle als Bestandteile der Essenz und des Samens, Anethol als Hauptbestandteil der ätherischen Öle, Harze, Apfelsäure, Zucker.

Verwendungsarten: Samen werden zur Verdauungsförderung nach dem Essen gekaut oder heiß überbrüht und als Tee getrunken. Essenz, 5–20 Tropfen drei- bis viermal täglich in Abhängigkeit vom Alter, Säuglinge 5 Tropfen, Kleinkinder 8–10 Tropfen, Schulkinder und Jugendliche bis 15 Tropfen und Erwachsene bis 20 Tropfen. Gibt es als Sirup, Anislikör, Anisöl, in Tablettenform oder als alkoholische Lösung. Innerlich und äußerlich zu verwenden.

Anwendungsbereiche: Regelmäßige Anwendung bei krampfartigen Darmbeschwerden, bei Verdauungsschwäche mit Blähluft, bei Darmmigräne, Darmkrämpfen der Säuglinge, bei Krampfhusten mit zähem Schleim und Unruhezuständen, Asthma. Dient der Anregung der Milchbildung und lindert krampfartige Unterleibsbeschwerden (schmerzhafte Monatsblutung), nervöse Herzbeschwerden und Harnverhalten.

Vorsicht: Bei übermäßigem Gebrauch kann es zu Bewußtseinstrübungen mit Muskelerschlaffung kommen!

Arnika

Arnika wächst überwiegend wild auf Bergwiesen und hat gelb- bis orangefarbige Blüten. Die Pflanze ist in Europa heimisch und läßt sich schwer kultivieren. Im Volksmund hat sie die Namen »Wohlverleih« oder »Bergwohlverleih«. Ihr Duft ist sehr würzig und aromatisch durch den Gehalt an ätherischen Ölen.

Wirkungen: Rasch einsetzende anregende Wirkung auf das Herz, durchblutungsfördernd und gefäßerweiternd, entzündungshemmend, gefäßabdichtend, Schwellungen verhindernd und abbauend, krampflösend, wassertreibend, keimtötend und antibiotisch, steigert die Körperabwehr und hemmt Tumorwachstum.

Wirkstoffe: Ätherische Öle, Pflanzenfarbstoffe, Flavonoide (entkrampfend, wassertreibend) und Sterine (wirken Verkalkung und Durchblutungsstörungen entgegen).

Verwendungsarten: Arnika-Tinktur aus den Blüten gewonnen verdünnt für äußerliche Anwendung (Umschläge). Arnika-Tee für Gurgelungen und zur innerlichen Anwendung. Arnikaessenz als Ausgangssubstanz für Beimischungen zu anderen Heilmitteln wie Pillen, Tropfen und Salben.

Anwendungsbereiche: Schlecht heilende eitrige Wunden und Beingeschwüre. Bei Venenschwäche regelmäßige Behandlung mit Salbe oder Tinktur in hoher Verdünnung. Andauernde Kopfschmerzen nach Schädelverletzungen und Gehirnerschütterung sprechen gut mit hochverdünnter Essenz auf innerliche Anwendung der Arnika an. Gelenkverletzungen, Sehnen- und Kapselzerrungen (Umschläge), Venenleiden mit Schwellungen und Blutungsneigung, Gefäßverkalkung mit Durchblutungsstörung am Herz und im Gehirn. Bei Abwehrschwäche mit langanhaltenden und immer wiederkehrenden Entzündungen wie z. B. der Lymphwege, der Lunge, der Nebenhöhlen, des Knochenmarks. Unterstützt die Körperabwehr bei Tumoren (ersetzt keine ursächliche Therapie).

Vorsicht bei übermäßigem innerlichen Gebrauch: Kann Magenreizungen, Schwindel, Herzrhythmusstörungen und Kollaps zur Folge haben!

Baldrian
Ist eine in ganz Europa häufig anzutreffende Pflanze, wird bis zu 2 Meter hoch und blüht von Juni bis August. Seit alters her wird Baldrian zur Beruhigung verwendet. Die Hauptwirkstoffe sind ätherische Öle und »Valepotriate«, die erst durch eine geeignete Verarbeitung entstehen. Die klassische Baldriantinktur ist frei von Valepotriaten, da diese sich schnell zersetzen.

Wirkungen: Stimmungsaufhellend in kleinen Dosen, beruhigend bei Verwendung höherer Dosen, schlafanstoßend, jedoch ohne den Schlaf zu erzwingen, beruhigend bei Bewegungsunruhe, krampflösend. Beseitigt Angst- und Spannungszustände und ist antriebssteigernd bei Depressionen. Fördert die Konzentrationsfähigkeit, die Aufmerksamkeit und die Aufnahmefähigkeit, also insgesamt die Leistung des Gehirns. Wirkt der Alkoholwirkung entgegen, verringert jedoch nicht den Blutalkoholgehalt.

Wirkstoffe: Ätherische Öle und andere.

Verwendungsarten: Baldriantinktur, die aus dem Wurzelstock gewonnen wird, zur inneren Anwendung. Baldriantee unter Verwendung der getrockneten Wurzeln, 1 Teelöffel Wurzeln auf 1 Tasse, heiß überbrühen und wenige Minuten ziehen lassen. Baldriandragee.

Anwendungsbereiche: Bewegungsunruhe, Depressionen mit Antriebsarmut, Schlafstörung bei Nervosität ohne organische Ursache, Lernstörungen bei Kindern und Erwachsenen, Konzentrationsschwäche, Gedächtnisschwäche, Ängste, seelische Anspannung und Labilität.
Für die heutige Zeit stellt der Baldrian eine echte therapeutische Alternative bei der Unzahl von seelischen und körperlichen Leiden dar, die durch Überforderung, Leistungsdruck, Hektik, Rastlosigkeit und übersteigertes Konsumverhalten entstehen. Baldrian wirkt auf verschiedenen Ebenen muskulär entspannend, krampflösend (deshalb auch schlafanstoßend) und gleichzeitig anregend auf das Gehirn. Kurmäßig empfiehlt sich eine Anwendung über längere Zeit und eine Verteilung der Dosen auf 3 bis 4 Einzelgaben täglich.

Basilikum
Stammt ursprünglich aus Asien. Gehört in jeden guten einheimischen Kräutergarten. Wegen seines angenehmen Geschmacks ist dieses Würzkraut in der Küche sehr geschätzt.

Wirkungen: Krampflösend, beruhigend bei Angstzuständen und Schlaflosigkeit, nervenstärkend, ausgleichend auf die Magen-Darmtä-

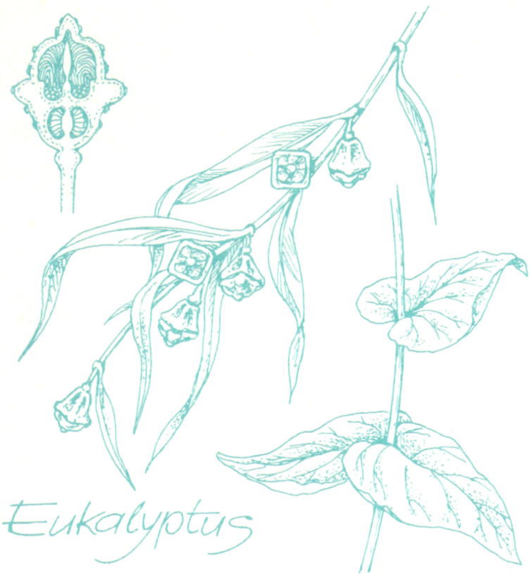

tigkeit, keimtötend und konservierend, Insektengifte neutralisierend. Regelt die Monatsblutung.

Wirkstoffe: Ätherische Öle, Essenz.

Verwendungsarten: Verwendung finden Blütenspitzen und Essenzen aus den Blättern, Pulver als Schnupfmittel bei Geruchsstörungen, Tee (1 Teelöffel Blütenspitzen auf eine Tasse), frische Blätter (äußerliche), leicht zwischen den Fingern zerquetscht.

Anwendungsbereiche: Krampfhusten. Heißer Tee lindert Schlaflosigkeit, Angstzustände, Versagenszustände aufgrund körperlich-seelischer Überforderung, Magen-Darmkrämpfe und Infektionen (nach den Mahlzeiten 1 Tasse Tee). Insekten- oder andere Tiergifte (Schlangengift) werden bei äußerlicher Anwendung der Blätter oder der Essenz neutralisiert. Bei Regelstörungen Tee oder Essenz (5 Tropfen) 3mal täglich. Bei Migräne und Krampfanfällen des Gehirns.

Basilikum ist ein wohlschmeckendes Küchengewürz und macht die Speisen haltbar, vor allem Salate und Rohkost. Die regelmäßige Anwendung in der Küche ist eine vorbeugende Gesundheitsmaßnahme und sollte zur lieben Gewohnheit werden.

Eukalyptus

Die Gattung Eukalyptus umfaßt einige hundert Arten. In Australien und Tasmanien, der Heimat des Eukalyptus, machen die Eukalyptus-Bäume etwa drei Viertel des gesamten Pflanzenbestandes aus. Heute findet man im gesamten Mittelmeerraum mehr als 50 Eukalyptus-Arten. Wo immer es das Klima erlaubt, wird der Eukalyptus-Baum kultiviert.

Wirkungen: Stark keimtötend, vernichtet Eitererreger (antiseptische Wirkung) vor allem im Bereich der Atem- und Harnwege. Ist schleimlösend und auswurffördernd, entzündungshemmend, fördert die Entschlackung, vertreibt Darmparasiten, ist allgemein anregend, fördert Stoffwechselvorgänge und senkt den Blutzuckerspiegel.

Wirkstoffe: In den Blättern der Eukalyptus-Arten findet sich in kleinen Hohlräumen ein ätherisches Öl, das Eukalyptusöl. Verwendet werden aber nur Eukalyptus-Arten, deren Öl mindestens zu 80% aus Cineol (auch Eukalyptol genannt) besteht. Essenz mit Cineol (mindestens 80%) sowie eine Reihe anderer Begleitstoffe.

Verwendungsarten: Essenz 3–4mal täglich 3–5 Tropfen in Wasser mit etwas Honig vermischt oder gelöst in alkoholischer Lösung einnehmen. Teeaufguß: 1 Teelöffel zerkleinerter Blätter kurz aufkochen, dann bis zu 10 Minuten ziehen lassen. Gelatinekapseln, Perlen oder Tabletten, Sirup, Bäderzubereitungen.

Anwendungsbereiche: Leiden der Atemwege: chronische Bronchitis, Asthma, Keuchhusten, Krupphusten, Lungentuberkulose, Sekretstau, Reizhusten; Infektionskrankheiten wie Grippe, Typhus sowie Kinderkrankheiten (Röteln und Scharlach), aber auch zur Vorbeugung bei Epidemien (durch Versprühen oder Verdampfen der Essenz oder des Öls im Zimmer werden Krankheitskeime vernichtet); Infektionen der Nieren und der Harnwege; Nebenhöhlenentzündungen, Gelenk-, Muskel- und Nervenentzündungen; krampfartige Schmerzzustände und Migräne; Zuckerkrankheit; schlecht heilende Wunden und Verbrennungen (Umschläge, Verbände); Raumdesinfektion; Mückenabwehr (ungedeckte Körperstellen einölen); Darminfektionen und Darmparasiten wie z. B. Würmer; gehemmte Depression (stimmungsaufhellende Wirkung).

Fenchel

Fenchel ist eine seit langem bekannte Arzneipflanze. Schon die Ägypter verwendeten ihn zu Heilzwecken. Auch im Mittelalter war er schon häufig im Gebrauch. Seine Heimat ist das Mittelmeergebiet. Es gibt zahlreiche Arten. Für Arzneizwecke werden jedoch nur solche mit mindestens 4% Anteil an ätherischen Ölen verwendet. Fenchel ist mit Anis eng verwandt. Zur Anwendung kommen alle Pflanzenteile.

Wirkungen: Früchte und Essenz – krampflösend, hustenlösend, schleimlösend, beruhigend auf gereizte Schleimhäute, mild abführend, appetitanregend, blähungstreibend, keimtötend, wurmtreibend, milchfördernd, beruhigend, leicht betäubend, entwässernd. Reguliert Monatsblutung, ist stoffwechselanregend und allgemein stärkend.
Wurzel – verdauungsfördernd, appetitanregend, wassertreibend (z. B. bei Verengung der Vorsteherdrüse). Reguliert Monatsblutung.

Wirkstoffe: Hauptsächlich aus den Früchten wird die Essenz gewonnen, die neben anderen Bestandteilen fettige und ätherische Öle enthält. Anethol, das auch in Anissamen enthalten ist und das für den Fenchel typische Fenchon sind die bekanntesten wirksamen ätherischen Ölanteile.

Verwendungsarten: Wurzelsud: 1 Teelöffel zerstoßene Wurzel pro Tasse einige Minuten aufkochen, anschließend 10 Minuten ziehen lassen. 2–3 Tassen täglich trinken. Teeaufguß aus zerstoßenen Früchten: 1 Teelöffel pro Tasse heiß übergießen und 5–10 Minuten ziehen lassen. Für Kinder: Früchte 5–10 Minuten in Milch aufkochen und löffelweise eingeben. Essenz verdünnt oder 3–5 Tropfen in etwas Honig lösen, 2 bis 3mal täglich. Fenchelwasser (abgekühlter Tee oder verdünnte Essenz) für Umschläge und Augenspülungen. Als Beimischung zu Abführtees, Fenchelsirup, Likör, Inhalationen, Dampfdusche für den äußeren Gehörgang bei Schwerhörigkeit.

Anwendungsbereiche: Verdauungsschwäche mit Neigung zu Stuhlverstopfung, Blähungsneigung, Darminfektionen durch Viren, Bakterien und Würmer, Durchfall, Magen-Darm-Krämpfe, Schmerzen und Koliken, Fettsucht, schlechter Appetit bei Kindern und Kranken, Reizhusten (Schleimstoffe beruhigen gereizte Schleimhäute), Husten mit zähem Schleim, Keuchhusten, Krupphusten, Asthma, Augenentzündungen (Waschungen, Augenauflagen mit Fenchelwasser), Bruststauungen, Schwellungen, Entzündungen durch Tiergifte wie Insekten- und Schlangengifte (feuchte Umschläge, Auflagen mit zerstoßenen Blättern), verschobene oder ausbleibende Monatsblutung, Vorbeugung vor Erkältungskrankheiten, Rheuma und Gicht, Harnsteine und verlangsamtes Wasserlassen wie »Tröpfeln«, Anregung der Milchbildung. Bei durch Nervosität bedingter Schwäche als Nerven- und Beruhigungsmittel, bei unruhigen Säuglingen als Schlafmittel, auch bei Schwerhörigkeit (Bedampfen des äußeren Gehörganges).

Fenchel zählt nicht nur seit langem zu den bewährten Heilmitteln, sondern wird auch als Gewürz, als Gemüse und als Salatpflanze in Form der Zwiebelfenchel sehr geschätzt. Der Eigenanbau von Fenchel lohnt sich.

Aufgrund seiner umfassenden Wirkung als Heilpflanze empfiehlt sich eine kurmäßige Anwendung des Fenchels 2 bis 3mal täglich. Man kann auch Mixturen mit verschiedenen anderen Heilpflanzen verwenden. Auch die Anwendung mehrerer verschiedener Heilkräuter zu verschiedenen Tageszeiten ist bei geeigneter Auswahl gestattet.

Kamille

Man unterscheidet im wesentlichen die »echte« von der »römischen« Kamille. Die »echte Kamille« ist überall bei uns heimisch. Man findet sie wild an Feldwegen, auf Äckern und auch in Gärten wachsend. Ihre Kultivierung ist schwierig. In der Regel greift man auf wildwachsende Pflanzen zurück. Der Bedarf an Kamille in Deutschland steigt ständig und brachte 1980 einen Umsatz von etwa 200 Millionen DM.

Wirkungen (innerlich angewendet): Appetitanregend, verdauungsfördernd, blähungstreibend, magenstärkend, schleimhautschützend, wundheilend auf Schleimhäute und Geschwüre des Magen-Darmbereichs, entzündungshemmend, krampflösend, keimtötend, wurmtreibend, nervenberuhigend, abwehrsteigernd, fiebersenkend, schweißtreibend und regulierend auf die Monatsblutung.

Wirkungen (äußerlich angewendet): Entzündungswidrig, wundheilend, keimtötend, schleimhautberuhigend und schmerzlindernd.

Wirkstoffe: Aus den Kamilleblüten gewinnt man durch Dampfdestillation das ätherische Kamillenöl mit den Hauptwirkstoffen Chamazulen und Bisabolol. Daneben gibt es noch eine ganze Reihe hochwirksamer anderer Bestandteile des Kamillenöls, das sehr komplex zusammengesetzt ist. Die hervorragenden Eigenschaften der Kamille sind vor allem in der Essenz enthalten. Man bevorzuge daher immer Vollextrakte, um in den ganzen Genuß dieser wichtigen Heilpflanze zu kommen.

Verwendungsarten: Aufguß: 1 Teelöffel Blüten pro Tasse, 5–10 Minuten ziehen lassen, 2–3mal pro Tag. Essenz 3–5 Tropfen verdünnt oder zusammen mit Honig, mehrmals täglich. Aufguß als Augenspülwasser, für Bäder, zu Inhalationen, zu Waschungen und Spülungen (Frauenleiden). Kamillenöl für Einreibungen (Rheuma, Gicht).

Anwendungsbereiche (innerlich): Magen-Darmgeschwüre und Entzündungen, Verdauungsschwäche, Blähungskrämpfe (vorwiegend bei Kindern), Darminfektionen, Darmparasiten, Durchfall, Magen-Darmkrämpfe bei Nervosität, Gallenkoliken, Kopfschmerzen, Migräne, Nervosität und Reizbarkeit, Erkältungskrankheiten, Fieber, Atemwegserkrankungen wie Bronchitis, Asthma, Lungenerkrankungen, Zahnungsbeschwerden bei Säuglingen sowie Frauenleiden (schmerzhafte, ausbleibende oder unregelmäßige Monatsblutung).

Anwendungsbeispiele (äußerlich): Wunden, schlecht heilende und eitrige Verbrennungen, Mundschleimhautentzündungen, Soor, Zahnfleischerkrankungen, Bindehautentzündung der Augen, Flechten, Ekzeme, Pilzerkrankungen der Haut, der Schleimhäute, der Scheide, Nebenhöhlenentzündungen (Dampfinhalationen), Hämorrhoiden, Muskelverhärtungen, Rheuma und Gicht (Öleinreibungen).
Bei Magen-Darmbeschwerden empfiehlt sich eine kurmäßige Anwendung über Wochen bis Monate, am besten 2 bis 3mal täglich eine Tasse Tee.

Vorsicht: Ohne das Vorliegen von Beschwerden sollte Kamillentee nur gelegentlich verwendet werden! Wegen seiner stark krampflösenden Wirkung auf den Magen-Darmbereich führt eine übermäßige Anwendung leicht zu Darmerschlaffung mit Blähungen und Verdauungsstörungen.

Kampfer

Natürlicher, rechtsdrehender Kampfer wird mittels Destillation aus dem Holz des alten Kampferbaumes gewonnen. Dieser Baum wächst wild auf Borneo und Sumatra. In früheren Zeiten galt der Kampfer oder der Borneol, wie man ihn vorher nannte, als wirksames Mittel gegen die Pest.

Wirkungen: Innerlich wie äußerlich stark

keimtötend, antiseptisch, beruhigt allgemein und macht unempfindlicher bei Nervosität, stärkt und beruhigt das Herz, wirkt anregend auf verschiedene Bereiche des Stammhirns und ist depressionslösend.

Wirkstoffe: Kampfer, der bei Zimmertemperatur farblose Kristalle von eigenartig brennendscharfem, kühl-bitterem Geschmack bildet, die sich beim Stehen an der Luft verflüchtigen.

Verwendungsarten: Äußerlich als Bestandteil von Herzsalben, als Essenz meist in Mischungen mit anderen zur innerlichen Behandlung, als Öl oder verdünnte Essenz für Spritzen in den Muskel.

Anwendungsbereiche: Erkrankungen durch Krankheitserreger, nervöse Störungen, Depressionen, nervöse Störungen des Herzens mit auf den linken Arm und die linke Schulter ausstrahlenden Herzschmerzen, Beklemmungsgefühlen in der Brust, Herzklopfen, Rhythmusstörungen.

Vorsicht: Der Kampfer aus Borneo oder Sumatra ist ungiftig, meist wird jedoch der billigere japanische Kampfer verwendet, der in Überdosis giftig und weit weniger wirksam ist!

Knoblauch

Gehört mit zu den ältesten, bekannten Heilpflanzen und verbreitete sich von seiner Urheimat Asien über Vorderasien, Ägypten und den ganzen Orient aus. Während des Pyramidenbaus in Ägypten gab es einmal einen Arbeiteraufstand, weil es nicht genügend Knoblauch zu den Mahlzeiten gab. Knoblauch steigerte nicht nur ihre Leistungsfähigkeit, sondern bewahrte sie auch vor der in Ägypten vorherrschenden Amöbenruhr. Knoblauch wächst heute auch in Mitteleuropa. Er ist als Heilpflanze unumstritten und findet auch seine Anerkennung durch die analytische Wissenschaft, die zahlreiche der Volksmedizin bekannte Wirkungen auch im Experiment nachweisen konnte. Mit dem Knoblauch eng verbunden ist der auffallende Geruch, ein Beweis dafür, wie intensiv die Wirkstoffe den ganzen Körper durchdringen. Die beste Wirkung zeigt der frische Preßsaft oder die Essenz. Der Knoblauch zeigt eine milde, langsam einsetzende Heilkraft. Zur kurmäßigen Anwendung empfiehlt sich eine vierteljährliche, regelmäßige Einnahme von frischem Knoblauch, etwa 1 bis 2 Zehen pro Tag. Nach einer längeren Pause muß diese Kur wiederholt werden.

Wirkungen (bei innerer Anwendung): Gegen Bakterien, Viren, Pilze und Parasiten (Würmer), verdauungsfördernd, blähungstreibend, krampflösend, gallefördernd, magenstärkend, fäulnis- und gärungswidrig, symbioselenkend (d. h. normalisiert die Darmflora durch Unterstützung der für den Menschen gesundheitsfördernden Darmkeime), wirkt auf den eher erschlafften Darm bei älteren Menschen tonussteigernd und damit anregend sowie reinigend auf die Blutgefäße, indem Ablagerungen an diesen teilweise wieder abgebaut werden können und somit die Versorgung der einzelnen Körperzellen mit Sauerstoff wesentlich erleichtert wird. Senkung der Blutgerinnungsneigung und damit Blutgerinnseln und dadurch bedingten Blutgefäßverstopfungen (Thrombosen) entgegenwirkend, Herz- und Gefäßkrankheiten vorbeugend (z. B. Herzinfarkt), ausgleichend und beruhigend auf die Herzarbeit mit Pulsverlangsamung und Blutdrucksenkung, kreislaufstärkend und durchblutungsfördernd, allgemein stärkend. Verbessert die Leistungen des Gehirns und ermöglicht gesunden, erfrischenden Schlaf. Ist anregend auf die Hirnanhangsdrüse und damit auf den hormonellen Regelkreis, unterstützend auf die Mechanismen zur Streßbewältigung, fördert die Entschlackung und Ausscheidung über die Nieren und Harnwege, baut Cholesterin ab und senkt den Bluthamsäurespiegel. Wirkt vorbeugend gegen infektiöse Erkrankungen und hat einen entgiftenden Effekt bei chronischer Bleivergiftung (weit verbreitet, häufig unerkannt oder für eine andere Erkrankung gehalten).

Wirkungen (bei äußerer Anwendung): Wundheilend, keimtötend, vertreibt Parasiten, gegen Pilze, Warzen und Hühneraugen, macht Insekten- und Tiergifte unwirksam, ist schmerzstillend (auch bei Ohrenschmerzen).

Wirkstoffe: Knoblauch besitzt viele verschiedene Wirkstoffe, die in ihrer einzigartigen Kombination gerade dem Leben der älteren Menschen noch weitere lebenswerte Jahre hinzufügen können. Man hat heute einige der Hauptbestandteile analysiert und ihre Wirkung erforscht. Die hervorragenden Eigenschaften der ganzen Knolle kommen einmal durch ätherische Öle zustande, die in schwefligen Verbindungen vorliegen und zum anderen durch Vitamine, Mineralstoffe, Fermente (steuern chemische Reaktionen), hormonähnliche Stoffe und antibiotische Grundstoffe. Für den intensiven Geruch ist das schwefelhaltige ätherische Öl Allicin verantwortlich. Dieser entsteht erst nach dem Pressen oder Zerstoßen durch Zersetzungsprozesse.

Verwendungsarten: Frische Zehen gepreßt oder geraspelt in den Salat, als Gewürz für warme Gerichte, als Brotauflage, mindestens 1–2 Zehen pro Person und Tag, über drei Monate zur kurmäßigen Anwendung. Knoblauchessenz und Tinktur 2–3mal täglich. Knoblauchmilch oder Wasser: Einige Zehen zerstoßen oder raspeln, in einer Tasse Milch oder Wasser 20 Minuten aufkochen und am nächsten Morgen auf nüchternen Magen trinken und dies über mehrere Wochen bei Wurmbefall des Darms. Knoblauchsirup: Knoblauch zerstoßen und die doppelte Menge Wasser hinzugeben, 20 Minuten aufkochen und dann ziehen lassen. Soviel Zucker wie Flüssigkeit hinzugeben, gut durchrühren, 2–3 Eßlöffel morgens nüchtern einnehmen. Öl, in dem Knoblauch gesotten wurde, als schmerzlindernde Ohrentropfen. Knoblauchwasser für äußerliche Waschungen oder Umschläge (bei Krätze z. B.). Preßsaft oder Scheibchen auf Warzen, Hühneraugen, Insekten- und Tierbisse. Knoblauchessig für Umschläge: zerstoßene Knoblauchzehen eine Woche in Essig einlegen. Knoblauch- und Kampferöl im Verhältnis 1:2 vermischt für Einreibungen bei Parasiten.

Anwendungsbereiche (innerlich): Infektionskrankheiten, Grippevorbeugung. Schützt auf Reisen vor Darminfektionen. Gegen Lungentuberkulose, chronische Bronchitis, Keuchhusten, Asthma, Lungenblähung. Verdauungsschwäche infolge von Alter, mangelnder Gallefluß, Magenschwäche, Darmerschlaffung, mangelnde Produktion von Verdauungssäften. Bei Fäulnis- und Gärungsprozessen im Darm, Durchfall, Darmkrämpfe, Darmparasiten. Dysbiose: Krankmachende Darmkeime verdrängen gesundheitsfördernde Keime. Bei Gefäßverkalkung, Durchblutungsstörungen, Fettsucht, Zuckerkrankheit, Rheuma, Gicht. Bei Blutgerinnungsstörung mit Neigung zu Gerinnseln. Zur Vorbeugung von Schlaganfall und Herzinfarkt. Bei Herz- und Kreislaufschwäche, Bluthochdruck, Herzrasen, Gehirnverkalkung. Bei allgemeiner Schwäche (auch nach Krankheiten), Drüsenschwäche (wie z. B. der Hirnanhangsdrüse, des Thymus und der Nebenniere). Verschlackung, Wassersucht, Nierenschwäche, Harnsteinen und Harnwegsinfektion. Bei Abwehrschwäche, Krebserkrankungen und chronischer Bleivergiftung.

Anwendungsbeispiele (äußerlich): Normale und infizierte Wunden, schlecht heilende Geschwüre, Schorf und Schwielen. Hautparasiten wie Krätze, Pilzerkrankungen, Warzen, Hühneraugen. Insektenstiche und giftige Tierbisse (Skorpione, Schlangen). Schmerzhafte Muskel- und Bindegewebeverhärtungen, Ohrenschmerzen.

Der für viele doch unangenehme Geruch des Knoblauchs kann durch Trinken von Milch, durch Essen von Petersilie, Äpfeln, durch Kauen von Kaffeebohnen und Anis sowie durch Kümmel ausgeglichen und gedämpft werden.

Vorsicht: Bei Reizungen der Magen- und Darmschleimhaut sowie bei Hautleiden kann Knoblauch auch ungünstige Wirkungen haben! Bei Säuglingen, die gestillt werden, kann es dann zu Darmkrämpfen kommen, wenn die Mutter Knoblauch gegessen hat.

Koriander

Gehört mit zu den wichtigsten verdauungsfördernden aromatischen Pflanzen und kommt häufig in Rezepturen vor, die zu gleichen Teilen Koriander, Kümmel, Anis und Fenchel enthalten. Koriander zeichnet sich durch einen angenehmen aromatischen Geschmack aus.

Wirkungen: Verdauungsfördernd, blähungstreibend. Regt Darmbewegungen an, ist magenstärkend, ruft in hohen Dosen Rauschzustände hervor, ist allgemein anregend und schmerzlindernd bei äußerlicher Anwendung.

Wirkstoffe: Essenz mit einem Gemisch aus ätherischen Ölen, die zu 90% aus Koriandrol bestehen – welches dem Kampfer ähnlich ist – und unter anderem auch Cineol enthalten. Cineol kommt auch im Eukalyptusbaum vor.

Verwendungsarten: Koriandersud: 1 Teelöffel auf eine Tasse, kurz aufkochen, 5 Minuten ziehen lassen. Nach den Mahlzeiten 1 Tasse trinken. Essenz: 3–5 Tropfen (Kinder 1–2 Tropfen) verdünnt oder mit Honig nach dem Essen. Tinktur: 10–20 Tropfen nach jeder Mahlzeit. Als Beimischung zu Lösungen oder Salben äußerlich.

Anwendungsbereiche: Magen-Darmkrämpfe, Blähungsschmerzen, Durchfall, Fettsucht, Verstopfung, Leistungsschwäche und Nervosität, Rheuma- und Gichtschmerzen.

Koriander hat unter den vier verdauungsfördernden Heilmitteln die schwächste Wirkung, wird aber als Gewürz sehr geschätzt. Wegen seines angenehmen Geschmacks wird er gerne als Teebeimischung verwendet.

Lavendel

Wächst wild vor allem im Süden Frankreichs und in Italien. Wird wegen seines angenehmen Duftes sehr geschätzt, deshalb findet er auch häufig Verwendung in der Kosmetik. Lavendel ist mit Rosmarin nahe verwandt, liebt viel Sonne und gedeiht auf mageren Böden in einer Höhe von 700 bis 1400 Metern.

Wirkungen (innerlich): Nervenstärkend, beruhigend auf Erregungszustände des Gehirns, schmerzlindernd, keimtötend im Bereich der Atemwege, im Kopfbereich (Augen, Ohren, Nebenhöhlen), krampflösend, hustenstillend, allgemein stärkend, auch bei Blutarmut. Fördert Genesung vor allem nach Schlaganfall, ist entzündungshemmend, abschwellend und Schwellungen vorbeugend. Regt Blut- und Lymphstrom an, macht das Blut weniger gerinnbar, normalisiert die Blutgerinnung, ist beruhigend auf das Herz und die Herznerven, wirkt blutdrucksenkend, verdauungsfördernd, gallefördernd, magenstärkend, wurmtreibend, entschlackend, schweißtreibend und wassertreibend. Reguliert die Monatsblutung.

Wirkungen (äußerlich): Keimtötend, wundreinigend, wundheilend gegen Parasiten. Neutralisiert Tiergifte, wirkt beruhigend, ausgleichend und anregend auf das Nervensystem, reizt Riechnerven und regt über diese das vegetative Nervensystem an. Stimuliert den Hormonkreislauf (Öleinreibungen, Bäder).

Wirkstoffe: Hauptsächlich werden die Blüten verwendet, aber auch durch Dampfdestillation der ganzen Pflanze gewinnt man die wertvolle Essenz. Neben den ätherischen Ölen tragen eine Reihe weiterer Inhaltsstoffe dazu bei, Lavendel den Ruf einer hervorragenden Heilpflanze einzubringen. Kumarin ist maßgebend beteiligt an der guten Wirkung nach Schlaganfall oder zu dessen Vorbeugung, indem es entzündungshemmend und auf den Lymphfluß fördernd wirkt und gleichzeitig durch Gefäßentkrampfung den Blutstrom anregt. Auch wirkt es der Neigung zur Bildung von Blutgerinnseln (Thrombosen) entgegen.

Verwendungsarten: Tee: 1 Teelöffel pro Tasse überbrühen, zugedeckt 5 Minuten ziehen las-

sen, 2–3 Tassen pro Tag über Wochen bis Monate regelmäßig trinken. Essenz: 3–5 Tropfen 2–3mal täglich mit Honig, verdünnt für Waschungen etc. Aufguß: Eine Handvoll Blüten in 1 Liter Wasser aufkochen, ziehen lassen, abseihen und nochmals mit Wasser 1:1 strecken. Für Umschläge, Vaginalspülungen etc. Lavendelgeist, Tinktur, Lavendelöl, Lavendelmilch (Bäder).

Anwendungsbereiche (innerlich): Erregungszustände, Reizbarkeit, nervöse Erschöpfung, Kopfschmerzen, Migräne, Schwäche des vegetativen Nervensystems, Schlaflosigkeit, Konzentrationsstörungen, Bronchitis, Asthma, Krampfhusten, Keuchhusten, Lungenentzündung und Tuberkulose, Nebenhöhlenentzündung, Ohren- und Augenentzündungen, Infektionskrankheiten, Grippe, Geschlechtskrankheiten, Schlaganfall, Durchblutungsstörungen, Lähmungen, Neigung zu verstärkter Blutgerinnung, Thromboseneigung nach Operationen und Herzinfarkt sowie Schlaganfallvorbeugung, Entzündungen, Rheuma, Gicht, Entzündungen des Darms und der Harnwege, Lymphstauungen nach Operationen oder Verletzungen, Bluthochdruck, nervöse Herzbeschwerden, Rhythmusstörungen, Verdauungsschwäche, Magenschwäche, gestörter Gallefluß, Darmparasiten, Verschlackung bei Störung der Ausscheidung über Niere und Darm, Störungen der Monatsblutung.

Anwendungsbereiche (äußerlich): Wunden, schlecht heilende Geschwüre, schmierige und eitrige Wunden, Augenentzündungen (Lavendelwasser), Verbrennungen, Ausfluß (Spülungen), Infektionen an den äußeren Geschlechtsteilen, Schweißdrüsenabszesse, Akne, Haarbodenerkrankungen, Haarausfall, Läuse und Krätze, Insektenstiche, Schlangen- und Skorpionbisse (Blüten, Essenz), Schwäche des vegetativen Nervensystems (Bäder: Lavendelmilch).

Lavendelblüten in ein Leinensäckchen eingebunden und dann zwischen die Wäsche in den Schrank gelegt vertreibt Motten. Die hohe keimtötende Wirkung der Lavendelessenz wurde durch viele wissenschaftliche Arbeiten belegt und übertrifft die Wirkung chemischer Desinfektionsmittel bei weitem. Der Vorteil der aromatischen Essenzen ist ja die fehlende Resistenzentwicklung, die – begünstigt durch den Mißbrauch mit Antibiotika – sehr rasch einsetzt. Die Behandlung von Krankheiten nach den Gesetzmäßigkeiten der Natur und die Verwendung von Naturarzneien verspricht immer eine vollständigere Ausheilung ohne Nebenwirkungen. Da der Wirkung des Lavendel ein Naturgesetz zugrunde liegt, hat sich sein hervorragender Ruf als Heilpflanze bis heute bewahrt, und er war zu Recht schon in frühen Zeiten sehr geschätzt.

Pfefferminze

Kommt nicht als wild wachsende Pflanze vor. Sie wird seit langem kultiviert und stellt eine Kreuzung von vielen verschiedenen Minzarten dar. Die Stammpflanzen sind nicht bekannt. Dieser Mehrfach-Bastard, wie die Botaniker sagen, wird auch bei uns feldmäßig angebaut und kann auch in jedem Garten gezogen werden. Die Pfefferminze ist eine seit alters her gebrauchte, viel verwendete Heilpflanze.

Wirkungen: Appetitanregend, krampflösend auf die Magen-Darmmuskulatur sowie auf die Gallenwege, leicht schmerzlindernd und betäubend auf die Magen-Darmschleimhaut (deshalb gute Wirkung bei Erbrechen), magenstärkend, verdauungsfördernd, galletreibend und die Galleproduktion anregend, keimtötend (deshalb gärungs- und fäulniswidrig), wurmtreibend, anregend (allgemein und auf das Nervensystem) und stark juckreizlindernd (äußerlich).

Wirkstoffe: Am bekanntesten ist das Menthol, das in vielen Arzneimixturen verwendet wird. Neben diesem ätherischen Öl besitzt die Essenz eine hohe biologische Wirksamkeit, da sie den Gesamtauszug aus den verwendeten Blättern darstellt, welcher neben den ätherischen Ölen noch Gerb- und Bitterstoffe und andere sehr wirksame Bestandteile enthält. Die alleinige Verwendung des Menthols erreicht nicht annähernd die Wirkung eines Aufgusses von frischen Blättern oder die Wirkung der Essenz. Ein frisch gebrühter Tee ist die einfachste und beste Zubereitungsform.

Verwendungsarten: Tee: 1 Teelöffel auf eine Tasse, heiß überbrühen, 5 Minuten ziehen lassen, nach den Mahlzeiten 2–3mal täglich trinken. Essenz: 2–5 Tropfen mit Honig 2–3mal täglich. Tinktur: 20–30 Tropfen 2–3mal täglich, Sirup, Pfefferminzöl und Wasser. Inhalationen, 1%ige Lösung zur Juckreizlinderung äußerlich.

Anwendungsbereiche (innerlich): Appetitlosigkeit, Magenschmerzen und Krämpfe, Übelkeit, Erbrechen, Gallenkoliken, ungenügender Gallefluß und Galleproduktion, Leberleiden, Entzündungen der Gallenwege, Darmkrämpfe und Koliken, Durchfall, Blähungskoliken infolge von Fäulnis- und Gärungsprozessen, Mundgeruch, Darmparasiten (z. B. Würmer), Krampfhusten, Asthma, Bronchitis, schmerzhafte Unterleibsverspannungen, Störungen der Monatsblutung, nervös bedingte Schwäche, vegetative Fehlsteuerung mit Migräne und Herzbeschwerden, Impotenz.

Anwendungsbereiche (äußerlich): Parasiten, Verunreinigungen durch Keime im Mund und Zahnbereich, Zahnschmerzen, Nebenhöhlenentzündungen, Bronchitis (Inhalationen), Nervenentzündungen, schmerzhafte Muskelentzündungen, Migräne, Mückenplage (Pfefferminzöl, Verdampfungen), Juckreiz, gestörte Schmerz- und Temperaturempfindung der Haut und Schleimhäute.

Die Pfefferminze besitzt nicht die schleimhautschützenden Wirkstoffe wie die Kamille und ist deshalb bei Magen-Schleimhautentzündungen nicht angebracht. Sie wirkt hauptsächlich krampflösend und gallefördernd. Die krampflösende Wirkung kommt durch einen direkten Einfluß auf die glatte Muskulatur zustande, welche sich im Magen-Darmbereich, in den Gefäßwänden, der Gebärmutter, am Penis, im Gallengangsbereich und in den Harnwegen findet. Die Wirkstoffe der Pfefferminze werden über die Galle ausgeschieden und dies ist der Grund für die gute Wirkung auf Leber und Galle. Pfefferminze sollte so lange als Heilmittel angewendet werden, wie Beschwerden bestehen. Wegen der Möglichkeit der Schleimhautreizung sollte man die Pfefferminze nicht vorbeugend täglich verwenden. Empfehlenswert ist jedoch die häufige Anwendung in der Küche als Beimischung zu Salaten und Rohkost.

Rosmarin

Wächst neben anderen duftenden Pflanzen wie Thymian, Salbei und Lavendel im Mittelmeerraum auf Trockenheiden und war auch schon von den Griechen und Römern sehr geschätzt. Seit alters her wird er gerade für ältere Menschen als Stärkungsmittel empfohlen. Sein Einsatz als Arzneipflanze und als Gewürzkraut ist weitverbreitet und unumstritten. Der Selbstanbau empfiehlt sich sehr.

Wirkungen: Anregend und belebend für Herz, Kreislauf, Gefäße und Nerven, stärkend nach längerer Krankheit, genesungsfördernd , blutdrucksteigernd und durchblutungsfördernd, beruhigend und belebend (Nervenkrisen), appetitanregend, verdauungsfördernd, krampflösend, fäulnis- und gärungswidrig, galletreibend. Normalisiert die Monatsblutung, ist entzündungswidrig, anregend auf die Nebennierenrinde, schmerzlindernd, keimtötend für Atem- und Harnwege, wassertreibend, schweißtreibend, wundreinigend, wundheilend und parasitentötend.

Wirkstoffe: Verwendung finden die Blätter, die während der Blütezeit gesammelt werden. Sie enthalten ätherische Öle, Bitterstoffe, Harze, Gerbstoffe u. a. Die Hauptwirkungen schreibt man den ätherischen Ölen zu, hierbei vor allem dem Rosmarin-Kampfer. Jedoch steht die Wirkung der abgespaltenen Hauptwirkstoffe der Wirkung der Einheit aller Pflanzenbestandteile, wie sie in der Essenz gegeben ist, weit hintenan.

Verwendungsarten: Rosmarinblättertee: 1 Teelöffel auf eine Tasse, 5 Minuten ziehen lassen. Essenz: 1–5 Tropfen (Kinder 1–3 Tropfen, Erwachsene 3–5 Tropfen) 2–3mal täglich. Tinktur, Aufguß (1 Handvoll Blätter auf 1 Liter Wasser, ziehen lassen). Alkoholische Lösung zur äußerlichen Anwendung. Bäder: 100 g in 1 Liter Wasser überbrühen, über Nacht stehen lassen, abseihen.

Anwendungsbereiche (äußerlich): Wunden, Verbrennungen, Vaginalausfluß, Parasiten (Läuse, Krätze), Entzündungen bei Gicht und Rheuma, Muskelschmerzen und Nervenschmerzen, Kreislaufschwäche, niederer Blutdruck, Nervenschwäche, Weichteilrheuma (Bäder).

Anwendungsbereiche (innerlich): Herzschwäche, Herzschmerzen, Erregungszustände des Herzens, niederer Blutdruck, Kreislaufschwäche, kalte Hände und Füße, Gefäßkrämpfe (am Herz und Gehirn), Krampfadern, Kopfschmerzen, Migräne, verzögerte Rekonvaleszenz nach Krankheit, Schwächezustände, Altersschwäche, Nervenkrisen, nervöse Erschöpfungszustände, Appetitmangel (nach Krankheiten), Verdauungsschwäche, Magenschwäche, Blähungskoliken, Durchfall, Fäulnis- und Gärprozesse im Darm infolge Fehlernährung, Zustand nach Antibiotikabehandlung und infolge Darmträgheit, Leber- und Galleleiden mit mangelndem Gallefluß, ausbleibende oder unregelmäßige Monatsblutung, Entzündungen wie Rheuma und Gicht, der Nieren und der Harnwege, Nervenschmerzen, Schmerzen aller Art, Atemwegsentzündungen und Infektionen, Husten, Asthma, Krupphusten, Fettsucht, Verschlackung, verringerte Nierenausscheidung, Wunden (eiternd, schmierig, verzögerte Vernarbung), Ausfluß, Hämorrhoiden, Parasiten, Läuse und Krätze.

Rosmarin wird häufig mit ähnlich wirkenden Heilpflanzen zusammen rezeptiert und in Form von Lösungen, Tees, Salben, Essenzen und Bädern angewendet. Der moderne Lebensstil mit ungesundem Konsumverhalten, übertriebenem Ehrgeiz und Streben nach materiellen Gütern und Streßerscheinungen bei vielen Berufstätigen, Hausfrauen und auch schon bei Kindern verlangt nach einer Heilpflanze wie Rosmarin. Er sei hiermit allen wärmstens empfohlen, die sich selbst eingestehen können, allgemein überfordert und überreizt zu sein. Vorzugsweise kommt hier das Rosmarinbad zur Anwendung.

Salbei

Ist als Heil- und Gewürzpflanze seit jeher sehr geschätzt. Ein altrömischer Dichter schrieb: Wie kann der Mensch noch sterben, solange Salbei in seinem Garten wächst? Die Heimat des Salbei ist das Mittelmeergebiet. Auch in unseren Gärten läßt er sich leicht ziehen. Er ist anspruchslos und liebt die Sonne. Seine Blätter enthalten reichlich ätherische Öle, um so mehr, je sonniger der Standort ist. Die Blätter werden deshalb auch nur dann gesammelt, wenn einige

Tage lang die Sonne kräftig scheint, da dann der Gehalt an Wirkstoffen besonders hoch ist.

Wirkungen: Allgemein anregend und stärkend, beruhigend und kräftigend, appetitanregend, krampflösend, durchblutungsfördernd, keimtötend, blähungstreibend, verdauungsfördernd, anregend und ausgleichend auf das hormonelle System, abwehrsteigernd, abstillend. Reguliert die Monatsblutung, erhöht die Fruchtbarkeit, regt die Drüsentätigkeit an (insbesondere die Leber), ist entzündungswidrig, wirkt Tier- und Insektengifte neutralisierend, wundheilend. Fördert Vernarbung und den Wundschluß durch Schorf, ist schweißhemmend (starker Tee, nach langem Ziehen) schweißtreibend (schwacher Tee, kurz gezogen) entschlackend, wassertreibend, Nierenleistung anregend.

Wirkstoffe: Essenz, ätherische Öle, Gerb- und Bitterstoffe, hormonelles Wirkprinzip u. a. Verwendet werden die dicht filzig behaarten Blätter. Da die Wirkstoffkonzentration vom Standort abhängt und von der Intensität der Sonnenbestrahlung, sollte man bei der Eigenzüchtung diese Gegebenheiten unbedingt berücksichtigen und deswegen auch nur nach einigen sonnigen, heißen Tagen die Blätter ernten.

Verwendungsarten: Tee: 1 Teelöffel auf eine Tasse, kurz oder lang (schweißhemmend) ziehen lassen, im Krankheitsfall alle 2 Stunden eine Tasse, vorbeugend 2 Tassen täglich. Aufguß: Eine Handvoll Salbeiblätter auf einen Liter kochendes Wasser, über Nacht stehen lassen, dann abseihen. Für Bäder (ganzen Aufguß), Umschläge, Spülungen oder zum Gurgeln (1 Teelöffel des Aufgusses auf eine Tasse Flüssigkeit). Alkoholische Essenz: Eine Handvoll frische, leicht zerquetschte Blätter werden in 40–45prozentigem Alkohol angesetzt, 1 Woche an einen sonnigen Platz gestellt, anschließend abgefiltert und in einer dunklen Flasche an einem kühlen Ort aufbewahrt. Pro Tasse Wasser genügt ein Teelöffel Essenz. Essenz (durch Destillation), Salbeiwein (Herstellung wie Essenz), Salben, Blätter.

Anwendungsbereiche (innerlich): Krankheiten aller Art, vor allem stark auszehrende wie Krebserkrankungen, Leberkrankheiten, Lungenleiden, und Hormonmangelkrankheiten, Nervenkrisen mit Schwäche- und Erregungszuständen, Schwäche mit Appetitmangel, Zustand nach Schlaganfall, Gedächtnisschwäche, Migräne, Schmerzzustände, Geburtsvorbereitung (einige Wochen vor der Geburt täglich eine Tasse trinken), Unterleibsbeschwerden aufgrund innerer Verkrampfung, Husten, Asthma, Reiz- und Krampfhusten (mit zähem Auswurf), Durchfall, Typhus und alle Darminfektionen, Blähungskoliken, Mangel an Verdauungssäften durch Drüsenschwäche, unregelmäßige, ausbleibende Monatsblutung, Unfruchtbarkeit, Abstillen, klimakterische Beschwerden mit Nervenschwäche und starker Schweißbildung, Abwehrschwäche, Epidemien wie Grippe, Windpocken, Masern u. a., Entzündungszustände, Rheuma, Gicht, Drüsen- und Harnwegsentzündungen, Fettsucht (durch Anregung der Verdauung und Entgiftung, Abmagerung).

Anwendungsbereiche (äußerlich): Hautkrankheiten, Schleimhaut- oder Rachenerkrankungen (regt Durchblutung an), Haarbodenerkrankungen, Haarausfall (alkoholische Essenz, Aufguß), Tier- und Insektenbisse, Lungenerkrankungen (Inhalationen), Wunden aller Art, Ausfluß (Spülungen), Schwächezustände bei Kindern und alten Leuten (Einreibungen), Schlaganfall sowie Kinderlähmung und deren Folgen (Bäder), Raumdesinfektion durch Verräuchern der Blätter.

Terpentin

Terpentine sind Harze, die aus verschiedenen Kiefernarten gewonnen werden und in verschiedenen Pflanzen vorkommen. Aus diesen Harzen werden durch ein besonderes Verfahren die Terpentinöle gewonnen. Am bekanntesten ist das Tannennadelöl, das jedoch aufgrund seiner Reizstoffe seltener verwendet wird. Für den Arzneigebrauch am bedeutendsten sind daher das Latschenkiefernöl sowie das Fichten- und Lärchenöl.

Wirkungen: Entzündungshemmend, keimtötend, auswurffördernd. Wirkt gegen Parasiten, bringt Blutungen zum Stillstand, ist durchblutungsfördernd, hautreizend (dadurch reflektorische Reaktion des gesamten Körpers mit Ausschüttung von entzündungshemmenden und abwehrsteigernden Hormonen wie z. B. das körpereigene Cortison). Wirkt stärkend, belebend, schmerzlindernd, krampflösend, gallefördernd und Gallensteine auflösend, entschlackend, wassertreibend, wundreinigend und wundheilend.

Wirkstoffe: Als Hauptwirkstoff ist das ätherische Öl anzusehen. Die Formel für die Zusammensetzung dieses Öles ist sehr komplex und enthält neben Bornylacetat eine Reihe weiterer wirksamer Bestandteile. Der Träger des angenehmen Geruchs ist vorwiegend das Bornylacetat. Die Terpentinessenz, welche durch Destillation gewonnen und anschließend gereinigt wird, ist weit wirksamer als das Terpentinöl.

Verwendungsarten: Essenz als Ausgangsstoff für Kapseln, Perlen, Salben, Bad-Emulsionen und Salböle. Essenztropfen: 5–10 Tropfen mehrmals täglich mit Honig einnehmen. Lösungen und Emulsionen für äußerliche Anwendung und Spülungen.

Anwendungsbereiche (äußerlich): Wunden aller Art (blutende, schlecht heilende, schmierige, infizierte) und schlecht heilende Geschwüre. Bei Gelenkschmerzen, Muskelverspannungen, Rheuma, Gicht, allgemeiner Schwäche, Kindbettinfektion, Ausfluß, bei Krätze und Läusen.

Anwendungsbeispiele (innerliche): Entzündungen aller Art, vorwiegend im Bereich der Atemwege und der ableitenden Harnwege, Bronchitis und Asthma mit zähem Auswurf, Krupphusten, Lungenentzündung und Lungentuberkulose, Keuchhusten, Nierenentzündung, Blasenkatarrh, Harnwegsentzündung, Wassersucht, mäßige Nierenausscheidung, Entzündungen des weiblichen Geschlechtsteils mit Ausfluß, Blutungen aller Art, Blutungskrankheit, körperliche und geistige Schwäche aufgrund von Durchblutungsstörung, Rheuma, Gicht, Weichteilrheuma mit Muskelverhärtung und Muskelentzündung, Leber- und Galleerkrankungen mit gestörtem Gallefluß und Gallensteinen, Darmkrämpfe, Durchfall, Blähungskoliken, Darmträgheit mit Verstopfung, Darmparasiten, Fettsucht, Übergewicht und Verschlackung, Kopfschmerzen, Migräne, Anfallsleiden, Abwehrschwäche, Vorbeugung gegen Infektionskrankheiten aller Art wie z. B. Grippe.

Vorsicht: Auch bei äußerlicher Anwendung sowie bei hohen Dosen (innerlich) kann es zu unerwünschten Vergiftungserscheinungen bei entsprechend empfindlichen Personen kommen! Bei innerlicher Anwendung stehen Reizerscheinungen der Schleimhäute im Vordergrund. Bei äußerlicher Anwendung erfolgt die Aufnahme der Wirkstoffe innerhalb von etwa 20 Minuten ins Blut und kann zu Benommenheit, zu Krämpfen und im Extremfall zu Bewußtlosigkeit führen. Das Heilmittel und die richtige Dosis macht die Wirkung. Jedes wirksame Heilmittel kann auch bei einer bestimmten Dosis unerwünschte Wirkungen auslösen. Man mache sich daher mit einem neuen und unbekannten Heilmittel langsam vertraut. Man sollte während der Erprobungsphase sehr genau auf seine Reaktionen in körperlicher, geistiger und seelischer Hinsicht achten.

Thymian

Der echte Thymian ist im Mittelmeerraum beheimatet und enthält gegenüber dem Gartenthymian eine weit höhere Wirkstoffkonzentration. Thymian riecht sehr intensiv und angenehm. Auf anspruchsvollen, trockenen Böden wächst der Thymian wild. Für Heilzwecke findet das blühende Kraut Verwendung. Schon die alten Ägypter wußten um die stark keimtötenden Eigenschaften des Thymians und verwendeten ihn beim Einbalsamieren. Thymian besitzt eine ganze Reihe wertvoller Bestandteile; entsprechend umfangreich ist auch sein Wirkspektrum.

Wirkungen (innerlich): Allgemein anregend auf die Lebenskraft, das Nervengerüst und den Blutfluß. Regt die Gehirntätigkeit an, wirkt stabilisierend auf den Kreislauf, stärkend auf Leber und Galle, ist verdauungsstärkend, magenstärkend, wassertreibend, schweißtreibend, keimtötend, schleimlösend, auswurffördernd, krampflösend, abwehrstärkend und normalisierend auf die Monatsblutung.

Wirkungen (äußerlich): Keimtötend, balsamisch, parasitenvertreibend. Macht Lebensmittel haltbar, ist wundheilend und schmerzlindernd. Setzt Temperaturempfindlichkeit herab und lindert Juckreiz.

Wirkstoffe: Verwendung findet das ganze blühende Kraut. Thymian liebt sonnige Macchien. Sein Gehalt an Wirkstoffen hängt von der Dauer der Sonneneinstrahlung ab. Man ernte daher das Kraut erst nach längeren Hitzeperioden während der Blütezeit, am besten gegen 2 Uhr nachmittags. Das Kraut enthält eine Reihe verschiedener ätherischer Öle, daneben Gerb-, Bitterstoffe und Saponine (auswurffördernd, schleimverflüssigend). Der bekannteste Wirkstoff ist das Thymianöl mit dem Hauptbestandteil Thymol. Die durch Dampfdestillation gewonnene Essenz wird vor ihrer Verwendung noch von Reizstoffen gereinigt. Neben dem echten, wilden Thymian aus den Mittelmeergebieten gibt es den Gartenthymian und auch den Quendel, welcher (wildwachsend) bei uns sehr verbreitet ist und an sonnigen Orten, an Wegrändern, auf Bergheiden und in lichten Wäldern gedeiht. Sein Gehalt an Wirkstoffen ist geringer, seine Wirkung ähnlich.

Verwendungsarten: Tee: 1 Teelöffel Kraut heiß überbrühen, und wenige Minuten ziehen lassen. Essenz: 1–5 Tropfen (Säuglinge und Kleinkinder 1–3 Tr.) in alkoholischer Lösung oder mit etwas Honig einnehmen. Sud: 100 g Thymian auf einen Liter kochendes Wasser, gut verschlossen über Nacht ziehen lassen, abseihen und als Zusatz für Bäder verwenden. 1 Teelöffel dieses Suds auf eine Tasse Wasser zum Gurgeln oder für Mundspülungen. Thymianöl, Salben, Zahnpasta, Thymianwasser (verdünnte Essenz), Pastillen u. a. Inhalationslösungen, Emulsionen für Bäder, und als Kuchengewürz.

Anwendungsbereiche (innerlich): Körperliche und geistige Schwäche, Nervosität, Stoffwechselschwäche, Schlaflosigkeit, Blutarmut, Gedächtnisschwäche, Konzentrationsstörung, Lernschwierigkeiten, Kopfschmerzen, Migräne, Durchblutungsstörungen, Vorbeugung gegen Schlaganfall, Zustand nach Hirnschlag, Anpassungsstörungen des Kreislaufs mit niederem Blutdruck, kalte Gliedmaßen, Appetitmangel, Leber- und Galleschwäche mit mangelndem Gallefluß, Verdauungsschwäche, Blähungskoliken, Darmträgheit, Gärungs- und Fäulnisprozesse, Magenschleimhautentzündung, Mangenkrämpfe, Darminfektionen, Darmparasiten, Durchfall (besonders auch bei Kindern), Entzündungen der Nieren und der Harnwege mit verminderter Harnausscheidung, Fettsucht, Verschlackung und unterbundene Schweißabsonderung (durch Stoffwechselträgheit und Blockierungen), Rheuma, Furunkulose, Entzündungen der Bronchien, der Lunge, Lungentuberkulose, Reizhusten, Keuchhusten, Krupphusten, Asthma, Epidemien, Infektionskrankheiten (z. B. Kinderkrankheiten, Grippe, Vorbeugung), mangelhafte oder ausbleibende (durch Krankheiten verursacht) Monatsblutung.

Anwendungsbereiche (äußerlich): Wunden, Geschwüre, Hautkrankheiten, Furunkulose, Ausschlag, Schleimhautentzündungen und Infektionen z. B. im Mund- oder Zahnfleischbereich, der Schleimhaut der Nase, der Nebenhöhlen, des Rachens, der Luftröhre und der Bronchien (Inhalationen), Weißfluß der Frau, Haarbodenerkrankungen mit Haarausfall, Kopfschorf, Läuse, Krätze, Hautpilz, Schwerhörigkeit (verdünnte Essenz auf Watte, in Gehörgang einlegen), allgemeine Schwäche, Müdigkeit und Lustlosigkeit, Rheuma, Gicht, Gelenkentzündungen und heiße Füße sowie Juckreiz und Hitzeempfindungen an verschiedenen Hautpartien.

Thymian eignet sich zur kurmäßigen Anwendung über Monate. Er ist gut verträglich. Dosis: Innerlich 2–4mal täglich, äußerlich 2mal täglich, Bäder 1mal täglich.

Zitronenbaum
Die Zitrone ist als Durststiller und als Würzmittel allen wohlbekannt. Darüber hinaus besitzt sie auch große und vielseitige Heilkräfte. Der Zitronenbaum hat seine Heimat in Indien

und wird heute auch in allen Mittelmeerländern, vorwiegend in Spanien und Portugal kultiviert.

Wirkungen (innerlich): keimtötend, abwehrsteigernd, belebend und anregend, fiebersenkend, entzündungshemmend und durchblutungsfördernd, blutverdünnend und gerinnungshemmend, blutreinigend und blutbildend, venenstärkend, verdauungsfördernd, magenstärkend, stoffwechselanregend, blutdrucksenkend, herzstärkend, nervenstärkend und kräftigend, entschlackend, entgiftend und wassertreibend, wurmtreibend und juckreizstillend.

Wirkungen (äußerlich): keimtötend, gegen Tier- und Insektengifte, wundheilend, juckreizlindernd, gegen Hühneraugen und Warzen, entzündungswidrig, schmerzlindernd und blutstillend.

Wirkstoffe: Die Essenz enthält zahlreiche ätherische Öle. Die Essenz ist in Essenztaschen in der Schale der Frucht gespeichert und wird durch Auspressen gewonnen. Die grüne Frucht enthält mehr Essenz als die reife. Der Zitronensaft enthält reichlich Vitamin C, Vitamin A, Karotin und Vitamine der B-Reihe. Darüber hinaus finden sich reichlich Mineralstoffe, Zuckerstoffe, Schleim- und Eiweißsubstanzen, Zitronensäure und ein Schutzfaktor für die Gefäße. Die Zitronenschale wird gerade wegen ihrer ätherischen Öle gerne zur Herstellung von Wermutweinen mitverwendet. Neben Wermutkraut, Zimt, Nelken und Bitterorangeschalen bildet sie die Grundlage für diese aromatisierten Weine, die anregend, belebend und verdauungsstärkend sind.

Verwendungsarten: Als Aufguß einige Zitronen samt Schale in dünne Scheiben schneiden, mit heißem Wasser überbrühen und über Nacht stehen lassen. Morgens nüchtern trinken. Essenz: 5–10 Tropfen mit Honig oder mit Flüssigkeit verdünnt einnehmen. Zitronen-Honigwasser: 1 ganze Zitrone zerquetschen, in Honigwasser ziehen lassen (wenige Stunden) und dann abends trinken. Zitronenwasser: Zitrone auspressen und verdünnt mit Wasser sowie mit Honig gesüßt trinken. Zitronensaft.

Anwendungsbereiche (innerlich): Infektionen aller Art (Lungen-, Nieren- oder Knochentuberkulose), Abwehrschwäche infolge von auszehrenden Erkrankungen (bei schwächlichen, schlecht gedeihenden Kindern, bei älteren Menschen infolge Mangelernährung), allgemeine Schwäche durch Krankheiten oder durch Verschlackung, Fieberzustände, Entzündungen wie Rheuma, Gicht, Gelenkentzündungen, Fettsucht und Verschlackung, Blutgefäßablagerungen (Arteriosklerose), Bluteindickung, Bluthochdruck, Vorbeugung gegen Schlaganfall und Herzinfarkt, innere Blutungen, Blutarmut nach Krankheiten, Geburten oder bei Verdauungsstörungen, Vitamin- oder Mineralstoffmangel, Krampfadern, Venenentzündung und kleine Gefäßblutungen durch Gefäßbrüchigkeit, Appetitmangel, Sodbrennen, Magenübersäuerung und Entzündung, Verdauungsschwäche mit Blähungen, mangelnde Produktion von Verdauungssäften durch die Leber und den Pankreas, Durchfall, Stauungen im Leberkreislauf, Anregung der Stoffwechselvorgänge durch Verbesserung der Zellfunktionen mit Stärkung aller Organe, Herzschwäche, Nervenschwäche durch Vitamin- und Mineralstoffmangel, Vergiftungen (z. B. Blei und andere Schwermetalle), Wassersucht, Galle- und Harnsteine, Darmparasiten sowie Juckreiz bei Lebererkrankungen.

Anwendungsbereiche (äußerlich): Vergiftungen durch Tier- und Insektenbisse, eitrige, schlecht heilende Wunden, Furunkel, Flechten, Warzen, Hühneraugen, Herpes, Ausschläge, Akne, Krätze, Schleimhautentzündungen, Schnupfen, Nebenhöhlenentzündung (Zitronensaft), Nasenblutungen (Tampon mit Zitronensaft), brüchige Nägel (mit Saft täglich einreiben).

Die Zitrone muß in den einzelnen Verwendungsarten über einen längeren Zeitraum angewendet werden. Der Saft der Zitrone schmeckt stark säuerlich, gilt aber dennoch als Basenspender. Die Zitronensäure wird durch die Verdauung abgebaut und übrigbleiben Salze, die überschüssige Säuren im Blut neutralisieren.

Zwiebel

Wenige Pflanzen übertreffen die Zwiebel an Heilkraft. Vielleicht ist sie in der Volksmedizin noch wegen ihrer ziehenden Kraft in Gebrauch. Dabei ist sie ein Garant für Gesundheit und ein langes Leben.

Wirkungen (innerlich): Allgemein anregend, kräftigend und belebend, entschlackend, wassertreibend, entzündungswidrig, blutreinigend, Blutgefäßablagerungen entgegenwirkend, gerinnungshemmend, blutzuckersenkend, vitamin- und mineralienspendend, organstärkend, verdauungsfördernd, keimtötend, parasitenwidrig, wurmtreibend, auswurffördernd, schleimverflüssigend und hustenstillend.

Wirkungen (äußerlich): Keimtötend, schmerzstillend, giftziehend und weichmachend.

Wirkstoffe: Neben ätherischen Ölen enthält die Zwiebel reichlich Vitamine (A, B, C), wichtige Mineralstoffe und Spurenelemente wie z. B. Natrium, Kalium, Phosphor, Schwefel und Eisen sowie Enzyme und Säuren. Die blutzuckersenkende Wirkung beruht auf dem Gehalt an Glukokinin. Verwendung findet die ganze Knolle oder der ausgepreßte Saft.

Verwendungsarten: Zwiebelscheiben, kleingehackte Zwiebelwürfel, Zwiebelsaft für Auflagen. Zwiebelextrakt: Zwiebeln in Alkohol einlegen, 10 Tage an einem sonnigen Platz ziehen lassen. Täglich mehrere Teelöffel trinken. Zwiebelwein: Zwiebeln kleinhacken, 2–3 Eßlöffel Honig zugeben und mit der doppelten Menge Weißwein ansetzen. An einem sonnigen Platz mehrere Tage ziehen lassen, dann abseihen, kühl und in einer dunklen Flasche lagern. Mehrere Eßlöffel täglich über Wochen bis Monate. Zwiebelsud: mehrere kleingehackte Zwiebeln mit einem Liter Wasser 10–15 Minuten kochen, durchseihen, kühl und dunkel aufbewahren. Morgens und abends je 1 Glas trinken. Zwiebel mehrere Tage in Öl eingelegt, für Salate. Zwiebelsirup: Zwiebel in Scheiben schneiden, mit Honig oder Melasse zu einem dickflüssigen Sirup einkochen (Mischungsverhältnis 2:1). 1 Eßlöffel 4–6mal pro Tag.

Anwendungsbereiche (innerlich): Allgemeine Schwäche, körperliche und geistige Erschöpfung, zehrende Krankheiten, Krankheitsvorbeugung, Stoffwechselkrankheiten infolge Verschlackung, Fettsucht, Wassersucht, mangelnde Urin- und Flüssigkeitsausscheidung, Rheuma, Gicht, Gelenkentzündungen, Lymphknotenentzündungen, Blutgefäßablagerungen und Verkalkung, Neigung zu verstärkter Gerinnung mit der Gefahr von Blutgerinnseln (Thrombose), Durchblutungsstörungen, Blutzuckererhöhung (Diabetes), Vitamin- und Mineralstoffmangel mit Abwehrschwäche sowie Organstörungen und Stoffwechselstörungen, Skorbut, Rachitis, Altersschwäche mit verminderter Organ- und Stoffwechselfunktion, Herzschwäche, Verdauungsschwäche, Blähungen, Störungen des Galleflusses, Gallensteine, Durchfall, Verstopfung, Darmparasiten (z. B. Würmer), Fäulnis- und Gärprozesse im Darm, Erkrankungen der Atemwege (z. B. Bronchitis, Asthma, Lungenblähung), Infektionskrankheiten (z. B. Grippe und Erkältungen).

Anwendungsbereiche (äußerlich): Furunkel, Abszesse, Geschwüre, Insektenstiche (Zwiebelscheiben, Saft), hornige und rissige Haut, Wunden, Verbrennungen, Sonnenbrand (Zwiebelhaut), Husten, Lungenentzündung, Brustfellentzündung (Kompresse aus kleingehackten Zwiebeln), Hals-, Rachen-, Zahn-, Ohren- und Nebenhöhlenentzündungen, Blasenentzündung, Gelenkentzündungen, Kopfschmerzen und Migräne (Stirn- und Nackenpartie mit Saft einreiben oder Auflagen mit rohen Zwiebeln), Ohrensausen und Schwerhörigkeit (mit Zwiebelsaft getränkten Wattetampon ins Ohr einlegen).

Wer den Mundgeruch nach dem Genuß – vor allem der rohen Zwiebeln – scheut, kann durch Essen eines Apfels, durch Kauen von Petersilie oder von Kaffeebohnen den Zwiebelgeruch ausschalten. Als eine wohltuende, kräftigende und verdauungsfördernde Suppe sei noch die Zwiebelsuppe erwähnt, die nach körperlicher oder geistiger Anstrengung durch ihren Reichtum an Mineral- und Vitaminstoffen rasch die Kräfte wiedergewinnen läßt.

Fußreflexzonenbehandlung

Die Reflexzonenbehandlung ist seit Jahrtausenden bekannt. In früheren Zeiten, als der Heilkunde die heutigen Möglichkeiten der Erkennung von Krankheiten nicht in dem Maße zur Verfügung standen, wurden Krankheiten mehr sinnlich erfahren und von begabten Menschen erspürt und ertastet. Der menschliche Körper mit all seinen zugänglichen, ertastbaren, sichtbaren und hörbaren Ausdrucksformen beschrieb dem erfahrenen und geschulten Blick die ganze Krankheitsgeschichte. Im ärztlichen Gespräch und aus der Kenntnis des ganzen Menschen heraus entstand dann ein genaues Bild der Erkrankungsursachen. Ohne technische Hilfsmittel und nur aus der Beobachtung und Erfahrung heraus entwickelte sich die Lehre der Reflexzonen.

Reflexzonen sind Körperbereiche, die meist in Form von Schmerz auf sich aufmerksam machen. Diese Reflexzonen können die Größe eines Stecknadelkopfes haben, aber sie finden sich auch als großflächige Schmerzbereiche auf dem Rücken, an den Armen und Beinen und auch am Kopf. Die Reflexzonen am Rumpf nennt man nach Henry Head, der als erster systematisch die Reflexzonen des Rumpfes erforschte, *Headsche Zonen*. Die Headschen Zonen sind zu einem Begriff der Schulmedizin geworden. Die Kenntnis über ihre Ausdehnungen wird auch in den ärztlichen Prüfungen heute von jedem angehenden Arzt erwartet und nachgeprüft.

Im Widerspruch dazu steht die Ablehnung der Lehre der Akupunktur durch die Schulmedizin und durch die meisten Krankenkassen, die die Akupunktur nicht in ihren Leistungskatalog aufgenommen haben. Die Akupunktur bedient sich ebenfalls der Reflexzonen zur Erkennung und Behandlung von Krankheiten. Die Reflexzonen der Akupunktur sind punkt- bis scheibchenförmige Gebilde, die nach einer genauen Ordnung über die ganze Körperoberfläche verteilt sind. Die Reflexzonen oder besser die *Akupunkturpunkte* liegen auf Energiebahnen, den sogenannten Meridianen, deren Verläufe durch sinnliche Erfahrung seit langem bekannt sind. Erst jetzt erfährt die Akupunkturlehre durch die moderne Elektronenmikroskopie ihre wissenschaftliche Bestätigung dadurch, daß in den Akupunkturpunkten eine größere Anhäufung von Nervenendigungen festgestellt wurde. Auch durch spezielle Wärmemeßverfahren, die die Wärmeabstrahlung der Hautoberfläche bestimmen können, konnten die punktförmigen Reflexzonen der Akupunktur nachgewiesen werden.

Die Reflexzonen umfassen den Bereich der Hautoberfläche, des Unterhautbindegewebes und oft auch noch die darunterliegenden Muskelschichten oder Bereiche der Knochenhaut. Die Akupunkturpunkte liegen meist mehr oder weniger dicht unter der Haut, können aber auch mehrere Zentimeter tief im Muskel und auf der Knochenoberfläche zu finden sein. Die Reflexzonen oder Punkte sind Körperbereiche mit einer besonderen Empfindsamkeit; man kann ihnen auch eine Signalfunktion zuschreiben. Die Reflexzonen stehen über Ner-

venfasern in einer besonderen Beziehung zu bestimmten körperlichen Bereichen. Bei der Akupunkturlehre spricht man von Energiebahnen, die die Punkte untereinander verbinden und selbst wiederum mit bestimmten Organsystemen in Beziehung stehen.
Ebenso wie die körperliche Beschaffenheit im Grunde genommen – von Äußerlichkeiten abgesehen – bei allen Menschen gleich ist, gehorcht aucht die Lage der Reflexzonen einem Naturgesetz. Man kann sie genau beschreiben.

Die Funktion der Reflexzonen

Die Reflexzonen, seien sie punktförmiger oder mehr flächiger Natur, haben mehrere Funktionen im Rahmen der Körperorganisation zu erfüllen. Wie wir schon kurz gehört haben, haben sie einmal eine Art Signalfunktion. Zum anderen stellen sie die Verbindung zu den äußerlichen Lebensbedingungen dar, denen wir ausgesetzt sind. Die äußere Umwelt des menschlichen Lebens bezeichnet man auch als den Makrokosmos. Unser menschlicher Lebensraum ist nach allen Seiten offen und ist im Vergleich zu den unendlichen Weiten des Weltalls wie ein Staubkorn, das einen verschwindend geringen Anteil der Schöpfung ausmacht. Vom Makrokosmos her sind wir ständigen Einflüssen ausgesetzt, deren Wirkung außerhalb unseres Vorstellungsvermögens liegen. Wir werden ihrer auch nicht gewahr, da sie nicht bewußt wahrgenommen werden können, sondern sozusagen unmerklich sich mit unserer eigenen Lebensenergie vermischen. Die Form des menschlichen Lebens, der »Mikrokosmos«, ist untrennbar mit dem Makrokosmos verbunden und auch aus dieser naturwissenschaftlichen Betrachtung heraus sind wir Menschen unsterblich. Energie geht nicht verloren, sondern sie unterliegt einer ständigen Wandlung.
Die Kenntnis der Reflexzonen gibt uns eine Möglichkeit in die Hand, gewisse Aufschlüsse über den Zustand und die Funktionsfähigkeit gewisser Körperbereiche oder Organsysteme zu gewinnen. Die Reflexzonen sind also auch Hilfsmittel zur Erkennung von Krankheiten. Bei guter Übung ist es sogar möglich, Störungen dort sehr früh zu erkennen, wo selbst gewisse Körperbereiche noch nicht einmal eine Schädigung aufweisen, sondern nur die Organisation der Lebensvorgänge untereinander aus dem Gleichgewicht geraten ist. Würde diese Desorganisation länger bestehen bleiben, hätte dies eventuelle Schäden an der körperlichen Substanz zur Folge, die bei längerem Bestehen irreparabel sind.
Die Reflexzonen können außerdem als Kontrollräume angesehen werden, von denen aus durch die verschiedensten Eingriffe und Kontrollhandlungen die den Reflexzonen zugeordneten Körperregionen beeinflußt werden können. Diese Reflexzonen sind allen physikalischen Einflüssen gegenüber empfindlich.
Die Reflexzonen haben wichtige Funktionen im Rahmen des menschlichen Mikrokosmos. Sie dienen der Aufrechterhaltung der Lebensvorgänge, nehmen Energie in jeder Form auf, und warnen uns durch Schmerzsignale, wenn unsere Lebensordnung gefährdet ist oder sogar das Leben selbst auf dem Spiele steht. Physikalische Einflüsse wie Wärme, Kälte, Schwingungen, Vibrationen, Magnetismus, Töne, Licht, Farben und Druck verändern den Zustand der Reflexzonen wie auch den der mit diesen in Verbindung stehenden Körperteile oder Organe.

Fußreflexzonen

Dem Fuß kommen vielfältige Bedeutungen zu; die tagtägliche Fußarbeit ist von großer Wichtigkeit für die Gesamtorganisation und das Gleichgewicht aller Lebensvorgänge. Behindern wir die Fußarbeit durch z. B. unsachgemäßes Schuhwerk, hat dies weitreichende Folgen für unsere Gesundheit. Am Fuß enden viele Nervenendigungen oder nehmen von dort ihren Ausgang. Entsprechend groß ist die Anzahl der Reflexzonen am Fuß. Der aufrechte Gang des Menschen hat den Fuß neben der Hand zu unserem Hauptwerkzeug werden lassen. Er ist allen Einflüssen gegenüber sehr empfindsam. Am Fuß und an der Fußsohle finden sich Reflexzonen für alle wichtigen Organe und Drüsen. Unbehindertes Laufen, also Barfußgehen, läßt die vielfältigsten äußeren

Die heimische Pflanzenwelt bietet eine Fülle von Kräutern, von denen viele wegen ihrer Heilkraft besonders geschätzt sind und gerne gesammelt werden.

Aus vielen Pflanzen lassen sich nicht nur heilkräftige, sondern auch schmackhafte Tees und Teemischungen zubereiten.

Reflexzonen der Füße

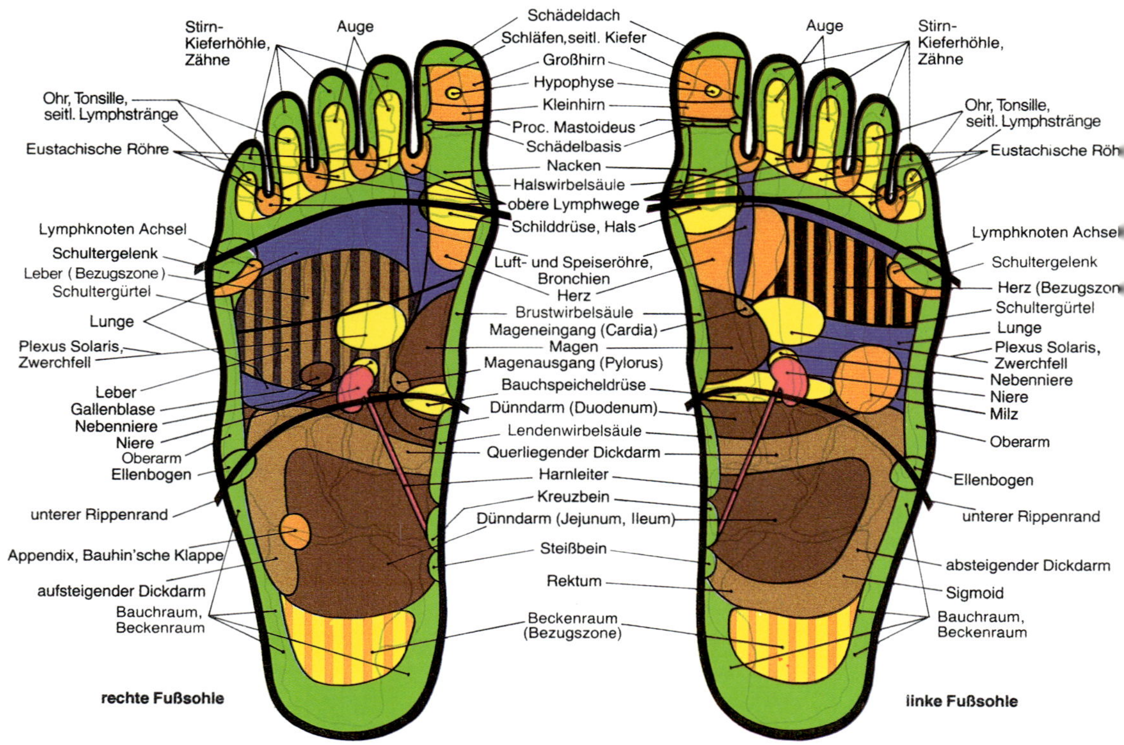

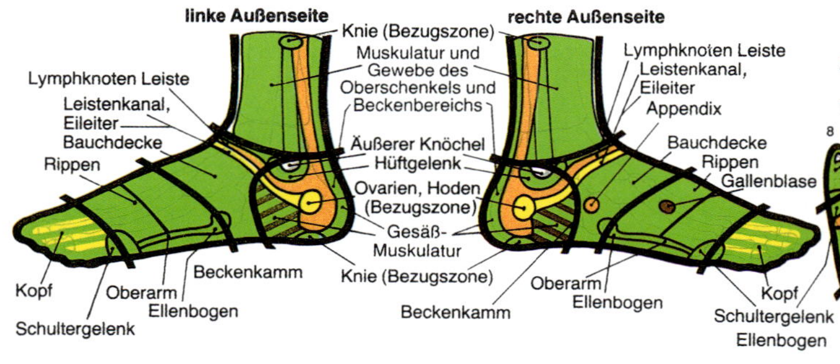

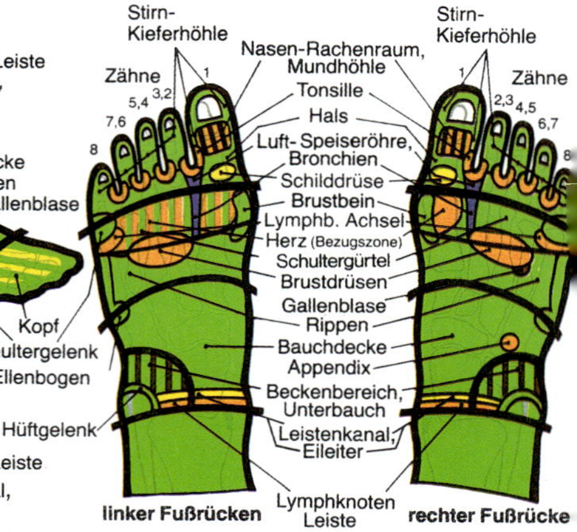

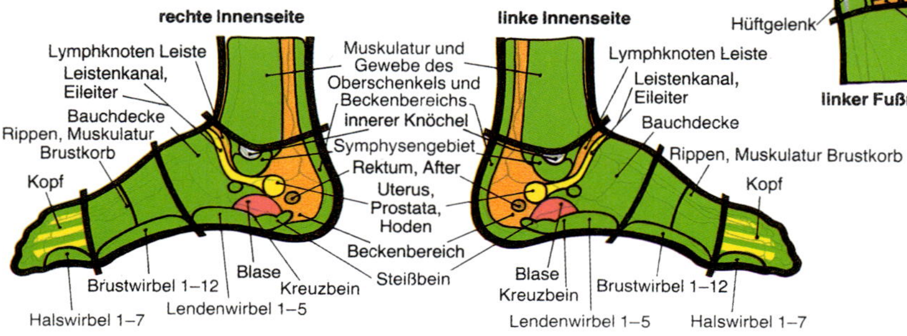

Farbe	Organzuordnung
rot	Harnwege
blau	Atmungsorgane
grün	Knochengerüst, Muskeln
gelb	Sinnesorgane, innersekr. Drüsen
braun	Verdauungsorgane
orange	Herz, Gehirn, lymphatische Organe

Reize ungehindert auf die Reflexzonen einwirken und wäre für die Gesundheit die beste Kur.

Für wen eignet sich die Fußreflexzonenbehandlung?

Die Füße sind für jeden Menschen von großer gesundheitlicher Bedeutung. Wenn Sie die Gelegenheit haben, die Füße eines Kleinkindes zu betrachten, werden Sie beobachten können, wie lebendig diese Füße noch sind. Sie sind sehr beweglich und biegsam und sprechen eine Sprache für sich. Für die Entwicklung eines gesunden, kräftigen Fußes ist der direkte Bodenkontakt unbedingt notwendig. Der Fuß braucht viele unterschiedliche Reize, um sich in den ersten Entwicklungsjahren seinen späteren Aufgaben entsprechend zu formen.

Die Fußreflexzonenbehandlung empfiehlt sich für all diejenigen, die – ganz allgemein gesprochen – unter Ermüdungserscheinungen und Leistungsabfall leiden.

Sie sollte aber auch besondere Beachtung unter den zivilisationsgeschädigten Mitbürgern finden, die aus beruflichen oder sonstigen Gründen ihre Füße ständig in unnatürliches Schuhwerk pressen müssen und dadurch auch die belebende und natürliche Fußmassage während des Gehens entbehren, ja sogar die Fußbewegungen dadurch auch drastisch einschränken müssen. Dies hat langfristig gesehen Folgen für die Gesundheit. Deshalb sollte die Fußreflexzonenbehandlung hier vorbeugend eingesetzt werden.

Leiden Sie an Funktionsstörungen bestimmter Organe oder Drüsen, deren Reflexpunkte an den Füßen zu finden sind, können diese funktionellen Störungen mit der Fußreflexzonenbehandlung oft erfolgreich behandelt werden. Selbstverständlich kann diese Art der Behandlung nur auf die Funktion und auf die Leistungsfähigkeit der Organe und Drüsen einen Einfluß nehmen. Bei schweren Organ- oder Drüsenveränderungen ist die Fußreflexzonenbehandlung bestenfalls eine zusätzliche und unterstützende Maßnahme. Wenn Sie kleine Kinder haben, sollten Sie sich angewöhnen, ab und zu die Fußsohlen beim Anziehen und Baden kräftig zu massieren und zu bestreichen. Meist wird Ihnen dies das Kind durch Lachen und Quietschen danken und Sie selbst mit guter Laune erfüllen. Letztlich ist die Fußreflexzonenbehandlung für alle empfehlenswert als eine wertvolle Maßnahme der Krankheitsvorbeugung.

Die Fußreflexzonenbehandlung in ihrer natürlichsten Form ist das Barfußlaufen. Die Füße sind sehr bewegliche Gebilde und sie passen sich Geländeunebenheiten sehr gut an. Außerdem sind die Fußsohlen für alle möglichen physikalischen Reize dank ihrer großen Anzahl von Nerven, die hier ihren Ausgang nehmen oder hier enden, sehr empfänglich. Die Fußsohlen können sogar elektromagnetische Schwingungen und Felder empfangen. So ist Barfußlaufen eine geeignete Form der Fußreflexzonenbehandlung, weil durch den direkten Bodenkontakt eine Vielzahl von Reizen gemeinsam und zur gleichen Zeit den Fuß rhythmisch bearbeiten und so ihre Energie auf den Körper übertragen. Kinder sollten so wenig und so spät wie möglich Schuhe tragen. Beim Schuhkauf ist größtmögliche Sorgfalt aufzuwenden; man sollte hierbei nicht an Geld sparen.

Wie wendet man die Fußreflexzonenbehandlung an?

Normalerweise macht man sich dann Gedanken über seine Gesundheit, wenn es irgendwo zieht oder schmerzt. Doch man scheut meist den sofortigen Gang zum Arzt und versucht erst einmal, selbst mit dem Problem fertig zu werden. Vielleicht gehören Sie auch zu diesem Menschentyp. Sollten Sie vielleicht irgendwann diese Anleitung zur Fußreflexzonenbehandlung gelesen haben und sich an sie erinnern, weil Sie ganz plötzlich Schmerzen verspüren, wäre das ebenfalls eine sehr normale, menschliche und verständliche Verhaltensweise. Schmerz tut weh; er will verständlicherweise so rasch wie möglich beseitigt werden.

Wenn Sie sich andererseits doch etwas mehr Sorgen um Ihre Gesundheit machen, aber gerne selbst etwas tun möchten, sind Sie mit der

Fußreflexzonenbehandlung gut beraten. Mit einiger Übung werden Sie sehr rasch feststellen können, ob Sie gewisse körperliche Schwachstellen besitzen und woher diese kommen. Gleichzeitig haben Sie die Möglichkeit der Selbstbehandlung, wobei die Untersuchung auch schon den Beginn der Behandlung bedeutet. Gehören Sie zu den ganz gesundheitsbewußten Zeitgenossen und leben Sie lieber nach dem Motto »Vorbeugen ist besser als Heilen«, so würde sich die Fußreflexzonenbehandlung für Sie als eine gute Möglichkeit der Krankheitsvorbeugung empfehlen.

Bei schon lange bestehenden funktionellen Beschwerden empfiehlt sich die Fußreflexzonenbehandlung, um auf sanfte Art die organischen Fehlfunktionen wieder rückgängig zu machen. Entsprechend der Dauer der bestehenden Störungen muß auch mit einer mehr oder weniger langen Behandlungszeit gerechnet werden.

Die Fußreflexzonenbehandlung muß unter Umständen mehrmals täglich zur Anwendung kommen. Oftmals führt man sie nur täglich einmal durch oder sogar nur jeden zweiten oder dritten Tag. Eine allgemein gültige Anwendungsregel gibt es nicht. Jeder einzelne reagiert sehr unterschiedlich auf die Fußreflexzonenbehandlung.

Folgende Regel kann man aber für alle aufstellen und sie muß unbedingt beachtet werden: Jede Behandlung der Druck- oder Reflexpunkte am Fuß geht mit Schmerzen einher, aber die Schmerzen müssen zu jeder Zeit erträglich sein. Behandeln Sie die Druckpunkte mit sanfter Gewalt – man muß schon etwas spüren – und lassen Sie sich Zeit. Erwarten Sie den Erfolg nicht gleich, sondern behandeln Sie regelmäßig und versuchen Sie nichts zu erzwingen. Geben Sie dem Körper auch am Anfang die Gelegenheit, sich auf die Fußreflexzonenbehandlung einzustellen.

Vorbereitungen

Besorgen Sie sich als erstes für wenig Geld eine große und übersichtliche Tafel mit den Reflexzonen der Füße. Sie können sich natürlich auch mit etwas Geschick eine Vergrößerung der im Buch abgebildeten kleinen Tafel selbst anfertigen. Legen Sie sich ein kleines Rundholz mit etwa 3–5 mm Durchmesser und etwa 10 cm Länge zurecht. Sie können auch einen Bleistift oder einen Filzstift benützen. Ein Ende muß schön abgerundet sein, um damit Fußpunkte zu bearbeiten.

Für den Anfang ist es eine Hilfe, Papierblätter und bunte Stifte bereitzuhalten, um damit die eigenen schmerzhaften Punkte skizzenhaft festzuhalten. Nehmen Sie sich für jede Sitzung reichlich Zeit, besonders am Anfang, und seien Sie ganz auf Ihr momentanes Tun konzentriert. Dies gilt sowohl für die Eigen- als auch die Fremdbehandlung.

Haltung

Für die Selbstbehandlung ist eine bequeme und entspannte Sitzposition ganz besonders wichtig. Sie können sich auf einen Stuhl setzen, auf die Kante ihres Bettes oder vielleicht finden Sie es bequemer, auf dem Boden zu sitzen. Beim Sitzen auf dem Boden können Sie sich auch Kissen unterlegen. Vielleicht finden Sie es auch angenehmer, sich an der Wand mit dem Rükken abzustützen. Jedenfalls muß die Sitzposition es Ihnen gestatten, daß Sie entspannt und ohne Verrenkungen Ihre beiden Füße in die Hand nehmen können. Sollten Sie sich irgendwie unwohl fühlen in Ihrer Sitzhaltung, unterbrechen Sie lieber ihre Sitzung, strecken und recken Sie sich und fahren Sie dann wieder mit Ihrer Übung fort.

Durch die Fußreflexzonenbehandlung wollen wir ja durch eine Verbesserung der Organ- oder Drüsenfunktion einen allgemein entspannteren Zustand erreichen und wir wollen auch den freien Fluß der Energien erreichen, indem wir durch die Druckmassage gestörte oder blockierte Energiekreise wieder anregen. Jede zusätzliche Verspannung durch eine falsche Sitzposition würde diese Absicht zunichte machen.

Technik der Fußreflexzonenbehandlung

Die Selbstbehandlung verlangt einige Übung. Sie ist jedoch leicht zu erlernen, erfordert am Anfang nur etwas Geduld. Regel: Bei jeder Behandlung werden immer beide Füße behandelt. Die Fußreflexzonenbehandlung kennt verschiedene Griffe und Behandlungstechniken. Jeder wird nach einer gewissen Anlernzeit, in der er auf die Anregungen in diesem Buch angewiesen sein wird, seine eigene Technik entwickeln. Dies hängt ab von den eigenen Fertigkeiten sowie von der eigenen Empfindsamkeit.

Jeder Mensch reagiert als ganze Person mit seinen körperlichen, geistigen und seelischen Eigentümlichkeiten und muß sich auch deshalb letztlich immer seinen eigenen Weg suchen, um sein Leben oder seine Gesundheit bestmöglich zu bewahren. Wenn Sie sich auf den Tafeln die Fußreflexzonen betrachten, werden Sie feststellen, wie unterschiedlich groß die einzelnen Reflexzonen sind. Wir finden punktförmige bis großflächige Reflexzonen. Die Größe der Reflexzonen steht in einer gewissen Beziehung zur Größe und Bedeutung des entsprechenden körperlichen Bereiches, der Organe oder Drüsen, welche diesen Reflexzonen zugeordnet sind.

Die Reflexzonen werden unabhängig von ihrer Größe in etwa 1 Quadratzentimeter große Flächen unterteilt. Bei der Behandlung einer Reflexzone wird diese insgesamt Fläche für Fläche rhythmisch druckmassiert. Diese kleinflächige, eher punktförmige Druckmassage muß tief genug erfolgen. Man muß einen gewissen Schmerz verspüren, aber nicht so, daß man die Augen zukneifen muß. Anfangs empfiehlt sich ein eher behutsameres Vorgehen mit noch geringeren Drücken. Der Druck muß jedoch deutlich empfunden werden, sonst würde man die Übung mehr als Streichelübung bezeichnen. Man könnte nicht mehr von einer Behandlung reden. Achten Sie bei Beginn sehr aufmerksam auf Ihre körperlichen Reaktionen und versuchen Sie nichts zu erzwingen. Dabei erreicht man oft nur das Gegenteil. Die Fußreflexzonenbehandlung ist immer gleichzeitig Erkennen und Behandeln von Krankheiten. Diese beiden Prozesse kann man gar nicht auseinanderhalten. Krankheitszeichen machen sich bemerkbar, indem bestimmte Reflexzonen druckschmerzempfindlich sind. Die Behandlung erfolgt gleichzeitig durch Drücken dieser Punkte.

Daumentechnik: Um die Behandlung mit den Daumen beider Hände durchführen zu können, müssen die Daumennägel kurzgeschnitten werden. Das Drücken wird mit den Außen- oder Innenkanten des Daumens ausgeführt. Je nach Lage der schmerzhaften Reflexpunkte ist beim Drücken der Daumen gestreckt oder wird zweckmäßigerweise im Mittelgelenk hakenförmig abgewinkelt. Von der Lage der Druckpunkte hängt es auch ab, ob Sie die Innen- oder Außenkante des Daumens benützen. Um einen genügend hohen Daumendruck zu erreichen, sollten Sie sowohl den gestreckten als auch den abgewinkelten Daumen an dem benachbarten Zeigefinger abstützen.

Stäbchentechnik: Wie schon oben erwähnt, tun sich Anfänger vielleicht leichter, wenn sie zuerst ein Stäbchen zu Hilfe nehmen. Man verwendet dabei das abgerundete Ende eines Bleistiftes, eines Kugelschreibers oder irgendeines anderen Stäbchens. Die Dicke des Stäbchens soll etwa einen halben Zentimeter betragen, seine Länge soll 15 Zentimeter nicht überschreiten, um bei der Arbeit nicht zu behindern. Das Stäbchen hat die gleiche Funktion wie der Daumen. Es ist aber ratsam, möglichst bald die Arbeit an den Fußreflexzonen mit dem Daumen durchzuführen, da Sie auf diese Art und Weise doch gefühlvoller arbeiten können. Es gibt aber auch Reflexzonen, wo man mit dem Stäbchen oder mit anderen Griffen besser zurechtkommt, beispielsweise an den Zehen.

Knöcheltechnik: Vielleicht liegt Ihnen die Knöcheltechnik mehr als alle bisher aufgeführten Techniken. Unter Knöcheltechnik versteht man die Arbeit mit den Knöcheln der Finger und der Fingergrundgelenke. Bis auf den Daumen unterscheidet man an den Fingern drei Gelenke, das Fingergrundgelenk, das Mittelgelenk und das Endgelenk. Da der Daumen nur 2 Fingerknochen besitzt, gibt es am Daumen nur das Daumengrundgelenk und das Daumenendgelenk. Bei der Knöcheltechnik wird der benützte Finger im Mittelgelenk stark abgewinkelt. Verwendung finden hier in der Regel der Daumen, der Zeigefinger und der Mittelfinger. Bei der Verwendung des Zeige- und Mittelfingers muß der Daumen jeweils stützend das letzte Fingerglied verstärken, um genügend hohen Druck erzeugen zu können. Bei der Verwendung der Daumenknöchel kann man entweder die Knöchelchen der Daumengelenke oder der Daumenmittelgelenke verwenden. Das Daumengrundgelenkknöchelchen hat die meiste Kraft, wenn man eine Faust macht. Bei Gebrauch des Daumenmittelgelenkknöchelchens stützt man am besten den gebeugten Daumen am Zeigefinger ab.

Fingerkuppentechnik: Einige wenige Reflexzonenbereiche bearbeitet man am besten gleichzeitig mit den aneinandergelegten Fingerkuppen der Finger zwei bis fünf (Zeige- bis Kleinfinger). Die Fingerkuppen sollen hierbei eine Linie bilden. Diese Technik findet ihre Anwendung bei der Bearbeitung der Reflexzonen, die auf der Fußsohle zwischen Vorfußballen und Zehenanfang liegen. Ebenso setzt man sie auf dem Fußrücken ein, um die Reflexzonen zwischen den Vorfußknochen zu bearbeiten. Die Vorfußknochen stellen die Verlängerung der Zehenknochen dar und sind am Mittelfuß verankert. Zwischen den dünnen und langstrahligen Vorfußknochen befinden sich jeweils Vertiefungen. In diese werden die aneinandergelegten Fingerkuppen gelegt, drücken dann zusammen kräftig in die Tiefe und führen kreisförmige Bewegungen aus.

Technik der Druckausübung: Sie ist sowohl bei der Erkennung von Krankheiten als auch bei deren Behandlung die gleiche. Man geht über der zu untersuchenden oder behandelnden Stelle langsam in die Tiefe, indem man eine schraubenförmige Bewegung ausführt. Stellen Sie sich vor, Sie müßten eine Holzschraube vorsichtig in ein weiches Holz eindrehen. Etwa nach jeder Viertel-Drehung läßt man dann den Druck wieder etwas nach, um dann erneut mit noch kräftigerem Druck und mit schraubenförmiger Drehung wieder weiter in die Tiefe vorzustoßen. Diese schraubenförmige, druckausübende Massage sollte langsam, gleichmäßig und rhythmisch erfolgen. Wenn Sie Krankheiten erkennen wollen, haben Sie ein großes Untersuchungsfeld vor sich. Mit einiger Übung wird es Ihnen gelingen, rasch Ihre Schwachstellen aufzufinden. Dann kommen Sie sicherlich pro Feld mit einer Schraub-Druck-Bewegung aus, um den Zustand des Reflexpunktes sicher beurteilen zu können.
Zur Behandlung wird ein und derselbe schmerzhafte Reflexpunkt mehrmals hintereinander kräftig und rhythmisch druckmassiert. Regel: Die Druckmassage muß schmerzhaft sein, aber der Schmerz muß leicht erträglich sein. Wenn Sie diese Regel beachten, können Sie keinen Schaden anrichten. Sie werden den Erfolg Ihrer Bemühungen bald angenehm am eigenen Leib erfahren können. Sie werden auch sicherlich die Erfahrung machen, daß der aufzuwendende Druck je nach Tageszeit (auch von Tag zu Tag) verschieden ist. Auch im Laufe einer regelmäßigen Behandlung werden Sie höheren Druck verkraften als am Anfang. Sie werden insgesamt immer weniger Zeit für eine Behandlungssitzung aufzuwenden haben.

Jetzt haben Sie so gut wie alles gelernt, was es über die Fußreflexzonenbehandlung zu vermitteln gibt.
Im wesentlichen liegt es nun an Ihnen, sich durch eifriges Üben und Forschen rasch in diese einfache, aber sehr wirkungsvolle Behandlungsmöglichkeit einzuarbeiten. Es sei Ihnen auf jeden Fall angeraten, die Fußreflexzonenbehandlung erst an sich selbst auszuprobieren und zu vervollkommnen, bevor Sie die Behandlung bei anderen durchführen. Andererseits wäre es hilfreich, wenn Sie die Behandlung auch einmal durch einen erfahrenen Therapeuten an sich selbst erfahren könnten.

Die autosuggestive Fußreflexzonenbehandlung

Technik und Fleiß beim Üben sind sicher wichtige Voraussetzungen für eine erfolgreiche Anwendung der Fußreflexzonenbehandlung, jedoch um ein Meister auf diesem Gebiet zu werden, bedarf es noch der Entwicklung eines sicheren Spürsinns. Dieser Spürsinn soll Sie in die Lage versetzen, rasch und sicher Krankheiten oder auch nur Schwachstellen Ihres Körpers zu entdecken, indem Sie diese auch gleichzeitig erahnen, vielleicht einfach schon durch Betrachten der Fußreflexzonenbereiche. Im Grunde genommen wissen wir unbewußt um

den Zustand unserer körperlichen Verfassung. Wie Sie ja in diesem Buch auch an anderer Stelle erfahren haben, ist es auch möglich, allein durch Willenskraft und durch Sich-Sammeln Veränderungen im körperlichen, geistigen und seelischen Bereich zu erwirken.
Bevor Sie mit diesen Übungen beginnen, sollten Sie die Fußreflexzonen sich gut eingeprägt haben, indem Sie diese entweder von der Vorlage mehrmals selbst abzeichnen, oder anhand der Vorlage mit dem Finger die Zonen auf Ihrem Fuß nachzeichnen. Auf jeden Fall sollten beim Betrachten Ihrer Füße die Reflexzonen vor Ihrem geistigen Auge klar sichtbar sein. Dies macht zwar anfangs etwas Mühe, erspart Ihnen aber letztlich sehr viel Zeit. Mit dieser Kenntnis sind Sie frei für Beobachtungen, die Sie allein durch Sich-Sammeln in gelöster Entspannung machen können. Eine Voraussetzung für diese konzentrative Übung ist, sich sammeln und sich völlig entspannen zu können.

Übung:
Nehmen Sie eine bequeme Sitzposition ein, sitzen Sie aufrecht und machen Sie ihren Rücken gerade und lang.
Schließen Sie die Augen und sammeln Sie sich. Atmen Sie ruhig und gleichmäßig und entspannen Sie sich.
Wandern Sie mit nach innen gerichtetem Blick durch Ihren Körper, spüren Sie Verspannungen auf und versuchen Sie diese zu lösen. Atmen Sie dabei ruhig und gleichmäßig.
Beginnen Sie bei der Stirn, glätten Sie diese und konzentrieren Sie sich dann auf Ihre Augenpartie mit Augenbrauen, Augenlidern und den Augen selbst. Sind die Augenbrauen glatt? Wenn nicht, glätten Sie sie. Fühlen sich die Augenlider und die Augäpfel weich und locker an? Wenn Sie diese entspannen, werden Sie bemerken, wie sich gleichzeitig ein Teil Ihres Gesichts mitentspannt.
Lockern Sie Ihre Mundpartie. Die Lippen sind weich und voll. Ihr Mund öffnet sich leicht, auch Ihr Schlund und Kehlkopf sind entspannt. Ihre Zunge soll ohne Berührung des Ober- oder Unterkiefers locker in der Mundhöhle verweilen.
Lassen Sie den Kopf in Richtung Brustbein sinken und lösen Sie gleichzeitig jede Verspannung im Nackenbereich.
Sind Sie auch im Schulterbereich locker, fallen die Schultern weit herunter? Sind Sie breit? Die Schultergelenke stehen dabei genau seitlich der Wirbelsäule und sind weder nach vorne noch nach hinten verzogen.
Heben Sie zur Lockerung des Schultergürtels die Schultern ohne Anstrengung soweit es geht hoch und lassen Sie die Arme seitlich herabbaumeln. Lassen Sie die Schultern wieder lokker herabfallen. Die Arme schwingen leicht vor und zurück, bis sie von selbst neben Ihrem Rumpf zum Halten kommen.
Fühlen Sie sich jetzt locker und breit in den Schultern? Horchen Sie genau in sich hinein!
Behalten Sie diese lockere Schulterhaltung bei und legen Sie Ihre Hände mit den Handinnenflächen nach oben auf Ihre Oberschenkel. Ist Ihr Rücken lang und gerade, kommt er weit aus dem Becken heraus. Fühlen sich so Ihre Hüften schmal und locker an? Stellen Sie sich einen gebogenen Draht vor, wie er langsam geradegezogen wird und sich langstreckt. Genauso wie der Draht soll sich Ihre Wirbelsäule strecken und aus dem Becken herauswachsen. Atmen Sie ruhig und gleichmäßig. Spüren Sie, wie beim Ausatmen sich Ihre Bauchdecken leicht einziehen ohne Verkrampfung und wie sie sich beim Einatmen ebenso leicht und ohne Anstrengung gering nach vorne vorwölben. Nehmen Sie jetzt einen Fuß in Ihre Hand, öffnen Sie langsam die Augen und betrachten sie Ihren Fuß. Atmen Sie ruhig und gleichmäßig und lesen Sie die Reflexzonen auf Ihrem Fuß. Gehen Sie diese nacheinander durch und achten Sie auf Ihre Empfindungen beim Betrachten der Reflexzonen.
Wenn Sie diese Entspannungsübung an den Beginn jeder Fußreflexzonenbehandlung stellen, werden Sie mit gesteigerter Empfindsamkeit und mit verändertem Bewußtsein sehr viel mehr erreichen. So wird diese Reflexzonenbehandlung weit mehr sein als nur eine Druckmassage. Sie werden auch nach kurzer Zeit den Vorteil dieser vorangegangenen Entspannungsübung schätzen lernen, da Sie mit weit mehr Einfühlungsvermögen und innerlicher

Eingebung rasch und sicher Ihre Schwachstellen erspüren können.
Im Unterschied zur Reflexzonenbehandlung ohne vorbereitende konzentrative Übung kommen Sie mit weniger Behandlungszeit aus. Wie Sie auch feststellen werden, benötigen Sie nicht soviel Kraft bei den Behandlungsgriffen.
Dieser Schritt, *die Fußreflexzonen sehen und lesen lernen,* führt Sie in die Bereiche der *autosuggestiven Methoden.* Damit ist die reine Technik der Fußreflexzonenbehandlung nur ein Werkzeug für eine sehr weitreichende, ganzheitliche Behandlungsform.
Autosuggestion bedeutet, kraft eines starken Willens und in entspanntem Zustand sich selbst an die Hand zu nehmen, um bestimmte Ziele oder Veränderungen zu erreichen.

Durchführung:

- Entspannen Sie sich, indem Sie von der Stirn beginnend bis zum Becken sich völlig lockern und zwar in der Reihenfolge, wie es bei der oberen Übung beschrieben ist.
- Betrachten Sie anschließend mit halb geöffneten Augen nacheinander die Reflexzonen Ihrer Füße. Beginnen Sie zuerst mit einem Fuß.
- Beachten Sie beim Betrachten der Reflexzonen genau die dabei auftretenden Gefühle und Gedanken. Achten Sie auch darauf, ob alleine durch das Betrachten dieser Reflexzonen irgendwelche körperlichen Reaktionen auftreten.
- Lassen Sie sich von diesen Empfindungen leiten und beginnen Sie mit der Fußreflexzonenbehandlung bei den Zonen, die Sie rein durch konzentratives, entspanntes Sehen und Lesen stark ansprechen und in Ihrem Inneren gedankliche, gefühlsmäßige oder auch körperliche Reaktionen hervorgerufen haben.
- Bilden Sie während der Fußreflexzonenmassage gedanklich Formeln, die Ihre Ziele und Ihre Wünsche enthalten und wiederholen Sie diese ständig während der Behandlung, indem Sie sie innerlich hören, ohne sie mit dem Munde zu sprechen.

Beispiele für autosuggestive Formeln:

- Druckmassage schmerzt, ich werde gesund.
- Druckmassage wirkt angenehm und erleichternd.
- Druckmassage bessert und heilt.
- Ich bin schmerzfrei und fühle mich wohl.
- Ich bin angenehm entspannt.
- Ich fühle mich frisch und leicht.
- Ich bin stark und voller Unternehmungsgeist.

Auf Reflexzonen bezogene Formeln:

- Stirn locker und entspannt (bei Stirnkopfschmerzen).
- Kopf schmerzfrei und leicht.
- Nacken bewegungsfrei und weich.
- Stirn- und Kieferhöhlen angenehm warm, gut durchblutet und frei (bei akuten und chronischen Entzündungen, wo man eine Heilung durch eine Verbesserung der örtlichen Durchblutung erreicht, ebenso bei Druckgefühl und Schmerzen).
- Augen weich und entspannt.

Hypophyse regt an und erfrischt (Hypophyse als Hirnanhangsdrüse steuert und aktiviert zum Beispiel den Blutdruck, das Körperwachstum, die Schilddrüse, die Nebenniere, das Immunsystem, die Milchbildung, die Streßbewältigung . . .).

- Bronchien für den Atem weit offen (bei Verkrampfung, z. B. bei Asthma).
- Lungen atmen frei und tief (bei Asthma oder sonstigen Zuständen von Atemnot, auch bei Angstzuständen).
- Schilddrüse arbeitet ausgeglichen.
- Solar-Plexus angenehm warm (dieses große Nervenfasergeflecht befindet sich in der Mitte zwischen Brustbeinspitze und Bauchnabel. Es steuert mit seinen vielen Nervenfasern die meisten Funktionen der im Bauch sich befindlichen Organe. Indem Sie diese Zone druckmassieren, stellen Sie sich vor und versuchen Sie zu spüren, wie diese Bauchgegend tatsächlich warm wird.).
- Magen entspannt und schmerzfrei (bei nervösen Magenleiden, bei Magenschwäche).
- Darm arbeitet ruhig und entspannt (bei Blähungen, bei Darmkrämpfen). Darmbewegungen kräftig und entspannt (bei Neigung zu Verstopfung, und abwechselnd Neigung zu Darmkrämpfen mit Durchfällen).

• Nebennieren stärken und kräftigen und Nebennieren beruhigen und gleichen aus. Die Nebennieren wirken auf den Blutzuckerspiegel, und beeinflussen auch den Eiweißstoffwechsel, und sind somit für die Erhaltung der Körpersubstanz und für die körperliche Leistungsfähigkeit besonders wichtig. Darüber hinaus regeln sie den Mineralstoffwechsel. Durch die Produktion des körpereigenen Cortisons werden Entzündungsprozesse beruhigt, die Körperabwehr gestärkt, und die allgemeine Stimmung steigt.
• Nieren entgiften und arbeiten gut.
• Wirbelsäule gerade, locker und entspannt.
• Rücken lang, locker und angenehm warm.

Sie können sich selbst für Ihren eigenen Gebrauch Formeln zusammenstellen. Durch die Auflistung einiger Formeln mit der Angabe über ihren Gebrauch mit bestimmten Erkrankungen sollte Ihnen der Einstieg in die »autosuggestive Fußreflexzonenbehandlung« erleichtert werden. Bilden Sie ihre Formeln selbst, indem Sie *nie* das Wort *nicht* verwenden. »Bronchien nicht verkrampft« ist falsch, sondern es muß heißen: »Bronchien offen und entkrampft«. Die positive Formulierung ist entscheidend!
Sie können die Entspannungsübung sowie die Übung *Fußreflexzonen sehen und lesen lernen* nach jeder Zonenbehandlung wiederholen, um so Schritt für Schritt Ihre körperlichen Schwächen oder Krankheiten zu behandeln. Anfangs bzw. wenn Sie jetzt erstmals diese Methode in diesem Buch kennenlernen, kommt Ihnen der Aufwand vielleicht sehr hoch vor. Wenn Sie aber diese Methode zu Beginn regelmäßig und fleißig üben, werden Sie sehr rasch den Zustand der Entspannung erreichen können, oft sogar innerhalb weniger als einer Minute.
Um die Entspannung rasch zu lernen, können Sie auch die Entspannungsformeln der Übung auf ein Tonband sprechen und so die Übung lernen, ohne die Anleitung lesen zu müssen.
Als fortgeschrittener Schüler können Sie die Entspannung einleiten mit der Formel: *Ich bin vollkommen entspannt. Atem ruhig und gleichmäßig.* Wiederholen Sie diese Formel solange, bis Sie sich für die nachfolgende Übung *Reflexzonen sehen und lesen* entspannt genug fühlen. Wenn Sie den Fuß wechseln, sollten Sie ebenfalls die Entspannungsübung und die Übung *Reflexzonen sehen und lesen* wiederholen, um mit gleichen Voraussetzungen die Behandlung des zweiten Fußes zu beginnen.

Zusammenfassung

Die Fußreflexzonenbehandlung kann bei allen funktionellen Störungen der Organe, der Drüsen und der Körperregionen, die die Reflexzonen repräsentieren, angewendet werden, ferner bei leichteren entzündlichen und chronischen Erkrankungen. Erreicht man durch die Fußreflexzonenbehandlung keine Besserung, so sollte man sich unverzüglich ärztlich untersuchen lassen. Bei Organschäden kann die Fußreflexzonenbehandlung meist nur als zusätzliche unterstützende Behandlung angesehen werden, ebenso bei bösartigen Erkrankungen.
Die Fußreflexzonenbehandlung ist gleichermaßen eine Methode zur Krankheitserkennung wie zur Behandlung. Druckschmerzhafte Zonen weisen auf Krankheiten in diesem Bereich hin. Die Behandlung erfolgt gleichfalls durch Anwendung von Druckmassage, die schmerzhaft sein muß, um einen Heilimpuls zu veranlassen.
Die autosuggestive Fußreflexzonenbehandlung ist insgesamt weit wirksamer als die Fußreflexzonenbehandlung allein. Sie ist durch die konzentrative Entspannungsübung und ihren autosuggestiven Übungsteil eine Methode, die zu den ganzheitlichen, naturheilkundlichen Behandlungen zu rechnen ist.

Beispiele für Erkrankungen, die gut auf die Fußreflexzonenbehandlung ansprechen: Akute entzündliche, eitrige, schmerzhafte und chronische Nebenhöhlenerkrankungen. Kopfschmerzen an Stirn- und Schläfengegend sowie am Hinterkopf. Allgemeine Müdigkeit und Mattigkeit (Hypophyse und Schilddrüse sowie Nebenniere). Verdauungsschwäche, Magenschwäche, mangelnde Leber-, Galle- und Bauchspeicheldrüsenfunktion, Schwäche und Trägheit der Darmmuskulatur mit Neigung zu Verstopfung (Solar Plexus), Magen-, Darmkrämpfe und Koliken, Durchfall, Blähungskoliken, Luftschlucken. Koliken jeder Art. Erkrankungen des Herzens mit Rhythmusstörungen, Krämpfen und Stechen sowie Herzschwäche und Herzschmerzen, Anpassungsstörung des Kreislaufs mit niederem Blutdruck, kalte Hände und Füße (Herz, Nebenniere). Wirbelsäulenerkrankungen, Ischiasschmerz, Hüft- und Knieschmerz. Zahnschmerzen. Erkrankungen der Eierstöcke, der Gebärmutter und der Blase.

Anwendungsrichtlinien:
Prägen Sie sich als erstes die Fußreflexzonen ein. Üben Sie die Grifftechnik und entwickeln Sie Ihren eigenen Stil, der es Ihnen erlaubt, mit dem geringsten Aufwand und bequem die Fußreflexzonenbehandlung durchzuführen. Beginnen Sie jede Behandlung behutsam und ohne etwas erzwingen zu wollen. Wenn Sie mit der Methode alleine nicht zurechtkommen, erleben Sie die Fußreflexzonenbehandlung zuerst an sich selbst durch einen erfahrenen Therapeuten.
Sie können die Behandlung täglich mehrmals durchführen oder auch im Abstand von einigen Tagen. Wichtig für die Häufigkeit der Anwendung ist die körperliche Antwort auf die Fußreflexzonenbehandlung. Sie ist eine Reiztherapie. Sie müssen dem Körper Zeit geben, auf diesen Reiz entsprechend zu antworten. Bei Schmerzereignissen wird man den Reiz durch die Fußreflexzonenbehandlung auch innerhalb kürzester Zeit wiederholen müssen, bis eine Reaktion des Körpers kommt. Wenn nicht, benötigt man meist ärztlichen Rat.
Wenn Sie sich die Reflexzonen eingeprägt haben und die Grifftechnik beherrschen, sollten Sie die autosuggestive Fußreflexzonenbehandlung versuchen. Üben Sie regelmäßig und mit Ausdauer, dann werden Sie Erfolg haben. Setzen Sie die autosuggestive Fußreflexzonenbehandlung zur regelmäßigen Stärkung ein und betrachten Sie diese Methode als einen wertvollen Beitrag zur Krankheitsvorbeugung. Vergessen Sie eines nicht: Eine Reaktion des Körpers läßt sich nicht erzwingen, ein fehlendes Ansprechen kann ein Zeichen für eine ernsthafte Erkrankung sein. Manchmal bewirkt ein kleiner und nicht zu häufig verabreichter Reiz mehr als kräftige und schnell aufeinanderfolgende Reize. Die Fußreflexzonenbehandlung ist sehr gut geeignet zur Selbstbehandlung. Wenn Sie die Anwendungsrichtlinien beachten, sind keine ungünstigen Reaktionen auf diese Behandlung zu erwarten.

Register

A

B

M

N

O

P

R

S

Bildnachweis

Bavaria (Gauting) nach Seite 32 Bild oben: Hans Schultze; nach Seite 80: IPCE.
Jahreszeiten Verlag (Hamburg) vor Seite 33 Bild oben.
Thomas Klinger (München) vor Seite 97 beide Bilder.
Mauritius (Mittenwald) vor Seite 49.
Fritz Mühlbayer (Stuttgart) vor Seite 81 Bild unten.
Naturbild AG Schacke (Hannover) nach Seite 160 Bild oben.
Naturkundliches Archiv H. u. J. de Cuveland (Norderstedt) nach Seite 160 Bild unten.
Neuform nach Seite 32 Bild unten; vor Seite 33 Bild unten.
Prenzel-IFA (München) vor Seite 81 Bild oben: F. Schmidt
Dr. Lothar Reinbacher (Kempten) nach Seite 48 Bild oben; nach Seite 64; vor Seite 65 alle drei Bilder.
Christian Teubner (Füssen) nach Seite 48 Bild unten.
Die Abbildung nach Seite 96 wurde von Hannes Limmer nach einer Vorlage aus dem Buch von Hiltrud Lodes »Atme richtig«, München 1977, mit Erlaubnis des Ehrenwirth Verlages angefertigt.
Der Verlag dankt Frau Hanne Marquardt (Krefeld) für die Veröffentlichungserlaubnis der Fußreflexzonentafel vor Seite 161.